夜行医手札

【贰】

雷雷猫 著

中国广播影视出版社

目录

YE XING YI SHOU ZHA

第八章　山鬼

01

江西，陵水县街头。

"这位太太，您看起来印堂发黑、面色发青，想必是最近家里有了不干净的东西，可千万不要掉以轻心呀……"

土地庙前，一个脸色白里透红、脸型圆圆的算命先生，正双眉紧蹙地看着眼前正在找她算卦的一名美妇。

美妇看起来也就二十五六岁的年纪，身材却比一般的少妇丰腴许多，皮肤看起来也白皙得多，哪里有半分这位算命先生所说的青黑之色。果然，听了算命先生的话，美妇面露不屑，看起来一点儿也不相信。其实，她还真不是来这里算命的，要不是今天怪热的，她等的人又暂时没到，只有这算命摊处有些阴凉，而且还有座位，她才不会过来坐下呢。她已经想好了，若真能坐在这里等人过来，她大不了就给这算命先生一块钱，反正她家也不缺这些，就当是花钱买了个舒服。

也是她失策，早知道今天中午这么热，她就约在茶楼了，也不过是多花两三块钱的事，哪像现在，想找个休息的地方，还要来这个算命摊子。

只是如今，她等的人还没到，眼前这个圆脸的算命先生却在自己面前不停地聒噪，这让她很不耐烦，然后边用手帕当扇子扇着，边轻蔑地说道："先生，您就不能有点新鲜的吗？什么印堂发黑，脸色发青，家里有不干净的东西。无论哪个都是这么说，这命若是真这么容易算，我都能去摆摊算卦了。"

她语出不屑，圆脸先生却并不生气，眼神扫过她由于天热微微敞开的领口后，干笑了两声："这位太太，每人都这么说，并不代表我说得不对呀。您可千万别大意，不然的话，您等的那个人又怎么会不出现呢？"

美妇愣了愣，这才正眼瞧了瞧这个算命先生："你怎么知道我在等人？"说到这里，她的脸上露出一丝了然，撇着嘴道，"我知道了，你一定是看到我在旁边等了好久了吧。哼，你们这些算命先生，还真是无孔不入呀。"

事已至此，美妇已经彻底失去了耐心，她注意到土地庙对面有个酒楼，正好可以看到土地庙门口的情况，恰巧现在已经是午饭时间了，她决定到对面边吃饭边等。

可她扔下一块钱刚要起身离开，却听圆脸的算命先生幽幽地说道："身为主母，却被婢子登堂入室，如今被逼到找旧人帮忙的份上，这位太太，今日您等的那人是真的来不了了。您可想过回去之后该怎么办？真的就这么忍气吞声下去吗？"

算命先生的话，吓得美妇手中的帕子都掉了，她像看鬼一样看着他，隔了好一会儿才压低声音说道："那你可知我是谁？"

圆脸先生的脸上再次恢复了之前的笑容，然后他用手指掐算了一番后，看着美妇道："这位太太，我还要看看您的手相，才能下定论。"

美妇不知何时已经再次坐在了圆脸先生对面，听了先生的话，立即伸出自己圆润白皙的手，递到先生面前。圆脸先生毫不客气地将她的手紧紧握住，先是将她的手背翻过来，用手指很是摩挲了一番之后，这才将她的手心朝上，手掌中的各条纹线也自然暴露在了他的眼前。

美妇的手心滑嫩白皙，皮肤也滑如凝脂，一看就是个不干活的太太，沿着美妇手心中的纹路，圆脸先生很是细细摩挲了一番，直到美妇白了他一眼，慢悠悠地用鼻音问道："先生，您可瞧仔细了？"

圆脸先生嘿嘿一笑，立即停止了摩挲，可却也不放开美妇的手，然后盯着她的额心眯着眼道："陵水西方一棺材，一头大来一头小，幡旗招展三千只，升官发财好自在。"

圆脸先生念的是一首不伦不类的打油诗，若是外人听到，恐怕只会以为是哪家人有了喜丧。可这陵水县的本地人都知道，在陵水县的西方有一座棺材山，山上有一个占山为王的土匪，人称李大头，又称李阎王，而十多年前，李大头从山下窑子里弄上山一个压寨夫人，这个压寨夫人曾是陵水县城有名的窑姐儿张小环，而他们这群山匪，号称有三千人，是陵水县的一害。

听到圆脸先生的话，美妇心中吃了一惊，因为她正是张小环。想当初她被带上山的时候只有十六岁，正是花儿一样的年纪，而如今她已经二十六岁了，整整过了十年。即便保养得宜，可身材还是有些微微发福，很多人只怕已经认不出她来了。而这次，她下山是瞒着所有人下来的，连李大头都不知道她来做什么了，结果却被这位算命先生一语说中，这让她怎么能不吃惊？

张小环向来不信命，可这位算命先生的说法也太玄乎了些，所以，她一时间也没注意到自己仍旧被算命先生握着手吃着豆腐，而是紧张地说道："先生，您真是神了。只是，我等的那人真的不来了吗？还有，若是他不来，您能不能帮我除掉那个狐狸精呢？"说到这里，她的牙已经咬得咯咯直响了。

前一阵子，李大头从山下掳来了一个女学生，说好是给她做婢子的，可却让她发现李大头竟然对这个毛还没长全的丫头有了别的心思，当即怒不可遏。那个时候她一怒之下，当着李大头的面就要

把这丫头处置了，可却被李大头给拦住了，他甚至还同她翻了脸，对她摊了牌，就是要娶这个丫头做姨太太，差点把她的肺给气炸了。

这还不算，那个李大头在屡屡求欢不果后，因为这丫头的一句话，竟然提出要明媒正娶这丫头，让这丫头给他做平妻，还要三媒六聘将这丫头娶过门。

姨太太也就算了，她终究是压着这丫头一头，可平妻的话，还三媒六聘，这让她立即意识到自己陷入了危机之中。想当初，她被带上山，哪有什么三媒六聘，同山上的兄弟们喝了顿酒，就被李大头扛进洞房去了，这若是多了一个三媒六聘娶进来的大姑娘……

张小环还记得这一阵子李大头神神秘秘的，说是山下有人过来联络他，想让他把队伍拉下山，好像还要给他弄个什么军衔，到时候摇身一变，李大头可就是军官了，而她可就成了官太太了。

那会儿她还想着日后成了官太太，就正大光明地去上海、去北京城，去看看她十几年都没看到过的花花世界，也出一口她在这荒山里憋了十几年的恶气。可在这个时候，突然冒出来一个平妻，还是个女学生……她几乎已经可以预见自己未来悲惨的命运了。所以，在这个节骨眼上，她决定一不做二不休，偷偷联络了山下的表哥，想让他想办法找人将女学生给偷下山去，最好还让李大头以为，这女学生是自己跑的才好。到时候卖了也好、杀了也罢，只要不在她眼前，只要过了政府收编他们棺材山这个坎儿，她就可以从长计议了。

可眼下，她没有等到表哥，反而被这个算命先生一眼瞧破身份、说中心事，即便她从来不信命，也不得不对这个算命先生刮目相看。

这个时候，圆脸先生边摸着她的手，边不停地叹息道："太太，咱们相见就是有缘，我也知道你是个苦命人。也罢，你若是信我，我就帮你一回。"

"真的？！"张小环立即露出了一丝欣喜，"先生真的肯帮我？"

圆脸先生点点头道："我既然说了，那自然是一言九鼎。不过太太，这人的福禄寿都是有限的，按理说，您这次若不是遇到我，怕是很快就会被那个女人赶出门去了，我若是出手帮了您，等于是为您逆天改命，这罪过可不小，您总得付出些相应的代价才成。"

说着，圆脸先生的手已经沿着张小环的手腕向她的袖子里伸了进去，张小环愣了下，立即会意，于是媚眼如丝地扫了他一眼，含羞带怯地说道："只要先生能帮我除了心头大患，先生要什么，我就给先生什么，决不食言！"

被她的眼尾一扫，圆脸先生的身子立即酥了半边，当即不停地点头道："那就好，那就好，咳咳，太太果然是女中丈夫，不对……嘿嘿嘿，我信太太就是，我信太太就是。"

"我自然言而有信了。"说着，张小环主动将另一只手覆在了圆脸先生的手背上，娇滴滴地问道："敢问先生如何称呼？"

"我……我……我姓崔。"圆脸先生满脸通红地说道。

"哦，原来是崔先生呀，奴家这次可就全靠你了。"

张小环的身子向前探了探，刚好把自己敞开的领口暴露在崔先生的眼前，这让他狠狠咽了口唾沫，正要满口答应下来，却听旁边传来一个不紧不慢的声音："是崔先生吧，您可还认得我？"

眼前的旖旎在听到这个声音后立即快速移开了，这让崔先生很恼火，转头看向敢来打扰他好事的那人，本想疾言厉色地斥责一番，再将人赶走，可一看到来人和他那双微微带笑的眼睛，崔先生却像是见了鬼一般，立即打了个激灵，然后"嗖"的一下站起身来，对他大声道："你认错人了，认错人了。"

"怎么会，"来人笑了笑，"先生刚才不是说自己姓崔吗？而且上次咱们第一次见面您也是在这里摆摊，我怎么会认错。"

"崔先生，他真的认错人了？"张小环的脸上闪过一丝警惕。

看到张小环脸上的怀疑，崔先生暗道一声不妙，然后连忙笑着道："岁数大了，记性也不好了，我的确给他算过一次卦，不过已经是十几二十年前的事情了，所以一时间没认出他来，嘿嘿，嘿嘿嘿。"说着，他使劲捏了捏张小环的手，低声道，"太太先回去，明日我就去给您家看风水。这几日您先忍忍，千万别轻举妄动，可知道了？"

听到崔先生的话，张小环又笑了笑，温柔地说道："我知道了，那我可就一心只等您了，崔先生可别让奴家失望哦！"

"放心放心，我常年在这里摆摊子，你不是也听这位先生说了，我的酬劳还没拿，怎么舍得让太太失望呢？"

听崔先生这么说，张小环总算放了心，然后她又给那个前来找人的男人抛了个媚眼，这才不紧不慢地走了。

张小环走了，崔先生脸上色眯眯的笑容也立即消失得无影无踪，他斜眼看向身旁的男子，皱着眉头问道："你怎么来了？"还不等这个男子回答他，却见崔先生摆了摆手又道，"等等，等等，让我算一算……"说着，他竟然真的用手指掐算起来。

只是，看着他的表演，男子却只是微微笑着看着他，丝毫打搅他的意思都没有，而过了好一会儿，崔先生自己都表演不下去了，终于睁开了眼放下了手，看着男子撇嘴道："算不算都一样，反正你是无事不登三宝殿，你来了，我的逍遥日子也就没有了。"说着，他开始收拾自己的卦摊，然后有气无力地说道，"行了行了，还是随我回去再说吧。嗯，那个幡子，给我拿来，那可是我的饭碗。"

男子转头，果然看到了身后的幡子，可就在他拿起幡子想递给崔先生的时候，终于觉出了不对劲儿，于是他急忙回头，却见崔先生早已不在原地，而是已经溜进附近的一个小巷子里了，他只来得及看到他一闪而逝的衣角。

男子连忙追过去，可到了巷子口才发现，这条巷子虽然不宽，可是却曲曲折折的，还有着很多岔路，恰恰是陵水县最具特色的巷子之一。这若不是十分熟悉地形的本地人，根本就无法找到崔先生的踪迹。

男子愣了愣，却终究是自嘲地一笑，然后摇着头道："也罢，你总不能一直躲着不见我。陵水西方一棺材，一头大来一头小，幡旗招展三千只，升官发财好自在……你真以为我不知道到哪里找你去吗？"

……

第二日，张小环正在棺材山上生闷气，因为李大头前两天下山的时候说了，今日傍晚可能回来，可刚才先一步回来报信的小喽啰在她这里不过说了两句话，就钻到了那个女学生的房间里，后来，她问了安插在那个女学生房间里的婢女，说是他替李大头传话，要给女学生带惊喜回来。

惊喜？

她委身李大头十几年，何时见他给过她惊喜？要么是在他出门的时候替他提心吊胆，要么是被他的花心气得连饭都吃不下。说起礼物，每次她要是不叮嘱他，他何时主动给她带东西回来过，有的时候就算是叮嘱了，他也会忘记。而现在，不过是出门一趟，倒想起惊喜来了。

在眼前写着女学生名字的小人上狠狠扎了几针，张小环这才略略出了一口恶气，停了下来——这个小人心口的位置已经几乎被她扎成筛子了。

她刚要把小人收起，却听门口的卫兵突然来报，说是弟兄们在山腰抓了个风水先生，说什么是来寻龙定穴的，还指名道姓要见大当家。

一听是风水先生，张小环立即知道是谁来了，她心中欣喜，脸上却仍露出一副不耐烦的样子道："大当家不在，你们先把他关起来，等大当家回来了再说。"

张小环说这句话的时候提心吊胆的，就怕卫兵会真的听了她的，不过好在，崔先生没让她失望，卫兵果然没有立即应下来，而是说道："太太，我看您还是见见吧。这个先生说得头头是道的，还说什么咱们棺材山里有龙脉，是要出皇帝的，我怕咱们要是得罪了他，他施个什么法坏了咱们的事，可就得不偿失了。"

"龙脉？"张小环听了心中暗暗好笑，心道这位崔先生还真敢说，可脸上却摆出一副认真思考的样子，故意想了想才说道，"你们都知

道的，我是向来不信这个，可大当家却不一样，既然如此，你先将他带到前面的聚义厅吧，把其他几个当家也叫上，咱们先听听他怎么说，他若是不怕死想骗钱，我先替大当家结果了他。"

"是。"卫兵听了，立即下去将先生带到了聚义厅，而这个时候，张小环和其他几个当家早就分等次坐好，就等人来了。

一看到门口进来的那人，张小环悬了好几日的心马上放下了，因为这位风水先生正是之前在土地庙门口遇到的崔先生。

今日，他的脸仍旧红扑扑的，不过圆脸上却见了汗，应该是由于爬山的缘故，见他果然言而有信，张小环压住心中的狂喜，故意一脸严肃地问道："这位先生，就是你说我们这棺材山上有龙脉的？我先提醒你，我们这棺材山可不是一般的地方，你若是敢信口胡诌，我们可是管杀不管埋的。"

"嘿嘿，这种事情我怎么敢随口乱说。在下姓魏，就在陵水县的土地庙前摆摊子，这几日看到陵水县西方祥云升腾，这才过来看看，却没想到竟然让我看到真龙即将出世！"崔先生说着，对张小环眨了眨眼，然后一本正经地拿出八卦盘，在屋子里走了一圈儿后，又继续道："不瞒太太，太太这寨子就建在龙脉上，所以大王这么多年来才会风生水起，地盘也越来越大。"

此时，在屋子里的，除了张小环外，还有其他几个当家，听了崔先生的话一个个连连点头，因为，这位崔先生说得没错，他们这些年招兵买马，的确是越来越顺，就连前几天，据说来了个什么特使，还同他们大当家谈什么收编的事。那可是要摇身一变从土匪变成正规军的，所以，如今听到这个崔先生这么一说，他们一个个更是深以为然。

看到崔先生不过是几句吹捧之言，竟然让他们都信了，张小环心中暗暗冷笑，她仍继续装出一副不信的样子，冷冷地说道："你上嘴皮一碰下嘴皮，我们这棺材山就成了龙祥福地。什么都是你说的，我们又怎么知道是真是假？你总该拿些证据来吧。"

"太太莫不信，这棺材山西高东低，顺势而成，西边山顶不但有两棵老松，如今已经长成，凑成龙之两角，两角之间还有清泉，顺着山脊向东流去，同山中云雾浑然天成，可不就是一条昂首向天的祥龙。而最近山中的云雾是不是越发得浓密了？水流也越来越大？这就说明真龙即将腾空而起，这是要飞升了呀！"

崔先生口若悬河，要不是张小环早知道崔先生的来意，只怕连她也信了他这番说辞，于是张小环愣了愣后，转头看向周围的几个当家，问道："各位，大当家现在不在，你们比我一个女人见多识广，你们觉得他的话有几分真假？"

能上山做土匪的，大都是些乡里的混子痞子，就知道打打杀杀，所以，听崔先生一番吹嘘下来，其余的几个当家都已经有些飘飘然了。即便只有三分真，他们也是要当作十二分的。所以，听到张小环的话后，这几个当家一个个都是一副得意洋洋的样子，尤其是一个姓刘的二当家，更是开心得嘴都合不拢了，对张小环道："大嫂，这个崔先生的话估计是真的，他一个风水先生，若不是看破天机，无缘无故地来咱们棺材山做什么，总不会是闲得没事干，故意送上来让咱们打劫吧！"

"是呀，一定不是无缘无故上山的。"张小环冷冷一笑，"所以，如果不弄明白他真正的目的，我是不会信他的。"

她的话让二当家一愣，脸上立即有些挂不住了，当即收了笑容，看着张小环不屑地说道："大嫂太小心了吧，难道就大嫂聪明？若是大哥在这里，也一定会很开心的，大嫂该为大哥开心才对吧。"

"正是因为这件事情太好了，所以才要弄清楚。"张小环笑了笑，看向崔先生："你说，是不是呀，先生？"

"嘿嘿嘿，太太说的是，"崔先生也一脸笑容地说道，"不怕告诉太太，在下上山的确有目的，就是想入伙的，也想借这龙脉飞黄腾达一把，也想光宗耀祖啊！"

"飞黄腾达？光宗耀祖？"张小环故意冷笑了一声，"就算你说的是真的，可我们这些兄弟在一起出生入死十几年，我当家的若是有朝一日能离开这棺材山，要提携的也是他们。就因为你看到了龙脉，

我们就要让你入伙，你的胃口还真是不小呀。"

"太太和大当家果然讲义气。"崔先生眼珠转了转，"我既然想入伙，自然不是空手来的，我是带着礼物来的。"

"礼物？"二当家一愣，"什么礼物？难道是任命书吗？你是那边的派来的？"

二当家此话一出，其余的当家都不作声了，关于这件事情，虽然大家都知道，可真正同特使接触的只有大当家一个人，这次大当家下山，据说也是要见什么特使，这让其他人颇有些不满，还以为他们大当家这是想要吃独食。所以，一提起这个，所有人全都屏息凝神，盯着张小环看，因为这件事情在这棺材山上，除了李大头，就是张小环最清楚了。

可张小环自然知道眼前的人根本就不是什么特使，而是她从山下找来的帮手，于是眼睛微眯道："这位先生，二当家说的，你听到了？"

崔先生呵呵一乐："特使什么的我可没那个福气，也没那本事，我日后还要仰仗大当家呢……"说到这里，他顿了顿，向屋子里看了一圈，突然阴森森地说道："不过，我送的礼，只怕比那个更重。诸位，这么多年来，你们只待在棺材山，难道不觉得奇怪吗？按理说，都十年了，你们又占着龙脉，早就该功成名就了呀。"

"你是什么意思？"张小环眼睛微眯。

现在她也有些不明白这位崔先生了，按说他不是来帮她赶走那个狐狸精的吗？怎么现在越扯越远了，扯到了龙脉，还扯到了更远的事情，这同他赶走那个狐狸精又有什么关系？

这个时候，其他几位当家也全都听得瞪圆了眼，见崔先生说到关键的地方就停了，有人忍不住追问道："难不成，你说我家当家，能做皇帝？"

"王侯将相宁有种乎，"崔先生笑了笑，"你们可知为何你们只能待在这风水宝地做山匪吗？"

"为什么？"除了张小环，其他几位当家已经完全被崔先生牵着鼻子走了，不禁问道。

"那是因为，你们把龙眼给压住了！"绕了一大圈，崔先生终于把这句话引了出来，然后摇头叹息道，"所以这龙才飞不起来呀。"

03

"先生，你是什么意思，我怎么越听越糊涂了？你不是说马上祥龙要飞升了吗？"二当家黑着脸道。

"没错，这龙是要飞升了，不过可惜，没有眼的话，又能飞多远。所以，若想这龙飞得高远，需要把龙眼打开，把压在龙眼上的东西给挪开。如此，才能万事大吉。"

"把龙眼上压着的东西给移开？"二当家愣了愣，然后怒气冲冲地说道，"谁，谁敢压住龙眼，老子将他大卸八块！"

"不是谁。"崔先生故意叹了口气，"所谓成也萧何，败也萧何，压住这龙眼的，正是咱们的寨子……"

还不等他说完，张小环立即打断了他的话，怒道："一派胡言，难不成，你还想让我们把这寨子给拆了吗？果然是个骗子，来人，给我把他赶出去，不对，把他给我从山上扔下去……"

"等等！"这一次，二当家打断了张小环，低声对她道，"大嫂，先听听他怎么说吧，若是……"

"难不成，你们还真信了他的鬼话？"张小环怒道。

"大嫂，嘿嘿，这件事情，我觉得还是大哥做主比较好。这寨子是大哥建的，那会儿你还没上山呢，拆不拆还是他说了算。"

"怎么，你的意思是，我说了不算？我还是不是你们大嫂了？"说到这里，张小环脸色一沉，"还是说，你早就想认别人做大嫂了？"

"怎么会，怎么会，大嫂我只认你一个，我只是觉得，还是这位先生把话说完咱们再决定，而且，大哥不是一会儿就回来了吗？这件事情让他定夺如何？"

"让他定夺？我看你是不想让我管了吧。"张小环冷笑，"你还说

什么认我做大嫂，好，这次的事情我不管了，等大当家回来，我亲自对他说，我看你们怎么收场！"

"大嫂消消气，我怎么会让他拆咱们寨子呢？"说到这里，二当家沉了脸，但是却一脸期待地看着崔先生说道："你还真是胃口不小，想拆我们寨子。难不成，这就是你的大礼？"

"我怎么敢拆寨子？"崔先生连忙说道，然后笑眯眯地看了张小环一眼，"只要拆了压在龙眼上的物件就行，也许是间房子，也许是一块大石，也许是一棵树，也许是一座坟，总之，这要我看了才能知道，这就是我说的大礼。"

他的话让二当家也松了口气，毕竟拆寨子也太大手笔了些，他还真做不了主，当即他脸色缓和了几分，笑着道："原来如此，如果先生真的有本事，我们这棺材山正好也缺个军师，我可以向我大哥举荐。只是，你说要看了才知道，先生想怎么看呢？"

崔先生等的就是他这句话，然后他拍了拍身上挂着的装着八卦盘的布袋，一脸高深地说道："我自然有办法，就看各位当家们信不信我了。"

二当家犹豫了一下，决定还是再问问张小环，毕竟大哥不在，她名义上是棺材山的当家人，于是小心翼翼地说道："大嫂，这种事情，我觉得还是宁可信其有，不可信其无。其实，让他看看也没什么吧。"

张小环冷笑一声："怎么，这会儿想起我是大嫂了？不过你是不是忘了，刚才我就说了，这件事情我不管了，你们自己看着办吧，要不，你们就等你们大哥回来问问他？"

二当家心中腹诽了句"头发长见识短"，脸上却笑着道："大嫂，你这就是赌气了不是？我还不是想让咱们棺材山的兄弟好，想让大哥好。我看这样吧，咱们这寨子也不小，不如就先让先生看着，反正大哥晚上就回来了，到时候再告诉他也不迟，就从我的院子开始，大家以为如何？"

剩下的几个当家早就被崔先生的三寸不烂之舌说动了心，如今大嫂不管，二当家又以身作则，他们还能不答应？而且，他们这棺材山背靠悬崖，且易守难攻，就算被人看到了地形，只要上不了山门，谁也打不下来。退一万步讲，即便这个风水先生真的有什么歪心思，他们也有十分的把握让他下不了棺材山。

听了他的话，崔先生却笑了笑道："二当家放心，在下不用一间一间地看，你们只要在寨子里给我摆下香案，让我开坛做法，我一定能探得龙眼的大致位置，到时候，你们在随我去确认一番就是了。"

"如此就更好了。"二当家一听，比他想象得还要简单，脸上的表情又轻松了几分，连忙让人在院子里摆下香案，让崔先生做法。

崔先生也不含糊，拿出早就准备好的香炉、黄纸、朱砂，还将早就写好的纸幡让山匪们挂好，然后就点燃香烛纸钱，用朱砂在黄纸上画了鲜红的符咒，念念有词地做起法来。

就这样，他盘坐在地，大概念了半个小时的咒语，然后突然睁开眼睛，用手往眼前的蜡烛上一扬，烛火一下子爆开了，一共形成了三朵烛花，"啪啪啪"的响了三声，这才终于安静下来。

崔先生立即一脸欣喜地站了起来，然后看着三朵烛花出现的三个方向，对二当家道："二当家，这三朵烛花对着的位置，就是龙眼可能存在的位置。"说着，他拿出八卦盘，装模作样地在三个方向比画了一番，立即笑道，"这三个地方我大概已经知道在什么位置了，不过在下本事有限，不能立即判断出来，必须在这三个地方实地做法找寻才行。不过二当家，如今尚不知道究竟是什么东西压住了龙眼，所以，您现在立即吩咐下去，这山上的所有人都不能离开屋子，也不能随意搬动屋子里的东西，我怕那东西是活物，若是在咱们找寻的这段时间移动了的话，这位置只怕又要重新找了。"

"行，我这就让他们不得离开屋子半步。"二当家立即吩咐下去，但末了还不忘问崔先生一句，"先生，若是有人走动了，会如何？"

崔先生叹了口气道："我能力有限，这功法又极耗法力，若是有人走动了，我若是再想做法只怕就要三个月之后了。"

"三个月，那岂不是黄花菜都凉了。"二当家听了更不敢怠慢，连忙又派了个人去叮嘱之前报信的那人，让那人报完信后，也不要回来了，后来的这个也一样，等先生查验完了，再离开。

都安排好了，崔先生这才在二当家的带领下前往第一个地点，他们决定由西到东寻找龙眼，因为，按照崔先生的话来说，越往西，龙眼存在的可能性越大，因为龙头是上扬的嘛！

说来也巧，这第一个查验的地方正是二当家的院子，而且崔先生在院子里走了一圈之后，立即让其他跟他来的人退出了院子，结果半个小时后，他则在二当家太太的眼皮底下从客厅中间的地下三尺处掘出一个用料古朴的雕花盒子来。然后，他将二当家请进了院子，当着他的面打开了盒子，竟发现盒子里放着一颗拳头大小的夜明珠。

二当家在这院子住了好多年，还从没想过自己院子的地下还能有这种东西，看着夜明珠的时候眼睛都直了。

只是，他虽然高兴得了宝贝，崔先生则失望地说道："看来是这珠子混淆了我的法术，不过，这珠子这么大，也算是个宝贝，二当家快收起来吧。"

"好的好的。"二当家说着，连忙让太太将珠子收了起来，然后心里则彻底服了，一脸谄媚地说道，"大师，不是还有两处吗？咱们快去看看吧！"

这位大师随便一发功，竟然能挖出一颗夜明珠，不但是二当家，就连一直在旁边冷眼旁观的张小环都吓了一跳，趁着没人注意的时候，她给了崔先生一个询问的眼神，却见崔先生微微一笑，竟给她抛了个媚眼，让她急忙低下了头，暗骂了句"臭男人"。

有了二当家的例子，到了第二处地方，也就是寨子里的库房的时候，崔先生的压力就小多了。虽然库房重地，一般人不得靠近，可崔先生此时已经被棺材山的山匪们当成了神仙一般的存在，哪里还敢阻止他，果然又让他一个人单独去库房里转了一圈。

而大概一个小时以后，崔先生又将二当家他们叫了进去，然后指着院子后面的一个位置，对他们说道："将这里挖开，下面有东西。"

听了他的话，二当家立即让几个小喽啰拿起铁锹挖了起来，结果不过是一刻钟的工夫，只听轰隆一声，后院的地面竟然向下坍塌下去，竟然出现了一个大坑，而在大坑的底部，一汪清澈的深泉出现在众人面前。

二当家看到大喜，立即对崔先生说道："大师，这难道就是龙眼？泉眼和龙眼，可不就是这个意思？"

崔先生微微一笑："若是平时，你说得不错，可是，这棺材山的龙眼明明是被什么东西压住了，这泉眼若在库房里也就罢了，如今在院子里，你可看到有什么东西压在它的上面？"

04

二当家一愣，当即尴尬地笑了笑："大师别见怪，我只是太着急了。这么说，第三处地方一定是龙眼喽？"

崔先生想了想，点点头道："若我没猜错，应该是如此。不过，我还是低估了你们棺材山的龙气。"

"先生的意思是……"

崔先生高深的一笑，然后在二当家耳边说道："山中泉水向来都是顺势而下，正所谓水往低处流。所以我才会猜测龙眼靠西，可这第三处地方却靠东，而且，只怕同这处深泉颇有渊源，二当家想到了什么？"二当家愣神的工夫，崔先生继续说道，"乃是龙气上逆！就是说，这龙已经醒了，龙气也运行起来，这才会催动泉水逆流，这是马上要飞龙在天了呀！"

"什么？！大师，你的意思是，这龙已经要飞起来了？"二当家相当激动。

"只要我能找到位置，到时候将压在上面的东西毁掉之后，在场的众人都有好处。"

"在场的众人都有好处？"喃喃地念着这句话，二当家眼睛里一亮，立即道，"那先生还等什么，咱们快去第三个，不对，应该是快去龙眼所在吧！"

"去是肯定要去的。"崔先生再次低声叮嘱道，"不过，这次也尤为重要，那压住龙眼的东西，绝不是普通东西，可能很厉害，我必须好好同那东西斗一斗才行，所以，没我的吩咐，你们谁也不能进去，一旦我收了那东西，自会招呼你们，在此之前，你们一步都不能靠近，明白了吗？"

"是，是！我明白了。"二当家应着，连忙道，"大师，咱们还是快去吧，再不去，这天都要黑了！"

被二当家催促着，崔先生很快来到了第三处地方，这里位于内宅，是李大头的院子，而他们到达的地方，是大院子里的一个小套院。到了这里，崔先生刚要进去，却听张小环突然站了出来说："这里不行，里面住着向姑娘。"

向姑娘就是李大头三媒六聘娶的那个女学生，也是张小环最恨的人。

"大嫂，刚才你也看到了，这位崔先生非比旁人，他可是个活神仙呀，这是最后一处了，龙眼只怕就在里面，你可不能因小失大呀！"

二当家此时一心想要找到龙眼，最好趁着大当家回来之前毁掉压在上面的东西，自己吸收些龙气，所以，对于张小环的横生枝节，他除了觉得麻烦，就是以为张小环看破了自己的心思，因此他想要尽快找到龙眼的心思反而更急迫了。

说着，他已经催促起崔先生："大师，你快进去吧，里面也知会过了，我们在外面等你消息。"

"那……好吧！"崔先生应着，然后深深地看了眼一旁的张小环，便转回头，立即进了向姑娘的院子里。

他刚刚关上院门，便听张小环在外面对二当家说道："二当家，我看你是疯了，这个向姑娘可是大当家的心头肉，我告诉你，若是今日出了什么事，我可不替你背黑锅……"

此时，崔先生已经往院子里面走了，院外的话已经听不太清楚，只听到二当家含含混混地应了句什么，大致意思是出了事他负责云云。

崔先生心中暗暗骂了句傻瓜，而这个时候，却见正前方的屋子里走出两个女孩，看装束，一个穿着学生衣服，应该就是那个向姑娘，而另一个则穿着丫头的袄裤。

不得不说，这个向姑娘长得果然好看，她有一张圆圆的脸盘、一双欲语还休的眸子、一只樱桃小口，还有一个小巧好看的鼻子。不过，这些不是最重要的，好看的女人哪里都有，可是又好看又有气质的女人却不多见。别看这个向姑娘看起来只有十五六岁年纪，可是却从里到外透着一股大气端庄的气质，让人不忍亵渎。也难怪那个李大头想要娶这个向姑娘做平妻了，若是这棺材山的山匪真的被政府军收编了，有这个向姑娘做妻子，肯定比这个张小环加分不少。

不过，崔先生自己却对向姑娘这种类型的没兴趣，他感兴趣的就是类似张小环那样成熟类型，所以，帮张小环也是心甘情愿，即便这帮忙是顺手为之。

看到崔先生进来，向姑娘眼睛闪了一下，然后问道："先生来我这院子里找龙眼？棺材山的龙眼？"

"向姑娘说得没错，我的确是来找东西的，不过……"

说话的工夫，崔先生已经到了向姑娘的面前，然后他顿了顿，看了旁边的丫头一眼，突然用手一扬，一股香气便在这个丫头的面前弥漫开来，而后，只见这个丫头身子一歪，竟然一声不响地摔倒在地，就这么被崔先生给迷晕了。

向姑娘吓了一跳，但她还是镇静地说道："这位先生，我也是被掳来的，这屋子里的东西，你想拿什么就拿吧，我绝不出声。"

哪想到，听了她的话后，崔先生微微一笑："向姑娘，你误会了，是你爹拜托我来救你下山的……"

"我爹？"向姑娘一下子愣住了……

一个小时之后，天已经完全黑了，张小环估摸着人已经差不多跑远了，这才再次一脸气愤地说道："二当家，都一个小时了，里面的人还没出来，也没有任何动静……刘兄弟，你可要记得你说过的话，若是向姑娘出了什么事，你可要全担下来呀！"

此时，二当家心中也有些忐忑，虽然上次在库房的时候，崔先生也在里面待了快一个小时，可却不像这次这样如此安静。前两次里面还是有其他人的，偶尔还能听到里面的说话声。可这次，也不知道是不是天黑了的缘故，他感觉里面竟然一点动静都没有，简直可以说是死寂。

他犹豫要不要进去看一看，可一想到崔先生之前吩咐过的，这次对于找龙眼至关重要，绝不能打扰他，便又重新打消了这个念头，只得硬着头皮道："大嫂，应该快了吧，这次应该是找到了，所以才会这么久吧！"

"这是你说的，可不是我说的，反正这件事情同我没关系，真若出了什么事，你不怕大当家的盒子炮？"张小环这会儿什么都不怕了，笑嘻嘻地说道。

她越说，二当家越忐忑，脸上的汗也下来了，可他又怕功亏一篑，仍旧不敢进门，只是不停地在院外踱着步，时不时地还竖起耳朵想听听里面的动静。结果可想而知，里面仍是死一般的寂静。

就这样，大概又过了半个小时，人群后面不知道谁喊了一声"大当家回来了"，然后围观的山匪们自动让出了一条小道，不一会儿工夫，李大头就拎着一个包装漂亮的盒子从人群后面喜滋滋地走了出来。

到了向姑娘的院门口，看到门口围观的那些人，李大头不由得一愣，脸上的那道存在多年的刀疤也哆嗦了一下，接着便听他问道："你们干什么，这么多人到我院子里做什么，我刚才上山的时候，发现一个守卫都没有。怎么了，我媳妇怎么了？"

　　"当家的！"张小环明知道李大头此时口中的"媳妇"绝不是她，可还是忍住心中的愤怒，哭哭啼啼地冲了上去，然后把今天下午发生的一切全都向他添油加醋地说了出来，尤其是说了自己怎么努力阻止二当家，又是如何被二当家欺负的。结果，没等她说完，李大头就一把将她推开，然后冲过去拎着二当家的脖领子，青筋直暴地说道："姓刘的，老子的媳妇出了事，我第一个崩了你！"说着，他立即冲进了院子里。

　　李大头刚刚冲进里面，却见二当家的太太突然捧着那个从自家大厅地下挖出来的木盒子穿过人群小跑了过来。然后她来到自家男人面前，将盒子打开给他看："当家的，这夜明珠怎么晚上不亮呀？还有，刚才我把它拿出来的时候，发现这珠子上面竟然掉粉……"说着，她又用帕子蹭了一下珠子给二当家看，果然看到帕子上多了一层粉末。

　　二当家大惊，连忙将盒子里的珠子拿了出来，用指甲狠狠划了一下，然后他勃然大怒，将珠子使劲向地上扔去，随着"哗啦"一声响，他愤怒的声音也随之响起："奶奶的，是玻璃……"只是，他最后一个"的"字还没有说出口，却听院门一响，有人从院子里冲了出来，然后随着一声枪响，二当家的脑门上多了一个血窟窿，于是，二当家连哼都没哼一声就这么倒在地上死了。

　　这时，黑暗中响起李大头冷冰冰的声音："蠢货，找东西不用灯的吗？你弄丢了老子的媳妇，老子让你偿命！"

　　枪响之后，周围一片寂静，没有一个人敢再多发一言，生怕自己成了第二个二当家。而在停顿了几秒钟之后，才听到二当家的太太扑在自己男人的尸体上号啕大哭起来，最后是李大头听得不耐烦了，才让人将她拖下去了。然后李大头开始招呼手下，打算下山追人。

　　眼睁睁地看着二当家就这么一命呜呼，张小环的手心冒出了许多冷汗。

　　张小环虽然利用了二当家，可她却怎么也没想到，李大头仅仅因为那个丫头不见了，就把同自己同甘共苦十几年的兄弟就这么给崩了，这该有多狠的心肠才能下得去手呀！

　　此时，看着被拖下去的二当家和他的太太，张小环就像是看到了自己，忍不住打了个激灵，人也有些恍惚起来，而等她回过神来的时候，李大头已经点齐人马，下山追人去了。这个时候她才发觉，不过是片刻的工夫，追人的追人，被拖走的拖走，竟然没人再理她，仿佛她就是一个多余的存在。

　　山风吹来，张小环突然觉得很冷，她紧了紧身上的衣服，这才发现脚下似乎有什么东西，低头一看，却是刚才李大头喜滋滋拎上山的那个盒子。

　　此时，盒子早就散落在地，里面的东西也露了出来，张小环一眼就看出，里面是一件雪白的洋装。

　　这样式和颜色，她依稀在南京百货商店的橱窗里见到过，应该是洋人的婚纱。她还记得，自己曾经向他讨过，可却被李大头一句死人才穿白给拒绝了，而且，那个时候他还说不吉利，让她以后想都不要想。

　　走到婚纱前，用自己的三寸金莲踢了踢那裙子上的流苏，张小环看了眼李大头下山的方向，嘴角却露出了一个讽刺的笑容，然后她转身回了自己的屋子。

　　回屋之后，她坐在了茶几旁，想要给自己倒杯茶，可拎起茶壶，却发现自己的手抖得厉害。她脸一沉，立即将茶壶重重地放在桌子上，然后大声唤道："人呢，茶都凉了，还不去给我换壶热的。"

　　"是，是的太太！"她的声音立即让小丫头从一旁的隔间里走了出来，只是人却战战兢兢，怕是已经知道了二当家被大当家杀了的事情，也被吓到了。

　　看到她这副没出息的样子，张小环更生气了，索性将茶壶扔在地上摔得粉碎，然后厉声呵斥道："死的又不是你，你怕什么，真没出息！"

"是，是，奴婢这就去给您找个新壶泡茶！"小丫头立即跪在地上将地上的碎片捡得干干净净，又快速地退出去了，于是，屋子里又再次只剩了张小环一人。

屋子里静下来了，张小环出了一会儿神，而后自言自语地说道："若是我放走的，你也会在我的脑门上开个窟窿吗？大头……"

就在这个时候，屋子里突然响起低低的笑声："太太，事情我给您办好了，我的酬劳也该给了吧！"

蓦地响起这个声音，张小环吓了一跳，手中的茶杯又差点摔了，不过随着一个人影从暗处闪了出来，她愣了下后却对他妩媚一笑："崔先生，你还真是心急呢！"

"嘿嘿嘿，我就是心急，我都等了好几天了，今天又累了一下午，只能眼睁睁地看着，碰都不能碰，能不心急吗……"崔先生说着，已经来到了张小环面前。

看到他一副猴急的样子，张小环掩口笑道："只要那人不再回来，你什么时候要不行？哪怕我下山找你也是可以的。我家当家的一会儿就回来了，万一被他碰到，咱们只怕就都完了呢！"

"嘿嘿嘿！"崔先生此时已经握住了张小环的手，低低地说道，"我的太太，你以为我只把她带下山吗？我可是给你当家的留了不少线索呢，他如今怕是早就往东边追去了，估计天亮也回不来，我这可都是为了你。而且，就算他回来了，你说自己睡了不就是了……我的太太……"

张小环眼神微闪，然后幽幽地说道："就算我没睡，他也好久没来我屋子了，宁愿做和尚，他也不来……也罢……"

张小环说着，先是对崔先生抛了个媚眼，然后对外面大声喊道："我乏了，要休息了，今晚都累了，你们也歇着去吧，明早儿再来，听到了吗……"

"是！"门外远远地传来丫头的回答，不一会儿，丫头的脚步声

越来越远，果然是真的回去了。

"哎哟，我的好太太，我可没白帮你……"崔先生开心地说了句，人也迫不及待地扑了上去……

崔先生发誓，这一次，是他这个"花丛老手"最窝囊的一次。他辛辛苦苦好几天，好容易到了拿"酬劳"的时候，竟然被"捉奸在床"！被"捉奸在床"也就罢了，哪怕让他成了事儿也行呀，可老天偏偏不让他如愿，衣服不过才脱到一半，屋门就被人撞开了，竟然是李大头！然后是一阵乱枪响起，床上已经展开的锦被上立即被射出了几个冒着烟的窟窿，若不是他和张小环及时从床上滚了下来，只怕那枪子就射在了他们的身上了。

张小环尖叫着胡乱裹起了外衣，躲在了一个大花盆的后面，而这时，李大头的枪口已经完全咬住了崔先生。

随着枪声不断响起，崔先生光着膀子满屋子乱窜，一边向他射击，李大头一边愤怒地吼道："老子都听到了，老子就知道这件事不简单，幸亏回来看了看。奶奶的，老子打死你们这对奸夫淫妇！"

不一会儿，李大头盒子炮里的子弹就打完了，趁着他换弹夹的工夫，崔先生这才缓了口气，却不怕死地嚷嚷道："你用枪算什么本事，有种跟老子打一场呀，老子定把你打得满地找牙。"

听到他这挑衅的话，李大头怒不可遏，脸上的刀疤也因为愤怒由粉红变成紫红，额头上的青筋更是鼓得高高的。虽说他如今已经厌弃了张小环，可他是男人，被人戴了绿帽子，还被人瞧不起，那可就不是单单为了女人了，而是为了自己的尊严而战。

于是李大头将盒子炮往腰上一插，冷笑地看着崔先生道："好，老子就先活活捶死你，再把这个女人赏给弟兄们，我要让你尝尝棺材山李阎王的厉害！"

李大头的话让张小环惊出了一身冷汗，要知道李大头长得虎背熊腰，一身的蛮力，枪法又好，在棺材山当了十几年的山匪，陵水县换了很多个县太爷和县长都没能把他怎么样。而崔先生，不但身子虚胖，身材也矮墩墩的，虽然五官长得好看些，但是怎么看他都不是李大头的对手。而他死了也就罢了，可自己怎么办呀，显然这李大头如今已经恨死她了，不然也不会说出将她赏给他那些兄弟们的话了。真到了那时，她只怕是生不如死。

所以，若是这位崔先生被打死，那她也是十成十活不了的！

想到这里，她急忙向李大头冲了过去，边冲着边哭着说道："当家的，我错了，小环错了，您这次就饶了我吧，我……我也是被迷了心窍，我只是……只是实在是气不过呀！我跟了当家的十多年，在当家的心里却不如一个刚认识十多天的黄毛丫头，当家的呀，你的心里就真的对小环没有半分怜惜了吗……"她一边哭着一边已经冲到了李大头的身后，一把抱住了他的腰，将自己埋在心里的话索性一股脑儿全都倒了出来。李大头没想到，如今到了这步田地，他们这对奸夫淫妇算计他的事情已经彻底暴露了，张小环还有胆子同他讲旧情，想让他回心转意，一下子更怒了。

他甩了一下张小环，发现没甩开，便大怒道："滚，你这个破烂货，你再敢拦着老子，老子现在就把你撕了！"

他的话似乎将张小环吓到了，她的身子不由得一震，而趁这个机会，李大头侧了侧身，狠狠地推了张小环一把，这次终于推开了她。

李大头的力气很大，根本半点都没顾念十几年的夫妻之情，所以，他这一推，用了九成的力道，刚好把张小环推到了一旁的茶几上。张小环的额头重重地磕在桌角，立即血流如注，伤势看起来不轻，人也发出一声惨叫。

可即便如此，李大头却根本连看都没看张小环一眼，随着他腰中的束缚一松，他又觉得自己浑身充满了力量，然后看向近在咫尺的崔先生，冷笑道："孙子，你不是让老子过来吗？老子过来了……"

可就在李大头慢慢靠近的时候，却看到了对面的崔先生眼中闪过一丝诧异，而且崔先生的注意力并没有在他身上。李大头发现崔先生先是看了看他的腰间，然后却越过他，看向了他的身后。能做到大当家，李大头不是傻子，这个时候他才终于意识到了什么，立

即低下头看向自己的腰。不过此时已经晚了，就在他低头的工夫，只听身后一声枪响，他只觉得自己的胸口一凉，便想转头，可最终没能成功，然后就像铁塔一样重重地倒在了地上……

李大头倒地，他身后那人便彻底暴露在崔先生的眼前，却是拿着李大头王八盒子的张小环。原来，她刚才趁着抱住李大头的工夫，趁机偷走了他插在腰间的盒子炮，然后在他背后开枪杀了他，只怕李大头到死也想不到，他已经打算弃若敝屣的女人，最后竟然要了他的命。

06

杀了李大头，张小环拿枪的手很久都没有放下。崔先生走过去本想安抚她，不过，他刚刚走到她身边，却见她眼中闪过一丝惊慌，突然尖叫道："他……他动了！"

然后又是几声枪响，却是她又向倒在地上的李大头补了几枪，地上的李大头在子弹的力量下，又颤动了几下，却哪里有半分还活着的迹象。

崔先生知道她是太害怕了，尽量用柔和的语气说道："没事了，没事了，他已经死了，再也活不过来了……"

他边说着，边想将自己的手搭在张小环的肩膀上，试图安慰她，不过，就在他的手即将碰到张小环肩膀的时候，却见她身子一颤，突然转头看向他。

此时的张小环哪里还有半分少妇的风韵，她不但披头散发，而且还目露凶光，比鬼也好不了几分。

崔先生吓了一跳，手也不敢再放上去，而这个时候，他却看到张小环的脸色又变了，只见她突然"妩媚"地一笑，然后哑着声音说道："是呢，这下他就再也害不了我了，再也没法子把我赏给他那些弟兄们了。"

"嗯嗯，对对！"崔先生的手此时已经完全收了回来，更是被此时张小环的样子吓得胆战心惊。他有一个感觉，此时的张小环，恐怕已经再不是刚刚那个张小环了，他的心中立即升起一股警惕。

只是，崔先生虽然松了手，哪想到张小环却主动将他的胳膊挽住了，然后"媚眼如丝"地看着他道："先生，奴家这可是为了您呢，您可不能不管奴家。"

被张小环软乎而细腻的手握住，这次崔先生却感到像针扎的一样，有心将手抽出来，可不知怎的却不敢。就在这个时候，他突然觉得张小环的手一紧，然后又松开了他，紧接着，她握着枪的手指向了衣柜的旁边，厉声喝道："什么人？出来。"

她的话音刚落，却听一个女人的声音镇静地响了起来："别开枪，是我。"

随着话音，一个穿着学生衣服的女孩从衣柜后面闪了出来，竟然是崔先生原本已经送下山的向姑娘。此时，她的手中拿着一把不知道从哪里捡的生锈的匕首。等她完全从藏身之处出来后，便迅速将这把匕首重新收了起来。

"原来是你！"看到是她，张小环的眼睛都红了，她瞥了眼旁边的崔先生，冷笑道，"你不是说，已经将她送走了吗？你同她到底是什么关系？"

崔先生额上冷汗直冒，只感觉自己浑身是嘴都说不清了，只能尽量解释道："太太，我的确送她下山了，然后……然后不就是来这里等您了嘛！我怎么知道她又回来了？"

他说的是真的，虽然他这次的确是为了救这个向姑娘来的，可由于有张小环的帮忙，他们的时间很充裕，让他完全有时间布好疑阵，他甚至已经将这位向姑娘送到了山脚才再次上的山。可是，他怎么也没想到，非但他布好的疑阵没派上用场，李大头也早早就回来了，就连这位他原本以为已经安全的向姑娘，竟然也重新上了山，重新出现在棺材山的山寨里。那他这几日所做的这一切，今天所做的这一切，又是为了什么？为了谁？

看到崔先生不像是说谎的样子，张小环的脸色才好看了些。只

是，她早已恨死了这个姓向的女人，如今李大头已死，这位向姑娘又重新出现在她的眼前，她又怎么可能放过她。然后张小环又对崔先生妩媚一笑："既然如此就好，那我杀了她，你也不会反对的吧！"说着，她就想朝向姑娘开枪。

可是，崔先生又怎么可能让她杀了向姑娘，于是他连忙挡在了向姑娘的身前，对张小环笑着说道："如今只要她下了山，就对你再没有威胁了，你又何苦再杀人。"

"怎么，你在为她求情？"看到崔先生竟然挡在了向姑娘的面前，张小环眼神微闪，似笑非笑地说道，"还是说，你这次上山根本就是为了她，为了从我们这些杀人不眨眼的山匪手中救她下山？"

说话的时候，张小环的枪一直没有放下，眼神也越来越冷，崔先生一时间真不知道该说什么了，只是，这个时候，却见被崔先生挡在身后的向姑娘突然向旁边跨了一步，离开了他的遮挡。

然后她看着张小环手中的盒子炮，冷静地说道："太太，事到如今，我也没什么好瞒您的了，我是上山来报仇的。正是李大头，十五年前杀了我全家，所以，不见他死透了，我是不会离开的。如今，他既然死了，还是被太太您亲手杀死的，我很感激太太，所以，也愿意为太太做任何事。您现在放我走，可以对他们说，是我为了报仇杀了他，这对你只会有益无害。"

"你是……来报仇的？"张小环一愣，"真的？"

向姑娘点点头道："我本来想在婚礼上杀了他，连匕首都准备好了，结果却没想到……"说到这里，她看了眼身侧的崔先生，然后又继续道，"所以，我才返了回来，想要趁这最后的机会了结他。"

"你说的是真的？"张小环半信半疑地问道。

向姑娘点点头说："是真的，太太。不然的话，你以为我稀罕这个山匪太太的位子？"

张小环眼神微闪，终于放下了枪，然后笑着说道："那如今，李大头死了，你也死心了？你真的肯替我担下杀死李大头的罪名？"

"太太，我不会再上这棺材山了，所以，您所说的罪名，我正求之不得！"说到这里，向姑娘恨恨地看了地上的李大头一眼，"我只恨不是我自己亲手结果了他。"她一边说着，一边递给了张小环一块手帕，上面绣了一个向字，然后又道，"您把这个给他们看，让他们确信我重新回来了就是。"

"那好吧！"张小环说着，熟练地卸下盒子炮里的弹夹，将里面的子弹一颗颗退了出来，只留下一颗，然后又将弹夹装好，这才交到向姑娘的手里，笑眯眯地道，"那你就怎么来的，怎么回去吧。"说着，她又冷冷地斜了崔先生一眼："你也一样，跟她一起走吧。"

手中拿着沉甸甸的枪，向姑娘只觉得心也沉甸甸的，而崔先生此时也没什么同张小环说的了，更是巴不得立即离开这个是非之地。可两人刚要走，却被张小环再次叫住了。

向姑娘回头，却见张小环对她笑了笑："向姑娘，我求你最后一件事儿，在我胳膊上打一枪。"

"打一枪？"向姑娘一愣。

"这样才像真的。"张小环平静地说着，就像是在说一件同自己毫无关系的事情。

向姑娘犹豫了一下，最终举起了手中的枪，向张小环走近了一些，然后犹豫了一下又走近了些，直到确认自己不会误伤到她要害之后，这才对她的肩膀处开了一枪。

张小环立即发出一声闷哼，她的脸色也在刹那间变得惨白，额上也有大颗的汗珠冒了出来。然后她对向姑娘他们挥了挥手，意思是让他们快走，显然，已经疼得说不出话来了。

事已至此，崔先生只得同向姑娘一起出了大门，不过门外的院子此时仍旧是一片死寂。看来有人交代过，不让别人进来，而这个交代的人，很显然，除了李大头不会有别人。

崔先生看了身侧的向姑娘一眼，犹疑地问道："你真是一个人重新上的山？你真的同李大头有仇？"

"先生，"向姑娘转头对他笑了笑，"你也真的是受我爹的委托来救我的吗？"

崔先生一愣，眼珠转了转干笑道："当然是了，不然等你回去问你爹不就知道了。"

向姑娘又笑笑："那你同我爹的关系一定很好喽？"说着，她将手中的盒子炮递到崔先生手中，自己则将刚才收起来的那把生锈的匕首再次拿了出来。

看看她手中的匕首，虽然这么一把破匕首实在是没什么大用，她拿着气场也有些怪，可又看了看自己手中的盒子炮，崔先生却不得不承认，眼下的情形，与其手中拿着一把没有子弹的枪，还真不如拿把刀来得管用。

而把枪递给他之后，向姑娘却拉着他绕向后院，低声道："后门没人，我刚刚就是从后门进来的，而且后山也有条小路。"

看来这个向姑娘果然是有备而来的，不过是在山上待了短短十几日，就已经将山上的地形摸了个差不多了，可这也让崔先生突然觉得自己上山救人似乎有些多余。

这人果然是不能貌相的，这向老爹看起来邋邋遢遢，老实厚道的不行，竟然有了一个这么精明的女儿，难道是祖坟冒了青烟了吗？可转念又一想，崔先生却觉得有些地方不对劲儿——刚刚这个向姑娘说李大头杀了她全家，那就是也包括她父母喽？那这个向老爹同她又是什么关系？

看来，他们两个人中，有一个人说了谎！

07

就在他胡思乱想的工夫，他们已经到了后院，果然看到后院的小门虚掩着，他们急忙出了小门，向后山的方向逃去。可就在这时，他们却清清楚楚听到一阵急促的脚步声，似乎有不少人向李大头的院子冲了过去，看样子是已经知道出了事。

向姑娘眉头皱了皱，冷哼道："这位太太是想杀人灭口呢，她怕是不会让咱们下山了。"

崔先生眼神微闪，心中已经赞同得不能再赞同了。他在刚刚就已经发现了，此时的张小环已经不再是之前的张小环了，怕是要比李大头更狠。

虽然已经到了危急关头，就连向姑娘也连连皱眉，崔先生的脸上却反而没什么惧色，而是嘿嘿一笑，口气轻松又狂妄地说道："这棺材山，还轮不到他们做主！"说着，他一把拉住向姑娘的胳膊，绕开小路，向一旁的林子里钻去。而等到了四面都是树林的地方之后，却见崔先生突然站定，先是抬头看了看天，然后才看着向姑娘道："向姑娘，实不相瞒，我不是普通人，所以，一会儿可别把你吓到了！"

向姑娘一愣，她先是一脸警惕地看了崔先生一眼，然后又仔细听了听林子周围的动静，发觉已经有脚步声从小路上匆匆而过，也就是说那些山匪已经发现他们的逃跑线路，追了上来，甚至还超过了他们，看来打算将他们困死在山上。于是她犹豫了一下，担心地看着崔先生道："崔先生，咱们怕是跑不了了，你是不是被吓傻了？"说着，她的眼睛看向他手中的盒子炮，而她握着匕首的手却紧了紧……

不过，崔先生却似乎没有注意到向姑娘表情的变化，听到她的话后，他先是笑着摇了摇头，然后故意一脸为难地说道："若是以前，我肯定不会暴露自己身份的，不过，最近我的一个朋友刚好在附近，他的本事倒是可以让我再无后顾之忧，所以，嘿嘿，向姑娘你别躲那么远，你快拉住我的手，咱们这就下山。"

向姑娘犹豫了一下，终于还是向崔先生走了过去，同时向他伸出了左手，不过，在她伸出左手的同时，她握着匕首的右手却悄悄背到了身后。

就在此时，却听一个幽幽的声音突然在他们的头顶处响起："崔嵬，你说的那个朋友是我吗？"

随着这个声音，一个身影突然出现在他们的面前，却是一个身材高大的英俊男子，也正是那日在土地庙前，被崔先生甩掉的那个

年轻人。

看到他竟然也在，崔先生脸上立即露出了喜色，马上凑到了他的身前，笑着道："你在这里实在是太好了，你不会见死不救吧，所以，咱们赶快吧！"

男子的嘴撇了一下，鄙夷地看了他一眼："崔嵬，崔先生，这会儿你把我当朋友了，昨日不还躲着我吗？"

"当时我是有事儿，真有事儿！嘿嘿嘿，再说了，咱们的关系那可是生死之交，你怎么也不忍心我被山匪们打成筛子吧！"

"筛子？"男子似笑非笑地看了他一眼，"你被打成筛子的样子，我倒真想看看。"

"啊！你不会那么无情吧，再说了，我这次也是做好事！"

"做好事？"男子冷哼一声，"做好事做到人家床上去了？我可是亲眼看着你下了山又重新上去的，就算是被打成筛子，那也是自找的！"

"你一直跟着我？你怎么知道我要来这里的？"这个时候，崔嵬才发现不对劲儿。

"这很难吗？"男子说着，却看向一旁的向姑娘，脸上露出探究之色。不过此时，向姑娘对这个突然出现的男人也感到很惊讶，警惕地问道："你……不对，你们到底是谁？怎么……怎么就突然出现了……"她要没判断错，这里应该是半山腰，而这个男人，应该是突然从天而降的！

男子正要解释，却听外面传来几个人的谈话声，是山匪的声音，只听他们说道："好像有人声，不会是他们吧？怎么办，要不要进去把他们揪出来？"

"进去？你先进去？你不知道他们把大当家的盒子炮抢走了吗？子弹还有满满一弹夹呢！"

"那怎么办？让人来看看？"

"看什么看，大嫂和三当家说了，格杀勿论，咱们先把他们打死，再把他们拖出来不就行了。"

"嘿嘿，还是你聪明。大嫂还说，要是打死了，就等于给大当家报了仇，有重赏！"

"那还等什么！"说着，树丛外面已经响起了拉枪栓的声音。

事态紧急，男子已经顾不得解释太多，他立即抢到向姑娘面前，一把拉住她的胳膊，低声说了句："会有些晕，峰顶见！"说着，也不知道他使了什么法子，便同向姑娘一起消失了踪影。

看到他们走了，崔先生大惊，连忙低声嚷嚷道："乐鳌，你也太不够意思了，怎么不带我一起走！"

说着，他的短粗的手指已经开始结印了，嘴中也开始念念有词，终于他在枪声响起的那刻施法成功，也在眨眼间消失了踪影……

在同棺材山隔了几个山头处，有一座玉笔锋，与棺材山处于同一山脉，由于其形状又高又直，像是一支高高竖起的笔而得名。而且，正因为其又高又直，山上又多有悬崖峭壁，所以很少有人会到达玉笔锋的山顶处，故而很久以前就有人传说，这玉笔锋上住着神仙，若是有人见到了这神仙，就会长生不老，再也不受俗事的烦扰。还有甚者，言之凿凿地说曾亲眼见过这个神仙，说这神仙身长八尺、道骨仙风、白发白须、慈眉善目，整日里乘着仙鹤出入自己的洞府，而他的洞府就在玉笔锋的峰顶上，成日里云雾缭绕，只有有机缘的人才能找到那洞天福地，找到那个鹤发童颜的老神仙。

看着脚下茫茫云海，向姑娘转头看向崔嵬，用一种不相信的语气问道："你真的是玉笔锋上的那个神仙？活的，神仙？"

虽然此时已经是半夜，可脚下的云海却不是假的，等带她上山的乐鳌告诉了她这是什么地方，她立马就想起了自己很小的时候就听到的有关玉笔锋的传说，所以，即便是她，也难免震惊起来，生怕自己迷糊了，是身在梦里。

可如果这是真的话，这个带她来的男子还好些，那个崔先生的形象可就惨了些。而且，什么白发白须、鹤发童颜，他们两个哪个都同这些特点搭不上半分关系。所以，等崔嵬隔了好一会儿才回到峰顶，出现在她的面前之后，她见到他的第一句话就是这一句，问

他是不是真的是神仙。

对于这种话，崔嵬向来不知道该怎么回答，他若说自己是吧，可他毕竟还是差着那么一点，而且每次到最后，总是差那么一点，所以他自认为自己还算不得神仙，即便他已经活了几千年，也只能算是个地仙，而这还是他沾了他原形的光。

其实，他只不过是这玉笔锋上的一块石头，长年累月接受日月光华的照耀，才会莫名其妙的有了神智，修成了人身，再加上他本体属于大山，同这十万大山"血脉相连"，这才同这里有了密不可分的联系。不过可惜，本来有了天之精气和山水之灵气的滋养，他的法力应该早就更上一层的，但自从他有了人形，有了前往凡间的本事后，却难以避免地成了"俗人"一个，故而大把精力长期耽搁于声色犬马间，到如今才修到地仙的程度，想要再上一步已经难上加难了。

看到一向巧舌如簧的崔嵬面露难色，乐鳌嘴角向上扬了扬："还是我替他说了吧，他是这十万大山的一方山神。"

"山神？那就是真的神仙喽？"向姑娘的眼中闪过一丝惊疑，不过更多的却是不确定，毕竟，自从她懂事起，所接受的教育就是新式的，在脑海里也根本就没有这种概念，而这些日子，实在是有太多的事颠覆她这种认知了，所以，她又看向乐鳌，"这么说，你也是？"

瞥了旁边的崔嵬一眼，乐鳌低声道："我同他没有半点相同。"

此时，崔嵬已经很不自在了，他实在是不明白，好端端的，乐鳌为何非要把这个向姑娘带到他的洞府里来，即便他很快就会抹去她的记忆，可也完全不必呀，只要把她带到棺材山下，或者是陵水县城里不就行了，那样她也会很安全。

他就是在土地庙里看到前来许愿的向老爹的，也就是在那时，竟认出向老爹是十多年前救过自己的恩人。

他记得那年夏天，山中连降暴雨，大雨整整下了三天，几乎将这十万大山给淹了，他耗尽了自己的法力才退了山洪，保住了这山中大部分的飞禽走兽。可也正因为如此，才会因为力竭，晕倒在山里，直到被一个趁着雨停水退后赶路的男人救了。

08

那个男人没做什么，只是给了他一块干粮、一碗清水。虽然即便没有这个男人他早晚也会醒来，但是一饭一水之恩仍旧是恩，故而，在听了向老爹在土地庙的恳求后，他才会想要帮他找回失踪的女儿，好报当年的恩情。

所以，崔嵬相信，他只要将向姑娘带到土地庙前面，就一定能等到向老爹，而且，就算等不到向老爹，这个向姑娘精明得很，又怎么会找不到自己的家？这样一来，他欠人的恩情也就报了，而不是像现在这样，竟然连洞府都让人找到了。

因此，听到乐鳌的话后，他不屑地哼了声："你又以为谁想同你一样？赶紧的，把人给我送下山去，我家可不收外人借宿。"

说是将人送下山，其实崔嵬的意思已经很明确了，就是让乐鳌赶紧抹去这个向姑娘的记忆，也让这件事情有个圆满的了结。

不过这次，却见乐鳌笑了笑："这次，还真不行呢！"

"不行？！"崔嵬气鼓鼓地说道，"这是你家还是我家？什么时候轮到你做主了？你不送我送！"说着，他就朝向姑娘走去，看样子是要亲自送她下玉笔锋。

不过看到他走来，不知怎的，向姑娘却向后退了一下，看样子一时半会儿也不想下山。

这让崔嵬的脸上有些挂不住了，故意沉着脸道："告诉你，我可不是什么神仙，我是山里的老妖精，其实就是个山鬼，专门吃你们这种细皮嫩肉的小姑娘。"

看到他那副吓人的样子，向姑娘先是愣了愣，然后却"扑哧"一下笑了："崔先生，你真有趣。"

"我？有趣？你好大胆子！"崔嵬脸上的凶色挂不住了，圆脸反

而一下子变得通红，还真能配得上"有趣"两个字。

只见向姑娘又退了退，笑着道："崔先生放心，我不是要赖在你家里不走，实在是现在太晚了，我就算下了山，也没地方住，倒不如我在这里待一宿，等明日一早你再送我下山找我爹爹，如何？"

崔嵬愣了愣，这才意识到此时已经快要子时了，就算下了山，客栈也都关门了。

只是，难道这个向姑娘不是在陵水县附近住的吗？

这时，却听乐鳌也开口道："正是如此，我这次来找你，也是有事情想问你。而刚才听了这位向姑娘的话，好像同我想问的事情很有些关系，这才直接来了你的洞府。"

"原来你是故意把她带来问话的！"崔嵬愣了愣，然后怒道，"那你怎么不早对我说？"

乐鳌斜了他一眼道："我倒是想说，是你没机会让我开口吧。"

想到昨日自己的确是跑掉了，崔嵬脸上一红，轻咳了一声道："我那是想要先办正事，我这人最是认真，难道你不知道吗？"

乐鳌笑了笑："我知道，所以我就让你认真地办完事再现身！"

认真办完事再现身？

崔嵬细细琢磨起乐鳌这番话，很快便明白过来，感情这家伙一直在暗处看他表演呐，也就是说，他在屋子里同那个张小环说的那些话，做的那些事他也全都听到看到了！

崔嵬的圆脸一下子红得有些发紫了，心中的火一窜一窜地向上跳，可到最后，他除了在心中腹诽，什么都做不了。

多年不见，这个孩子果然如他预期的一样，越来越坏了，如今竟然连听墙角都学会了，况且已经不仅仅是听，而是正大光明地在一旁看了。

这次也怪他大意了，他应该在刚刚见到乐鳌的那刻就想到的。

如今，他真庆幸自己没同那个张小环做出什么，否则的话，岂不是会被这家伙取笑一辈子！

看到崔嵬发黑的脸色，乐鳌已经大致能猜到他此时心中所想了，立即舒爽不少。想当初，自己在这玉笔锋上随他学本事的时候，也没少受他捉弄。所以，从那以后，乐鳌每次见到他，都忍不住想戏弄他一番，如今也算是报了仇了。

不过，乐鳌此次来的目的毕竟不是找他的麻烦，而是要查找丽娘的身世，所以目的一达到，他便立即转了话题言归正传，看着向姑娘道："向姑娘，我听你说，十五年前你们全家都被山匪所害，你是为了报仇才会上的棺材山，找那李大头？"

没想到乐鳌问起这个，向姑娘原本笑着的脸一下子沉了下来，然后她垂了头，想了好一会儿才点头道："你说得没错，我们全家的确是被李大头所杀，那个时候我刚一岁，还不记事，我是被奶娘压在身子底下，才免于遇难的。"说到这里，她抬头看向一旁的崔嵬，"所以，你说是我爹爹的朋友，我一开始还觉得你是个骗子。我爹爹早就死了，只有一个老家人一直将我养大。他姓向，我就随了他的姓，对外号称是父女，不过，向爹爹曾经进过宫，我随他回老家之后，他的朋友我都认识，可偏偏不认识你。而若是他之前的朋友，想必也不会认为我真是他的女儿。"

听到这里，崔嵬有些明白了，说道："所以，你不信我，以为我是张小环派来害你的，你才重新回了棺材山？"

向姑娘点头道："我家本来要到陵水县投亲，当时我向爹爹是我父母在半路上收留的，最年轻，脚程也是最快的，所以快到陵水县的时候，我的亲生父母便让我向爹爹先行一步去亲戚家报信，这才捡了一命。结果他回来以后，发现尸横遍野，山匪也已经走了，然后发现了我和我尚存一口气的父亲。可向爹爹回来就是要告诉我们，我家要投奔的亲戚已经不在陵水县里，也不知道搬去了哪里。所以后来，在没办法的情况下，这才带着我，回了他的老家。我父亲临死前告诉了向爹爹仇人的名字，正是那个李大头。李大头本来是劫财，可看到我娘起了色心，我娘不从，甚至还伤了他，他这才凶性大发，杀了我们全家。而他脸上的那道疤，就是我娘用簪子划的。所以，一看到这道疤，我就知道是他，便想方设法上了山，想要借

机杀了他，为我们一家人报仇！"

听了她这番话，不得不说，这向姑娘的胆子的确是大得出奇，竟然能想到去匪窝杀山匪，这若是一般的姑娘，别说杀人了，只怕见到山匪都要吓死了。

她的话基本上同丽娘的描述没什么不同，此时，乐鳌几乎已经肯定她就是那个死在老狼牙那家人的女儿了。不过为了保险起见，他又问了一句："那你还记不记得出事的地方？"

听了乐鳌的话，向姑娘眼神微闪，很肯定地说道："我向爹爹对我说过，是在白虎崖。"

"白虎崖？"乐鳌一愣，"你没记错？"

向姑娘点点头道："不会错的，每逢清明祭日，向爹爹都会带着我去白虎崖祭扫，我亲生父母就埋在那里。"

看到向姑娘一脸认真的样子，乐鳌眉头皱了皱说："我知道了，你先休息吧，明日一早崔先生就会送你回陵水县。"

看到乐鳌原本舒展的眉头一下子又皱了起来，崔嵬猜测其中一定有事。不过，看乐鳌的样子应该是不想同向姑娘多说，于是崔嵬也便没有立即问他，而是将向姑娘的住处安排好之后，才重新来到洞府的门口，对看着脚下云海发呆的乐鳌说道："怎么，难道不是白虎崖？"

乐鳌点点头，仍旧盯着脚下的云海说道："你可听说过老狼牙？"

"老狼牙？"崔嵬想了想，"那也是一处鬼见愁呀。不过，这两个地方离得很远，一个在西，一个在东，正好位于陵水县的东西两边。"

"那我问你，十五年前，在那老狼牙，是不是也发生过类似的惨事？就同这位向姑娘说得差不多？"这次乐鳌转头看向了崔嵬。

哪想到崔嵬的脑袋摇得像拨浪鼓一般："那我怎么知道，就连向姑娘说的白虎崖的事情，我都不知道。"

乐鳌眯了眯眼，一脸鄙视地看着他："你不是山神吗？这大山里发生的事情还有你不知道的？"

崔嵬不屑地撇撇嘴道："那又如何？我还活了几千年了呢，怎么可能把这山中发生的每一件事情都记得。而且，你说的那段时间，我正好不在玉笔锋，到凡间历练去了，所以就更不知道了。"

"历练？"乐鳌笑了笑，"可是像今日那样历练？"

崔嵬听了老脸一红，然后又立即绷紧了，义正词严地说道："你小子别笑，若不是因为你们在我这里调皮捣蛋，我怎么会整整一年都没下玉笔锋？难道你走了，老子下山放松一下有错吗？"

听了他的话，乐鳌沉默了一会儿，再次看向脚下的云海，然后幽幽地说道："我记得那一年，你不止一次对我说，要把我扔下玉笔锋，就在这里！"

"那是我为了历练你，你小子竟然还记仇了！"崔嵬大声嚷嚷道，"你在我这白吃白住一年，我还得罪你了啊！"

"得罪谈不上。"乐鳌转头看了看他，嘴角向上扬了扬，"就是不知我还有没有机会再来看你。"

09

崔嵬神色一顿，慢慢走到乐鳌身旁，想同以前那样伸手拍拍他的肩膀，却发现乐鳌已经比他高了一个头还多，只得泄气作罢，然后也看向脚下的云海道："他……还好吧！"

"嗯，幸不辱命！"乐鳌淡淡地道。

崔嵬的眸子却一黯："你也已经二十八岁了吧。"

"嗯。"

"快了。"崔嵬长叹一口气，扫了眼他的左臂，"乐家那边……"

"乐家从不会让大家失望的。"乐鳌笑了笑，"所以，你也放心。只不过，下一个只怕就没我这么好说话了。"

听到乐鳌笑着说出这句话，崔嵬一时间不知道该说什么好，他实在是活得太久了，有些事情，的确像他之前所说，已经不记得了，可有些事情，却让他永远都忘不掉，而记住什么忘记什么，即便他

是这十万大山的山神，也无法选择……他的悲哀又有谁能知道？

"好了，我该回去了。"最终，乐鳌打破了沉默。

"回去？"崔嵬一愣，"回哪里去？你不明早再走吗？"

乐鳌笑道："我这次不是一个人来的，自然不能留她一个人在客栈。"

"是那个猫崽子吗？怎么不同你一起来？"崔嵬气哼哼地道，"当初他不比你闯的祸少。"

"不是。"乐鳌笑道，"我出来了，临城自然要有他坐镇的。若是明日你送向姑娘下山，不如去客栈找我，倒是可以见见她。"

"难道是个姑娘？！"崔嵬大惊失色，"你别忘了你父亲他……"

乐鳌又笑了，然后想了想道："你放心好了，我自然不会像我父亲一样，不过……你见到她就明白了，也许……日后，她能帮到你也不一定。"

"这个姑娘还能帮到我？"

乐鳌说得轻松，可崔嵬的心中却感到越发忐忑。这小子说是同他父亲不一样，可他怎么反而觉得他们父子是越来越像了呢？于是，这更坚定了他要见那位姑娘的决心。而且，他刚想起来，的确有事让乐鳌帮忙，也正好看看那位姑娘怎么"帮"自己。

这会儿，乐鳌看说得差不多了，就打算离开，却被崔嵬一把拉住了："等等，我正好有事让你帮忙。"

"有事让我帮忙？"乐鳌一愣。

"你可记得你的胡二叔？"

"胡二叔？"乐鳌想了想，"就是那个你刚同他表妹进了房，他就跑到玉笔锋来，在你门口唉声叹气，然后盘着腿，在你门外大声念经的那个？"

崔嵬的圆脸一下子又涨红了，咬着牙对乐鳌道："你小子能不能记住些好事？"

乐鳌的眼睛弯成了月牙状道："胡二叔怎么了？我记得虽然他修道有方，可却更喜欢佛法，好像听你说过，他的洞府里还有佛堂是吧。只可惜，我没去他家看过。"

"好人的确是个好人，不过……"说到这里，崔嵬的脸上露出一丝可惜，"不过，你明日还是去看看他吧，他都病了好多年了，如今越发重了，你若能治好他，也不错。他家就在离咱们玉笔锋不远的不归峰上。记不记得你那会儿最爱去不归峰摘桑葚，桑树最多的那座山坡上有一座荒坟，荒坟的两旁有两只破石马，那就是他的洞府了。等到了那里，你大喊三声胡二叔，他就会为你开门。"

不归峰乐鳌倒是很熟，可胡二叔的家他还是头一次去，他将崔嵬的话暗暗记在心里，然后却好奇地看着崔嵬问："怎么，你不同我一起去？"

"你不是着急吗，我明早还要送向姑娘下山，怕是不能去得太早。"沉吟了一下，崔嵬却微微向后回了回头，看向洞口，"我觉得，还是把她交到她向爹爹的手里才能放心。这个向姑娘，胆子实在是太大了，心思又深，万一再做出什么惊人之举出了事，我岂不是在恩将仇报？而且……"说到这里，崔嵬像是想起了什么似的说道，"我曾拜托你胡二叔在我历练那几年帮着照看山里的事情，也许我不知道的事情他知道也不一定。总之，这次你怕是非要找他一趟不可了。"

"也好，那我就在胡二叔那里等你好了。"乐鳌立即点点头。

时间真的是不早了，两人约定好后，乐鳌就准备立即下山，却不想竟然再次被崔嵬拦住，然后他将自己又白又胖的左手伸到了乐鳌的面前。

"又怎么了？你再不让我回去，可就天亮了！"乐鳌可不记得以前的崔嵬这么婆妈，难道有话就不能一次说完吗？

"我可抹不去这丫头的记忆，你又急着走，所以，拿来吧！"崔嵬撇嘴道。

乐鳌这才明白过来说："本来，我是想着临走前抹掉她的记忆的，等明日一早，你趁着她还睡着，就送她回去。不过，既然你说要亲自把她交给她爹爹……你确定她肯吃？而且，若是吞服的话，只怕

她要受些苦。"

"不吃的话我就先带她去不归峰呗。"崔嵬嘿嘿笑了两声，"再说了，有我在旁边，还能眼睁睁地看着她受苦不管？"

"那……好吧！"

犹豫了一下，乐鳌立即用双手在胸前画了个圆，于是，那一银一金两种颜色的气再次出现在他的胸前，而随着他双手化成的圆越来越小，这团气也越发明亮起来。渐渐地，这两团气融在了一起，再也分不出哪边是银，哪边是金，紧接着，却见乐鳌用手指在凌空写了一个字，然后马上将它攥在了手心里，而他的另一只手则攥住了那个明亮的光团，最后他将两只手合在了一起。

等他再次将手张开的时候，手中已经出现了一颗黑色的药丸。

将药丸塞到崔嵬的手里，乐鳌快速说了句"这下没事了吧"，然后也不等崔嵬回答，他便纵身一跃，从玉笔锋上跳了下去，一眨眼的工夫就消失在了茫茫的云海中。

看到乐鳌这副恨不得立即逃开他的样子，崔嵬暗骂了句"过河拆桥"，然后用丹田之气对着茫茫云海大声喊道："别忘了明天把她一起带来，千万别忘了啊……"云海自然不能回答他，但他肯定乐鳌一定听到了，不过他想了想之后，又再次对着云海大声喊了句，"我若是赶不及去你胡二叔家，就去客栈找你，你可千万别不等我先走了……对了，你还没告诉我是哪家客栈呢，你个臭小子！"

"崔先生！"

崔嵬正喊着，却听后面传来了向姑娘的声音，他转头，看到她正站在洞府门口，显然已经待了有一会儿了。

想到自己刚才的确是挺啰唆的，崔嵬有些不好意思地道："怎么，吵到你了？实在是不好意思，这个臭小子，从小就不让人省心！"

向姑娘笑了笑，向崔嵬走了过来："没关系，反正我也睡不着。不过，这个乐先生好像同您很亲近的样子，不知道的，还以为他是您的儿子呢。"

"哈哈，怎么会，我哪里会有儿子，我还没成亲呢。"崔嵬一脸尴尬地摆手道，"那是我一个老友的儿子，不对，应该算是我的小友吧！"

"这个说法倒是有趣。"向姑娘笑了笑，又向崔嵬走近了一步，不过她眼神闪烁，好像有话要向崔嵬说。

看出她神色有异，崔嵬愣了愣问："向姑娘有事？"

见崔嵬看出来了，向姑娘停了停，迟疑地问道："我刚才看到那位乐先生给了您什么东西，还说要给谁服下。"

崔嵬明白了，看来这个向姑娘果然是个多疑的主，显然，即便他们救了她，她似乎也没有完全相信他们。

这让崔嵬有些不悦，本来，他是来帮忙的，是来报恩的。结果这位向姑娘不感谢也就罢了，还猜疑他，即便是她小时候父母双亡情有可原，可到了现在她还怀疑他们的用心，可就有些太不近人情了。

于是他收了脸上的笑容，点点头说："没错，这是能让你忘记我们的药丸，等明日我送你回去，你就服了它，这样对咱们都有好处。"

"让我忘记你们的药丸？"向姑娘一愣，忍不住又向前走了一步，眨巴着眼睛说道，"这世上真有这种药？我吃了后不会把所有的事情全都忘了，成了傻子吧！"

"怎么会，"崔嵬沉着脸道，"只是忘记有关我们的事情罢了，你还是你，不会有任何改变。"

可崔嵬的话都说到这个份上了，向姑娘还是一副不相信的样子，沉吟了一下后，她又向前踏了一步，然后伸出了自己的右手说："崔先生，我自然是相信您的，不过，您能不能让我看看那药丸。"

被一个自己救了的人如此怀疑，崔嵬真是恨不得立即就把这药丸给这个丫头吃了，然后索性将她扔到陵水县城门口了事。

他活了几千年，什么人没见过，可像这样多疑的人，而且还只是一个十五六岁的小姑娘，他还是头一次遇到。

不过，尽管他十分不悦，可还是将乐鳌给他的药丸递到了向姑娘面前，冷冷地道："这有什么可看的，不就是一颗药丸吗……"

见他将药丸递了过来，向姑娘立即伸出左手去接，可此时，崔嵬又怎么可能先给她，只打算给她看看就收回来，可就在他收回药丸的时候，眼角无意间向下一瞥，却看到向姑娘的右手不知何时已经偷偷伸了出来。

而此时，她的右手正握着一把匕首，正是那把之前崔嵬见过好几次的生锈的匕首……

10

"我去，你个……"

崔嵬大惊，可此时他身后是悬崖，仓促之间用不了术法，而向姑娘又离他太近，想躲都没地方躲，于是，他只能硬生生挨了这一刀。

他本来寻思着，普通人的利器不会怎么样他，撑死了也就在他身上划一个小口子罢了，更何况还是一把生锈的匕首，可紧接着，他却知道自己想错了。

事实上，这把看起来已经锈迹斑斑的匕首不费吹灰之力就插入了崔嵬的胸口，就像是插入了一块豆腐中那般容易，当时就让他痛得倒吸一口冷气。而下一刻，更诡异的事情发生了，这把匕首几乎是在插入他胸口的同时，便消失得无影无踪了。

可匕首虽然消失了，崔嵬胸口的血洞却没有消失，他胸口的剧痛也没有半分减轻，紧接着，他只觉得眼前一黑，身子一沉，便从悬崖上摔了下去……

陵水县的好再来客栈里，一间客房的烛火直到过了子时还没有熄灭，店里的孙小二闹肚子，连着起来了几次都注意到了，于是心中盘算着等天亮以后怎么开口向这间客房的客人多收些灯油钱。他们的房钱虽然在陵水县里还不算低，可也不代表灯油可以整日里烧着，那得费多少油，更何况，他们家用的灯油还质量好、价格高。其实要是他们本地人，哪怕口音都是这一带的客人，他只怕都不会这么想，实在是他早就看出这租房子的两个小子谈吐不俗，身上的衣服也光鲜，听说还是从沿海那边的大城市来的，租的也是他们这里最贵、最豪华的套间。因此，他寻思着他们既然不差这几个钱，又是外地人，所以他要是"好好"对他们说的话，他们一定不会为难他们这些做小本生意的吧！

正想着，孙小二突然觉得院子里刮过一阵怪风，他不由得缩了缩脖子。这股风刮得实在是怪，就像是从头顶上刮起来的一样，这大半夜的，甚至把他的鸡皮疙瘩都吹出来了。当即，他不敢再在院子里耽搁，连忙回了自己的屋子，继续睡觉去了。

他刚进屋，便见那个亮着灯的套房里，灯火似乎闪了闪，而后，一个喜悦的声音在屋子里响起："东家，您回来了！"

"嗯"了一声，乐鳌已经坐到了套间客厅的椅子上，夏秋连忙过去帮他倒了一杯茶，笑着道："东家，怎么样，可查出十五年前老狼牙的事情了？"

乐鳌沉吟了一下说："不是老狼牙，是白虎崖。"

"白虎崖？"夏秋一怔，"不是老狼牙吗？丽娘姐姐亲口对我说了，她家出事的地方就是在老狼牙呀！"

"所以，不是张子文骗了她，就是这两桩案子根本就不是一件事。"喝了口茶，乐鳌低低地道。

"那怎么办，咱们回去问张副官？"夏秋皱了皱眉，"可他若是存心隐瞒，又怎么会告诉咱们？后日晚上就是他娶如夫人的时候了吧，就算咱们回去，这会儿只怕也没机会问他。"

"问张副官那是最后没办法的办法。"乐鳌笑了笑，"咱们明日再去个地方，也许另一个人清楚也不一定。"说着，他又喝了口茶，惊诧地看着夏秋道，"这是什么茶？怎么是甜的？"

"里面加了蜂蜜。"夏秋笑嘻嘻地道，"上次在张副官家喝了一次，不过那是花茶，我回去同落颜说了，她说红茶也可以这么喝，还专门给我从学校抄来一个方子，我就试着做了做。红茶暖胃，这会儿喝还不晚，再过几日，只怕就太燥了。"

"怪不得落颜不想让你出来。"乐鳌笑了笑，他将茶放到了一边，沉吟了一下后，又看向夏秋，"明日，也许你还要见到另一个人，我曾经在他家住过一阵子，对我还凑合。他这个人最是无赖，若是说了什么不该说的，你就当没听到吧！"

虽然知道夏秋不是崔嵬感兴趣的那种"熟女"，可有些话他该说在前面还是要说在前面的。那位山神大人的心思最是跳脱，万一哪根筋不对了，只怕他乐善堂就永无宁日了。所以，他紧接着又补充了一句："总之，你少说话，别理他就是。"

"是。"夏秋听了眼珠转了转，"可是那位崔嵬崔先生？"

乐鳌脸色一沉，轻哼了声："可不就是那个为老不尊的老头，如今岁数大了，反而越发啰唆起来了。"

虽然乐鳌这么说，可夏秋听到一向严肃的乐鳌竟然这么说崔嵬，却觉出这位崔先生一定同乐鳌关系匪浅，搞不好又是另一个"陆天岐"。而且，乐鳌寻找这位崔先生的事情她也是知道的，更知道他是一位已经活了几千年的山神。

这两天住在客栈里，有关玉笔锋上山神的传说夏秋听了不少，所以她不但相信了传说，甚至因为乐鳌的缘故比旁人更加深信不疑。

一听说明天要见到这位山神大人，夏秋心中小小紧张了一下，只希望明天不要真的发生什么事情才好，可千万别得罪了这位老神仙。

天终于亮了，第一缕阳光第一个照到的就是最高的玉笔锋，也照亮了玉笔锋上的人，在崖边坐了一夜的向岚也终于感受到了阳光照在身上的温暖。

眼前人影一闪，一个黑袍人将好不容易出现的阳光遮挡住了，只听黑袍人道："辛苦了，我这就送你回去。"

"他掉下去了。"向岚头也不抬地说道，"我等了一夜，他都没再上来。"

"嗯。"黑袍人心不在焉地应了一声，"你爹已经在家里等你了，听说你被山匪掳了，他很着急。"

直到这个时候，向岚才抬头看向黑袍人，结果黑袍人的脸仍旧遮得严严实实的，像第一次见面的时候一样，她仍旧无法知道黑袍人的样子，然后她又垂下了眼皮问："真的是我爹让他去救我的？"

"你爹的确同他有些渊源。"黑袍人说着，已经转身往崖边走去，"怎么，你不想回去，还想在这等他？"

向岚沉默了一下，站了起来，然后她抬头看向黑袍人的背影道："我有一事相求，希望你能再帮我一次。"

"你求我？"黑袍人向后侧了侧身，"我没听错吧？"

紧攥着拳，向岚一字一句地说道："请你让我……忘掉这几天的一切，尤其是他……"

"呵呵！"黑袍人轻笑出声，"让我帮忙是要付出代价的，你可想好了！"

"代价？什么代价？"向岚的脸上闪过一丝警惕。

"如果是妖，我会要走它的元丹，可你是人……"黑袍人顿了顿，似乎想了下，"好人的话，我会要他的心，毕竟是稀罕玩意儿，还能赏玩一番，不过是你的话，我还真不知道该要什么。"

向岚愣了愣，然后却笑道："你说得没错，我的确不是好人，可我却帮你杀了人……不对，是杀了个神仙！"

"说是山神，其实不过是个山鬼罢了，但你说得没错，你还有用，所以我又怎么舍得让你忘掉一切，而且，我也挺喜欢你的性格的，跟我很像。"黑袍人又轻飘飘地道。

"可我就是想忘记呢？"向岚无比认真地道。

"真的这么想忘掉？"黑袍人似乎吃了一惊，不过顿了顿后，又笑了，"这点我倒是看错你了！不过，如今你大仇已报，已经没了执念，你爹又平安到家，貌似已经无所求了吧，又该拿些什么同我做交易呢，让我想想……"

"交易？"向岚冷冷地道，"你果然很讨厌。"

看到向岚的样子，黑袍人突然觉得又有些感兴趣了，兴奋地说道："既然如此，你这么坚持，不如……用你爹来换？"

"不行！"向岚想都没想就拒绝了黑袍人。

"你不想忘记了吗？"黑袍人引诱她道。

向岚嘴唇使劲抿了抿，然后一下子笑了，她突然张开自己的左手，让黑袍人看到她手心中的黑色药丸，淡淡地道："这是真的吧！我会告诉自己，忘掉乐先生和崔先生，忘记发生在玉笔锋和棺材山的一切，不过，我还要告诉自己，绝对不能忘记一个穿着黑袍的人，更要记住，这个人的话一个字都不能信，哪怕只是见到都要远远地躲开……"

"你怎么会有这个……你刚刚是在试探我？"黑袍人没想到乐鳌竟然给了她抹去记忆的药丸，语气中闪过一丝惊讶。

"是呀，所以，你可以把我留在这里，等那个乐先生回来重新让我恢复记忆，也可以在我失去记忆后把我从这悬崖上扔下去。"说着，她已经一口吞下了乐鳌的药丸。

药丸刚入腹，向岚只觉得浑身上下像是被火烧着了一样，好像血液都要沸腾起来，而她的神智也在同时越发昏沉。

在意识消失的最后一刻，她暗暗对自己说了最后一句话：还要记住，这个黑袍人是个女人……哪怕是下辈子，也要清清楚楚记住……

向岚彻底晕过去以后，黑袍人才慢慢踱步到她的面前，俯身看了看她，然后直起身来"咯咯"地笑出了声："看来我真的看错你了，你哪里是想忘记，根本是想让我杀了你，把你也从这悬崖上扔下去吧！"

"不过……"黑袍人顿了顿，然后一把拎起向岚，力气大得根本就不像个女人，这才继续说道，"不过可惜，你猜错了，这么有趣的女孩，我怎么舍得让你死呢？你不想见我这身黑袍，那我下次就换身衣服好了……"说着，她已经拎着向岚跃下了玉笔锋，眨眼间就消失在玉笔锋下的茫茫云海中……

第九章　前尘

01

第二天，乐鳌就带着夏秋上了不归峰，这个时候，已经是阳历的六月初，早已是草长莺飞的时候了。

他们上山的这一路上，看到了很多桑树，桑葚也已经挂满了枝头，有的甚至已经发红了。看着这些桑葚，乐鳌一脸怀念地说道："想当初我和天岐几乎将这不归山跑遍了，也是这个时候，大概更晚一点吧，就是为了摘这里的桑果。"

"这里的桑葚真这么好吃？"夏秋向周围看了看，也想尝一尝，可惜桑葚太高，她的个子太矮，想要摘到，只怕要借助些工具才行，要么就只能爬到树上去，看来眼下自己想摘桑果一事只能暂时作罢。

看到她的样子，乐鳌微微一笑，一伸手，一根桑枝出现在他手上，枝头上的果实紫红紫红的，显然已经熟了，然后递给夏秋道："你尝尝看，不过这个时候，应该还有些酸意。"

夏秋立即接了过来，摘下一颗用帕子擦了擦就塞到了嘴里，果

然是酸酸甜甜的，味道真心不错，于是她干脆把桑枝上的果子全都摘了下来，用帕子一个个擦了，然后包在帕子里捧到乐鳌面前，笑道："味道的确不错，东家也很久没吃了吧？"

乐鳌一愣，最终还是拿起一个送入了口中。桑果入口，一股清新的野果子味弥漫开来，仍旧是以前的味道。可果子的味道没变，他却已经不再是那个刚上玉笔锋的孩子了，然后他对夏秋笑道："是有很多年了，你吃吧，不用给我。"

夏秋这才把手帕里包着的果子一个个吃了，边吃边说道："我家以前门口也有一棵大桑树，我小时候也经常在这个时候去采桑葚吃，而且我家那会儿还养了些蚕，不多，一开始也就十几条，养着玩儿的，结果没几年变成了几百条，它们全靠我家门口的那颗桑树养着。最后一年，我家得了一斤多蚕丝，因为是自家乱养的，品质不高，没有人收，我家也没打算卖，我娘亲就说等冬天的时候给我做丝绵小袄穿，我娘还把养蚕留下的蚕沙装了一个小枕头，说是能清热凉血，蚕尿也被我娘收到一个小瓷瓶里放在阴凉的地窖中了，似乎也有用处，剩下的蚕蛹则被我爹爹炮制成了药材，据说后来还卖了个好价钱。"

这还是乐鳌头一次听夏秋说自己小时候的事情，结果一听到几只小小的蚕竟然被他们家派上了这么多的用场，不禁哑然道："你家果然是开药堂的，还真是一点儿都不浪费呀。怪不得你的刀工那么好，是你父亲教你的？"

夏秋又笑道："我爹那会儿说我小，怕我被刀铡了手，连药库的门都不让我靠近，只让我在前面认药，我是偷偷进去的，看到师父们的刀法那么厉害，便去厨房找我娘，拿着她切菜的刀切萝卜玩儿。结果后来，我爹拗不过我，只好让我跟他学炮制药材，可我在厨房帮了我娘几年忙，切菜什么的比我娘还麻利，我娘也经常把我叫到厨房干活儿，久而久之，这药工的活儿我都会做了，厨房的活儿也没落下。"

夏秋的三言两语，乐鳌听出了她从小就是一个有主意的主儿，也难怪在她十二岁以后，便能一个人撑起这个家了。虽然后来她家的药堂还是关了门，可最终也没让外人占了便宜去，实在是不幸中的大幸。不过，这些话夏秋没有说，乐鳌也不便问，于是又说道："那后来呢，你家的那些蚕子呢？几百条蚕想必蚕子要上千了吧，可是嫌麻烦不养了？"

听到乐鳌的话，原本正在兴高采烈讲述自己小时候事情的夏秋一下子不说话了，隔了好久她才垂着眼皮道："嗯，的确是太麻烦了，所以蚕子来年就送人了。"说到这里，她抖了抖自己包桑葚的帕子，却是桑葚已经全部被她吃完了，看着帕子上桑葚汁水留下来的黑紫印痕，夏秋笑着岔开了话题，"桑葚好吃，不过这帕子却毁了。"可紧接着她突然愣了愣，然后像是想起什么似的抬起头来，一脸懊恼地看着乐鳌说道，"糟了东家，上次你借我用的帕子我洗好了晾在窗子外了，出门急忘记收回来了，这几日，咱们临城千万不要下雨，不然可就毁了。"

这次，不是她故意小题大做转移话题，实在是上次乐鳌借给她擦血渍的帕子质地太好，摸着不但像是丝绸的，上面还有几个绣出来的洋文，很像是洋人经常在衣服鞋子上故意留下的商标。

在她的印象里，只有很贵的洋货，才会打上商标，所以她才不敢随意处置，很是仔细地洗好了，打算等干了再还给东家，哪想到竟然忘了。

那块帕子乐鳌早就忘了，此时听夏秋提起才想起来，于是安慰道："无妨，那是买东西送的，不过，你的伤可是好利落了？一会儿见到那位胡二叔，怕是也需要你帮忙。"

听崔嵬说，这个胡二叔病得很重，若是也像青泽一样虚不受补的话，怕是少不了夏秋的导引之术帮忙。

夏秋听了立即点了点头道："东家放心，早就没事了，随时听候东家差遣。"

"那就好。"乐鳌微微笑了笑，然后看向前方，"应该是到了，一会儿你听我吩咐。"

"是！"

夏秋应着，也随着乐鳌的眼神向前望去，却见前方不远处已经没了路，只有一个破旧的坟冢。

坟冢虽然看起来已经有些年头了，可显然刚刚修建的时候应该修得很精细，因为大老远的她就看到那坟冢上竟然还砌着些青砖，并不是只有一堆黄土。不过，大概是因为时间久了，坟冢上的青砖大部分已经脱落，斑斑驳驳的，脱落的地方还长出了野草，连墓碑都倒在一旁断成了两截，看上去有些凄凉。坟冢的前面还立着两匹石马，不过，也许是因为年代太久的缘故，石马已经被风雨打磨得看不出模样了，勉强能看出是一立一卧，马头也被磨成了椭圆，连耳朵都辨认不出来了，只有走近这石马后，才能勉强在它头部眼睛的位置看到浅浅的刻痕，可要想看到它的眼珠，已经是不可能了。

"东家，就是这里？"夏秋向周围看了一番，发现这里的确是比他们刚来时走的那条小径宽阔些，而且，这一大片地方，也只有这个坟冢。

荒冢、石马、种满桑树的小路……回想昨晚离开玉笔锋的时候崔鬼向他形容的样子，乐鳌点点头道："应该就是这里了。"

说着，他让夏秋站到五步外的一棵大桑树的后面躲好，自己则走到两匹石马的中间，先是对这荒冢恭恭敬敬地抱了抱拳，然后才大声喊道："胡二叔，在下乐鳌，是崔鬼让我来找您的……"这句话，乐鳌又重复了两遍，"胡二叔"三个字，也自然跟着一起重复了。而喊过三遍之后，他没有再出声，只是盯着坟冢抱着拳静静地等着。

大概在他喊完一分钟左右的时候，夏秋突然觉得自己的脚下微微颤动起来，于是她急忙目不转睛地看向荒冢，连眼睛都不敢眨一下。

不一会儿，地面的颤动消失了，只听一声闷响，破旧的坟冢突然从中间裂成了两半，一道大门出现在坟冢原本所在的地方，两半的坟冢，就像是莲花的花瓣，正好把这道大门托在花心的位置。

之前，夏秋去过青泽家一次，那个时候，大门也是突然就出现了，不过那个时候，青泽家的大门就是普通的大门，哪里像这次一样，这么有创意，仿若莲花盛开般。不但如此，随着大门出现，周围的光线仿佛一下子就暗了下来，两盏大红灯笼出现在大门的两旁，让裂开的坟冢更像一朵红莲，而那两匹破旧的石马，在这灯笼的照耀下也一下子鲜活起来，这次夏秋再看向它们的时候，却见它们竟然变成了两个巨大的石狮子，甚是威武。

"东家，这就是那个胡二叔的家？"夏秋连忙从桑树后面跑了出来，来到了乐鳌的身旁，而这个时候，却见大门已经开了，从里面走出来一个穿着粉衣的中年男子。

男子虽然看起来已经三十多岁了，可他的皮肤似乎比女人还要娇嫩，在红灯笼的照耀下，他的肌肤透着粉色，让他的脸就像花瓣一样。于是粉色的衣服、粉色的面庞、粉红的大门、粉红的石狮子，还有……夏秋看向胡二叔的头发，眼睛却再也挪不开了，因为，他的头发竟然也是粉色的。不过，这还不是最主要的，关键是这些颜色加在一个中年男子身上竟然毫不违和，反而有种浑然天成的感觉，再加上他又长了一对桃花眼，瞧着那微微上扬的眼角以及飞扬的眉，让夏秋不得不把他的真实身份往花上靠，心中则不停地猜测着，这位胡二叔该不会也是花神什么的吧，而且，搞不好还是位桃花仙？

02

夏秋胡思乱想的工夫，胡二叔已经对乐鳌回了礼，然后拘谨地一笑："乐鳌？你就是十八年前在玉笔锋上的那个乐家孩子？"

乐鳌笑了笑说："胡二叔，已经二十年了。"

胡二叔脸上闪过一丝尴尬，连忙做了一个请的手势掩饰道："的确是好久不见了，快请进吧！"说着，他便率先转身进了大门，而乐鳌则带着夏秋紧随其后。这个时候，夏秋才发现胡二叔身上的衣服皱皱巴巴的，可同他出众的眉眼比起来，却无心瞧了，一般人根本不会太过在意，这个样子反而让他更给人一种与众不同的亲近之感。

不过，一进入胡家的大门，随着门口的红灯笼一下子被隔到了门外，一股湿冷的气息立即迎面扑来，夏秋不禁打了个寒颤，这才吃惊地发现，门里门外简直就像是两个世界。

原本她以为，大门处如此热闹，院子里面也应该是花团锦簇树，最不济也要像青泽的府邸那样格局独特，仿若仙境。可一进了门，虽然院子里再次明亮起来，恢复成了白天的样子，可在夏秋眼中却只看到了凄凉和破败。

从大门口到大厅这一路上，她虽然可以看到用竹篱笆围起来的花圃，可是花圃里的花草早就干枯腐败了。他们脚下所走的小路，似乎是用青石铺就的，可是路上却积满了厚厚的灰尘和落叶，也不知道多久没有清理了。

等上了客厅的台阶，台阶上也全是灰，他们三个人走过后，便留下了三个人的脚印，清晰而诡异。而且，夏秋还发现，刚刚在门口的时候，她的眼睛欺骗了她，原本她以为这位胡二叔浑身都是粉色，可眼下看来，她完全错了。

这位胡二叔的身上根本半点粉色都没有，他身上那件"粉色"的外衣，根本就是一件白衫，而他"粉色"的头发，原来也是因为他有一头的银发。

等他们来到厅中，找地方坐下来后，夏秋再次发现，他的脸色也跟桃花没有半分可比之处，实在是太白了，因此才会被门口的红灯笼映成那种极粉的颜色，于是，这会儿他的那双桃花眼失色不少。如今一到了正常光线下，夏秋只从他的眼中看到了疲惫和浑浊。

门里门外，人还是原来的那个人，可感觉已经完全不同了——短短一段距离，一位姿容脱俗的逍遥子立即变成了一名神情疲惫的美大叔，让人忍不住唏嘘。

几人落了座，相互介绍了番，不过才说了几句话，胡二叔才发现茶还没上，当即说了句怠慢，便急忙到后面给他们泡茶去了，乐鳌他们想拦都拦不住，也只能任由他去了。

见他去后面了，夏秋才低低地问乐鳌道："东家，这位胡二叔，头发一直都是银白色的？妖也会老？"

"我只见过他一次，不过那时他的头发还是黑的，样子也没现在这么不修边幅。如今他这副失魂落魄的样子，同之前果然大不相同，怪不得崔魁说他病了，还病得不轻，让我看看他。"

"病了？什么病会让他连头发都变白了？"夏秋皱了皱眉，神情有些惆怅——若是这位胡二叔不生病，想必风采也不会比青泽先生差吧。

从一开始这位胡二叔出现，乐鳌就发觉夏秋一个劲儿地盯着他看，眼睛都快黏人家身上了，而如今，看到她眼中的可惜，乐鳌一脸了然地笑了笑："失望了？"

乐鳌早就发现，夏秋对漂亮的人或物半点抵抗力都没有，比如落颜、青泽、丽娘。尤其是青泽，没见他之前还一副要为好姐妹出气的样子，可见了之后，夏秋立即连眼珠都不会转了，说话也比以前软和了几分。虽然后来她还是没有给青泽好脸色，可她每次见了青泽还是会盯着使劲看，就像是在欣赏一件艺术品似的。

乐鳌在一旁看到的时候有好几次都忍不住回忆，却发现夏秋一次也没有盯着他这样看过，难不成是因为他长得太平凡了？这让他一下子也不知道是该庆幸还是该失望了。所以，这次看到夏秋的脸色变来变去，乐鳌却生出几分兴致来，趁着胡二叔不在，忍不住打趣她。

只是，听了乐鳌的话，夏秋却一脸伤感地看向他说："东家，您一定要把这位胡二叔的病治好。"

她可是最看不得"美人儿"受苦了，以前她是没能力，如今有了东家，她一定要竭尽所能帮助需要帮助的人。

乐鳌此时不得不服，看来这"病美人儿"也是"美人儿"呀，他实在是小瞧了夏秋对漂亮东西的执着。

不过，他刚才刚进来的时候，已经瞧出了几分，怀疑这位胡二叔不是真的病了，而是心病，所以，应该并无性命之忧，但是时间久了，郁气结胸可就没准了。因此，根据以往的经验，要想治好这

位胡二叔的病，只怕不是一时半会儿的事情，需要找到他的心结所在才行。可明日就是张副官娶如夫人的日子，他们今天必须赶回去，所以这次怕是要无功而返。不过，等丽娘的事情了结了，他倒是可以再来瞧瞧，替胡二叔好好诊治一番。

于是他对夏秋点点头道："放心好了，这位胡二叔的病说难也不难，不过，这次咱们怕是只能先看看了，打听完了老狼牙的事情就回去，大不了等过一阵子我专门再来为他诊治。"

"谢谢东家，到时候也一定要带上我。"夏秋脸上立即绽开了笑容，主动请缨道。

"那是自然。"见夏秋笑了，乐鳌也微微笑着点了点头。

两人正说着，胡二叔已经端着茶盘重新来到了厅里，却是亲自为他们泡了茶。不过，他送茶上来的时候，虽然茶具很干净，像是刚刷的，可茶盘上却还有一层灰，应该是才找出来的，乐鳌甚至怀疑，只怕这沏茶的水，都是这位胡二叔刚烧好的。

上次他见这位胡二叔虽然已经是二十多年前，可他仍记得，此人虽然看着迂腐点，却从未像今日这样邋遢，又联想到大门口处的别致心思以及进门后的破败之象，乐鳌大致猜到这位胡二叔的心结是什么了，于是喝了一口茶后，笑着问胡二叔道："胡二叔，二婶呢，她不在家吗？"

乐鳌不问还好，这一问，原本由于完成了倒茶这件"重要工作"而脸色相对缓和了些的胡二叔的脸一下子又重新苍白起来，然后他摇了摇头，苦笑道："亏你还记得你二婶，她走啦……再也不回来啦……"

看到胡二叔一副伤心的样子，乐鳌他们不敢再问，便决定言归正传，还是先问了老狼牙的事情再说，毕竟，那件事情比较急。于是，简单聊了些往事，乐鳌立即向胡二叔打听起当年他替崔嵬看管十万大山时的事情来。

"你说的是十五年前？"胡二叔一愣，但紧接着，却听他突然叹道，"就是黑石兄下山历练的那几年？你问那年的事情做什么？那些年发生的事情可不少……"

"不少？"乐鳌微怔，"难道那些年发生了很多事？"

胡二叔点点头说："就是你离开后不久，咱们这山里突然连着下了三天三夜的暴雨，河水暴涨不说，山里好多地方都塌了方，很多飞禽走兽，甚至道行低的道友都因此遭了灾，不但如此，大雨还差点把陵水县给淹了，幸好黑石兄施法让山洪改了道，这才让陵水县的人们幸免于难。"

乐鳌想了想说："怪不得这次见他，他的功力没什么进益，甚至还退步了，是不是因为阻止山洪的时候受了伤？"

胡二叔点点头道："自从我认识他，他便是如此，其实，真正了解他的人都知道，他这么多年来都没能更上一步，可不仅仅是因为喜欢凡间的景色。否则的话，他也不可能做得了这十万大山的山神。"

"我知道。"乐鳌笑了笑。

"看来，他没白教导你。"胡二叔赞许地点点头。

两人顿时心照不宣，彼此的距离也当即拉近了不少。

"后来呢？"夏秋没见过那个崔鬼，虽然心中佩服，可他们此时时间有限，她只想快点打听到丽娘的事情。

"后来山洪退去，黑石兄却元气大伤，他便找到我，让我先帮他照看山中事务，他则要闭关修炼一阵子。不过，这山中的飞禽走兽都知道他在玉笔锋的洞府，为了能好好修炼不被人打扰，他便去了凡间，离开了玉笔锋。"

"果然是不得已！"乐鳌若有所思，无奈地一笑，"他还对我说是在山上照看我们待烦了，所以才下山散心的。"

"他真这么说？"胡二叔笑着摇了摇头，"他就是这个脾气，生怕别人会为他担心，你有机会还是好好问问他吧，也许能帮上他的忙也不一定。"

"胡二叔放心。"乐鳌点了点头。说到这里，他想了想又问道，"您既然说发生了很多事，只怕不止这一件事情吧？"

"当然不止。"胡二叔摇了摇头继续说道:"虽说黑石兄拦住了山洪,可大暴雨还是让附近村寨、城镇的百姓们受了灾,很多人庄稼被毁,连饭都吃不上了,便只能去外地逃荒,那段时间,想穿过这十万大山去外面的百姓数不胜数,而他们中的很多人,就在逃荒的路上没了命,甚至为了一口吃的,卖儿卖女,杀人越货者比比皆是,更是有很多人上山做了山匪,四处抢劫,让这灾年雪上加霜。"说到这里,胡二叔顿了顿,看着乐鳌接着道,"整日看着这些人受苦,我也想帮他们,可是即便我有心,却也没办法帮所有人,而且你知道的,对于凡间的事情,咱们都讲究因缘,而且是轻易不能插手的,否则很容易被反噬,这是多少年来约定俗成的规矩。哪怕是黑石兄让山洪改道救了一县的人,那也是山洪威胁咱们山中的飞禽走兽在先,他才出手的。可即便如此,他也失去了大半的修为,如今过了这么多年,他现在的本事还不如之前本事的一半,哪怕回个玉笔锋都吃力,只怕要恢复到当初的全盛时期,也要几十年之后了。"

听到这里,乐鳌这才想起昨日回玉笔锋的时候,崔嵬的确比他回得晚,于是皱了皱眉道:"他怎么昨日不对我说呢,看来我的确应该再去看看他了。"

若是崔嵬说了,乐鳌一定会等到天亮再回去,最起码还可以为他诊治一番,调理一下,也正好可以是帮他把那个向姑娘带下山,如今听了胡二叔的话后,乐鳌就明白了,只怕崔嵬要想带向姑娘下山,需要耗费不少力气。

"这的确像他的作风,看着百无禁忌,其实最怕求人。"想到崔嵬那张动不动就爱涨红的圆脸,胡二叔笑道,"你放心好了,虽然他受了些劫难,不过这也为他积了些功德,再过个几十年,他就不用只做个地仙了。"

"没错。"乐鳌也舒展了眉,"他的确是没他自己认为得那么脸皮厚,只可惜到时不能当面恭喜他了。"这句话只是一带而过,紧接着乐鳌便言归正传:"胡二叔,这次我们来,就是来问有关山匪的事情的。十五年前,就在离陵水县不远的山里发生了一起山匪灭门的惨案。不过,有人说是在白虎崖,也有人说是在老狼牙,你可还记得?"

崔嵬的事情,乐鳌以后自会找他好好询问,眼下,他们最重要的是要弄清楚丽娘的事,他们就是为这件事情而来,不能像平时一样听胡二叔慢慢讲了。他们必须快速查出这件事到底是在哪里发生的才行,才能判断出张家是不是有心隐瞒丽娘的身世。因为,张家若是有心瞒她,那张子文就很可能认识那个封印了丽娘元神的人,乐鳌他们便可以从张子文身上下手找到元凶。不然的话,只怕就难了。他们就只能从丽娘身上入手了。不过这样一来,就成了他们在明,那人在暗,比从张子文身上顺藤摸瓜查找线索更加麻烦。

正因为如此,今天在回去前,乐鳌还想顺道去打听一下张子文的事情,如果丽娘说得不错,当初这个张子文一定很出名,一定有很多人都记得这个神童,他们既然来了,自然也要弄清楚这个张子文的底细。不过,当时丽娘并没有说这个张子文在哪个村子,只说在陵水县附近,怕是不太好打听,他们只能是去县政府查以往的卷宗了。

张子文做过书吏,虽然是很久以前了,但搞不好现在还有人记得他。

其实这件事情,夏秋在他去找崔嵬的时候就提出来了,还打算一个人去问,可县政府是什么地方,他又怎么能让夏秋一个人去,只说等他回来以后再说。

只是,这次乐鳌似乎还真的问对了人,他的话音刚落,却见胡二叔眉毛一挑,立即接话道:"你说的是老狼牙的那桩惨事吧!我自然记得。以往山匪虽然凶狠,可大多是劫财,充其量杀几个人祭祭旗就带着钱财、女人回山上去了。那次他们将那家人全都杀了不说,甚至连小孩子都不放过。可惜我来得太晚了,只看到那些山匪将尸体一具具地扔下山崖,什么都做不了,否则的话,哪怕会被反噬,

我一定会出手救他们的。"

"您确定是老狼牙？"夏秋瞪圆了眼睛看着他，"会不会那年白虎崖也发生过相同的事情？"

"如果你们确定是十五年前的话，只有老狼牙的那一桩。而且在我帮黑石兄看管山中事务的时候，也只有这一桩事让我想忘也忘不掉。"胡二叔肯定地说道。

"您怎么这么肯定是十五年前发生的？"夏秋忍不住又问道，"我去县政府打听过，根本没人知道这件事情呀……"

夏秋说到这里，突然感到一道凉凉的视线投到了自己身上，当即明白自己一急之下说漏了嘴，一脸尴尬地看向旁边的乐蛰，讷讷地道："东家，我只是一个人待着太无聊了，您放心，我只是去打听，至于那个张副官连提都没提。"

乐蛰又冷冷地瞅了她一眼，却没有说什么，而是也问胡二叔道："胡二叔，您真的确定十五年前发生灭门惨案的是老狼牙？"

"没错，我可以肯定！"胡二叔点头道，"至于这位夏姑娘说的情况……我想，应该是尸体被扔下了山崖，全家都死了，没有苦主，自然也就没有人知道了。"

胡二叔的话说到这里，夏秋几乎可以肯定这件事情就发生在老狼牙了，而且，那个张子文也没有骗丽娘，的确是在这里发现的她。而丽娘说，她醒来看到很多残肢，很有可能是尸体被扔下山的过程中造成的，反而更印证了张子文说的话。只是，胡二叔说得也太肯定了，这反而让她有些奇怪，毕竟十五年了啊，这山中日月，十五年只是弹指一挥间，哪里会像普通人那样一天天地算日子，他刚见乐蛰的时候不是也忘了乐蛰是十八年还是二十年前来的玉笔锋了吗，怎么这次就这么肯定？

虽然夏秋脸上的疑惑一纵即逝，可还是让胡二叔看到了，于是他苦笑了一下道："我知道你们觉得奇怪，我之所以记得这么清楚，是因为那件事情发生的前几天，你二婶就离开了我，而当时，我还傻乎乎以为她只是赌气，以为她还会回来。"胡二叔的眼中闪过一丝哀伤，"如今，她离开我也已经十五年了，她不在的日子我简直是度日如年。只可惜，这十五年来我到处都找不到她的下落，她只怕是再也不肯回来了。"

事情发生前不久胡二婶就离开了胡二叔？

夏秋和乐鳌对视一眼，两人交换了个眼神，之后，只听乐鳌开口问胡二叔道："胡二叔，您可认识一个叫作张子文的人？十五年前，他应该才十三岁，据说是陵水县这一带的神童，十三岁就考中了秀才。"

在决定管丽娘事情的时候，乐鳌就想过，若是张子文没有说谎，那么那个封印丽娘元丹和记忆的人很有可能就在这山中，所以他才在胡二叔面前没有直接提丽娘，而是先转着弯儿地询问老狼牙的事情，不过眼下看来，他们似乎不说不行了。

果然，听到张子文这个名字，胡二叔先是想了想，然后则道："我倒是认识一个十岁的孩子，也叫张子文，正是那年山洪暴发的时候认识的，当时我救了他，还同他一起被困在了一个塌方的山洞里三天三夜，直到山洪退了才被你二婶找到。"

"这么说，胡二婶也见过那个孩子？那个孩子也认识她？"夏秋心中一紧。

"自然见过。"胡二叔点了点头，"不过，那个孩子认不认识你二婶我就不知道了。那会儿那孩子高烧不退，人已经奄奄一息了，我是靠自己的灵力才让他勉强活过了三日。后来一脱困，我就立即将他送到了陵水县里一家有名的医馆里诊治，还帮他付了诊费，直到确定他没事，我才离开。"

"那二婶呢，二婶也随您一起去了？"夏秋急忙问道。

胡二叔摇了摇头苦笑道："自然没有。后来她走了以后我想了无数次，好像就是山洪之后，她才渐渐不理我了的。现在想起来，她救出我的时候，脸色很难看，我连问都没问一句，就带着那个男孩下山了，所以她才会伤心了吧！可我现在即便想通了，又有什么用？"

事情仿佛越来越诡异了，乐鳌和夏秋同时想到了一个可能，乐鳌是从没见过这位胡二婶的，于是犹豫了一下问道："胡二叔，您可认识一个叫作丽娘的女人？"

"丽娘？"胡二叔一愣道，"她是谁？"

乐鳌和夏秋再次对视了一眼，乐鳌又道："胡二叔，只怕您要随我们去临城一趟了。"

"随你们去临城？做什么？"胡二叔一愣。

"路上我再同您说，不过您先答应我，不要着急。"乐鳌站了起来，快速地说道。

看来他是无法在胡二叔这里等崔嵬了，只能下次再带着夏秋来看他了……

04

乐鳌他们回到乐善堂的时候，已经是傍晚了，看到他们回来，落颜第一个冲了过去，拉住夏秋的手开心地说道："夏秋姐姐，我就知道你今天一定会回来，明天就是那个张副官娶如夫人的日子了；怎么样，你们这次去陵水县，可查到了什么……"

"你说什么？那个孩子有了她还不算，还要娶如夫人？"落颜的话刚说了一半，却从旁边冲出来一个白发白衫的男子，正是胡二叔，此时他已经气得手脚冰凉："她怎么受得了？她怎么受得了呀！"

落颜刚刚只顾着为夏秋回来欢喜，根本没注意到乐鳌的身后还有另一个人，立即被吓了一跳，后退两步道："你谁呀，你跟丽娘姐姐是什么关系？"

"她……她是我的妻……"胡二叔的声音都被气得发抖了。

"妻？！"落颜吃了一惊，瞪圆了眼睛道，"如果你是丽娘姐姐的丈夫？那张子文是谁？"

"他……他是个混蛋，混蛋！"

看到胡二叔的眼睛都气红了，一旁的夏秋连忙安抚道："胡二叔，现在您还没见到丽娘姐姐，还不能完全确定他就是您失踪的妻子，不如等您见了她再做定论。"

"我现在就要见她，她在哪里？快带我去见她！"胡二叔已经迫不及待了。

"在哪里？在哪里？"胡二叔话音刚落，却听到后面传来一个怪异的声音，所有人向后看去，却见客厅里不知何时多了一只雪白的大鹦鹉，刚才的声音就是从这只鹦鹉的嘴里发出来的。

"这是……老武……"看到鹦鹉，乐鳌皱了皱眉，"鹿兄将老武送回来了？"

"嗯。"陆天岐此时走了过来，回头扫了眼身后的鹦鹉，笑嘻嘻地道，"鹿兄说老武的伤好得差不多了，不便再留在鹿神庙里，就送了回来。"

"我看是老武太聒噪才被送回来的！这几日，天天在叫，烦都烦死了。"

落颜皱了皱眉，瞪了鹦鹉一眼，哪想到被她一瞪，鹦鹉立即"啊啊"地叫了几声，然后大声喊道："菁菁，菁菁！好不好看……"

"你……你还会听墙根了，看我不拔光你的毛！"

落颜气得小脸涨红，撸起袖子就要冲过去，结果这只鹦鹉又开始扑棱着翅膀喊道："救命！救命！"

"怎么，你把菁菁带到乐善堂了？"乐鳌看着落颜皱眉道。

不等落颜说话，却见陆天岐也吃惊地看着她说道："什么时候的事情？不是说了，不能把外人带到家里来吗？万一被她看到不该看到的东西，不就糟糕了。"

"你不知道？"乐鳌看向陆天岐道，"不是让你好好看家的吗？"

陆天岐瞪了落颜一眼，看着乐鳌笑道："我总不能拴在这里吧，再说了，她又不像夏秋那样做饭给我吃，我总得填饱肚子吧！"

陆天岐的视线躲躲闪闪的，让乐鳌觉得很奇怪，不过这个时候，夏秋却打断他们道："先别说这些了，还是先让胡二叔见见丽娘姐姐吧，只要确定了她就是胡二叔失踪的妻子，一切就好办了。"

"对，我要先见见她。不管她是不是灵儿，我都要见见她，现在就见。"胡二叔不停地点着头说道，"那个张子文的家在哪里？咱们还是快去吧。"

原来，胡二嫂的名字叫灵儿。

胡二叔说着，就要往门外冲，乐鳌急忙将他拦住，低声道："胡二叔，您先别着急，咱们总不能大白天的就这么闯进人家家里找人吧，等天黑以后，咱们再去……"

终于挨到夜幕降临，乐鳌让小黄师傅载着他们去了富春巷，只是，等到了张家的门口，他们却看到张家大门口此时正张灯结彩，还有不少人出入。

听说前面就是张家，胡二叔正要下车，却被乐鳌拦住了："等一下！"

"不是已经到了吗？"胡二叔的脸上闪过一丝怒意，"刚才你不让我来也就罢了，现在你还拦着我，你们好像不想让我见到灵儿似的。"

"胡二叔，我们若是不想让您见，就不会把您带到这里了。"夏秋连忙道，"东家的意思是，您要用什么身份去见丽娘姐姐？"

"我……我……"胡二叔一时语塞，"我就说是她的亲戚。"

这个理由显然是说不通的，先不说丽娘和张家都以为她是孤儿，就算是张家人信了，将他放进去，他见到了丽娘，然后又能怎样？丽娘现在可是什么都想不起来的，怕是更想不起他这位"前夫"。

他们本来想着，趁着天黑偷偷进入张家去找丽娘，可眼下看来，临城里最后一批给张副官送礼的人全都集中在今晚了，他们就算能神不知鬼不觉地进去，可这么多人出入，他们也不见得能见到丽娘。要知道，这些送礼的人难保不带女眷来，若是像上次夏秋来的时候一样，让丽娘作陪，他们就这么贸然出现在张家，岂不是自找麻烦？

于是，夏秋和乐鳌相互交换了个眼神，决定用商量好的第二个计划。只见夏秋看了看前面灯火通明的张家大门，笑了笑道："还是我去吧，看看能不能进去把丽娘姐姐叫出来，让她在后门处露个脸，这样一来，胡二叔和东家即便在车里也能看清楚。"

胡二叔一听，这的确是一个既稳妥又有用的主意，连忙道："如此甚好，有劳夏姑娘了。"

"胡二叔客气了。"夏秋说着，已经下了车，往张家大门口走去。

刚到门口，夏秋就看到从门里走来一人，应该是要到大门口准备迎接宾客的，立即笑了，她对来人点点头，声音不高不低地打招呼道："小云。"

出来的那人正是上次引夏秋出来的小云，她当时还同夏秋说了几句话，看出这是个厚道的婢子，后来，她还替主人送了礼去乐善堂。此时看到夏秋来了，她先是一愣，然后笑道："夏小姐，您怎么来了，可是来找我家太太的？"

"是的。"夏秋点点头，"我出了几天门，今天刚刚回来，就想来看看丽娘姐姐，明天，应该就是你家先生娶如夫人的日子吧，我想看看有什么能帮她的。"

听了夏秋的话，小云的脸上立即露出一个可惜的表情说："夏小姐，太太不在家，她出去了。"

"出去了？"夏秋一愣，看了眼门上的大红灯笼，"明日可是如夫人进门的日子，她这个时候能去哪里？可是还有什么东西没有置办齐全？"

小云的眼神闪了闪，压低声音对夏秋道："不是，我家太太是去庙里给张家祈福去了。"

"去庙里给张家祈福？"夏秋的眼睛微微眯了眯，"祈什么福？给谁祈福？"

这个时候，小云稚气未脱的脸上露出了一丝悲悯，瞅了眼自家大门上挂着的大红灯笼，缓缓地道："自然是为了张家子孙绵延祈福了，是老太太让她去的。"

这下夏秋全明白了，她的脸上却露出了一个讥讽笑容说："老太

太真是有心，让丽娘姐姐这个时候去祈福。"

小云也轻轻点了点头，压低声音说道："夏小姐，太太就是太太，小云心中有数的。"说着，她看了眼城西的方向，又低声道，"就在灵雾寺里，我家太太今早走的，说是要在寺里待三天，大概后日傍晚才能回来。"

后日傍晚？那岂不是错过了新人头一日的敬茶，看来这位张老太太是真的想赶走她这个媳妇了。如今，怕是就等着这位新入门的如夫人替他们家开枝散叶了吧！

夏秋笑了笑说："小云，谢谢你，日后若是有什么事，你可以来乐善堂找我，你是个好孩子。"

听到夏秋的话，小云立即笑开了，露出了两个小小的酒窝道："我家太太是个好人，好人不该这样的。"

同小云告了别，夏秋重新上了车，看到她回来了，胡二叔还以为已经约了丽娘，连忙问夏秋张家的后门在什么地方，可结果一听丽娘竟然去了寺里，眼中立即闪过一丝失望。不过马上，他又立即催促道："那咱们还等什么，还不快去寺里，这样也好，寺里安静。"

这个时候，乐鳌却一脸凝重地说道："胡二叔，您可知欲速则不达的道理？在张家也就算了，您以为这个时候那灵雾寺还开着山门，能随便让人进去找人？还是说您想亲自去寺庙里寻人？先不说您能不能打听出丽娘所住的房间，哪怕是您真的找到了，您知道的，如今丽娘已经忘了以前的事情，咱们又不能百分之百确定她就是二婶，万一不是，您又如何保证不惊动寺庙里的僧人？"

从端午节那日发生的事情可以看出，丽娘对自己人类的身份深信不疑，哪怕是夏秋，都被她认为是绑匪，又何况一个"素未谋面"的男人？若是胡二叔大晚上出现在丽娘的屋子里，不用想都知道，两人一旦碰面，那一定会在寺庙里引起轩然大波，搞不好还会让人以为丽娘和胡二叔间有什么不可告人的事情。纵然胡二叔和胡二婶的事情让人可怜可叹，可胡二叔此时因为激动料事不周，他们却不能为了照顾他的心情而让事情闹到无法收拾的地步。

05

乐鳌的话像一盆冷水，一下子将胡二叔浇醒了，所以，他的脸色虽然难看，却并没有说出反驳的话。

这个时候，夏秋也补充道："东家说得没错。胡二叔，您想想看，若是丽娘姐姐是您要找的人，认出了您也就罢了，如果不是，即便您能用法术立即离开，可丽娘姐姐不行呀，这若是让人看到一个男人半夜出现在她的房间里，您这不是害了她吗？她在张家的日子本来就不好过，如此一来，张家岂不是更有理由虐待她了？"

"可我……可我，可我真的想见她。"终于，在沉默了很久之后，胡二叔幽幽地叹了口气，落寞地说道。

"不过是再等一晚罢了，您倒不如趁着这个机会好好休息一下，换件衣服，梳洗一下，您千里迢迢从陵水县赶来，都已经等了十五年，难道还差这一晚吗？"

夏秋的话总算让胡二叔一颗躁动的心渐渐安静下来，过了一会儿，他对夏秋苦笑了一下道："夏姑娘说得对，在这凡间，自然要遵守凡间的礼法规矩，我也不能太肆意妄为了，今晚只怕要麻烦你们了，等明日一早，咱们再去灵雾寺找她。至于她是不是我的灵儿，明日一早自会见分晓。"

"正是如此。"夏秋点点头，心中也松了一口气。

从这位胡二叔知道丽娘的事情后，他就再也没有当时他们在他家里谈话时的冷静了，夏秋真怕会出事，如今让他休息一晚，只会有益无害。于是夏秋看向乐鳌，见他紧皱的眉头也松开了些，便对他笑了笑，于是乐鳌对她点点头，然后对身旁的小黄师傅说道："行了，咱们先回乐善堂吧，明日一早再去灵雾寺。"

小黄师傅应了一声，立即驱动车子往回返，乐鳌则看向了前面，只是心中却有些不安。

他们这次去陵水县也有些太顺利了，这么快就找到了胡二叔，实在是大大出乎他的意料之外。而且，胡二叔对当年胡二婶为什么

离家都不清楚，却能清楚地记得当年老狼牙的灭门惨案。偏偏这件惨案发生的时候，也刚巧是他离开玉笔锋，崔嵬让胡二叔照看山里事务的时候。所有的一切看起来都像是巧合，可又处处让人觉得并非巧合，仿佛这些出事的人或事，多多少少都同他和乐善堂有些联系，这实在是让他想不多想都不行。

回了乐善堂后，夏秋安排胡二叔住进客房，自己也回了屋子休息，这一天都在路上赶着，她也的确有些累了。

待他们全都休息后，乐鳌却把陆天岐叫到了书房里。

从他们带着胡二叔回来，陆天岐就察觉出乐鳌的脸色有些难看，正想找个机会问问他是不是在陵水县发生了什么。如今乐鳌正好叫他过来，所以他一进屋就问道："见到他了？是他帮你找到的胡二叔？"

陆天岐说的"他"自然是崔嵬了，由于这位山神大人在陆天岐陪着乐鳌在玉笔锋上的时候曾经大大得罪过他，他早就记了仇，故而这次乐鳌去陵水县，陆天岐也没有跟着一起去。

乐鳌点点头道："自然是见到了，不过，自从咱们走后，山里发生了些事情，我也是听胡二叔说了，才知道的。"

"山里出事了？"陆天岐愣了愣，"出什么事了？"

乐鳌简单地将胡二叔告诉他的事情对陆天岐讲了，陆天岐酸溜溜地说道："真看不出来，这个家伙竟然还有这份心思。"

"你应该比我认识他更早吧，难道不知？"看到陆天岐的样子，乐鳌低声道。

陆天岐扫了他一眼，撇了撇嘴道："那个倚老卖老的家伙，我才懒得搭理他。不过看在这次他做的事情还算漂亮的分上，下次你再去的时候，我也跟去看看吧，也好看看他弱成什么样了。"

乐鳌自然知道陆天岐并不是真的幸灾乐祸，只是嘴上逞强罢了，于是笑了笑说："好，下次你不去也要拉上你。"

陆天岐的脸上闪过一丝不自在，视线也移到了别处，然后哼道："没事了吧，没事我就回去休息了，明早不用我跟去吧？"

"有事。"只是这个时候，却见乐鳌的脸色突然一沉，低低地说道，"那人……回来了。"

"那人？"陆天岐先是一愣，然后脸上的心不在焉迅速收起，他盯着乐鳌道，"你怎么知道的，你说的是……"

"就是那人……"乐鳌冷冷一笑。

陆天岐的脸上出现了少有的严肃之色，他看着乐鳌道："乐鳌，我对你说过很多次，你父亲的死只是……"

"我知道，乐善堂的当家极少有活过三十岁的。"乐鳌微微一笑，"可前一刻他还好好的，你能说同那人无关？"

"乐鳌，这种只凭猜测的事是做不得准的。"陆天岐眼神微闪。

乐鳌笑了笑："所以这次更要问清楚。"

"问清楚？怎么问？"陆天岐皱了皱眉，"还有，你怎么这么肯定是那人回来了？你见到了？"

"我就是知道，"乐鳌低低地说了句，然后他看向陆天岐，"你也要小心。"

"小心？"陆天岐怔了怔，"你是怕那人会对我……"

"我不知道，"乐鳌摇了摇头，"只是，除了我父亲，只有你在我身边的时间最长，那人若是针对我，只怕就一定会找你麻烦了！"

说到这里，书房里的界铃突然响了，乐鳌深深地看了陆天岐一眼，快步向前面的药堂走去。

看到他的背影消失在书房门口，陆天岐那向来玩世不恭的脸上却露出了一丝苦笑："你真的什么都不知道吗？"

说完，他也往前面的药堂去了。

……

经过一晚的休息，第二日一早，胡二叔的精神果然比昨天好多了，不但身上那件皱皱巴巴的白衣换成了一件藏蓝色的长袍，就连那头银色的长发，都被他用法术变短，然后整整齐齐地梳到了后面，甚至还借了乐鳌的一顶礼帽戴在了头上，好遮住他头发的颜色。如此一收拾，他整个人焕然一新，更让夏秋挪不开眼了。

夏秋旁边正要去上学的落颜也同她一样，眼睛也黏在了胡二叔的身上，赞叹道："夏秋姐姐，你看胡二叔像不像海报上的电影明星？不对，比海报上的电影明星还要好看，这可是活的明星呢。"

落颜早就想去看场电影了，结果一直没机会去，只从菁菁那里得了些电影画报像宝贝一样收着，虽然只是图片，可她却对海报上的男女明星们赞不绝口，恨不得将他们从画报上抠下来。因此，在得知了有电影明星这么个职业后，如今除了当女先生外，她又悄悄有了一个新的理想，就是去演电影，也当一回明星。她觉得，菁菁说的那些动起来的画，可比戏台上唱戏好玩儿多了，而且看着自己在画片里动起来，那岂不是比法术更有趣的一件事吗？最起码，这件事，她可是凭法术做不出来的。

被落颜夸得有些不好意思，胡二叔看了看身上的衣服和脚上的皮鞋，不自在地说道："现在城里的人都这么穿衣服吗？感觉怪怪的。"

"不怪不怪，是很帅才对。"落颜连忙道，"若是丽娘姐姐看到您，哪怕是真的不认识您，只怕也会被您吸引呢，也不会以为您是坏人了。"

"你以为坏人都是写在脸上的吗？长得好看就不是坏人，只有你这种小女孩儿才会这么说。"对落颜的话嗤之以鼻，陆天岐凉凉地说道。

"我今天得罪你了吗？"落颜怒道，"从一大早起来，你就绷着个脸，像谁欠你多少钱似的。我可不想看你这副臭脸，我上学去了。"说着，落颜对陆天岐做了一个鬼脸，转身去学校了。

这一点，不得不说落颜是个好学生。她同其他那些大小姐们不一样，她去学校是真的学东西去的，而不是去消磨时间，所以，她上课下课也很准时，从不迟到早退，哪怕前几日端午节的时候，她很想去看龙舟，可最终因为课业还是放弃了。所以，即便今天她真的很想看胡二叔同丽娘"团聚"，可鉴于今天不是休息日，她也只能放弃了。不过，在临出门的时候，她还是对胡二叔做了一个胜利的手势，算是对胡二叔此行的鼓励。在她看来，丽娘是不是胡二叔的妻子并不重要，重要的是，丽娘不能再在张家待下去了。

如今，对于夏秋说的那番话她也有些同感了，张子文这个普通人，真的不适合丽娘，丽娘就该离开这种旧式家庭，寻找属于自己的真正幸福。比如胡二叔，对自己的妻子痴心一片，如今既然他妻子不在身边，若是他们能在一起，就很不错。

这一阵子，时常有其他学校的学姐来她们学校演讲，说的就是这些，而且，还号召她们不要只想自己，只想着嫁人，还要多关心国家大事。

06

这位学姐还对她们提起，这件事情发生以后，很多地方都闹起了罢工、罢市、罢课，而他们临城因为前一阵子地震的缘故，迟迟没有人站出来组织。如今地震的影响已经渐渐消散，便立即有学校打算组织学生罢课，还说连黄包车夫都要联合起来了呢。

落颜刚刚才从花神谷出来，对过去几十年的事情感触并不是很深，可是老黄的事情她可是亲眼所见，原田晴子对夏秋的咄咄相逼她也是感同身受。因此，对于大家的这种做法她深以为然，只恨没有早点想到用这个法子赶走原田。

不过，这些事、这些想法落颜没机会同乐鳌他们说，也不想说，她只想同菁菁说，毕竟她们心理年龄相近，想法也相近。她们两个甚至还偷偷商量着，下次那位学姐再组织游行的时候，她们也参加，也尽自己的一份力，若是家里不让，她们就偷偷地参加。

乐鳌他们自然不知道落颜想什么，就连夏秋，这一阵子因为事情太多太忙，也没有及时了解落颜的想法。不过，有一点她们两个却是十分相同的，就是完全赞成丽娘离开张子文。

于是落颜走后，夏秋也看着胡二叔笑道："胡二叔，落颜天真无邪，您别同她一般见识，有些话她只是随便说说。不过有一句话她

说得没错，这一身装扮的确很适合您。"

"这……这都是乐大夫借给我的。"胡二叔说着，感激地看了乐鳌一眼。

乐鳌嘴角扬了扬："举手之劳罢了，咱们走吧，黄苍已经在门外等着了。"

"好，好！"连说了两个好字，胡二叔立即往门外走。

他在前面走，乐鳌和夏秋也随后跟上，可看到前面走路的胡二叔，夏秋却觉得有些奇怪，因为此时的胡二叔身子摇摇摆摆的，就像是一只鸭子，等夏秋再仔细一看，却差点笑出声来，原来胡二叔竟然是同手同脚地走着。

看到他这副样子，站在院子里的陆天岐用手掩住眼睛嚷嚷道："真是看不下去了。"说着，他转身回了药堂，没好气地说道，"你们都出去吧，我来看店。"

乐鳌的笑容也扩大了几分，不过总算是还保持在礼貌的范围内。但显然，他憋笑还是憋得很辛苦的，直到胡二叔上了车，他才露出松了一口气的样子，对小黄师傅道："行了，咱们出发吧！"

"好！"小黄师父应着，立即发动了车子。

昨晚天黑，胡二叔又着急，所以根本就没注意到自己坐的是什么东西，如今是大白天，光线又明亮，他自然也看清楚了车中的情形，不由得惊讶地说道："这原来不是马车，我昨晚还以为是马车呢。"

"这是小轿车。"夏秋笑着解释道，"不用马拉，是要吃油的。"

"油是什么？是普通人家里炒菜用的油吗？"

"这油是专门用来让车子开动的。"夏秋想了想说道。

其实这汽车的工作原理她也不知道，也从没在意过，只知道是一个很费钱的代步工具，所以，让她解释汽油是什么，还真有些为难她。

夏秋的话虽然没有解开胡二叔的疑问，但却还是引起了他的兴趣，于是扶着车子的牛皮车座感慨地长叹了一声："看来我这一阵子没下山，这凡间的变化很大呀。万一灵儿不肯再跟我回去过清苦的日子怎么办？"说着，他便不停地打量起了车内的装饰，甚至还仔细看了小黄师傅一会儿，看他怎么开车，到了最后，他干脆问起乐鳌这车价值几何，又在何处能买到了。

看来，他这是打算等找到胡二婶以后，自己也买一辆了。

虽然觉得胡二叔心急了些，可是如此一来，却正好转移了他的注意力，让他不再心心念念一会儿同丽娘见面的事情来，夏秋觉得这是好事，于是不再插嘴，而是一心听他们聊天，聊这车子的原理、用处、来历，而到了后来，甚至连开车的小黄师傅也加入了聊天的行列。

这让夏秋着实感到，这男人不管多不爱说话，一旦遇到自己喜欢的话题也会变得很健谈，比如车子、比如女人……正如女人们在一起遇到了服饰、心上人之类的话题一样，也同样是一聊起来就停不下来。也正因为此，才让这些男男女女，不管是人还是妖，都在瞬间变得鲜活起来，显得更加有血有肉，也让她这个旁观者听得津津有味。

身在乱世，能得岁月静好，这是多少人求而不得的事情，哪怕只是片刻的悠闲，也让夏秋觉得幸福不已，恨不得时间在此刻静止下去。

不过，悠闲的时刻毕竟是短暂的，夏秋觉得车开了没多一会儿，灵雾山就近在眼前了。而一看到前面山腰上烟雾缭绕的寺庙，胡二叔也知道地方到了，不由自主地就闭了嘴，乐鳌同小黄师傅自然也识趣地停止了交谈。

车开到这里，就再也没法子往前开了，他们将车停到了灵雾山脚下。找了一处比较空旷平坦的空地，夏秋就打算下车。

他们的计划还是同昨晚一样，就是借着让丽娘送她出来的名义，争取让她在庙门口露个脸。这样，相信以胡二叔的眼力，看清楚丽娘的样貌应该不是问题。

不过，刚打开车门，看到山门处熙熙攘攘的人流，夏秋犹豫了

一下对小黄师傅道:"小黄师傅,你还是带着东家和胡二叔去灵雾山西面的那个山口吧,那里人还少些,胡二叔应该也会看得更清楚。"

听了夏秋的话,小黄师傅一怔:"西边的山口?我怎么不知道那里还有路通往灵雾寺?"

夏秋笑道:"是年前刚开的一条小路,西面山坡上多了一处梅林,一入了腊月就经常有游客来赏梅,连带着很多来上香的香客也过去游览。不过那处梅林也在山腰上,出了寺再重新上山就太麻烦了,灵雾寺索性就在侧面开了个小门,又修了条小路,这样一来,香客们下山的时候就可以顺道游览梅园了。而且,从这大路到那里的路也很宽,应该足够车子开进去。"

"梅林?"小黄师傅听了立即恍然大悟,笑道,"你说梅林我就知道了,冬天的时候我的确载过不少人到那里赏梅,就是不知道原来那梅园竟然已经同寺庙通着了。这么说,你是想带张太太去'赏梅'喽?"

听到"张太太"三个字,夏秋下意识地看了旁边的胡二叔一眼,却见他垂着眼皮一副若有所思的样子,似乎没有注意到小黄师傅的话,这让她心情微松。

如此看来,胡二叔的状态比昨天晚上的时候也要平静很多了,看来休息了一晚,的确对安抚他的情绪有用。

不过,即便胡二叔没有注意到,夏秋还是立即转了话题,又对小黄师傅笑道:"我就是想带丽娘姐姐去'赏梅',反正这夏天的梅林比冬天冷清多了,想必人也少,正好让胡二叔认人。"

只是,听了她的话后,乐鳌想了想却道:"我看,我们也别开车进去了,还是走进去吧,然后找个离小路近的地方藏起来,别让丽娘看到咱们的车子,现在赏梅的人少,有辆车停在路边反而显得太突兀了,更容易引人怀疑。"

夏秋想了想,立即点点头道:"也行,反正那里离大路也没多远,即便走过去,时间也绰绰有余。"

乐鳌笑了笑:"那就这么办,你快去吧,一会儿我们就过去。"

"是，东家。"夏秋笑着应了句，这才下了车，往灵雾寺山门的方向去了。

夏秋刚下了车，乐鳌同胡二叔也下了车，然后叮嘱黄苍道："你把车掉个头停在路边，就在车里等我们，我们一认完人，就回来找你。"

"好嘞，乐大夫。"小黄师傅说着，立即启动了车子，到前面找岔路掉头去了。

下了车，乐鳌带着胡二叔沿着西边的小路慢慢往前走，边走着，他边说道："二叔，一会儿咱们看看那梅林里的情形如何，我觉得最好还是藏在林子里，最不容易被人发觉，也看得最清楚。不过您要答应我一件事，不管那个丽娘是不是二婶，您都不能现在就冲出去认她。我之前已经对您说了，她现在什么都忘了，贸然出现只会吓到她，有害无益。您听我的，认出了也千万别出声，咱们回乐善堂再慢慢计议……"说着说着，乐鳌突然发觉身侧有些空，转头一看，却见胡二叔不知何时已经远远地落在了后面，他立即停住了，皱了皱眉问，"怎么了，二叔？"

此时，胡二叔早就停了下来，他犹豫了一下，抬头看着乐鳌摇头苦笑道："乐大夫，我……不行……"

"不行？什么不行？"乐鳌眼睛眯了一下。

胡二叔看着前方弯弯曲曲的山路，幽幽地说道："如果……如果这个丽娘，不是……不是我的灵儿，我……我该怎么办……"

07

灵雾寺说是在灵雾山的半山腰上，其实也并不是很高，山门离山脚也不过就是五六十米的距离，离山顶却有四五百米的距离，夏秋进了山门拾阶而上，不一会儿就走到了灵雾寺的寺门口。

踏进灵雾寺大门的时候，经常接待她的了凡小师父正好送香客出来，看到她来了，了凡先是愣了愣，然后立即向她走了过去，双

手合十笑道："夏姑娘，您怎么今日来了？今天才初九吧。"

夏秋笑了笑说："我是来看朋友的。"

"朋友？"了凡师父一愣，"我们这灵雾寺有您的朋友？"

夏秋收起笑容点了点头道："昨日，是不是有一位张太太来寺里诵经祈福？我就找他。"

"张太太？"了凡想了想，"夏姑娘说的可是张副官的太太？"

"正是。"夏秋又点点头，"我前一阵子出门了，昨天回来去找她，才知道她已经来了这里，便想来看看她。"

关于张副官的事情，了凡也听来上香的香客们说过，而昨日这位张太太来的时候，也正好是他接待的，于是他立即道："若那位张太太真是您的朋友，您也好好开导下她吧，从昨日她来了，就一直在佛堂念经，听水月庵的慈清师太说，晚上宵禁后，这位张太太仍旧在小佛堂里念了整宿的经，素斋更是一口都没动过。而等今天一大早，她又来佛堂跪着了。"说到这里他皱了皱眉，"听说这位张太太要在寺里祈福三日，她若是这样下去，小僧真怕，她身体会吃不消的。"

他的话让夏秋的眼睛眯了眯，说道："所以，我来了呀。了凡师父，前面带路吧！"

"好，夏姑娘请随我来，她就在后面的佛堂里。"了凡说着，一转身，已经走到前面为她领路了。

对这灵雾寺，夏秋还是很熟悉的，知道在这灵雾寺的后山，有一个水月庵，同灵雾寺只有一墙之隔，若是有女香客需要在山上留宿，往往就会被灵雾寺安排在那里。而白日的时候，女香客在灵雾寺祈福也好，在水月庵就近祈福也罢，全随自愿。

不过，刚才听这了凡师父所说，想必丽娘不管是白天在灵雾寺还是晚上在水月庵，都在不停地诵经祈福，也不知道是真的祈福，还是想借此麻痹自己，毕竟，今日可是张副官迎如夫人进门的日子。

但是，不管是什么，正如夏秋对了凡说的，既然她来了，她就不能让丽娘这么作践自己，不管丽娘是不是胡二叔失踪的妻子，她都不能再让丽娘留在张家了。

边想着，了凡已经带着夏秋到了后面香客居士们诵经的佛堂门口，夏秋远远地就看到了丽娘。不过此时丽娘并不是在佛堂里面诵经，而是在同一个穿着袈裟的大师站在院子里说着什么。

这位大师的头顶上点着比丘戒，颌下蓄着白须，正是灵雾寺的方丈法空大师。

看到师父也在，了凡连忙向法空大师走去，然后对他双手十念了声"阿弥陀佛"。

"师父，您怎么在这儿？"法空大师向来不喜俗物，往常这个时间，他都是在自己的房间里打坐，所以了凡比较奇怪。

法空大师对了凡笑了笑道："今日天气不错，我来看看过几日的法会准备得如何了？"

"师父放心，已经都准备好了。"了凡连忙道。

"那就好。"法空方丈点点头，这才看到了凡身旁的夏秋，却见她这会儿正上上下下打量他，嘴角不知什么时候也挂上了一个奇怪的笑容。

被人如此打量，法空方丈心中略有不悦，对夏秋道："阿弥陀佛，这位姑娘，您为何如此看老僧？"

夏秋笑了一下："我只是头一次看到方丈大师罢了。想来这么久了，我月月来灵雾寺，却一次都没见过方丈大师，也不知道算是有缘还是无缘。"

法空微微一笑："一切有为法，皆是因缘和合，缘起时起，缘尽还无，不外如是。姑娘，对缘之一字，你未免着象了。"

"只可惜，缘起即灭，缘生已空。"就在这时，却听丽娘幽幽地开了口，然后她看着夏秋眼圈发红地说道，"夏小姐，你怎么来了？"

此时，夏秋才看向丽娘，莞尔一笑："丽娘姐姐，你怎么帮着方丈说起话来，这是要教训我吗？论打禅，我可比不过你们。我是专门来看你的，我这几日不在家，你怎么来了灵雾寺，实在是让我好找。"

"我哪是帮着方丈大师说话，我是在说自己。"说着，丽娘过来拉住她的手，眼眶里却已经有泪水在打转了，一时间又不知道该说什么好了，顿了顿后，则道，"夏小姐，谢谢你来看我。"

"这位是……"看到丽娘同夏秋很熟识的样子，法空方丈皱了皱眉。

丽娘连忙拭了拭眼角，对法空方丈客气地说道："法空大师，这是夏秋夏小姐，是临城乐善堂的大夫。"

"乐善堂的大夫？"法空方丈一愣，然后却笑了，他看着夏秋点点头，"可是乐大夫的那间乐善堂？"

他的话夏秋和丽娘还不觉得有什么，了凡却怔了怔道："哪个乐大夫？"

法空方丈看了看他，又看了眼对面的夏秋，眯了眯眼："在这临城，还有几个乐大夫！"说到这里，他双手合十对夏秋和丽娘施了个礼，微笑着说道，"老僧还有事，就不打扰二位了。这位太太，我倒是觉得您该同这位夏小姐好好说说话，对于您的疑问，她或许能帮您。"说罢，他便带着了凡一起离开了。

他们走了以后，丽娘便将夏秋往佛堂里面领，同时有些不知所措地说道："这大热天的，你上山一定热了渴了吧，我从家里带了些茶来，夏小姐随我去用些吧。"

这么久以来，丽娘都很少有朋友，如今夏秋亲自来寺庙里看她，她又不是傻瓜，怎么会猜不到她为了什么，所以，即便她此时整个人是伤心的，可心中也是欢喜的，便想好好招待这位关心她的朋友。

可是时间紧迫，夏秋也不是专门来看她的，她要快些把丽娘带到胡二叔面前，尽快确认丽娘的身份才行。种种巧合让夏秋觉得，这位丽娘就是胡二叔失踪的妻子灵儿，现在，他们差的只有胡二叔的一句话了。她相信，既然东家把胡二叔带来认人，那么，只要认出丽娘就是胡二叔的妻子，东家就一定有办法解开丽娘心头的那把锁，让丽娘恢复做妖时的记忆。也只有这样，他们才能让丽娘心甘情愿地随他们离开。

于是夏秋急忙拉住丽娘，笑道："丽娘姐姐，茶我就不喝了，我也是跟东家打了一声招呼就跑出来了，还要赶快回去，不如，你陪我走走，咱们边走边聊吧。"

听到夏秋如此说，丽娘心中更感动了，叹了口气道："夏小姐，我知道你担心什么，你还亲自跑一趟，你放心，我没事的。"

"没事？"夏秋眼神微闪，"一整日不吃不喝只是诵经……这还没事？"

丽娘一怔，原本拭掉的泪水再一次涌入眼眶，而这次她却再也忍不了了，泪水扑簌扑簌地落了下来，然后她用手掩面，哽咽地说道："夏小姐，你都知道了？不过，你真的放心吧，刚刚法空大师也开导我了，我已经想通，本来正要回水月庵呢。这……都是命，都是命啊！"

"姐姐已经想通了？"夏秋眼睛眯了眯，一把挎住她的胳膊，笑了笑，"那我就听听姐姐是怎么想通的吧。"说着，她便拉着丽娘往灵雾寺西侧梅园的方向走去。

丽娘自然不知道夏秋的目的，她一边被拉着，一边用帕子拭掉脸上的泪水，幽幽地叹了一声："你问我怎么想通的，这又有什么好说的。我就是想着，不如成全他们算了。娘让我这个时候来山上祈福，大概也是这个意思吧。"

"成全他们？怎么成全？"夏秋的眼睛眯成了一条缝，轻轻地问道。

"娘和子文最重名声，肯定不会忍心自己的子孙全是庶出，那样，对孩子也不好。所以，既然娘想让我让出这个正房的位置，我让出来就是了。"

"让出来？"夏秋的嘴角向上扬了扬，"这就是姐姐想出来的办法？你也说自己无父无母，连家在哪里也不知道，即便你让出这个正房的位置，又该回哪里？到时候张家还能容你在家里住着？难不成，你想变妻为妾？这样倒是不用离开张家了……"

"不会的！"这次，不等夏秋说完，一向温婉的丽娘突然提高了

声音，快速地答道，"我怎么可能自取其辱，夏小姐放心好了，我绝不会那么糊涂的。"

"哦？那姐姐如何打算？"

丽娘苦笑了下，转头看向灵雾寺后，看向那处隐藏在苍松翠柏间的一处飞檐，缓缓地说道："无家人自有无家人的去处，别说我本来就是个无根之人，哪怕是大富大贵人家的女儿，若是走到我这一步，怕是跟我做相同选择的也不在少数吧。"

08

看到那飞檐，夏秋明白了，心中的怒气又被激起了一层说道："姐姐倒是想得开，知道成人之美，可这件事，你同张副官提过吗？他也同意了？"

丽娘怔了怔，露出一个凄凉的笑容道："我还没同他说，不过，他是个孝子，想必也不会反对的吧。"

夏秋冷笑了一下道："都说一日夫妻百日恩。可张家对姐姐简直半分情谊都没有，先是挟恩求报，让姐姐做了他家的童养媳，如今又要赶走姐姐，果真无情无义。"

"也不能说是无情。"丽娘苦笑了一下，"你当我同他真没有过欢愉的时光吗？那个时候，他对我的好根本就不像是真的，让我总怀疑是在梦里。你知道我那个时候怕什么吗？我生怕有朝一日自己梦醒了，发现一切都是假的，我根本就不曾遇到过他。"

"你觉得一切都是假的？根本就不曾遇到过张副官？"说者无心听者有意，夏秋语气一变，"丽娘姐姐，你真的这么觉得过？"

丽娘点点头说："有的时候睡着了，我根本分不出什么是真的什么是梦境，觉得自己好像会一直睡下去，再也醒不了了，梦里也经常看到一些奇怪的事情，仿佛曾经经历过，又仿佛很遥远，就像是前世发生的一样。"

"那姐姐可还记得梦里发生的事情，或者梦里的人？"夏秋急忙问。

"怎么可能！"丽娘一笑，"梦里的事情醒来就忘了，怎么会记得。不过最近的时候，有一次我好像还梦到你了，梦到咱们在一辆车子里，不过后来我就醒了，想必是太想见你和落颜了吧。"

听到这件事，夏秋的脸上闪过一丝尴尬，干笑道："看来我和落颜日后要多找姐姐来玩儿才对。"

"日后……"丽娘的脸上闪过惆怅，"我也想去拜访你们，只是……"说到这里，丽娘说不下去了，以前她在张家，每天忙得脚不沾地，自然没时间出门访友，日后若是她去了水月庵，怕是就更没自由了，看来梦里她梦到的事情，也终究只能是一个梦了。

看到丽娘的脸上露出难过的神情，夏秋连忙又问道："姐姐，那你刚刚说的那个前世的梦，里面发生的事情，就真的什么都想不起来了吗？"说着，她看了看前面，马上就要到小路的尽头了，她若是没有记错，拐个弯儿过去应该就是通往梅林的小门。

听了夏秋的话，丽娘还真的认真想了想，但很快，她的脸上却闪过一丝厌恶来，凉凉地道："真要说是什么感觉，我想应该是很黑、很冷，还有就是很痛，痛彻心扉的那种痛吧。"

很黑？很冷？很痛？

夏秋皱了皱眉，如果丽娘能梦到消除的那部分记忆的话，怕是这个有关前世的梦，应该就是她失忆前发生的事情了。只是，夏秋之前听胡二叔说的那些往事中，虽然听出他们夫妻间应该有芥蒂，可似乎哪件都同丽娘说的这几个词没有关系。而且，听到这几个词，夏秋想到的可不是什么好事，听起来倒像是某人被关在什么阴冷的地方受苦一般。

夏秋正想着，却见丽娘想了想后又补充道："对了，好像还有很多水，到处都是水，冰冷刺骨的水……"

水？难道是洪水？

可洪水不是被崔鬼改道了吗？为此他还元气大伤。丽娘的话让夏秋越来越抓不住要领，而这个时候，西门已经近在咫尺了。

既然想不通，夏秋索性也就不想了，而是笑了笑说："不管是前

世还是今生，咱们不管了。倒是姐姐刚才说的打算，你可要考虑好了。你真的就想这么成全他们？牺牲自己成全他们？我是觉得不值得。就算你要离开张家，也不必用这种法子，世界如此之大，难道除了水月庵就没姐姐的容身之处了吗？姐姐总该往长远想想。"

"夏小姐说得虽然没错，可是，我不过是一个无父无母的童养媳，又没什么学问，世界再大，于我又有什么关系？"

"姐姐，你跟我来。"夏秋笑了笑，拉着丽娘出了灵雾寺的大门，然后指着眼前的梅园说道："姐姐可知这些都是什么树？"

"什么树？"丽娘沿着小路走进了梅园，用手抚了抚树杈上同周围的姹紫嫣红比起来略显晦暗干枯的宽大树叶，沉吟了一下，"你刚才说这里是梅园，这些想必应该是梅树吧！这一园子……都是？"

"正是梅树。"夏秋说着，快步走到丽娘身边，拉着她突然向山下跑去，这让丽娘在猝不及防下发出一声声惊呼，连喊着"慢些，慢些"。

夏秋"咯咯"地笑着，而且，丽娘越喊，她笑得越欢畅，直到她带着丽娘跑过了一大半的园子，他们这才气喘吁吁地停了下来。

这个时候，丽娘已经因为急速奔跑脸颊通红，同时，她的手也开始不停地抚着胸口，安抚着快速跳动的心脏，根本连话都说不出来了。隔了好久，丽娘才终于缓过劲儿来，甩开夏秋的手嗔道："你这丫头，发什么疯，万一摔倒怎么办？这可是下坡，会滚下去的。"

由于刚刚的剧烈运动，丽娘的眸子透出少有的明亮，衬着她粉色的脸颊，让人更加挪不开眼了。

夏秋歪着头看着她，莞尔一笑："丽娘姐姐，你知道吗，这里在冬天很热闹呢，各色梅花压弯了枝头，很多人都来赏梅，这才多了这条通往山下的小路。世人都道春夏之际百花盛开，引人入胜，冬日萧瑟寒冷，凄凄惨惨，可你若是冬日来了这里，可还会觉得这里冷冷清清？怕是除了喜欢羡慕之外就是肃然起敬了吧。那个时候，这一园的景色，怕是要胜过万千姹紫嫣红了呢！"

"一园的景色，胜过万千姹紫嫣红？"喃喃地重复着这句话，丽娘若有所思。

夏秋点头，深有感触地说道："姐姐不要妄自菲薄，你现在伤心难过，不过是在错误的时间遇到错误的人罢了，他不懂欣赏你，注定会悔恨终生。况且，有句话说得好，不经一番寒彻骨，哪得梅花扑鼻香，说的不就是姐姐吗？你可千万别小瞧了自己。"

夏秋的话，似乎说到丽娘心坎里去了，她一下子沉默下来，仿佛思考着什么，人也沿着小路慢慢向前踱着，出着神。

看到她的样子，夏秋并不打扰她，只是在原地看着她的背影。不过，在丽娘离她有七八步远的时候，却见夏秋笑了笑，偷偷看向一旁的一棵老梅树。

就在这个时候，随着一阵清风吹来，一阵熟悉的气息传到夏秋的身边。

"是她吗？"夏秋问。

夏秋的声音很低，若不是夏秋早就注意到了胡二叔的气息和藏身的位置，还近距离问，根本就不会有别人听到，更不要说丽娘离她还有一段距离，又正在出神。只是，夏秋问了好一会儿后，都没有听到有人回答，夏秋心中有些着急，不禁又看了他们藏身的梅树一眼，甚至还对着那棵梅树使了个眼色。不过可惜，即便她动作如此大了，仍旧没有得到回应，这让她的心中忐忑起来——难道说，丽娘真的不是胡二叔失踪的妻子灵儿？

而这个时候，丽娘已经回过神来，她回头看了夏秋一眼，笑了笑说："夏小姐，你说的话我记住了，你放心，我一定会好好考虑的。"说着，她又转回头去，看着前方通往山下的弯弯曲曲的小路叹道，"梅花香自苦寒来，道理我自然是懂的，只是……"说着，她已经沿着小路缓缓向山下行去，"我先送夏小姐下山吧。"

直到此时，那棵梅树的后面仍旧没有半分动静，夏秋微微沉吟了一下，立即追上丽娘，再次挎住她的胳膊，笑道："丽娘姐姐是个聪慧的女子，我还盼着今年冬天陪你一起来赏梅呢。"

丽娘对她又是一笑，然后扫了眼四周的梅树，温柔地说道："这

么大一片梅林，若是真到了那时，一定好看的不得了。"

"这还用说。"说着，夏秋就挽着丽娘，两人一起慢慢地向山下走去。

岂止是夏秋心中忐忑，此时陪在胡二叔身边的乐鳌也是皱紧了眉头，眼看着夏秋她们就要消失在小路拐弯处了，他终于忍不住再次问道："胡二叔，她们已经走远了，这下，您是不是可以告诉我，这位张太太，究竟是不是您失踪的妻子了吧？"

他的话音刚落，却见胡二叔终于转头看向了他，只是，此时的胡二叔满脸通红，神情却呆滞无比，就像是傻子一样。

这让乐鳌的眉头皱得更紧了，可他正要再问，却见胡二叔突然将视线再次投到了前方正要消失在梅树掩映处的丽娘的背影上，而后，只听他低吼一声"灵儿"，然后身子一纵，竟然就这么冲了出去！

原来，他不是没认出丽娘，而是被突然跑进他视野的丽娘惊呆了。

09

整整十五年了，胡二叔已经失去自己妻子的音信十五年了，她就这样像一只精灵般出现在自己的面前，这让他整个人都傻掉了。所以，看到丽娘即将再次消失在自己的视野中，他才如梦方醒，反应了过来，冲了上去。而这个时候，什么从长计议、什么回去再谈、什么乐鳌对他的叮嘱、什么灵儿会不会原谅他，他全都抛到了脑后，他现在只有一个心思，就是立即追上自己的妻子，带她回家，带她回到不归峰的荒冢里，从此日日守着她，再也不离开。

虽然乐鳌早有准备，可胡二叔的反应却大大出乎他意料之外。倘若刚开始的时候胡二叔就想冲出去见丽娘，乐鳌一定能拦住他，并且也已经做好了准备。可是，胡二叔好久没有出声，这慢半拍的性子大大打乱了乐鳌的计划，要知道，此时的他几乎已经认为这次要无功而返了，根本就没想到胡二叔会在这个时候冲出去。

一时间，乐鳌只觉得又好气又好笑，也立即从老梅树后面冲了出来，想要上前拦住胡二叔。只不过，因为之前的耽搁，他想拦人的时候已经有些落后了，胡二叔这会儿早就冲出了几丈远，离他有一段距离了。可别看只有几丈远，却也让乐鳌颇伤脑筋，因为，虽然他可以在短时间内追上胡二叔，但是那个时候胡二叔肯定也见到丽娘了，若是再做出什么不恰当的动作，只怕就麻烦了，搞不好还会让失去记忆的丽娘认为胡二叔是登徒子。

乐鳌正想着如何善后，却突然觉得一股劲风从天而降，紧接着，一股不善的气息向他逼来。

由于这股气息实在是来得太猛、太突然了，猝不及防下，乐鳌只能向一旁滑去，同时双手一推，驱动自己的灵力向气息逼来的方向攻去。不过，因为不知道是谁进攻自己，所以乐鳌并没有用尽全力，更多的是想先接下这一攻击，看清楚来人是谁再作打算。可事实证明，这只能让他陷入被动，形势也向更让他无法预料的方向发展。因为，就在他回击的同时，随着一道金光闪过，他的招式立即被化解，而在这个时候，一股既熟悉又陌生的力量才终于显现出来。

而这力量一出现，乐鳌就知道糟了。

这股力量趁着乐鳌的灵力还没有收回来的时机乘虚而入，不过是眨眼间就将乐鳌整个人全都包裹起来。而这个时候，乐鳌再想出招，用自己的灵力冲破这股力量所及的地方，却已经晚了。这股力量已经像蚕茧般将他紧紧包裹起来，让他的招式和灵力根本就无法痛快地施展出来。这个时候，他虽然还可以动，不过，他所有的动作、所有的灵力，一经发出，就像是石沉大海般，一下子就没了动静，让他拼尽全力也只能在原地几尺见方的地方打转。

在意识到自己陷入了某人设下的阵法中后，乐鳌的脸色黑如锅底，只是，他却不再试图冲破这股力量，而是抬头看着天空的方向，冷冷道："你终于回来了！这么多年，既然连困住我的阵法都没舍得

换一个，又为何不敢现身呢？"

他的话没有得到任何人的回应，而就在这个时候，却听已经冲到前面的胡二叔突然惊慌地喊道："你……你是谁，你……你快放了灵儿……"

乐鳌的心一下子沉了下来……

这是调虎离山？还是请君入瓮？

……

夏秋知道自己这次大意了，虽然下山的时候她又察觉到了之前那股熟悉的气息，可为了不在丽娘面前施展自己的能力，她一直忍着没有出手。只想着等胡二叔认完人之后，她再像上次一样除掉那些碍眼的东西，因为她可以肯定，这次应该还是上次她从树梢上打下来的那个纸人。事实证明，她这次是想当然了，她只想到那东西像上次一样是又来监视她的，却没想到，这次竟然连那纸人的主人都跟来了。所以，在原田晴子突然出现在她面前的时候，夏秋着实没有反应过来，而等她想跑的时候，不过是刚转身，便觉得自己后颈一痛，就这样失去了知觉。

后来的事情她自然就不知道了，直到她在一个幽深的林子里醒来，发现自己被捆得死死的，而在她前面不远处，有几个人影正在那里晃动着，似乎还在说着什么。听声音，好像是胡二叔夫妇和原田他们。

"这位姑娘，人我都帮你带来了，你为何还不放了我妻子？"

"你是谁？我不认识你，我什么时候成了你的妻子？"

"灵儿，我是二哥呀，你难道真的忘了我了吗？忘了咱们之间的一切？咱们可是在一起几千年了，你真的什么都不记得了？"

"几千年？你还说你不是疯子！我要回去了，你们放开我，啊！"

"你……你放开她，你说过，我帮你把夏姑娘带到这里，就放了她的，你……你这个女人，怎么能出尔反尔？"

"夏姑娘？夏姑娘你没事吧，你醒了吗？"这个时候，丽娘连忙急呼道，语气里充满担心。

夏秋心中一动，连忙闭上了眼，继续装晕。

如今的情形实在是太诡异了，她必须弄明白这是怎么一回事才行。怎么是胡二叔把她带来的？难不成胡二叔同原田是一伙儿的，来这里就是为了绑架她？而他说的那些话也都是假的？甚至……连丽娘的话也是假的？她真的是原田操纵用来试探她的工具？可是，如果是这样的话，这个局也太大了吧！难道这位原田小姐并不单单是为了她而来，而是为东家而来，不然，又如何解释胡二叔的出现呢？要知道，胡二叔可是远在陵水县，是她和东家千里迢迢亲自带回来的呀。这位原田小姐再厉害，也不可能这么短时间内就将手伸到陵水县，设局让胡二叔骗他们呀！

可是，胡二叔如果没骗他们，东家现在又在哪里呢？

就在夏秋脑筋飞快转动的时候，原田终于开口说话了，只是，她的口气中却充满了厌恶："吵死了，你们还是先担心自己吧！"

她话音刚落，却听胡二叔再次开口，愤怒地道："也罢，虽然这非我所愿，可你既然出尔反尔，也别怪我出手了。"说着，胡二叔口中念念有词，手指也快速地翻动起来，却是要开始结印做法，看样子打算同原田大打出手了。

"你真打算这么做？"原田的嘴角露出了一丝讽笑。

从这只老妖怪刚才乖乖抱着晕倒的夏秋同她一起进入山林深处的时候，原田就知道丽娘是他的死穴，所以，此时见他打算用强，却半点都不担心，只是将手中架在丽娘颈间的匕首紧了紧，然后又轻轻一划。

于是，随着丽娘的痛呼，一道鲜红的血痕出现在丽娘的颈间，血从她雪白的脖子上立即淌了下来，滴在了她身上藕色的外裳上，晕染出了一团团血红。

"不……不要……"看到从丽娘脖子上流下来的血，胡二叔的脸色一下子白了，结结巴巴地说道，"你别伤她，你让我做什么？我都听你的还不行吗？"

"这才对嘛！"原田笑嘻嘻地道，"你若像刚才那样听我的，她也

就不会受苦了。"

"我的错！我的错！"胡二叔不停地点着头，"这位法师，你到底怎样才能放了我的妻子，我求求你，放了她吧，千万别伤害她，哪怕……哪怕你让我用命来换，我也心甘情愿！"

"你这可是真心话？"原田得意地说道，然后她瞪了胡二叔一眼，恶狠狠地补充道，"我才不信你！你们妖怪最狡猾了，上次就从我眼皮底下跑了一个，这次，绝不能让你们再跑了！"

"我不跑，我真的不跑，你……你放了她吧，法师，我求你了！"胡二叔再次乞求道。

"这倒不急，"原田舒了舒眉，"我还有话要问你，等你回答我了，我再决定是不是要放了你们！"

"法师请问。"胡二叔急忙道，眼睛却几乎已经长在了丽娘的身上。

此时，经过刚才的匕首割颈，丽娘的脸色早已变得像纸一样白，只是，抬起头来一看到胡二叔直勾勾的眼神，她的心中却复杂万分，只能快速低下了头，不知道该说什么好了。

这个男人她不记得见过，她甚至还觉得这个男人头脑很不清醒，有可能是个疯子，可他的话她却听得清清楚楚。虽然她现在认为这个男人一定是认错人了，可对他那个口口声声喊着的"灵儿"却羡慕无比，她知道这个男人所做的一切都是为了那个叫"灵儿"的女子，为了他的妻子。这让她又想到了张子文，只盼望着有一天，自己在张子文的心中能有相同的分量，而不只是一名身份卑微的童养媳，可以被他的母亲随意拿捏侮辱的受气包。

丽娘正胡思乱想着，却觉得挟持她的原田手臂又一紧，然后冷冷地说道："你叫丽娘吧，你也听着，我这个问题是问你们两个的，你们无论谁给了我满意的回答，我都可以考虑放过你们。"

"法师，灵儿她什么都忘了，你问我就是。"胡二叔连忙道。

"你们……"原田眼神微闪，"你们可曾见过东湖里的东西？"

这个问题同上次她问青泽的那个问题一样，或者说，每一个她在临城抓到的妖怪，她都会在处置他们之前问他们这个问题，因为她此番临城之行，正是为此而来的，至于帮助林家什么的，根本就是顺手为之。更何况，她此时已经不想帮林鸿升了。

"东湖里的东西？"丽娘一怔，"东湖里能有什么？难道有宝贝？"

"当然是宝。"原田冷冷一笑，而此时的她，已经精准地把握到了对面胡二叔眼中那一闪而过的亮光。

虽然胡二叔眼中的光在闪了闪后就立即被他慌张的表情掩饰下去了，可还是晚了，原田已经可以肯定，胡二叔一定知道东湖的秘密。因为，这光是她在之前那些妖怪的眼中从没看到的，这让她的心立即快速地跳了起来。

"你知道对不对？你真的知道对不对？告诉我，告诉我它在哪里，怎么才能找到，快告诉我！"

只是，此时的胡二叔却似乎比刚才冷静多了，听到原田的问话，他只是苦笑了一下说："这位法师，我根本就不是临城的人，我是从陵水县的十万大山里来的，你问我东湖的事情，我怎么可能知道？你……你是故意刁难我的吧！"

原田的脸上露出迷惑，一脸不相信地说道："你真不知道？你信不信我现在就杀了她？"

胡二叔差点都要给原田跪下了，他用凄凉的语气说道："法师，我是真的不知道呀。你让我告诉你一件我不知道的事情，你又让我怎么回答？你倒不如现在就杀了我。"

"杀了你？你真打算为了她死？"原田冷哼道，"不过这个女妖精好像并不认识你，你真的确定他就是你的妻子？"

听到她的话，胡二叔立即肯定地点了点头，他深情地看着丽娘，缓缓地道："她就是我失踪了十五年的妻子灵儿，我怎么可能不认得她？我们从没化成人形的时候就在一起，一起修炼、一起变化成

人、一起修建了洞府、一起生活了两千年，不要说她的样貌还同以前一样没有任何变化，哪怕是她已经面目全非，我也照样能认出她来。她是我此生最重要的人，十五年前我没能保护她，让她流落在外，受了这么多年的苦，我已经恨死了自己，如今如果能为她而死，那简直是天下最幸福的事情。生死是大事，你觉得我会拿自己的性命当儿戏，拿她的性命当儿戏吗？"

他的话句句深情，几乎每一句都说到了丽娘的心坎里去了，可任凭她想破脑袋，脑海里对这个深情的男人却没有半分印象。

所以，虽然丽娘心中一万个希望她真的就是这个男人说的那个灵儿，可还是看着胡二叔哽咽地道："这位先生，我真的不认识您，您大概也认错人了。我劝您，还是快走吧，带着夏小姐离开这里，您要是能救了夏小姐，我对您感激不尽。我已经是一个没希望的人了，所以，不能再因为我连累夏小姐。那样我可就真的罪不可恕了！"

"灵儿，你在说什么，你觉得为夫会看着你在眼前死去吗？"胡二叔说着，抬头看向原田，"这位法师，只要你肯放了灵儿，有什么招式你全都用起来吧，我胡二保证，绝对不躲闪不还手，你就算把我大卸八块，我也绝不会皱一下眉。"

"让我出招？"原田笑出了声，"你们三个，我只有一个，我若是出了招，放开这个女妖精，你们不就能围攻我了？你真以为我是傻子吗？所以，你自己动手吧！"

"我自己动手？"胡二叔脸色先是一白，可马上，他却使劲摇了摇头，看着原田道："不行，万一我死了你还不放过灵儿怎么办？我信不过！"

"你觉得你还有选择？"原田冷哼，"还是说，你想让我现在就杀了她？"

"不，不要！"胡二叔连忙阻止道。

"那就快点。"原田的脸上露出了一丝不耐烦。

既然没用，那就只能杀掉一了百了了，不过眼下的情形是一对三，的确是有些麻烦，就算有一个还晕着、被困着，她也不能掉以轻心，太多消耗自己的力气，她需要用些计策才行。

胡二叔咬了咬唇，然后他又看了丽娘一眼，最终提议道："我说一个法子，法师看看行不行。"

原田没说话，只是眯了眯眼。

"我……我把我的元丹给你，你就把灵儿放了！"胡二叔像是下定什么决心似的说道，"我没了元丹连普通人都不如，你随时可以杀我！咱们一手交人，一手交丹，怎么样？"

"一手交人，一手交丹？"原田的眉毛立即向上挑了挑，立即痛快地点点头，"好！"

交出元丹？

夏秋心中微沉。妖的元丹是其毕生修为所在，一旦失去，那可就意味着将自己数年的修为舍弃，不要说再也无法维持人形，怕是连性命都不保。

看着胡二叔已经准备开始吐丹了，夏秋心中似乎有一种冲动，就是立即用自己的能力阻止他，她也完全能够做到这一切。只是，想了想后她还是放弃了。就算她做到了又能怎样呢？

如今听了他们的谈话，夏秋已经猜出了大致的经过。很显然，胡二叔也是刚刚才被原田胁迫，他是为了自己的妻子，才将她带到这里来的，并不是有意要对付她和东家的。可这也让她更加为难。她若是阻止胡二叔交丹，就一定会暴露自己已经醒了的事实，而到了那时，原田一定会继续以丽娘作为要挟，逼着胡二叔对付她，那样的话，反而更加糟糕。只可惜，她只能削弱妖力，对于原田却半点办法都没有，否则的话，她只要能想个办法让原田动不了，哪怕只有几秒钟的时间，眼前的形势就会整个被逆转过来。所有的想法在脑海中一闪而过，最终，夏秋决定暂时按兵不动。

她听东家提过，元丹即便离开了妖的体内，短时间内对妖是没有影响的，即便使不出妖力，可人形总是能维持一段时间。既然这个胡二叔不是假的，那刚才就一定同东家在一起，虽然不知道他们

为什么分开了，但是东家绝不会完全不知情。因此，现在最稳妥的法子就是走一步看一步，期待胡二叔在交出妖丹的这段时间，东家能够赶来相救，而且保不齐，胡二叔也是打的这个主意。

就这样，她眼睁睁看着胡二叔从自己的口中吐出了元丹，然后托在手中慢慢地向原田走去，边走边小心翼翼地说道："法师，这就是我的元丹，里面有我将近两千年的妖力，我全都给你，你……你把灵儿还给我吧！"

由于妖力醇厚，胡二叔的青色元丹已经发出淡淡的金黄，在这幽暗的树林里，更显得熠熠生辉。

原田以前在家乡的时候，抓的都是些小妖，也取过些妖丹回去炼药，可她抓的那些妖怪，最厉害的也不过上千年，哪比得上中原大地地域宽广，妖的种类也自然是数不胜数，甚至还有上古遗留下来的神迹妖王。所以，看到胡二叔这么轻易就把自己两千年的妖丹送到了自己的面前，原田的注意力已经完全被这颗宝石般的妖丹吸引了，恨不得立即就取过来好好炼化一番。

不过，她也并没有被这唾手可及的妖丹迷了心神，反而更加冷静小心，所以她沉吟了一下后，眼神微闪："你先把元丹给我。"

胡二叔一愣，然后一脸的不自在道："法师，咱们可是说好的。"

"我让你先给我，你就先给我。"原田立即变了脸色。

"好……好吧……"

胡二叔的额头上已经见汗了，想来是元丹离体，他的气息也变得虚弱了。不过，即便如此，他还是按原田说的，又向她走了几步，然后走到丽娘身边，先是把拿着元丹的手伸到原田面前，之后将另一只手向丽娘伸去，结结巴巴地说道："这……这样可以了吧！"

只是，随着他将元丹递到原田面前，却听到一阵"叽叽嘎嘎"的怪笑声突然在他的耳旁响起，而就在他一闪神的工夫，他手中托着的元丹已经被原田抢走了。紧接着，原田挟持着丽娘又向后退了好几步，同胡二叔保持了至少三步远的距离。

察觉上当，胡二叔急忙想冲上前去抢人，却不想原田厉声喝道：

"站住，你要敢过来，我现在就割掉她的头！"

"你……你骗我！"胡二叔的脸色一下子变得苍白，而这个时候却见几个黄色的纸人从他的身旁飞回到了原田身边，再次"叽叽嘎嘎"的怪笑起来，显然，它们刚才是故意要转移胡二叔注意力的。

诡计得逞，原田得意地说道："你们中国人不是说过，兵不厌诈吗？这可不能怪我。"说着，她又开心地看了眼到手的妖丹，似是对胡二叔，又似乎是自言自语地说道，"你不是说这个女人是你妻子吗？还同你一起修炼了几千年，想来她体内也有一颗吧，等一会儿我杀了她，将她那颗也取了，正好凑成一对！"

11

"你……你……你真卑鄙！"胡二叔此时已经被气得浑身发抖。

而这个时候听到原田要杀了自己，丽娘也乞求道："这位法师，我真的不是妖，你一定认错了。不过，你若是想杀了我，我绝不会反抗，你……你不如将这位先生的东西还给他吧，你只杀我还不行吗？"

"嘻嘻，你觉得，这件事情你说了算吗？"原田冷笑道，"先把你们两个解决了，剩下的那个就容易多了。"说着，她的手一晃，手中的匕首立即向丽娘的颈部割去，竟然真的想割掉她的头颅。

"不要！"

"不要！"

就在这时，突然传出两声阻止的声音，与此同时，却见原本盘桓在原田身旁的纸人，身子突然一颤，竟然向原田拿着匕首的手扑了过去。

于是，原田只觉得自己的手腕一痛，竟然是被纸人锋利的边缘割了一道深深的口子，匕首也因为手腕的剧痛而被松开了，"当啷"一声落在了地上。

与此同时，胡二叔已经冲到了原田面前，一把将丽娘从她的手

中扯了出来，然后拥在怀中，快速向后退去。一边退着，一边看向原田身后被捆在一旁的夏秋，眼中透着感激。

那两声"不要"，一声是他的，另一声自然是夏秋发出的。虽然夏秋无法阻止原田，可幸好这个女人放出了自己的纸人，东家说这种东西叫作式神，而式神这种东西，本身就是妖物，所以，夏秋让它们按自己的意愿行事，还是绰绰有余的。

比如上次，就是她用自己的能力将在暗处窥探的纸人打了下来，破了原田的法术。只是可惜，刚才原田放出纸人的时候她没有察觉，不然也不会让原田趁着胡二叔不备，将元丹抢走了。

原田到现在都不知道夏秋的能力，再加上夏秋在她身后，事情又发生得十分仓促，所以，她自然以为这一切都是胡二叔做的，立即大怒："果然狡猾，那好，我就让你们马上死在这里。"

说到这里，她就要施放血咒捉妖，只是她正要像以前那样咬破自己手指做法的时候，她的手不过刚刚抬到了胸前，一股无力感就突然充斥了她的双臂，她费了好大的劲儿，都无法把胳膊抬到下巴的位置，最高也只能将手抬到胸前，两手都是。原田还没来得及吃惊，这种感觉竟然开始迅速蔓延起来，一股麻痹感从她的双手逐渐向身体的其他部位扩散而去。

原田大怒，瞪视胡二叔道："你，你做了什么？"

这个时候，胡二叔的脸上已经收起了之前的无奈和凄凉，而是冷冷地瞧着原田："这是我身上的丹毒，很快你就会浑身麻痹，连舌头都动不了了。我本不想这样，可你……逼人太甚！"

"丹毒？这就是你把元丹交给我的原因？"原田的脸色一下子变得惨白，"你想杀了我？"

夏秋听了立即明白了，心中暗赞胡二叔聪明，她就说嘛，元丹这么重要的东西，又关系到丽娘的生死，胡二叔就算再紧张也不应该那么容易让原田抢了去呀。如今看来，他果然是故意的，但这样做也的确非常冒险。

她听东家说过，这丹毒本是妖物在修炼过程中积攒在体内的毒素，一般情况下无法根除，于是，一些道行高的妖为了不让这些毒素影响自己进一步修炼，将它们藏在了元丹的深处。除非到了生死关头，他们轻易不会将它们催生出来，而这次，胡二叔显然是要破釜沉舟了，哪怕自己日后需要消耗大量妖力重新将丹毒逼回元丹中，也要让原田暂时失去行动的能力，好救下自己的妻子。

不过之后呢？胡二叔真要杀了原田吗？

也是，这个原田如此狠辣，不但无缘无故杀了那么多妖，甚至还想杀了胡二叔和丽娘，若是她伤了自己最爱的人，自己怕是也饶不了她吧！

只是，听到原田的话，只见胡二叔摇了摇头，叹道："我胡二从不杀人，这两千多年来，我甚至连荤腥都没沾过。所以，虽然这次我恨不得将你碎尸万段，可我也不会杀了你。等一会儿你就会昏迷，我会把你带回十万大山中，将你看管起来，让你再也出不了山，也害不了其他的妖，等你老死之后，我也会把你好好安葬，让你入土为安。"

带回十万大山？看管起来？

夏秋心中泛起了嘀咕——什么看管，看来这位胡二叔是想将这位原田小姐囚禁到死了。虽说他不杀人，不过眼下看来，这种法子只怕比杀了原田还让人痛苦。

终身囚禁在大山里呀！还不如死了一了百了呢！

夏秋觉得，原田是不会接受的。

果然，听到胡二叔的话，原田笑出了声，她死死盯着他，愤怒地道："让我被妖怪看管囚禁？你做梦！"

下一刻，却见原田的嘴一下子抿得紧紧的，而后是一声闷哼。

胡二叔先是一愣，等他明白原田做了什么之后，立即放开丽娘就想冲过去，嘴中则惊慌地道："我不想杀你，你又何必咬舌自尽！只不过是想囚禁你几十年罢了，很快就过去了，只因你知道……"

咬舌自尽？

夏秋在原田的身后，看不到原田此时的情形，听到胡二叔说到

"咬舌自尽"四个字，她的第一反应是不可能，因为原田是绝不会自杀的。而第二反应就是糟了，连忙喊道："小心……"

事起仓促，当夏秋喊出这两个字的时候，却见胡二叔已经发现了不对，脸色也在同时变了："你……你想做什么？"

这个时候，原田的嘴虽然仍旧紧紧闭着，可仍有一缕鲜血从她的嘴角渗了出来，接着只见她邪气地一笑，然后一张嘴，一口鲜血便喷到了她手中握着的元丹上。

就在她的血喷到了元丹上的那一刻，只见元丹上的金光立即黯淡下去，然后逐渐消失，紧接着元丹本身甚至开始发黑，而后，凡是元丹上被她的血沾到的地方，都被腐蚀出一个个蜂窝般的小孔来。于是，随着这些小孔越来越多，胡二叔原本金光闪闪的元丹立即像是枯萎了的花儿一般，迅速地腐败消融，直到最后，化成了一把黑灰，随着林子里的风消失得无影无踪了！

"不——"

这时，只听胡二叔发出一声惨叫，原本冲向原田的他随着元丹的消融立即摔倒在地，然后，只见他抽搐了几下，便立即像云雾一样四散而去，不过是眨眼间，好好的一位美大叔就只剩下了几件衣服。

"啊！"

以为胡二叔烟消云散了，夏秋吓得叫出了声，不过，就在这时，随着衣服下面动了动，却见一只雪白的狐狸从里面钻了出来。

狐狸很大，站起来怕是要有一人多高，浑身雪白，连半根杂毛都没有，雪狐的眼睛是碧绿的，就像是两颗碧绿的宝石。这双宝石般的眼睛在向周围看了看之后，最终将自己的视线落在了脚下已经散落一地的衣服上，在愣了愣之后，雪狐发出"吱"的一声惨叫，显然是知道一切都已经无法挽回。

这个时候，却听原田"呵呵"傻笑了两声，然后突然数起数来："一、二、三……八、九……呵呵呵，原来是九尾妖……"原田最后一个字已经因为舌头麻痹，再也发不出声来，然后只听"扑通"一声，她摔倒在地，便再也没有了动静！

眼前发生的一切，已经让丽娘彻底呆滞了，她看着刚刚还救了自己的男子就这么变成了一只白色的九尾狐，整个人都呆了。

而这个时候，九尾狐那双碧绿的眼睛也看向了丽娘，看样子很想向她走过去，可在看到她眼中的恐惧和害怕后，只得停住了脚步，而是转头看向一旁的夏秋，对她"吱吱"地叫了两声，似乎在向夏秋求助。

夏秋现在也很懊悔，她怎么就忘了原田的血有这种特殊的功效了呢，如今胡二叔的元丹被毁，被打回原形，丽娘又还没有恢复记忆，想必更害怕胡二叔了，这件事情已经往越来越糟糕的方向发展了。于是，她急忙唤道："丽娘姐姐，丽娘姐姐，你先放开我，你先把我放开呀。"

被她一提醒，丽娘这才回过些神来，急忙拎着裙子向夏秋的方向跑去，边跑边说着："夏小姐，这是怎么回事，怎么回事？这位先生，他……他真是妖怪？"

"你先放了我，我再向你解释！"夏秋连忙道。

不过听了她这番话，却见丽娘的脚步突然定住了，她一脸古怪地看着夏秋道："夏小姐，你不会……你不会也同他一样吧！你知道吗，在之前的梦里，我还看到你想要对我……"

看到丽娘的样子，夏秋知道自己也被怀疑了，心中更是有一种欲哭无泪的无力感，她现在无比盼望着东家能出现在她的面前。只是，隔了这么久东家还没出现，她的心中却越来越不安，担心东家已经出了事。

就在这个时候，却听一个声音幽幽地在他们的头顶上响起："早知如此，又何必当初呢？十五年了，这就是你要的结果吗？"

12

"谁，是谁？"

夏秋同灵儿的脸色立即大变，纷纷抬头向头顶望去，而这个时候，九尾白狐也似乎察觉了危机，连忙向夏秋她们跑去，同时脑袋也在看着空中。不过才跑了几步，随着一股怪风在林子里刮了起来，一个罩在黑袍里的身影突然从天而降，出现在他们三人正中的位置。

然后此人转头看向丽娘，语气轻蔑地说道："胡灵儿，这就是你十五年前要的结果吗？"听起来，竟是一个女人的声音。

丽娘脸色一变，惊道："你是谁？你叫谁？谁是胡灵儿？"

黑袍人轻笑了一声："不就是你了？难道这里还有别人叫胡灵儿吗？"

丽娘的脸色一下子涨得通红，她立即大声反驳道："你……你才是妖怪，我是人，我叫丽娘，我的先生是临城的张子文。我……我不知道你在说什么，我……我要回家了！"

"家？你的家应该在不归峰！"黑袍人继续不紧不慢地说道。

此时，九尾雪狐已经跑到了夏秋的身边，即便他此时已经化成了原形，成了一只狐狸，可他慧根仍在，自然也能听懂黑袍人的话，只不过是不能用人言说话罢了。所以，听到黑袍人的话，雪狐立即瞪圆了碧绿的眼珠子，一眨不眨地看着眼前的一切，眼睛里满是激动。

看看他，又看了看丽娘，夏秋却觉得眼前的情形没这么乐观，于是低低地对九尾雪狐说道："胡二叔，你能不能想办法把我的绳子松开？"

她现在被绑着，即便不影响她能力的发挥，可万一有个什么事，想要逃命只怕就不容易了。而且，刚才这个黑袍人一出现，她就已经在探查她的气息了，却发现她竟然不是妖，而是人，或者说，她应该是同原田一样的人。

这对他们来说可算不上是个好消息。

不过可惜，胡二叔此时已经完全被她们的对话吸引了，根本就没有听到夏秋的话，这让夏秋暗暗着急，可又不敢做出太大的动作提醒他，生怕被那个黑袍人察觉，反而提前引来不必要的麻烦。

这时，只见丽娘向后退了几步，心惊胆战地说道："你……你胡说，什么不归峰，那是什么地方？我……我……我要回家了……"说着，她一转身，竟是想就这么跑掉。

不过可惜，黑袍人又怎么肯让她逃掉。丽娘不过刚刚转了身，便觉得耳边一阵风刮过，黑袍人竟然已经挡在了她的前面，只见黑袍人的手不过是轻轻一挥，丽娘便向后飞去，然后重重地摔在了离夏秋他们不远的地方，好半天都起不来。

看到丽娘摔倒，雪狐显然很着急，立即向她冲了过去，同时还围着她"吱吱"地叫着，似乎在问她如何。

可一看到这只雪狐，丽娘的脸上反而更慌张了，大喊一声"走开"，然后用手一推，竟然把雪狐推向了一旁。

猝不及防下，雪狐向后摔去，甚至还在地上打了几个滚儿，沾了一身的枯枝败草，这让他雪白的皮毛再没有之前那么整齐了，看起来甚是狼狈。

可即便如此，从地上站起来之后，雪狐的碧绿眼睛只是黯了黯，便又立即向丽娘冲去，不过这次，他冲到离丽娘只有几尺远的地方就停了下来，然后一脸受伤地看着她，同时又十分委屈地小声叫了两声。

此时的丽娘根本不敢看雪狐，她拼命想要站起来，想要离开这个诡异的树林，离开这些奇怪的人们。

可是，不等她站起，黑袍人已经到了她的面前，居高临下地看着她冷笑："我知道你都想不起来了，那我就告诉你。你就是胡灵儿，你的妖力和记忆是你求着我让我封印的，你这么做的原因，只是为了……"说到这里，她扫了眼旁边的雪狐，冷冷地道，"只是为了离开他，离开这个同你生活了两千年的夫君。"

"吱吱，吱吱吱！"

黑袍人的话，让雪狐浑身颤抖起来，他看着丽娘，眼睛里全是不相信，碧绿的眸子也像是蒙了一层雾，散发着悲哀的光。

"我不是妖怪，我不是妖怪，你走开，你走开！"

胡乱抓着身旁的碎石泥沙，丽娘就向眼前的黑袍人掷去，不过可惜，这些东西还没近黑袍人的身，便自己落在了地上，显然，黑袍人的灵气已经强大到可以在体外自动形成护卫自己的罡气。

这让夏秋突然想起了之前落颜用花瓣试探丽娘时的情形，心中不由得一动……难不成她们之前猜错了，丽娘身周的那层气是这个黑袍人加上去的，是为了……不让丽娘过早死掉？难道丽娘真的是主动让这个黑袍人封印记忆和妖力的？但是不管怎样，这个黑袍人很厉害就是了。

生怕丽娘会惹恼这个神秘人，不得已，夏秋只得出了声："这位……这位大师，这到底是怎么回事？他们两个一个失了忆一个化了原形不能说话，当年的事情只有你知道了吧，你不如说出来，这样一来，也许丽娘姐姐就想起来了。"

这个时候，黑袍人似乎才发现了夏秋，她的头向夏秋这边转了转，冷冷地道："小姑娘，你真想知道？"

夏秋连忙点头说："我想所有人都想知道，毕竟这件事情我们也调查了很久，可就是抓不着头绪。你若是说出来，我们也会很感谢的。"

"抓不到头绪？"黑袍人冷笑道，"这有什么抓不到头绪的。不过是在一起待腻了想换个人试试罢了，这些妖们都是一个德行，始乱终弃，淫乱无耻……"

"不会的，丽娘姐姐绝对不是这样的人！"不等她说完，夏秋急忙道，而这个时候，雪狐也在一旁跳着脚地叫着，看样子对黑袍人的话很是愤慨。

"不是吗？"黑袍人笑出了声，"当时可是她求着我让我封了她的记忆的，还说要忘掉她的夫君，因为他的夫君只爱凡人不爱她，那她也就只能选择弃之而去。她还让我连她的妖气也一并封了，说是要成为一个凡人，也找一个凡人的夫君，这样才公平。我觉得她的提议不错，就帮她实现了。"

"提议不错？就帮她实现了？"夏秋的眉毛皱起，"原来，她体内的那把金色的锁就是你设的？你可知道，你那把锁连着她的元神，若是强行打开，元神就会尽散，她连命都没了。"

"呵呵，怎么，你以为让我出手是白出的吗？"黑袍人又笑了，"其实我是饶了她一命，不然十五年前，她的元丹就已经是我的了。但我是讲理的，不会白拿她的东西，即便她是个妖。于是我便问她想要什么，她这才对我提出了这个请求。我们，也算是公平交换。"

黑袍人说到这里，夏秋算是听明白了。想必当初丽娘在离开不归峰的路上遇上了这黑袍人，而这个黑袍人本来是要杀她取丹的，可偏要故作姿态胁迫丽娘同她做交易，这才有了丽娘被封住记忆、封住妖力成为普通人的条件。想必那时胡灵儿已经被胡二叔伤透了心吧。可是，究竟胡二叔做了什么，竟然让胡灵儿不顾两千年的夫妻之情，离他而去呢？

就在这时，却听胡灵儿突然小声地啜泣起来："你们……你们为什么非说我是妖呢？我是人，我是人呀！我的先生是张子文，我是丽娘，我不是胡灵儿，我的家不在不归峰，不在呀……"

她伤心地哭泣声，让雪狐那双碧绿的眼睛中雾气更浓了，他向前踏了一步，似乎想去安慰她，可最终在听到"张子文"三个字后，停住了脚，转而一脸愤怒地看向黑袍人，龇着他尖利的犬牙，喉咙里也开始"咕咕"地响着，一副恨不得将黑袍人生吃活剥的样子。看样子，他仍旧无法生胡灵儿的气，而是把心中的怨愤全都投在了这个黑袍人的身上。

看到雪狐的样子，夏秋急忙道："大师，你说了这么多，我怎么觉得你对丽娘姐姐这颗元丹反而没什么兴趣呢？否则，你又为何以此为条件帮她封印记忆和妖力呢？这样一来，你可要等很多年吧。你就算是天师，怕是也比不过妖的寿命吧！还是说，你也是妖……"

"闭嘴？我怎么可能是那种下贱丑陋的东西！"不等夏秋说完，黑袍人就厉声呵斥道。不过紧接着，却听她冷笑一声，"不过你猜得也没错，我当时听到她的条件，觉得十分有趣，便在她的元丹上又

加了道禁咒，一旦她想起以前的事情，她妖力的封印也会在同时被打开，不过，与此同时，她的妖力和元丹也会在同时冲撞起来，一起灰飞烟灭……呵呵，反正这元丹已经是我的了，我是用也好，毁也罢，随我高兴就是。结果，我没想到，这个女人成了凡人之后，还是一样的窝囊可怜，如今竟然到了要被婆家扫地出门的地步，还真是可笑……"

13

就在这个时候，夏秋只觉得眼前白影一闪，她心想糟了，可还不等她有所动作，却见黑袍人的手不过是动了动，这个白影便已经向后摔去了，却是那只雪狐。而这一次，雪狐摔去的方向是另一旁的山壁，而且从雪狐摔出去的速度和力度判断，这一次黑袍人的力道很大，这若是被甩到山壁上，没有妖力护体的雪狐很可能会重伤而亡。

夏秋虽然很想拦住雪狐，可他完全是被甩出去的，半点妖力都没用上，有的只是蛮劲，夏秋的能力根本就没用，再加上她此时还被绑着，更是连冲出去接住雪狐都做不到，只能干着急。

就在这千钧一发之际，夏秋只觉得眼前有个身影一闪，竟然先雪狐一步到达了山壁处，速度之快，绝不是普通人，然后人影以自己为肉盾，拦住了雪狐。被飞速摔过来的雪狐一撞，人影立即发出一声痛哼，显然被撞得不轻，不过，这样一来却总算救下了雪狐，然后同他一起慢慢地沿着山壁滑落在地。

"丽娘姐姐！"看到抱住雪狐的那人，夏秋忍不住惊呼道。

听到她的呼唤，丽娘转头看了她一眼，一脸伤心地说道："夏小姐，这一阵子，让你费心了。"

夏秋一怔，立即明白过来："你……你都想起来了？"

可是，她若是想起来了，不就意味着……

此时的丽娘已经泪流满面，她看了眼怀中抱着的雪狐，幽幽地说道："这么多年来，我知道你爱凡人是胜过我的，可我也从来不争不怨，因为我仰慕的就是这样的你。可那日，我泡在洪水里费尽千辛万苦将你救出来，你却连理都没理我，就抱着一个孩子头也不回地离开了，我却真的不能不在乎了。你知道吗？在你离开后，就在你离开后……"说到这里，丽娘似乎说不下去了，眼泪更像是决了堤一般汹涌而下，"之后三个月，你一次家门未入，只因为洪水过后，黑石先生走了，那十万大山的所有生灵们需要你……可是，你知道我那三个月在做什么吗？就是那时，我们也终于有了自己的孩儿。可你不在，他也因为我耗尽妖力救你，眼看就要不保，我足足用了三个月的时间闭关，耗尽了仅剩的妖力想要留住他，可终究还是功亏一篑！二哥，你这两千多年来，救了无数的凡人，可我害怕发抖的时候你在哪里？我大哭绝望的时候你又在哪里？二哥，咱们的孩儿没了，可你却根本连他存在过都不知道，你说，我能不愤怒吗？"

"丽娘姐姐……"丽娘的话把夏秋惊到了，而此时，看到她越来越透明的身体，夏秋更加震惊。

这会儿，丽娘已经听不到别人的话了，只想将自己想要说的话全都说完，于是她更紧地搂住怀中的雪狐，最后道："他们需要你，可我也需要你呀！我们的孩儿也需要你呀！所以我后来便想，若我是个凡人，你是不是还会如此对我，我若成了凡人的妻，你会不会还爱他们如往昔……还是，会恨他们入骨……"

"而如今，我才发现……"说到这里，丽娘的脸上露出了一丝凄凉，于是，这丝凄凉成为她人形时最后的表情，再然后，她的衣服也一下子塌在了地上，人也消失得无影无踪了。

"丽娘姐姐！"夏秋忍不住大喊道。

只可惜再无人回答她的呼唤，片刻之后，她只看到散落在地上的衣服动了动，于是，一只火红的狐狸从衣服下露出了头。

"丽娘姐姐？胡……胡灵儿……胡……胡二叔……"

看到紧随火狐之后又露出来的雪狐脑袋，一时间，夏秋真的不知道该说什么好了。

·元丹被毁，他们两人加起来一共四千年的道行毁于一旦，就算仍具灵根，可要想再修回人形怕是已经难上加难了。

就在这时，看着地上一红一白两只狐狸，黑袍人抚着自己刚刚被雪狐抓伤的手背冷哼道："妖孽就是妖孽，待我给你们一个痛快吧！"

她说着，口中突然念念有词，然后只见离两只狐狸不远的地方有两根尖利的树枝突然腾空而起，这树枝就像两只利箭一般，向他们一起射了去。

夏秋早就察觉不妙了，千钧一发之际，却见她的眼神突然一闪，看着两只狐狸在心中暗暗大喊了声："快回乐善堂！"

于是，在那两根树枝眼看就要刺中两狐的时候，却见两只狐狸突然间就消失了踪影，连气息都找不到了。那两根尖利的树枝，也因为失了追寻的妖气，在半空中晃了晃，就落下了地。

直到这个时候，夏秋才终于松了一口气。不过，虽然胡二叔他们得救了，这却也将她的能力暴露于那个黑袍人的面前，于是黑袍人愣了愣后，冷笑道："真看不出，你也是个妖孽，掩藏得还真是深哪……"

随着她的话音，原本射向两狐的树枝，再次从地上飞到了半空中，不过这次它们调转了角度，却是向夏秋射了过去……

不要说现在夏秋仍被绑得结结实实的，躲都没法躲，哪怕她没有被绑着，只怕也逃不掉，夏秋知道自己躲不过了，于是咬了咬牙，闭上了眼。这会儿她比以往更想她家东家了，她家东家在，她绝不会被逼到如此境地，甚至连小命都要搭上。同时她的心中也很沮丧，果然，没有东家在身边，她什么都做不好！

就在她以为自己必死无疑的时候，却突然听到林子里传出两声震耳欲聋的枪声，而且似乎还离她很近，这让她的耳朵立即被一种巨大的"嗡嗡"充斥了，一时半会儿甚至连声音都听不真切。

她急忙睁开眼，却见原本射向她的树枝各自断成两截落在了地上，而这个时候，一个声音仿佛从远方十分不真切响起："放了她，她不是妖，他快来了……"

耳中的杂音让夏秋根本判断不出这个声音传来的方向，只看到对面的黑袍人似乎向她左边的山壁望去，想必那个救了她的人应该就在那个方向。

可紧接着，夏秋却看到黑袍人的头似乎抬了抬，露出了一个雪白的下巴和一张微微上扬的嘴："不是吗……"受耳中嗡嗡杂音影响，夏秋虽然看到黑袍人的嘴在动，可她的声音听起来却断断续续的，夏秋费尽了力气也只听到她说出这句话，"记住，乐家欠我的……"然后，却见黑袍人身形一闪，就这么在林子里消失了踪影。

黑袍人走了，那个救了夏秋的人的声音也随着黑袍人的离开一起消失了，只是，虽然因为枪声的缘故，夏秋没有听清，可还是觉得那人的口气有些熟悉，可就是想不起来在哪里听到过。只可惜她自己现在耗尽了能力，以至于她无法像以前那样去探查那个声音的气息，否则，她相信自己一定可以认出声音的主人。

就在她懊恼的时候，却听另一个声音似乎从远方传了过来："夏秋！"

就算夏秋此时耳朵里"嗡嗡"响作一团，可这个声音她又怎么会听不出来，一时间她的眼泪都差点掉下来，所以她拼命喊道："东家，我在这里，在……"

她第二个"在这里"还没喊完，只觉得眼前人影一闪，却是乐鳌已经出现在了她的面前。可看到东家的样子，夏秋却不由得一怔。

乐鳌此时的状态夏秋还是头一次见到，以前的时候，无论他遇到多强大的对手、多棘手的事情，身上都是清清爽爽的，可这次，夏秋却看到乐鳌的袖子被扯了一个大口子，下摆也是，应该是被树林里的树杈划破的。乐鳌这副样子，一看就是刚刚经历了不少事情，再想到他迟迟不到，夏秋既伤心又庆幸。

伤心的是若是东家早点到，胡二叔夫妇应该就不会元丹尽毁；庆幸的是，能将东家阻挡这么长时间的人本事一定不小，只要东家没事，她觉得自己就算是再被多绑几个小时也无怨无悔。

夏秋发怔的工夫，却见乐鳌嘴唇动了动，似乎说了句什么，可他明明已经近在眼前，但他的声音却仿佛远远地传来般让她听不清楚，她急忙抬头，大声地问道："什么，东家你说什么？"

她明白了，刚才东家喊她的时候应该是离她很近了，而且用了很大的声音，不然的话，她一定是听不清的，就像现在，她就在他对面，他的声音稍微小点，自己也听不清，看来她的听力果然受了枪声很大的影响。

"你耳朵怎么了？"

只是，她的样子却让乐鳌的脸色立即变了。接着只见乐鳌手一挥，绑着夏秋的绳子便自动松开，然后他一把将夏秋拉起，迅速将脸凑到她的颊旁靠近耳朵的地方，开始检查她耳朵的情形，看来是担心夏秋的耳朵受了伤。

夏秋知道东家误会了，可她正想向他解释自己没什么大事，只是刚才被那枪声震得暂时失聪，可随着一股温润的气息呼在她的颈边，一股酥酥麻麻的感觉立即让她的脸颊变得火辣辣的，心跳也若小鹿乱撞般越跳越快，要解释的话自然也全都忘到了脑后。

14

正心猿意马间，夏秋突然觉得两耳一暖，却是乐鳌用双手捂住了她的耳朵，此时，他的脸已经离开了她的颈边，他幽深的眸子也在一眨不眨地看着她，那种认真的感觉，几乎要把夏秋吸进他眼底深处。随后，他嘴唇微动，也不知道念了什么咒语，夏秋就觉得一股热流从两耳贯通全身，立即把耳膜的酸麻钝痛感驱赶得无影无踪。

虽然她早就察觉东家的手指很修长，比一般人都长，可这次才发现，东家的手竟然也可以很暖很软，就像女孩子的一样。于是，从他捂住她耳朵的那刻，她就不由得想……一个男人，怎么会有这样一双暖玉般的手呢？真是让人既羡慕又嫉妒！

不仅仅是手，夏秋觉得自己全身都被这股热流熨帖得舒舒服服，让她真想就这么睡过去。但此时的她同东家四目相对，却根本舍不得闭眼，因为直到今日她才发觉，原来她家东家竟然也很好看。

他不但有着不输青泽的英俊五官，淡然超脱的气质更是远胜于胡二叔，让人只是靠近就觉得安心可靠，让人恨不得永远都留在他身边，甚至可以把性命都毫不犹豫地交给他。

正出着神，夏秋却觉得自己的双手一空，却是乐鳌已经松开了她的耳朵，而这个时候她才发觉，原来不知何时，她竟然已经将自己的手覆在了东家的手背上而不自知。夏秋觉得自己的脸颊仿佛要熟了，不禁暗自庆幸树林中光线昏暗，否则的话，单是她此时满脸通红的样子，都要让人尴尬死了……夏秋急忙低下了头。

这个时候，乐鳌终于松了一口气似的低声道："没事了，不过是血气紊乱，我已经帮你疏导过了。"

"谢……谢谢东家！"发现自己的耳朵果然好了，夏秋更是觉得无地自容，头也垂得更低了。

"我是听到枪声过来的，这到底是怎么回事？"说着，乐鳌这才向周围看去，发现林子里一片狼藉，显然有人在这里打斗过，而在不远处，还有一个人正伏在地上一动不动的，却是原田晴子。

看到是她，乐鳌心下立即猜到几分，皱了皱眉问："她怎么在这里，她又想伤你？胡二叔呢？丽娘呢？这里到底发生了什么？他们去了哪里？"

看来，在他被阵法困住的这段时间发生了不少的事情。

这会儿，夏秋终于想起了正事，连忙道："东家，原来丽娘真的是胡灵儿，真的是胡二叔失踪的妻子……"

等夏秋将刚刚发生的事情说完，乐鳌却陷入了沉默，仿佛在思考什么。

看到他的样子，夏秋有些担心地说道："东家，那个黑袍人最后走的时候说，乐家欠她的，会不会……会不会对您不利？"

看到夏秋一副担心的样子，乐鳌对她安慰地一笑："你没事就好。咱们回去吧，正好看看胡二叔他们有没有回去。"

虽然他比上次快了数倍将那阵法破掉赶来，可那人显然是有意为之，目的就是不让他出手。他实在是不敢想，若不是那个神秘的人开枪打断了两根树枝，若不是他提前破掉阵法，若不是他被枪声吸引到了这里，夏秋还有没有命等他赶来救她。

他的想法夏秋自然不知，更不知道刚才乐鳌遇到了什么，可他的话却让夏秋的脸上又是一热，然后她轻轻地点点头，应了声"好"。

夏秋知道自己此时的情绪忽上忽下的很不同寻常，可她也只把这些归咎于刚刚的劫后余生，并没有往别处去想。

可她跟在乐鳌身后，本以为他会立即带着她下山，却不想在她点头后，乐鳌却一转身向地上不省人事的原田晴子走去。

夏秋愣了愣，她倒是把她给忘了，于是她也立即跟上，然后边走边在乐鳌的身旁低声道："东家，我们该如何处置她？这次即便消除了她的记忆，怕是也不行了吧。"

她现在也开始考虑胡二叔当初的建议了，这个原田晴子留在临城的确很麻烦。

沉吟了一下，乐鳌问道："她可察觉了你的能力？"

夏秋想了想说："我刚才一直在装晕，她应该没察觉，不然的话，她一定会不问青红皂白先把我当妖怪杀掉的。"

"所以……"乐鳌的嘴角向上扬了扬，"她大概也不会相信你会救她吧。"

"她害了胡二叔和丽娘，我不对付她就已经很客气了。"夏秋撇了撇嘴。

虽然很理解夏秋的感受，可乐鳌却知此时不能感情用事，于是又道："可她若是不见了，旁人就一定会怀疑到你的头上。"

乐鳌话中的意思夏秋自然明白，原田晴子肯定有同伙，别的不说，单是那个林鸿升就应该是知情的，不然的话，他当初也不会替原田试探她，甚至帮她绑架青泽。这次若是原田因为追踪她而没能回去，肯定会证实了她"妖"的身份，到时候只怕会更加麻烦，搞不好还会连累乐善堂。

只是，心中明白是明白，但让夏秋去救原田，哪怕只是做做样子，她也是无论如何做不到的，于是她对乐鳌撇撇嘴说："既然如此，就麻烦东家送她回去吧，我要先回家看看胡二叔他们是不是平安到家了。"说着，她瞥了仍旧昏迷不醒的原田一眼，就这么头也不回地走了……

乐鳌回去的时候已经是傍晚了，两只狐狸早已回来，还在陆天岐的帮助下现了身，正围着夏秋和落颜打转。

对于乐鳌送原田回去的事情夏秋连提都没提，只是问乐鳌什么时候送两只狐狸回他们不归山的家。

原来，就在乐鳌不在的这段时间，夏秋他们已经问过了胡二叔和胡二嫂，是想留在这里，还是回去，结果，在他们提到不归山的时候，两只狐狸同时点了点头。

鉴于那个原田见过胡二叔的原形，乐鳌自然是希望宜早不宜迟，便决定第二天一早就送他们回去，因为不舍丽娘，夏秋也表示要一同去，乐鳌想了想就同意了。不过，这边答应着，他却也在同时看向了陆天岐。他的意思不言而喻，因为前几天陆天岐对他说过，想去看看崔嵬，也不知道他这次要不要一起去。

没想到，看到乐鳌向自己看来，陆天岐却撇着嘴道："我倒是想去，不过，也要看这位小姑奶奶愿不愿意看药堂。"

他说的小姑奶奶，自然是以学业为重的落颜了。

哪想到落颜听了嘻嘻一笑说："愿意，我怎么不愿意，你们去就是了。"

"哟，你怎么转性了，前几日端午的时候，我想让你请假去看龙舟，你都严词拒绝了，怎么这次这么容易就答应了？"

不等落颜回答，却听夏秋笑道："你忘了，明日礼拜天，她不用上课的。"

陆天岐这才想起来，恍然大悟道："我都忘了。"不过，紧接着，却见他撇撇嘴，"可我还是不放心，真要是有病人来了，你能看吗？"

这次是乐鳌接了话："我早想同你说了，我请了个坐堂大夫，本

来想让他过几日再来，但眼下看来，明日就让他过来帮忙好了。"

"坐堂大夫？"陆天岐一愣，"我怎么不知道，你什么时候请的，请的谁？"

这一阵子乐鳌太忙，常常不在药堂，乐善堂的事情的确有些顾不过来，他倒是曾经同他商量过要请个人来帮忙，乐鳌也同意了，不过，却没想到这么快就请到了人。

只是此时，乐鳌却没有要回答陆天岐的意思，而是瞥了落颜一眼后，缓缓地道："等明日他来了你就知道了。"

不过，第二日陆天岐没等到新大夫到来就同乐鳌他们上了路，大概中午的时候，他们就到了不归山。到了这里之后，陆天岐并没有送胡二叔夫妇回家，而是直奔玉笔锋去看崔嵬，只有夏秋和乐鳌两个人去送胡二叔他们。

只是，说是回家，胡二叔夫妇如今却也只能看着家门望"门"兴叹。此时，他们两个已经妖力全失，除了比别的动物更聪明些外，其余的，已经没有什么区别了。故而，荒冢也只是荒冢，石马也只能是石马，即便乐鳌有能力将他们送回去，他们也会因为无法出来，活活饿死在里面。因此，一到了这里，两只狐狸绕着荒冢恋恋不舍地转了两圈后，就对乐鳌他们二人摆了摆尾巴，准备双双隐入桑林。

临行前，乐鳌已经为两只狐狸施法改头换面，他们的外貌已经不再是九尾雪狐和火狐了，而是两只普通的不能再普通的灰黄色狐狸，这也是乐鳌能为他们做的最后一件事了。

不过，临走的时候，雄狐却最后回头看了乐鳌一眼，似乎有什么话要说，而看到他的神色，乐鳌则点了点头说："我知道你担心什么，你放心吧。"

听到他这句话，雄狐这才似放了心，随着雌狐一起离开了。

看着他们渐渐消失在桑林里，夏秋有些出神地说道："我想，他们应该不希望有人再打搅他们了吧。"

15

看了夏秋一眼，乐鳖沉吟了下说："胡二叔他……也不算做错，若不是那场大洪水……"

若不是那场大洪水，若不是胡灵儿失去了孩子，想必他们也走不到这一步。

只是，不等乐鳖说完，夏秋却打断了他的话，转头看着荒冢道："也不知道这无主的荒冢能不能等到他们再次修炼成人形，东家，你说他们家日后会不会住进别人？"

这十万大山中，道行高深的妖物比比皆是，难免会有那么一两个发懒的，看到一处现成的洞府就据为己有。若是一旦被占了去，就算有朝一日胡二叔夫妇重新修炼成功归来，也没那么容易让人将洞府让出来了。从那日进门的时候，夏秋就看出这宅子凝聚了主人的各种巧思，知道丽娘就是胡灵儿后，她更是被这位姐姐的奇思妙想所折服，觉得她费尽心思布置的家若是白白被不相干的人占去，实在是太可惜了。

乐鳖想了想说："我倒是可以先设个结界帮他们隐个几十年，至于日后，不如就交给崔嵬，他是这里的山神，又是胡二叔的好友，我想于情于礼他都会帮忙看护的吧。"

夏秋听了立即笑道："如此甚好，那就拜托东家了。"

虽然对于东家对胡二叔的评价不敢苟同，也故意打断了他，可她如今最在乎的确是丽娘姐姐的心血，若是东家能帮忙，她就能放一半的心了。所以，从这一点上来看，东家的确比那个胡二叔好太多了，她甚至相信，如果东家也是妖，东家也处在同胡二叔相似的位置，丽娘姐姐是一定不会走的。

看到夏秋笑了，乐鳖也笑了笑。虽然他知道他这法子只能管一时之用，若是碰到了道行更高深的妖或法师照样会被破掉，可他此时却很理解夏秋的心情，怕是这丫头对胡二叔夫妇的事情还耿耿于怀，希望能再多帮他们一些吧。

这丫头，对妖果然比对人还好！

于是他对夏秋道："你先去林子里等着吧，我做好了结界就去找你。"

若要布界，他必须亮出自己的妖臂，可虽然知道她对妖比对人好，可他却不太想让夏秋看到他的妖臂。这丫头最喜欢漂亮的东西，而他的那只妖臂，连他自己都觉得丑陋。

夏秋想了想，也笑了，点头道："正好，我也要去林子里办点事情。"说完，她一转身，却是迫不及待地回他们刚才走过的桑林去了。

办点事情？

乐鳌皱了皱眉。在桑林里能办什么事情？

虽然心中充满了疑问，可乐鳌还是先宁心静气地为荒冢设下了结界。结界设好后，原本的荒冢石马彻底消失了踪影，取而代之的是一大片郁郁葱葱的桑林。除了幻象，结界外他还设了阵法，即便有人不小心走进了这片"桑林"中，也会立即转到周围的树林去，然后在原地转圈，也就是所谓的"鬼打墙"。

做好这一切后，乐鳌就回去找夏秋，可都快走出桑林了，竟还没看到她的影子，也不知道她到底去什么地方办事去了。以为她是去了林子深处，乐鳌正考虑着要不要去林子里面也找一找，却听到"咔吧"一声响，似乎有什么东西从他前方不远处的桑树上落了下来。

他立即警觉起来，可抬头一看，顿时哭笑不得，原来，从树上掉下来的竟然是夏秋，至于那声"咔吧"声，则是她压断树枝的声音。

他急忙向前冲了几步，总算是在夏秋落地前接住了她，然后好气又好笑地道："难道你说的办点事情就是爬树？你多大了，很好玩儿吗？"

夏秋吐了吐舌头，却顾不得回答乐鳌的话，而是立即看向自己怀里的一个小布袋，看到布袋里的东西无恙后，她才抬头笑着看向乐鳌说："吓死我了，还好桑葚没被压烂。"

由于激动和紧张，夏秋的脸颊变得红扑扑的，眼睛也因为兴奋黑得发亮，乐鳌一愣，不禁看向她手中的布袋问："你说的办事，就是采桑葚？"

从乐鳌的怀里跳下来，夏秋很宝贝地又看了看布口袋里的桑葚，然后对他笑道："那日我回去，同落颜说起这里的桑葚，她馋得不得了，这次临行前拜托我一定要为她带回去些呢，反正有东家带着脚程也快，咱们晚上就能回去了，也不耽误她尝鲜。"

乐鳌听了哑然，打趣道："古有千里送鹅毛，现在你这是千里采桑果，这桑树，哪里没有，何必非在这里采。"

夏秋笑嘻嘻地捻了一个放在嘴里说："咱们那里都是有主的，哪有这些无主的桑果采得自在，而且，还是亲自采呢。"说着，她又递给乐鳌一个，"东家尝尝，这亲自采的可要更好吃呢。"

乐鳌想告诉她，自己小时也在这里漫山遍野地采过桑葚，可话到嘴边，却又不得不打住，因为夏秋已经将桑葚递到了他的嘴边，他只得张开嘴吃了。

桑葚入口，果然酸酸甜甜的，还是他记忆中的味道，可看着夏秋一脸满足的表情，不知怎的，他突然觉得此时的味道比以前更可口，心中反而更赞同她的话了，索性说道："既然如此，不如以后每年来这里住一阵子好了，正好也陪陪崔嵬那个家伙……"说到这里，乐鳌神情一顿，这才想起，他很快就要三十岁了。

乐鳌的表情夏秋压根就没注意到，对他的提议她却非常赞同，于是点头笑道："那当然好，不如咱们就专拣礼拜天来，那样的话，落颜也能跟着一起来，她一定会很开心的。"

看到夏秋一脸兴奋的样子，乐鳌不忍打断她，勉强笑道："也好，可以让天岐送你来。"

"他？"夏秋一脸嫌弃地说道，"我可请不起他，到时候表少爷一定会嫌烦不肯来的，不如就让他在乐善堂看家好了，我和落颜有东家陪着就够了。"

"让我陪？"乐鳌微微一怔。

就在这时，却听从前方小路的拐角处传来一阵急促的脚步声，

乐鳌眉头微皱，立即上前一步，将夏秋挡在了身后。不一会儿，从小路拐角处急匆匆走来一人，却是陆天岐。

　　看到是他，乐鳌松了一口气，正想问他何事这么着急，却见陆天岐一看到他们便迫不及待地小跑过来，边跑边焦急地说道："表哥，出事了……"

第十章　天池

01

玉笔锋是十万大山里最高的一座山峰，自然山势也是最陡峭的，再加上越往上山中云雾越重，往往将通往山顶的唯一一条小路遮得严严实实，故而，这座山除了采药人外，很少有人能上到半山腰。而即便是采药人，也往往上到离山顶几十丈的小路的尽头处就不再向上走了。因为到了这里，前面便再也没有了路，只有陡峭的悬崖，再加上日夜笼罩在悬崖上的浓雾，湿滑阴冷的崖壁，甚至连野兽都上不去，更不要说是人了。以至于千百年来，在这玉笔锋下的老百姓中流传着一个传说，说是玉笔锋的峰顶上住着神仙，谁要是能爬到山顶上便也可以得道成仙、长生不老。

不过，虽然这么多年来很是有几个胆大或者求仙心切的人想要爬到玉笔锋的峰顶，可基本上全都铩羽而归，结果也各不相同。有攀岩时候滑下来摔死摔伤的；还有吸了林子里的瘴气重病不起的；甚至有的只上到了半山腰便遇到了鬼打墙之类的怪事，最终被吓回

来的；而最多的则是上山之后就再无音信、突然失踪的，总之是没一个能成功登顶。

那些失踪的人，显然也不会有什么好下场。所以有人说这是那位住在山顶的老神仙对那些想打搅他生活的人的惩罚，更有人说，这山上住的不是神仙，而是藏着无数伥鬼，他们躲藏在密林里，就是等着有人自投罗网进入山里，然后被他作为替身换取往生的。

这种种传言让玉笔锋显得更加的神秘莫测，也更让人敬畏。于是乎，甚至连采药人都不想来玉笔锋了，原本就人迹罕至的小路渐渐掩藏在密林茅草中，越发地隐蔽起来。

就是在这样一条时隐时现的小路上，这日清晨，却听到了一个稚气未脱的声音清脆地响起："我就说你指错路了，早听我的，早就到了。"

随着话音，一个矮小的身影从小路的拐角处蹦蹦跳跳地走了出来，他脚步轻快，身上还背着一个巨大的布囊，几乎要占去他身高的一半了，竟是一个八九岁的男孩。而在他的身旁，正小跑着一只黑色的小猫，这小猫看起来也就一尺多长，有着一双碧绿的眼睛，个子也不大，看起来应该是这个小男孩养的宠物。

不过这对组合若是出现在乡野之间，哪怕是集市之上，都不会让人多瞧一眼，可他们偏偏出现在这处人人唯恐避之不及的荒山之中，便显得有些诡异了。

就在这时，更让人难以相信的事情发生了。

"我上次来都是五十年前了，谁知道这里的变化这么大，这可不能怪我。"那只在小男孩身边小跑的黑猫竟然开口说话了。

"五十年前？五十年前你也是这副样子？"小男孩显然早已习惯，头微微向下低了低，看着黑猫又问道。

"那当然不是了，五十年前，我可是玉树临风、英俊潇洒的美少年，我是送你十七爷爷上山的，你不信回去问问你父亲，他是见过他的。"

"我才不信，若是五十年前你送我十七爷爷上山的时候就已经变成了人形，怎么现在还是这个样子，我才不信你。"

"这是你父亲要求的，是他要求的好不好，这样我才方便留在你身边。我可是已经有上千年的道行了。不过，你若是想让我变成人形陪在你身边也容易，因为最后关键还在你，你若是想，我立即就可以变成人。不如你就让我变成人的样子待在你身边如何？"说这句话的时候，黑猫碧绿的眼睛一下子变得亮晶晶的，甚至还散发出金色的光芒，眼神中也自然充满了期待。

"我若让你变成人，你就能变成人？"小男孩似乎有些心动了，低头看着黑猫似乎犹豫起来。

"是呀，我变成了人，可以陪你说话，可以陪你一起玩儿，还能帮你做很多事情，比现在这副样子有用多了。"发觉有戏，黑猫立即循循善诱道。

又是一阵沉默，小男孩沉思起来，不过，待想了好一会儿后，却见他嘴唇轻轻一抿，口气轻快地说道："为什么要让你变成人？我倒觉得，你现在这副样子挺好的。我父亲做得对，他果然是最了解我的。"

黑猫怔了怔，然后龇着牙怒气冲冲地说道："你……你这小子，竟然故意耍我。"

"我怎么敢，你可是我的守护灵呢，得罪了你对我有什么好处。"小男孩轻飘飘地说道。

黑猫显然还想说些什么，却被小男孩打断了，然后他嫌弃地瞥了黑猫一眼，不紧不慢地说道："好啦，这件事我会考虑的。快走吧，我父亲说了，若是天黑之前到不了绝壁下面，我们就上不去玉笔锋了，到时就算不冻死，也会被林子里的那些怪物围攻的。"黑猫却在愣了愣后紧跑几步追上他，很不服气地说道："这件事情还用你说，这还是我当初告诉你十七爷爷的，别拖拖拉拉的，走快点。"他一边说着，一边向前快速冲了几步，跑到了男孩的前面。

这一次他们总算是没走错路，没有再跑偏方向走进密林里去，可即便如此，由于山势险峻，他们也直到申时才到达小路的尽头，

而此时，虽然山下仍旧天光大亮，可在山中，因为雾气密林的遮挡，已经非常昏暗了。

不过，既然已经到了这里，对他们来说反而更容易了，小男孩低头看了旁边的黑猫一眼，低低地道："该你了。"

"哼。"黑猫不屑地轻哼了一声，然后才慢吞吞地走到了男孩的前面，趾高气扬地抬了抬下巴。随即，只听黑猫的喉咙发出"咕噜"一声轻响，一段复杂的咒文被低低地念了出来。

这段咒文时快时慢，语调也有高有低，而且还很长，不过到了最后，咒文的念诵速度突然变得急促起来，连带着声音也越来越大了，仿佛整座山的生灵都能听到一般。而就在这个时候，只听到一阵"咔咔"的响声从峰顶的方向传来，男孩急忙抬头看去，却见原本密不透风的浓雾一点点消散了，天色也渐渐亮了起来，到了最后，等浓雾完全消散之后，一道陡峭的石梯出现在了原本云雾缭绕的地方。

不过，看到这石梯通往的方向男孩才发现，这石梯竟然是斜向上插入云中的。原来这玉笔锋的峰顶不是在他们正上方的头顶上，而是在石梯的尽头。也就是说，这座石梯像是一座虹桥般，连接了这边的山体和那边的峰顶，而峰顶就像是一座漂浮在云海中的孤岛。

石梯已现，男孩却没有立即上去，而是看着石梯对面的山峰讷讷地道："这玉笔锋的峰顶，是被削下来的吗？"

看到男孩儿一副没见过世面的样子，黑猫总算是找回了些面子，老气横秋地说道："这诡镜之术，不是一般人能用的。"

听出了黑猫语气中的不屑，男孩低头看了他一眼，冷哼了一声："那又如何，难道你会？"

黑猫立即被问住了，而这个时候，男孩已经不再理黑猫，立即踏上了石梯，往对面的山峰快速走了去。

"喂，你倒是等等我呀！"看到男孩就这么走了，黑猫也连忙跳上了石梯。不过他们才刚踩上石阶，走了没几步，身后的石阶就被云雾遮住了，所以，当他们沿着石梯踏上玉笔锋峰顶的时候，石梯也再次消失在了云海之中。

不过到了这里，已经再没有什么山东西能遮住天光了，就连云海也被踩到了脚下，天色反而一下子亮了起来，倒像是平日山下未时左右的天色。

踏上峰顶，又向前走了几步，一股脚踏实地的感觉让男孩安心不少，他向四周环顾了一番问："这就是玉笔锋了？那位山神爷爷在哪里？"

"山神爷爷？"听到他的话，黑猫呵呵两声怪笑，"他要是听到你这么说，估计就气死了，走吧，他应该就在洞府里，他知道咱们这几天要到，所以应该不会到外面乱逛的。"

乱逛？

男孩眼神闪了闪，立即跟在黑猫的后面向对面的山洞走去。

一进了山洞，男孩就觉得眼前一亮，却是有一个穿着白色衣衫的男子正背对着他们坐在山洞里，以为他就是山神爷爷，男孩急忙走了上去就想打招呼，却被黑猫一下子叫住了。

"等等！"

男孩停了下来，黑猫却先他一步绕到了那个背对着他们的男子前面，等看清楚那男子的样貌之后，黑猫的眸子闪了闪说："敢问阁下是……"

白袍男人先是仔细瞧了对面的黑猫一眼，然后好奇地问道："你们也是来找黑石先生的？"

黑猫连忙点头道："您是哪位，我以前怎么没见过您？"

白袍男人看着黑猫尴尬地笑了笑："我在不归峰，姓胡，你是黑石先生的朋友？"

"算是吧。"黑猫勉为其难地点点头。

哪想到听到他的话白袍男人眼睛一亮，连忙道："你若是他朋友，能不能让他快些让我表妹出来，再过几日就是我表妹成亲的日子了，却躲在这玉笔锋好几日了，还不让我进去，我实在是没办法了。"

"我？"黑猫一副很为难的样子，"我也好久没来了。"

"这样呀,"白袍男人眼神一黯,叹气道,"那我只好继续等了。"说着,他不再同黑猫说话,而是继续正襟危坐,双目轻闭,口中也开始念念有词起来。

一开始黑猫还以为他是要念咒语做法,可后来仔细一听,这位白袍先生念得竟然是佛经,黑猫一下子就有些凌乱了,而这个时候男孩也走到了黑猫身边,也听到了白袍男子口中念得经文,皱了皱眉说:"他这是在念佛经?"

黑猫只能点头。

就这样,他们三个在洞里等了很久,直到峰顶的天色都快黑了,也没见有人从白袍男人正对的那扇石门里出来,白袍男人似乎毫无所觉,仍旧在门口念经,男孩和黑猫却有些等不及了。

他们的干粮已经消耗得干干净净,甚至连水都喝光了,若是今晚再见不到那位山神爷爷,他们肯定是要饿肚子的。

终于男孩等不及了,同黑猫交换了一个眼神,突然说道:"我记得曾经在书上看过三顾茅庐的故事,你读过吗?"

黑猫立即会意,一脸不怀好意地说道:"倒是有这么个故事。"

"那好,"男孩笑了笑,"正好前一阵子我二十一叔教了我御火术,正好可以一用。"

此时,白袍男人也听到了他们的谈话,立即停止了念诵经文,而是瞪大了眼睛看着他们道:"不可不可,这可是黑石先生的家里。"

男孩和黑猫一起斜了这个男人一眼,一句话不说就出了洞,而不一会儿,男孩就抱了好大一捆枯枝回来,堆在了房门口。

这个时候,白袍男人也不再坐着念经了,而是站了起来,看样子想要阻止他们。可刚动了动,却被黑猫拦住了,嗤笑道:"难道先生还有更好的方法吗?敢问你在这里已经念了多久经了?"

白袍男人神色一滞,脚步也停了下来,脸上满是尴尬。

这个时候男孩已经将枯枝码好了,然后他左手的拇指和食指打了几个响指,一簇蓝色的火焰便出现在他的指尖,接着他看着大门笑了笑,就要把这簇火焰弹到枯枝上。

　　就在这千钧一发之际，却听房门被人从里面推开了，一个瓮声瓮气的声音响了起来："四娘，你还是快随你表哥回去吧，否则，我这洞府都要被这两个小子烧了！"说到这里，他一脸怒气地看向门口正要丢火焰的男孩，恶狠狠地说道，"你就是鳌哥儿？你若敢烧了我的洞府，我就敢把你点了天灯！"

　　……

　　站在崖边，往事如脚下的云海般不断翻腾着，乐鳌看着那一大片血迹，哑声道："他应该就是从这里掉下去的，我们下去找！"

　　"好！"一旁的陆天岐应着，率先跃入了脚下的云海之中，乐鳌也紧随其后跳了下去……

02

　　秋色渐浓，天色也黑得越来越早了，下午申时不到的时候，山林中已经见不到阳光，只能透过树叶的缝隙看到淡淡的天光。在林子里的一棵高大的野桑树上，一条花斑蛇已经绕着树干悄无声息地上了树，待到一根粗大的树枝旁时，就竖起了前身，三角脑袋对着正在树枝上躺着睡觉的孩子，"咝咝"地吐着信子。

　　不过，就在这条花斑蛇正要过去的时候，突然冲出来一个黑影，将其死死按在树杈上。虽然被这突然冲出来的不速之客按住了七寸，可这条花斑蛇还在不停地扭动着，想要挣脱。

　　这若是在平地上，利爪的主人自然是不会让这条蛇得逞的，可此时是在树上，昨夜又刚刚下过雨，树枝树干还潮湿着，这让他的爪子有些打滑，竟然真被花瓣蛇得逞了去。

　　这条花斑蛇十分狡猾，一旦得逞，便立即向那个熟睡的孩子扑了过去，看样子是非要吸到那孩子的精血不可。不过可惜，刚扑到一半，便听"噗"的一声，蛇头便在空中爆开了，然后这花斑蛇的蛇身就像一条破麻绳般从树上落了下去，"啪"的一声摔在地上后又扭动了几下，这才一动都不动了。

黑猫惊魂未定地看了眼地上的蛇尸，这才恍然大悟，一脸愤懑地看着树枝上已经坐起来的孩子说："你早醒了。"

"这么大的煞气，我就算睡着了也会被熏醒的。"男孩不屑地撇撇嘴，然后从高高的树杈上一跃而下，然后又往林子深处走去。

黑猫也急忙从树上跃下来，然后紧走几步跟上男孩道："你做什么去？"

"饿了，打只兔子吃。"男孩心不在焉地说道。

"干吗不回去，黑石那里也有吃的。"而且还是现成的……黑猫心中补充了一句。

男孩皱了皱眉说："他洞府里的味道，我不喜欢。"说着，男孩已经到了一棵果树下面，然后他嗖嗖几下爬上了大树，在树杈上摘了几个青色的野果子下来，接着他拿出其中一个对树下的黑猫比了比，"这个果子味道不错，你要不要尝尝？"

黑猫看了皱了皱眉说："可我想吃肉。"

"切！"男孩轻嗤一声，几下将采下来的野果子吃光了，这才从树上跳了下来，"等着，一会儿找个兔子什么的，你就有的吃了。"

不过又向前走了几步，男孩突然顿了顿，背对着黑猫问道："我若是回去被我父亲传了那东西，会不会也有那种味道？"

黑猫一怔，这才明白这孩子闹得是什么别扭，马上摇头道："怎么会，你难道从你父亲身上闻到那种味道了？你们乐家人同我们毕竟还是不同的。"

男孩的肩膀松了松，似乎是轻出了口气，然后却听他又道："谁知道呢……"

说完这句话，男孩似乎也没想着黑猫会回答，而是径自往前走去，却是去找野味去了。

只是，他的话却让黑猫的眼睛黯了黯，在他走远后，黑猫低低地答道："没有万一，可你若是放弃，那才会是百分之百会死，立刻死……"

玉笔锋都人迹罕至，更不要说这里的密林了，更是数年都无人涉足，有的地方甚至上百年都不曾看到人影，所以玉笔锋对于妖怪们来说，可以说是天堂般的存在。他们在这里修炼、生活、繁衍生息，胆子自然也比一般的野兽要大，甚至可以说是凶狠。故而，谁也不知道从自己眼前跑过去的小动物，是不是已经修炼了几百年的妖，抑或是已经堕入魔道的凶兽。

鳌哥儿刚来，在玉笔锋顶上也不过才住了几日，来的时候也是被黑猫领着，顺着特别开辟的小路上的山，虽然中途也走错了路，可毕竟只是在林子外围，并不曾深入里面，再加上时间很短，也不曾惊动什么妖物，所以并不知道这林子里的厉害，还以为这里同自家附近山上的林子一样，即便在里面待个三天三夜也没关系。再加上刚才那条蛇妖的攻击让他很容易就察觉了，所以，更没有对这林子的危险有足够的认识。因此，在看到一只肥大的兔子在离他几丈远的地方跑过的时候，他想也不想就追了上去。

结果，等他察觉不对劲儿的时候，已经晚了，他整个人毫无防备地从突然出现的悬崖上跌落下去，要不是被一棵生长在崖壁上的小树拦住，他怕是早已跌落在崖底粉身碎骨了。

这个时候，他再抬头，却看到崖顶有个黑乎乎的东西一闪而过，似乎在打量他，看到他竟然没摔下去，竟然还失望地发出了一声怪叫，而后，这个东西闪了闪，便从崖顶上消失了。只是，鳌哥儿本以为这东西离开了，可随着崖顶上再次发出一阵窸窸窣窣的响动，几块人头大小的石头竟然从崖上被丢了下来。

鳌哥儿大惊，这才知道，这东西竟是铁了心要置他于死地，刚才那兔子恐怕就是这东西变的，目的就是引他坠崖。不过，这东西似乎也不是妖，因为若是妖的话，不会就这么白白放过他身上的精血，就算想让他死，也会先把他吸干了再说。

鳌哥儿在家里的书上看到过有关这东西的内容，他正要说出这东西的名字，却听另一个声音在他之前开口了。

"伥鬼！"

他转头，却看到了伏在一旁树枝上的黑猫，而此时，黑猫碧绿的眼睛正死死地盯着崖顶上那个再次冒出头来查看下面情况的东西，随即只听黑猫不知念了句什么咒语，两只猫爪子也抬起来摩挲了一下，接着鳌哥儿便听到崖顶上传来一声怪叫，应该就是那东西的惨叫，再然后，那东西再也没了动静，大石头也再没有从崖顶上飞下来。又屏息凝神地看了崖顶一会儿，确认那东西不会再出来捣鬼了，鳌哥儿这才松了一口气，可当他转头看向一旁的黑猫，想要让黑猫把他弄上去的时候，却呆了呆。

"你怎么了？"

此时的黑猫，哪里还有刚才的半点威风，却是四肢瘫软地趴在一根粗树枝上，伸着舌头不停地喘气。听到鳌哥儿发问，黑猫没好气地白了他一眼，含含混混地说道："怎么了？没力气了。我可是用尽了灵力才把那东西赶走的，不然的话，他不把你摔死是绝不会罢休的。你没看到吗？那伥鬼的眼睛血红，怕是已经在这林子里待了几百年了，大概是早就绝了往生的念头，反而专门吞噬被害死的那些人的魂魄，好增加自己的道行。这种人生前一定死得极冤，死后自然也是最恶的恶鬼。"

"即便如此，你不是说号称有千年道行吗？"鳌哥儿又抬头看了看崖顶，然后一脸怀疑地看着黑猫道，"怎么对付一个几百年的伥鬼就成了这副样子。而且，我掉下来也就算了，你又何必也跟着一起跳下来。"不然的话，他就算没了力气，也可以去找帮手呀，而不是像现在这样，两人全都困在了一棵崖壁上的小树上。

听到鳌哥儿的质疑，黑猫气哼哼地抖了抖胡子，才不会告诉他，自己也是没有注意到才会跟着一起掉下来的。而且，哪里会有这么凑巧，鳌哥儿刚好被一棵小树拦住落势，根本是自己发觉不妙用法术将他给推过来的，不然，自己的灵力又怎么会耗损这么大。

于是黑猫没好气地道："你以为我想？我变成这副样子跟着你，是你父亲的主意，为此，我还封印了大部分法力，不然的话，早就被过路的天师道士们给发现抓走了，以至于现在灵力也只能用一点点，所以我才让你赶快让我恢复人形呀，那样的话，我就不用憋屈在这么一个小小的身体里了……"

"好，我现在就同意，你快变了人把我弄上去吧！"不等他说完，鳌哥儿便迫不及待地说道。此时，卡住他的树枝已经发出了"咔吧咔吧"的声音，看样子，应该是快要挂不住他了。

"你以为这种事情是说句话就行的吗？"虽然黑猫此时四肢无力，可仍忍不住大声嚷嚷起来，"先不说现在我身上一点力气都没有，短时间内不能用法术，就算能变成人形，一时半会儿也没力气救你，只会让这树枝断得更快罢了……"黑猫的话还没说完，却听到一阵"咔咔"的声音，却是树枝真的要断了。

鳌哥儿嘴唇抿了抿，冷哼道："难道你除了啰唆，就没有更好的办法了吗？"

黑猫此时也察觉了形势的危急，可此时又用不了法术，也只能干着急。

"我想想，我想想……对了，遁地术，崔嵬那老头不是刚教会你遁地术吗？用那个，你用那个法术把咱们瞬移到崖顶上，对，就用这个！"

这遁地术的确是那个黑石先生刚教会鳌哥儿的，他倒是也勉强能用，当即他不再耽搁，连忙念诵咒语，想要带着黑猫回到崖顶上。不过可惜，咒语他念了好几遍，而且他也相信自己没有念错，可他们别说回到崖顶上了，根本连地方都没挪动半分，反而是那棵拦住他们的小树更弯了，树权发出的声响也越来越大了。

"怎么回事？"鳌哥儿的脸上难得闪过一丝慌乱，他看向黑猫，却见黑猫碧绿的眸子里也充满了疑惑不解。

就在这个时候，随着一声清脆的"咔吧"声，小树终于断了，鳌哥儿立即向下坠去。可他虽然落下去了，黑猫所在的另一半树枝，却没有断掉，因此黑猫自然仍旧好端端地趴在上面。也就是说，鳌哥儿的坠落于他反而更加安全。

如此细弱的小树，虽然承受不住一个八九岁的男孩儿，可承受

一只猫却是绰绰有余了。但就在鳌哥儿掉下去的那一刹那，却见黑猫突然从树杈上跳了下来，然后借助旁边一块大石的力道狠狠一踩，竟然加快速度向鳌哥儿俯冲过去。

由于借助了岩石的力道，黑猫下坠的速度比鳌哥儿更快，很快就追上了他，落入了他的怀里，而几乎是在落入鳌哥儿怀里的同时，却听到黑猫急促地说道："踩岩壁，念咒语。"

鳌哥儿立即明白了，就是说，这遁地术一定要贴着土地岩石才能使用。可他们正在往下坠，又如何能贴近岩壁，更不要说同时还要把咒语念出来。

黑猫似乎也意识到了这点，又急促地道："快落地时，我会托你一托。"

鳌哥儿愣了愣，心中却暗道：你若是真能托住我，还用我用遁地术吗？

就在这个时候，不知怎的，他的脑海中突然响起一个女子温柔的声音："自己的性命不能靠别人，要靠自己，自然也不能交到别人手上……"

鳌哥儿心中静了一下，脑海中迅速将自己以前在家里学过的零零散散的法术过了一遍，然后他眼睛一亮，嘴唇微动，立即念出一个咒语。于是，就在他念出咒语的那刻，山中突然刮起了一阵小小的龙卷风，竟然真的将他们的落势托了一托。只是他法力毕竟还弱，虽然这风托了他们一下，却只减缓了他们的落势，还无法将他们托上去。不过，只要能缓一缓也就足够了。就在他们在空中微微停顿的那一刻，鳌哥儿不知又念了句什么咒语，突然有数条藤蔓向他们冲了过来，卷住了他们的腰，将他们往崖壁的方向拽去。

渐渐地，这些藤蔓也因为法术的削弱慢慢失去了力道，可由于之前的势头，他们仍旧向崖壁撞去，而这个时候鳌哥儿也早早地伸出了自己的脚。

于是，就在他的脚尖碰到崖壁的那一刹那，他再次念诵了遁地术的咒语，而这一次，在他念完咒语的同时，他同他怀里的黑猫便在半空中失去了踪影，不知道遁到什么地方去了。

……

"怎么样，还是没找到？"临近傍晚，乐鳌和陆天岐才从崖底上来，可看他们一脸的疲惫，夏秋知道他们又是无功而返。

果然，乐鳌和陆天岐全都失望地摇摇头。

看到他们的样子，夏秋沉吟了一下说："刚才我去了黑石先生洞府里一趟，我倒是觉得，这次我应该能帮上忙。"

"你？"陆天岐的嘴巴不屑地瞥了瞥。

瞪了他一眼，夏秋看向乐鳌说："东家，你……你能不能带我下去……"

"我？带你下去？"乐鳌眉头微皱，"下去做什么？"

"东家，如果黑石先生还活着，我想，我应该能察觉出他的气息。"夏秋一脸坚定地说道。

03

黑猫是被一股阴冷的气息冻醒的，饶是本体是属于夜间出没的动物，但毕竟化成人形久了，猛地发现自己处于一个又湿又冷的环境中后，还是觉得有些不自在，不禁自言自语道："我……我这是死了入地府了吗？"

就在这时，却听旁边传来鳌哥儿稚嫩却不失冷静的声音："不是，这里应该是个山洞。"接着，黑猫只觉得自己身旁窸窸窣窣地响了一番，然后只听到"啪"的一声，一簇明亮的火焰便在黑暗中跳动起来，却是鳌哥儿拿出了随身携带的火折子。

也算他们走运，这火折子藏得深，刚才坠崖的时候才没丢掉，否则的话，不要说鳌哥儿，哪怕是黑猫此时都用不上半点灵力了。

火折子亮起，照亮了周围的一小片地方，也照亮了黑猫的胆子，感觉没有刚才那么紧张了，而这个时候，却见火折子闪了闪，然后一个人影猫了下腰，似乎捡起了什么东西。再然后，则是小小的火

苗眨眼间变成了一团大的火焰，却是鳖哥儿做了一个火把出来。

鳖哥儿也是无意间发觉了脚下的枯枝，这才捡起来做成了火把。枯枝不是很粗，只有尺把长的样子，应该烧不了多久，但是却比小小的火折子明亮多了，也能照到更大的地方。

这个时候，黑猫动物的本能终于派上了用场，视力也渐渐适应了周围的光线，逐渐看清了周围的环境。结果发现鳖哥儿说的没错，这里果然是一个山洞。

看来，刚才鳖哥儿用遁地术的时候出了偏差，把他们带到这座山洞里来了。只是，目前虽然他们的命是保住了，也不用被摔得粉身碎骨，可他们却不知道被传到了什么地方，这让黑猫连忙对一旁拿着火把的鳖哥儿说道："这里是什么地方？用法术的时候，你心里想的是什么地方？"

鳖哥儿瞥了黑猫一眼，仔细想了想自己刚才念咒语时心里想着的目的地，然后摇摇头说："我怕法力不济，我只想着去最近的安全地方，大概，这里应该就是离咱们最近的安全所在吧！"

"这里是离咱们最近的安全所在？"黑猫在原地转了两圈，无可奈何地说道，"算了，也别管这里是哪里了，你快点再用一次遁地术，现在想着回崖上，听到没？"

"我试了，没用！"鳖哥儿说着斜了黑猫一眼，却擎着火把往山洞的里面走去。

"没用？什么叫没用？"黑猫一听急了，连忙几步追上他，"你是说咱们被困在这里了，出不去了？"

对黑猫的一惊一乍鳖哥儿懒得理会，而是拿着火把继续往前走，边走边说道："我觉得，现在咱们最应该做的是尽快查清这里是什么地方，最不济也要在这根树枝被烧光之前，找到下一根树枝才行。"只可惜他没带火油出来，不然的话，这树枝也能多烧一阵子了。

鳖哥儿拿着火把往前走，黑猫也只能跟随，不管为什么鳖哥儿暂时不能用新学的法术了，他们也总不能就在一个地方待着，傻等着法力慢慢恢复吧，总要想些办法快点回去才行。再说了，就算要等，也至少要弄明白这里是什么地方，有没有危险。

不过，显然幸运之神还是眷顾他们的，他们走了没一会儿，便发现前面渐渐有了光亮。

他们一开始还以为找到出口了，很是欣喜了一番。不过，等他们走到发出光亮的地方后，却大失所望，对视一眼后，双双皱起了眉。

他们的确找到了出口，不过很可惜，这出口是在他们头顶方向的，他们看到的光，不过是眼前一个大水潭反射出来的光。也就是说，他们要想出去，需要像鸟儿一样飞上去才行。可眼下，他们什么法力都使不出来，而且，就算能使出来，凭他们的灵力，谁知道会不会飞到一半就掉下来。所以，如果说他们想要从这个出口出去，怕是真的比登天还难。但这也让他们确定了自己所处的位置——应该是在哪座山的山腹里。

不过，还是有好的地方，就是他们在这里暂时用不到火把了，而一明亮起来，鳌哥儿立即从周围捡了很多的枯枝枯草过来，用火折子点着，很快就生了一堆火。

橙色的火焰暖洋洋的，照得鳌哥儿的脸颊也红扑扑的，他边拨动火苗，边一脸可惜地说道："若是这会儿能有只兔子就好了，我还带着盐包呢，可以用来烤着吃。"

"还想着兔子呢？"黑猫听了没好气地说道，"若不是你要抓兔子，咱们怎么会落入那只伥鬼的圈套，也不可能会差点摔死，更不会被困在这个奇怪的山洞里了。我以后再也不吃烤兔子了！"

"不想吃烤兔子……"他话音刚落，鳌哥儿突然压低了声音，然后悄悄抽出腰间的短刀，"那可以吃别的！"

听到他的话，黑猫立即循着他的眼神向一个方向看去，却见在离他们不远处光线照不到的地方，有一双幽蓝的眼睛正一眨不眨地盯着他们，仿佛马上就要向他们扑过来似的！

……

随着乐鳌下了崖，夏秋才知道东家为什么这么小心，山中的罡风比刀子还厉害，刮得她脸颊生疼，而且，山风的力气还很大，好

几次都差点把她吹走。不但如此，就在他们缓缓下落的过程中，她还可以感受到浓烈的妖气和怨气从崖底吹上来，让她一阵阵作呕。不过，既然她下来了，就不能无功而返。她受东家大恩，还从没有真正帮到过他什么，这次她正好可以派上用场，又怎么能退缩。

这时，乐鳌说话了："是不是不习惯？你本来就对这些气息敏感，若是受不了同我说一声，我带你上去……"

他话音未落，却听夏秋突然"咦"了一声。

"怎么了？"乐鳌眼神一闪。

"东家，"夏秋转头看向他，指着一处山壁，"我好像察觉到黑石先生的气息了，只是，那里面还有一股十分强大的妖气。"不过，若不是这股妖气，她恐怕还无法察觉出掺杂在其中的那股与众不同的气息。那气息实在太弱，若不是被这强大的妖气包裹住，夏秋相信，它一定早就被这山中的罡风吹散了。但越是到这个时候，夏秋就越谨慎，"东家，不如让表少爷也下来吧。"

"不必！"

哪想到她话音刚落，乐鳌便斩钉截铁地回道。然后他一改之前的谨慎小心，带着夏秋立即向那处山壁快速冲了过去……

04

随着一阵沙沙的游动声，这双碧蓝眼睛的主人终于从阴影中移了出来。可一看到眼睛主人的真容，不要说鳌哥儿了，就连黑猫也一下子变得手脚冰凉，整个身体都僵住了。原来，这东西不是别的，竟然是一条异常粗壮的青色巨蟒。

随着巨蟒慢慢向他们靠近，他们才发现，这条巨蟒不但粗，而且还长，眼看它的头已经到了鳌哥儿他们的近前了，可它却也只露出了身子的一小半，有一大半还隐藏在刚才藏身的阴影里。不过，单是露出来的这一半身子，也有几丈长了，被头顶的光一照，散发出一层幽幽的金光，却是身上已经生了一层金色的鳞片。

鳌哥儿记得以前听父亲说过，这种已经能生出金色鳞片的大蟒，往往是已经快要修炼成功，就要飞升成可以呼风唤雨的龙。他立即看向巨蟒的额头，果然看到他的两个额角鼓鼓的，看起来像是多出来的两个肉疙瘩，可实际上那就是要渡劫飞升的征兆。

大蟒步步紧逼，鳌哥儿他们只能步步后退，可这水池就这么大，周围也只有窄窄的一圈池岸，再往后就是岩石，他们根本无处可退，除非他们想要沿着来时的路返回。只是，不要说他们离那里还有一段距离，单单是那里那么黑，他们可不觉得等他们全都陷入了黑暗中后，状况会比这里更好。很显然，他们是落入这条巨蟒的巢穴中了，他们就算想逃，又怎么可能比巨蟒更熟悉这里的地形？

眼看他们都要绕着水池转一个圈儿了，可巨蟒仍然步步紧逼，只是它的蛇尾还没有从黑暗中游出来。即便鳌哥儿从小就在父亲身边耳濡目染，可他毕竟年纪还小，又哪里单独经历过这种事情，只是刚才的一只狡猾的伥鬼，就已经让他吃了大亏，更何况如此大的一条巨蟒。

鳌哥儿只觉得嗓子发干，盯着巨蟒却对旁边的黑猫说道："你不是妖吗？去同它认认亲，兴许它能放过我们吧！"

黑猫此时也被吓得不轻，忍不住往鳌哥儿脚旁凑了凑，干巴巴地说道："你应该听到过有道菜叫龙虎斗吧。"

"什么意思？"鳌哥儿还小，自然没听过。

"就是说，我们两族是天生的冤家……这下你明白了吧！"

鳌哥儿脸色一变，想了想后却低低地道："意思就是，若是它想对咱们不利，会先把你吞下去。"

黑猫听了立即语塞，愤怒地嚷嚷着："鳌哥儿，你这是真心话？你真想把我喂蛇？"

鳌哥儿这回终于看了黑猫一眼，嘻嘻一笑说："怎么会，吞了你我也活不了。我是想说，有些妖物渡劫之前食量很大，也很暴躁。可你看它，陪着咱们绕着这池子都快转一圈了，都没有对咱们怎么样，你说，它会不会是不想吃咱们？"

黑猫一愣，立即觉得鳖哥儿说得很有道理——如今他们两个跑也跑不了，法术也用不了，根本就是两份新鲜美味的大餐，怎么这条巨蟒并没有一口气把他们吞下去，而是陪着他们转圈儿玩儿？

就在黑猫犹豫的时候，却见巨蟒的身子又从阴影里多挪出来一分，而这个时候，鳖哥儿指着他肚腹的地方低声道："你看。"

顺着他的手指看去，黑猫看到这头巨蟒刚露出来的肚皮上血肉模糊的，看样子像是受了伤，而又仔细看了看，这才发现，在这条巨蟒的身旁，好像散落着一些枯黄透明的东西。

这个时候，鳖哥儿也看出来了，快速地说道："我明白了，它这是在蜕皮，咱们打扰它了。"

那枯黄透明的东西就是蜕下来的蛇衣，在化蛟成龙之前，巨蟒还是蛇身，每隔一段时间自然是要蜕皮的，这也算是在历劫，很是辛苦。而随着巨蟒的身体又露出来一部分，鳖哥儿他们终于发现，就在那处血肉模糊的伤口后面，巨蟒的蛇衣还没有蜕尽，颜色还是黑漆漆的。

鳖哥儿犹豫了一下道："看来，它的蛇衣是卡住了。"

"那它应该跑不快的。"黑猫松了一口气，"咱们若是原路返回，它肯定追不上咱们。"

此时，他们已经绕了这水池一圈，正好到了他们刚刚来时的那条路，黑猫已经渐渐向后退去，准备随时落跑了。

可他向后退，鳖哥儿却似乎并没有后退的意思，而是喃喃地说道："按说，它应该被困住好久了，也应该饿了许久了吧！"

"对呀，这巨蟒蜕皮，耗时几个月都不稀奇，看它这皮蜕下来的程度，我估计应该至少花了四十九天了，这若是九九八十一天还不完，它估计飞升的路就断了，就算死不了，怕是也只能一辈子当个蟒妖了。"

所以，他们更要快跑了，这巨蟒刚才不吃他们，不代表一会儿饿极了不吃他们，谁知道它是不是把他们当作新鲜的食物了，随时准备吞下肚补充体力。

不过，有这头巨蟒在这里，有一点好处，就是这里绝不会有其他妖物了，他们若是沿原路返回，虽然光线不好，却应该不会遭遇什么危险。

只是这个时候，鳌哥儿仍是没有要走的意思，而是又看着巨蟒道："它都这么大了，还不会人言，更不会化成人形，想必很倒霉吧，这次若是不能蜕皮成功，之前的修为也要毁于一旦，实在是有些可怜。"

"怎么，难道你还想帮它？"黑猫听出点意思来了，连忙阻止道，"不行，你也知道它还未修炼成人形，所以身上煞气也是最浓的，甚至可以说同一般的蟒蛇没什么区别。别看它现在没怎么样咱们，但它随时都可能翻脸，鳌哥儿，若是你父亲来，兴许还能压制住它，可你的话……"

话还没说完，却见鳌哥儿看了黑猫一眼，撇嘴道："难道你忘了我们乐善堂是做什么的了吗？事到如今，反正咱们也无法离开，倒不如帮帮它。"

说到这里，他似乎下定了决心，立即向这条巨蟒受伤的肚腹慢慢走了过去，黑猫在他身后大急，连忙喊道："你疯了吗？难道你不怕被他吞了？我告诉你，你若是被它一口吞下，我肯定掉头就跑。"不过，黑猫说着，却跟在鳌哥儿后面也慢慢向巨蟒伤口的位置靠近，只不过，眼睛却一眨不眨地盯着巨蟒，随时防备它突然袭击。

巨蟒虽然大，可在它没有化蛟成龙前，攻击的方式就那么几种，要么是用身体将猎物勒死然后吞下，要么就是直接将活物吞下。当然了，有的巨蟒因为整日吞吐密林中的瘴气，还会吐出毒气，先把猎物熏晕，然后还是生吞。

黑猫一边想着，一边不时地扫向巨蟒后背的七寸之处。无论多大的蛇，七寸都是它要命的地方，也是攻击最容易得手的地方。黑猫现在因为休养已经有了些微妖力，若是到时候真的发现这条巨蟒想要对鳌哥儿不利，就算现在打不死它，让它眩晕一阵子总是没问题的。

就在黑猫严阵以待的时候，鳌哥儿已经到了巨蟒受伤的位置，他先是仔细看了看，发现伤口像是被什么东西划烂的。大概是因为蛇皮久久不蜕，这条巨蟒着了急才想借助外力，结果非但没成功，连肚腹都伤了。而且，走近之后，鳌哥儿才发现，巨蟒伤口的位置已经隐隐有白色的肉虫在涌动，看来是早已腐烂了，应该是已经受伤很久。这让他对黑猫刚才的四十九日之说怀疑起来，他猜测，这条巨蟒蜕皮的时间应该还会更长。

犹豫了一下，鳌哥儿抽出自己的短刀，也不管巨蟒能不能听懂，看着它的眼睛说道："我帮你把腐肉去掉，你不要动，我不会伤害你的。"

看到鳌哥儿竟然要动刀子，黑猫大惊，连忙嚷嚷道："等等，若是它以为你对它不利怎么办？它会立即吞了你的！"

可就在这时，却听到"丝丝"几声响，却是巨蟒的蛇信子吐了出来，它的信子血红，看起来很是可怖，不过它的嘴巴却是紧紧闭着的，然后，鳌哥儿便看到巨蟒的脑袋竟然点了几下，显然是听懂了鳌哥儿的话。

没想到巨蟒竟然回应了，鳌哥儿大受鼓舞，立即又道："可能会有点疼，你忍一下。"说着，他又向巨蟒的肚腹走近了些，然后用手中的小刀，快速而利落地将巨蟒的腐肉一刀刀剜了下来。腐肉处理完毕后，他又拿出自己随身带的金创药，洒在了巨蟒的伤口上。

金创药虽然去腐生肌的作用很强大，但是因为药里成分的原因，伤口会因为药的作用有些疼，鳌哥儿担心这药用上去之后，巨蟒会受不了，便提前知会了一声，巨蟒也点了头。

可事实证明，他还是有些大意了。当金创药洒到了巨蟒伤口上的时候，它巨大的身体突然剧烈地一颤，尚未蜕皮的蛇尾，也向鳌哥儿扫了过去。

……

夏秋觉得不过眨眼工夫，东家就已经带着她到达了那处山壁的前面，而就在她以为东家会在山壁前停下的时候，东家却没有任何停顿地向那处山壁撞了去，吓得她连声音都发不出了。不过，随着她眼前一暗又一明，不过是闭眼的工夫，一股阴冷的湿气便迎面扑来。她这才发现，他们竟然已经到了一处黑漆漆的山洞中，而此时，东家已经将她放了下来，改为牵着她的手，而他的另一只手中正拿着一只火把。

看到周围漆黑一片，夏秋忍不住往乐鳌身边靠了靠，低声问道："东家，这是哪里？"

她的话刚问完，却听到一阵窸窸窣窣的声音从山洞深处传了过来，而后，她的眼前闪过一道青光，而这个时候，却听乐鳌低低地说道："咱们……又见面了……"

05

被巨蟒的蛇尾扫中，鳌哥儿立即摔向了一旁的山壁，而这个时候，以为巨蟒要对鳌哥儿不利，黑猫立即"喵呜"叫了一声，像闪电般冲向了巨蟒的后背，对准它的七寸处就是狠狠地一爪。

黑猫的攻击让巨蟒身体的扭动更剧烈了，蛇尾也再次扫向一旁，一时间山洞里飞沙走石，甚至洞壁上的石块也被这股力量纷纷震落。

这让黑猫大急，以为这条巨蟒兽性大发，更怕鳌哥儿会受到伤害，索性又抓了它几下，好转移它的注意力，同时大喊道："鳌哥儿，你先跑，我随后跟上。"

只是，虽然被巨蟒的蛇尾连着扫中了两次，摔得鼻青脸肿，鳌哥儿却连忙对黑猫大喊道："它是因为疼才会动的，你别再抓它了，否则真要是激起它的狂性，咱们谁也跑不了。"

"可是……"黑猫犹豫了下，最后还是从巨蟒的后背上跳了下来，然后落到了正对它的位置，前身伏地，后腿蓄势待发，随时准备再次进攻。

巨蟒此时也察觉了自己的不对，终于控制住自己的蛇尾不再扭动了，与此同时，它的蛇头也伏低了转头看向鳌哥儿，眼中

全是歉意。

　　看到巨蟒的样子，鳌哥儿知道它刚才只是疼得狠了，于是松了一口气，对它说道："我刚才给你治伤的时候发现，你的皮是卡在了后背上。我觉得我能帮你，不过这次，你不能再乱动了，行不行？"

　　听出他话中的意思，黑猫吃了一惊，连忙道："你疯了吗？难不成你还要帮它蜕皮？"那样的话，等这条巨蟒就再也没有束缚，想要吞掉他们更是易如反掌了。

　　只是，鳌哥儿似乎没有听到黑猫的话，而是看着巨蟒继续道："不过，这样一来，你劫数不满，怕是还要再修炼多年才能真正渡劫成功。你若是同意，就点点头，若是不同意就摇摇头，我们自会离开。"

　　如今，这条巨蟒若是再拖下去，怕是连命都没了，区区再多修炼几年同这相比，那可是要好太多了，所以，听到鳌哥儿的话后，巨蟒忙不迭地点着头，信子也"丝丝"地响着，只可惜还不能吐人言，不能张口道谢。

　　看到巨蟒首肯，鳌哥儿这才重新拿出自己的短刀，然后道："那好，那我就开始了。"说着，他再次向巨蟒靠近，然后跳到了巨蟒的后背上。

　　知道鳌哥儿这是心意已决，黑猫虽然不赞同，但是却没办法劝服鳌哥儿，只能是将身体伏得更低，暗暗聚集力量。

　　跳到巨蟒后背上之后，又看了眼巨蟒后背上卡着的蛇皮，鳌哥儿犹豫了一下最后说道："虽然我父亲说过，渡劫只能妖物自己应劫，可我觉得既然我莫名其妙就这么同你遇上了，那就是有缘！"

　　说着，他小心翼翼地用手中的短刀划开巨蟒旧皮和新皮粘连的地方，这才发现巨蟒之所以蜕皮不成功，是因为这里曾经受过伤，有一块横向的疤痕横在了那里。不过，这里本来就有旧伤，若想完成蜕皮，需要在原有的疤痕上割掉很大一块肉，可以说，这比刚才他给巨蟒上药的时候还要痛上百倍，而且时间也长。

　　刚才巨蟒尚且疼得乱滚，更不要说现在了，一定比刚才还要痛苦万倍。所以，每割一刀，鳌哥儿都小心翼翼的，生怕自己手重了，巨蟒再发了狂。不过这次，巨蟒有了前车之鉴，再也不敢动了，但是它的痛苦，鳌哥儿却仍旧感受得到，因为每割下去一刀，他都能感受到巨蟒会颤抖一下，他割了八十一刀，巨蟒就颤抖了八十一下。

其实，八十下的时候，鳌哥儿就已经清理完毕了，但是他想了想后，又轻轻地多割了一刀，凑足了九九八十一刀，他不知道这样做有没有用，但就是觉得，八十一刀比八十刀好。不过，他这最后一刀只是微微划破了巨蟒的皮，并没有让巨蟒有多痛苦。接着他从巨蟒的后背跳了下来，来到黑猫的身边、巨蟒的面前，然后笑了笑道："好了，你现在试试看。"

听到鳌哥儿的话，巨蟒摆了摆脑袋看向自己的尾巴，然后蛇信子兴奋地"丝丝"吐了几下，又向鳌哥儿他们看了过去，不过之后，它的脑袋却看向了他们刚刚过来的山洞，然后晃了两下。

鳌哥儿愣了愣，这次是黑猫先明白了，连忙说道："它是让咱们躲到山洞里面去。"说着，黑猫就转身向山洞的方向跑去，边跑边招呼道，"它怕是要成功了，这是怕威力太大伤到咱们呢。"

鳌哥儿这才明白过来，也连忙跟着黑猫往山洞里跑去。

他们刚跑进山洞，躲进一个拐角处，便听到他们原本所在的那个水池旁传来一声巨响，而后整座山都似乎晃动起来，再然后是他们刚刚跑进的入口处突然传来一阵"哗啦啦"什么东西坍塌的声音，于是随着一股潮湿的泥土气息传来，黑猫懊恼地在原地蹦了几下，甩着尾巴嚷嚷道："糟了，应该是洞口堵住了。我就说吧，不让你帮它，这下好了，咱们是真的出不去了！"

不过，嚷嚷归嚷嚷，刚才黑猫情急之下想对付巨蟒的时候发现，自己的法力已经恢复一些了，虽然不是全部，但是带着他们离开这里是不成问题的。所以，嚷嚷两句后，也没再多说什么，而是静静等着山洞中的震动消失，自己才好做法带着鳌哥儿离开这里。

大概过了一炷香的时间，山洞中的晃动终于渐渐平息了，黑猫正说要带着鳌哥儿离开，却听到洞口突然又传来一阵哗啦啦的声音，

鳌哥儿立即站了起来，眼睛一眨不眨地看着洞口的方向，而不一会儿工夫，只见洞中绿影一闪，一个形状古怪的巨大蛇头，出现在他们面前。

……

饶是夏秋见过无数妖怪，可当眼前突然出现一个巨大的蛇头，她还是被吓了一跳。而且，这条蛇的蛇头，还不是一般的蛇头，这个巨大蛇头的头顶上，有着两个高高的鼓包，就像是以前孩童们梳起来的两个抓髻，看起来既怪异又有趣。

就在这个时候，却见大巨蟒突然抬起了蛇头，眼睛盯着乐鳌好一会儿，就像是在盯着一只猎物般，然后只见它的蛇信子突然"丝丝"吐了出来……

06

出现在鳌哥儿面前的那蛇正是刚刚他们帮助过的那条巨蟒，不过，此时它却没能飞升成龙，却也不是蛟的样子，跟刚才没什么不一样的，真要说有什么变化，就是它额头上的两个鼓包似乎比之前更突出了些，看起来应该是角，只是这对"角"一副欲出不出的样子，实在是让人看着有些着急。

看到大巨蟒终归是没能化蛟成龙，鳌哥儿有些可惜地说道："果然还是差了一点！"

"什么差一点？"黑猫不禁问道。

于是鳌哥儿就把自己多划了大巨蟒一刀的事情对黑猫说了。听完之后，黑猫连连摇头道："这是天数，纵然你多划了它一刀，想让它九九归真，只可惜，你八十刀就为它脱了困，这是天意。"

"天意？"鳌哥儿一愣。

"总之我也说不清楚，不如你回去问问那个崔嵬吧。"

"你是说黑石先生知道？"

"毕竟，这是他的山头嘛！"黑猫含混地说道。

不过，虽然没有化蛟成龙，可巨蟒却似乎很开心的样子，它对鳌哥儿摆了摆头，然后又"丝丝"地吐了吐信子，蛇头则慢慢向后退去，而它一边退着，一边眼睛却一眨不眨地看着鳌哥儿，似乎要让鳌哥随它一起走。

到了这会儿，鳌哥儿自然知道这条巨蟒已无恶意，于是犹豫了一下，便带着黑猫一起出了洞口，回到了水潭旁。

这一到了亮处，鳌哥儿和黑猫发现，巨蟒身上的青色已经闪闪发亮，成了一种鲜活的绿色，让人感觉生机勃勃的，实在是漂亮得紧，虽然终是没能化蛟成龙，样子也怪怪的，可看到它此时充满生机的样子，鳌哥儿也算是放了心。

看到这条巨蟒已经没事了，黑猫早就等不及了，立即就要带着鳌哥儿离开，可就在这个时候，却见巨蟒的头一拐，突然伏在了地上，挡住了鳌哥儿和黑猫。

"你想做什么？"黑猫立即跳了出来，挡在了鳌哥儿前面，而这个时候，却听身后的鳌哥儿突然道："你是想带我们离开？你……知道出去的路？"

巨蟒点了点头，脑袋则伏得更低了。

黑猫本想立即拒绝，可这个时候却觉得脖子一痛，竟是被鳌哥儿拎了起来，然后只觉得身子一轻，就被带着上了巨蟒的后背。

一上了蟒背，鳌哥儿就把黑猫揣到了怀里，于是，黑猫抗议的话便变成了一阵"呜呜呜"的闷哼声，然后鳌哥儿紧紧抱住了巨蟒的脖子。而他刚刚抱好，便觉得身子向上一抬，却是被巨蟒带着飞了起来！

原来，虽然巨蟒没有成功飞升，但这腾云驾雾的本事却学到了，也难怪刚才他们洞里面躲着的时候，外面会有那么大动静了。

也算这条巨蟒造化不小，一旦能腾云驾雾，也算是没有绝了他化蛟成龙的希望，只不过是日子向后延一延罢了。

巨蟒带着他们直奔头顶亮光所在，看起来，这是要送他们离开。

不过，鳌哥儿和黑猫本以为这头顶的亮光是天空，可如今随着

他们被巨蟒载着离这处亮光越来越近，他却发现，头顶之处根本就不是天空，更没有洞口，他们越向上反而觉得光线越暗，头顶亮光的真面目也就越来越显露在他们的面前，竟然是一团悬在半空中的水池。

这个时候，黑猫从鳌哥儿的怀里露出头来，看着悬在半空中的那个水池惊讶地道："这里的灵气已经充沛到这种地步了吗？难怪……难怪会有这么大的巨蟒了，这灵气将这水池里的水都托起来了，实在是太少见了。"

正说着，却听这条巨蟒"丝丝"了两声，竟是载着他们穿过了池底。这让鳌哥儿和黑猫猝不及防下呛了好大一口水，不过因为巨蟒的速度很快，所以他们只是难受了一下，就冲出了水池。等他们再睁眼的时候，却看到了满天星斗，原来，已经是深夜了！

而这个时候，却见黑猫在鳌哥儿的怀里蹿了几蹿，兴奋地喊道："你看，是玉笔锋！"

原来，巨蟒带他们出来的天池，正是他们来时所爬的那座"玉笔锋"的峰顶，而他们的对面，则是真正的玉笔锋，山神崔嵬的洞府所在，而且，从这水池的上面看玉笔锋，根本就没有云雾遮着，他们甚至都已经看到洞口了。

不要说黑猫了，甚至连鳌哥儿都差点欢呼起来。

都已经到了这里，巨蟒自然将他们送到了玉笔锋上，而他们刚刚从它的后背上跳下来，却见洞府门口人影一闪，只见黑石先生从里面匆匆走了出来，看到他们和巨蟒后，愣道："你们这是去哪儿了？"

看他的样子，似乎根本就不知道鳌哥儿他们离开过玉笔锋，就在此时，一个身影从他的洞府里面缓缓地走了出来，竟然是个熟人，正是那日他们刚上山的时候，关在黑石先生洞府里不肯出来的胡家表妹。

看到鳌哥儿他们回来了，胡家表妹扭着纤细的腰肢嫣然一笑道："哟，孩子们回来了，那我也该走了。"说完，她就跃下了玉笔锋，往她表哥所在的不归峰去了。

此时的黑石先生一脸尴尬，然后轻咳了两声道："那个，明日是她出嫁的日子，我们谈事情有些晚了，没注意到你们没回来，饿了吧，那个，我屋子里还有些肉干，你们先垫垫肚子吧！"

鳌哥儿白了他一眼，就要同巨蟒告别，不过，他一闪身的工夫，黑石先生却突看到了巨蟒那两只将出未出的角以及它甩在半空中的蛇尾，于是眼神一闪，连忙道："你的角是怎么回事，还有……你的尾巴，是谁干的？"

……

看到巨蟒吐着信子就向他们冲了过来，这也就是夏秋，旁人的话，只怕早就被吓跑了，还以为这条巨蟒想要把人吞下去。

乐鳌也知道巨蟒认出了他，只是，这会儿他可顾不得同它叙旧，而是立即道："我知道，他在你这里对不对？快带我们去找他！"

巨蟒立即点头，然后蛇头一转却是转向了另一侧的洞口，乐鳌见状，连忙带着夏秋跃到了巨蟒的背上，还没等夏秋站稳，只见巨蟒立即快速地在洞穴里游动起来，不一会儿就来到了一个水潭旁边，而后，蛇头向上一抬，竟然向头顶的亮光冲去。

而这个时候，等巨蟒的身体完全从洞中游走出来，整个舒展开来之后，夏秋才发现，这条巨蟒竟然有十几丈长，而等她看向它的尾巴，更是惊诧不已，指着蛇尾对乐鳌低声说道："东家，你看！"

07

这头巨蟒，不仅角没有完全化出来，就连尾巴都不是同它身体一样的青色，在它的蛇尾处，有一道白色的环，环的两边，一边是青色，另一边却是黑色。也就是说，这条巨蟒的尾尖处，还没有完全修炼成功。而那个白色的环，正是鳌哥儿当初为它割掉旧皮的地方。

刚才鳌哥儿的注意力完全被头顶的天池吸引过去了，完全没有注意到巨蟒的尾巴竟然变成了这副模样，也吃了一惊道："这是怎么

回事？"

静静听完前因后果，崔嵬的那双小眼睛已经眯成了一条缝。他看着眼前的巨蟒笑嘻嘻地道："我在这山中这么久，未曾化形就欲化蛟成龙的虽然见过几个，可飞升失败还能活下来的你还是第一个，更不要说你还修得了腾云驾雾的本事。"

说了这些，他又看向鳌哥儿，和颜悦色地道："当时看到它你为何不跑？你怎么知道它饿极了之后不会一口吞了你们。"

鳌哥儿想了想道："它若是想吃我们早就吃了，而且，它的眼睛告诉我，它需要帮助。"

"不愧是乐家的孩子。"崔嵬脸上的肥肉颤了颤，"我就说嘛，刚刚在洞府的时候，突然感到一阵地动山摇，一定是个大家伙出世了，没想到竟同你有关。不过可惜，若是它能再受几日的苦，兴许也就不是这副半蛟半龙的怪样子了。如今，怕是需要个契机，才能真正化龙了。"

"契机？"鳌哥儿眼神微闪，"我若是不帮他，他一定会化龙？"

"只有半数的机会。"崔嵬一脸高深地说道。

这下鳌哥儿明白了，斜着眼看向他说："就是说，要么死，要么成龙喽？你这是让我见死不救？你这同没说又有什么区别。"说到这里，鳌哥儿顿了顿，撇了下嘴，"若是你，会如何选？"

崔嵬立即哑然……他自然是不想灰飞烟灭的。

看到崔嵬的圆脸一下子涨得通红，鳌哥儿又撇了撇嘴："所以，既然事已至此，山神大人不如说些有用的。还不如点化下它，也省得契机到了，它都不知道。"

被一个孩子这么教训，崔嵬还真是头一次，可又不好同一个孩子翻脸，更不要说这个孩子说得还挺有道理，于是他想了想，不情不愿地走到了崖边，用手抚了抚巨蟒那两只欲出未出的角，哼哼唧唧地道："遇到乐家的人也是你的造化，不过，从今往后你要刻苦修炼，千万不要再被不相干的事情骚扰，等你功德圆满的那日，自会有人认出你来，这角，自然也就能生出来了！"

"你的意思是，日后就要让它待在山洞里好好修炼，轻易不要出来吗？"

想到那天池下充沛的灵力，真若是修炼的话，那里自然要比别处更适宜些，怕是在下面修炼一年，等于在别处修炼三年了。说了这么多话，他也就觉得这句话崔嵬说得还算靠谱。

于是鳌哥儿立即对巨蟒摆了摆手道："既然如此，那你就快回去吧，咱们后会有期！"

巨蟒自然听懂了，然后它又对崖上的鳌哥儿点了点头，这才"丝丝"了两声，算是同他们道别，然后身子在空中盘旋了下，立即往对面的天池飞去，终于化作一道青光不见了。

……

夏秋指给乐鳌看的就是巨蟒的尾巴，时至今日，巨蟒的身子上还是有一个白色的圆环，蛇尾也仍旧黑漆漆的。

乐鳌向后看了一眼，却见这些年过去，巨蟒不过是身子变粗了些，但圆环的位置和黑色蛇尾似乎一点变化都没有，于是轻轻地问道："那年洪水，你可出来过？"

巨蟒"丝丝"了两声，脑袋轻点了下，然后它的蛇身一顿，却是停到了半空中，乐鳌抬头一看，却见他们已经来到了天池的底部，而这个时候，隐隐的有一个人影在他头顶处的池水中漂荡着。

乐鳌心中一酸，立即对巨蟒道："在上面等我。"说着，他纵身一跃，跃入了天池中，向那个人影游了过去。

而这个时候，夏秋已经学着乐鳌的样子紧紧将巨蟒抱好，然后被它载着，也冲入了天池中。

不过是须臾，夏秋已经被巨蟒带着出了天池，悬在了天池上空，而不一会儿工夫，乐鳌也抱着一个人从天池中冲了出来。

……

乐鳌一出来就直奔巨蟒，巨蟒也立即迎上他，第一时刻接住他同他怀里的那个人，然后毫不停顿地往玉笔锋冲了去。

此时，陆天岐早就在崖边等着了，看到巨蟒带着夏秋他们一起

回来，马上迎了过去，同乐鳌一起将那个从天池中捞起来的人抬了下来。

这个时候夏秋才看清，被从天池里捞出来的人是个圆脸的胖子，想必就是失踪了几日的黑石先生崔嵬、十万大山里的山神！

看到乐鳌他们抬着崔嵬往洞府走去，夏秋跳下蟒背本也打算跟上，可是刚跟了几步，便被乐鳌阻止了。

"这里你帮不上忙，在外面等着就是。"

听了他的话夏秋只得站住，眼睁睁地看着他们将崔嵬抬进洞府里，直到再也听不到动静。

这个时候，随着一阵"丝丝"的声音在背后响起，夏秋才忆起如今这玉笔锋上还有"别人"，连忙回过头去，果然看到巨蟒仍旧盘旋在半空中未走。

夏秋心中一热，看着它轻轻地说道："你也很急对不对？"

巨蟒听懂了，立即对她点了点头。

然后夏秋对它招了招手，让它的头凑近自己，然后她抚着它看起来十分滑稽的肉角，低低地说道："放心吧，有东家在，黑石先生一定没事的！对了，刚才东家都没告诉我你叫什么名字。"

听到她问起这个，巨蟒摇了摇头，然后围着夏秋绕了一圈儿，看起来应该是很喜欢夏秋。一时间，它身上的鳞片借着星月之光的反射发出一道道金光，将夏秋包裹其中，实在是好看到不行。

虽然也担心着那位黑石先生，可夏秋还是被这头巨蟒的呆萌劲儿逗笑了，她壮着胆子抚了抚巨蟒身上的鳞片，一脸羡慕地说道："我以前有一个好朋友，跟你一样，不过，她没你道行高，更没有你的鳞片好看，竟然还会发光。她叫童童，不如你就叫小龙吧！你的样子，哪里像蛇，连角都生出来了，根本就已经是一条青龙了嘛……"

随着她这句话出口，小龙突然离开她在半空中快速地盘旋起来，连带着它身下的云海也如沸腾般翻滚起来，就在夏秋震惊不已的时候，却听它仰天长啸一声，玉笔锋上顿时金光大现……

第十一章 童童

01

从小囡记事起，娘亲每月十五都会带她去离镇子最近的永安寺拜拜，最后会从寺里取一瓶佛前长明灯里的灯油回来。而等到了家，每天早上一起床，爹爹洗漱完毕，准备开店之前，就会把瓷瓶里的灯油滴一滴掺在他家佛龛前面的长明灯灯油里，然后口中念念有词，也不知道在求些什么。

不过，别人家的佛龛里摆着的是菩萨关公，而他们家的佛龛里摆着的却是一个黑色的牌位，牌位上用金粉写着几个字，应该是一个人的名字。娘亲告诉她，这是她姑姑，也就是她爹爹的亲妹妹。

那时候小囡还小，自然娘亲说什么她就信什么，不过那个时候，她最感兴趣的并不是这位姑姑的来历，她觉得最神奇的是，娘亲从永安寺里取回来的灯油，从来都是正好能滴满一个月，一滴也不多，一滴也不少。

只是，等后来她长大了，药名也能认出不少之后，对这块写着

"小妹夏门朱砂之位"的牌子却越发好奇起来。因为，虽然这牌子上写着"小妹"两个字，可是却没有落款人，所以，很可能并不是爹爹立的。她慢慢懂事之后，知道她们家在这里已经住了很长时间，镇子上七拐八拐的亲戚也不少，可却并未听说父亲还有个妹妹。而且，每每亲戚提起，都会说他父亲这一支三代单传，希望他父亲能为夏家多多开枝散叶之类的话，结果，这个话题每次一提起，娘亲都会同父亲生一回气，要父亲哄好几天才能哄好。而娘亲一高兴回来，就会给他们做醋鱼吃，因为爹爹最喜欢吃鱼。

总有那么几年，小孩子的好奇心是一日胜过一日的，再加上小囡小小的身子素来就灵活，爬树上房甚至比同年的臭小子们都麻利，这家里家外更是没她淘气不到的地方，于是，终有一日，她把注意力放在了自家的佛龛上。

就在前几日，爹爹带她去茶楼听书的时候，说书人说起一个高人，就是把自家藏着宝贝的密室机关设在了佛龛里。说书人将书说得活灵活现，小囡几乎被完全带入里面。于是，第二日，趁着爹爹去前面开铺子，娘亲出去买东西，她爬到了佛龛前的供桌上。

毕竟才五岁，即便小囡爬上了供桌，视线也不过同佛龛平齐，再加上佛龛是凹进墙里的，她需要伸展了手臂踮着脚尖才能够到佛龛里的牌位。

手指一碰到牌位，说书先生的话便立即响在了她的耳边。她记得，书里说这牌位是需要扭动的，只要转个圈儿，"密室"的机关就会打开，一扇大门就会出现，而大门里面一定藏了价值连城的宝贝和武功秘籍什么的。小囡想，说书先生说不能贪，所以，再多的宝贝她也就看上一眼就好，就看一眼！

小囡的手虽小，可手指却灵活有力，很快就把牌位转了过来，不过可惜，牌位轻飘飘的，一点都不像是带着机簧的样子，牌位转过来之后，也没从什么地方传来大门打开的声音，周围仍旧是静悄悄的。

等了一会儿，屋子里仍旧什么动静都没，小囡心中别提多失望了，不过，在她正想把牌位恢复原状，也省得一会儿被娘亲发现时，却被贴在牌位后面的一张黄色的纸吸引了。刚才她只注意周围的动静，完全没仔细看过这牌位，这会儿才发现，这张黄色的纸似乎是故意贴在牌位后面的。

黄纸的上面还用红色的颜料写了一个字，只可惜这个字的笔画太复杂了，她根本就不认得，于是鬼使神差地，她就把这张纸从牌位上揭了下来，然后凑在眼前认真地看了起来，似乎想要努力将这个字辨别出来。只是，她认字认得太认真，却忘了自己仍旧站在供桌上，而这张供桌上，不仅仅摆着祭品，还摆着盛满灯油的长明灯，于是，随着一股刺鼻的焦煳味在屋子里弥漫开来，小囡这才惊觉，发现自己的衣角竟然沾了灯油被引燃了。

情急之下，她也不管自己手里拿着什么东西，就急忙扑打起来。只可惜，沾了灯油的衣服很容易着，很快就向别的地方蔓延开来，不但如此，就连小囡手中没来得及放下的黄纸也被这火焰引燃，转眼间就化成了灰烬。

黄纸烧得很快，甚至没等小囡扔掉它，就已经烧到了她的手指，十指连心，小囡忍不住叫了一声就从供桌上摔了下来，摔到地上后，她顾不得身上的痛，使劲打了几个滚儿，只可惜火烧得太快，根本就滚不灭。

这会儿小囡已经忘记求救呼喊了，一心只想着将身上的火扑灭，而火焰的烧灼更是让她痛得不停滚着，而这个时候，也不知道是不是她的错觉，她突然觉得眼前白光一闪，刺得她眼睛生疼生疼的，然后她便失去了知觉……

小囡再次醒来的时候，是在自己的小床上。一睁眼看到熟悉的房梁，闻到熟悉的艾草味道，她立即腾地一下坐了起来。她向四周看去，发现娘亲还没有回来，爹爹也不在。而等她坐在床上发了很久呆后，立即从床上一跃而起下了地，直奔爹娘放着佛龛的那个小屋。

那小屋在院子的角落里，是一个很不起眼的屋子，亲戚朋友们

来串门，也绝不会注意到那里，即便偶尔说起，爹娘也只说那里是杂物房，乱得很，一般不让外人随意进入。

等小囡再次冲进了屋子，却被眼前的情形惊住了。因为佛龛里的牌位仍旧好好摆在那里，供桌上的贡品也整整齐齐的，就连长明灯也静静地燃烧着，根本就不像是曾就有人打翻过。

小囡揉了揉眼睛再看，发现自己没有看错，所有的一切都井井有条，完全不像着过火的样子。

就在这时，一个温柔却严厉的声音在她身后响起："囡囡，不是说了，不让你来这里的吗？"

小囡回头，看到了娘亲，而后，一个有力的臂膀将她抱了起来，却是爹爹。爹爹点着她的鼻子温柔地道："囡囡不要来这里，这里全是灰尘，会生病的。"

看着温柔的爹爹，小囡点点头，然后趴在爹爹的肩膀上，被他抱出了屋子，不过，就在屋门关上的那刻，小囡却看到供桌的后面有道白光一闪，仿佛有什么东西露出了脑袋……

"童童！"夏秋大喊一声从睡梦中惊醒，却发现自己不知什么时候趴在柜台上睡着了。她急忙向周围看了看，发现屋子里只有她一个人，当即松了口气。

乐鳌和陆天岐出去了，下午只有她同新请来的坐堂大夫看店，如今已经是傍晚，也不知道那位大夫去了哪里。

正想到后面找一下，却不想小门这个时候倒是先被人从外面推开了，果然是新大夫从后院走了进来，夏秋正要同他打招呼，却见一个青色的肉团子向她扑了过来，然后一下子抱住了夏秋的腿，奶声奶气地唤了声："娘亲！"

夏秋立即囧了，想要拉开他，同时满脸通红地说道："小龙乖，不要乱叫，我不是你娘亲。"

看到他们两个，大夫笑道："你给他起了名字，形同再造，你又是他在化形后见到的第一个人，他会认你为母也不奇怪。"

他不说还好，他这么一说，夏秋有些愤愤不平，抬头看着他说："若是真如青泽先生所说，他叫我娘亲也就算了，可为何……为何……"

就在这时，她却觉得腿上一松，竟是这个小肉团子放开了她，而后，她只听到小肉团子清脆地喊了声"爹爹"，却是滚到了刚刚进门的那人面前，然后抱住了他的大腿。

这还真是说曹操，曹操到呀！

夏秋郁闷地看向大门口，却见乐鳌已经站在了那里，而这个时候，他已经把那个青色的肉团子抱了起来，然后温柔地点了点他的鼻尖说："你这孩子，爹娘可不是能乱叫的！"

乐鳌点小龙鼻子的样子，同夏秋记忆中的爹爹如出一辙，这让她不由得看呆了，而这个时候，却见乐鳌放下小龙，对夏秋点了点头说："我们回来了。"

"啊！"夏秋这才惊觉自己的失态，连忙垂下头，然后走到乐鳌身边将小龙拉开，尽量用平静的语气说道，"东家先歇歇吧，落颜今天回来得晚，等一会儿落颜回来我再做饭。"

"好。"乐鳌点点头，然后看向一旁的青泽，"没什么事情发生吧？"

青泽点点头说："今天一天都很平静，倒是你们，该办的事情可曾办妥了？"

"青泽先生放心，黑石先生已无大碍，山里的事情也都交代好了，他现在已经找了一个安静的地方闭关，等他休养一阵子，就会出关了。"

他们今早就是去给黑石先生送药去了，那日药没带在身上，所以回来后，他们便决定趁着黑石先生闭关之前再去送一趟。

02

"那就好。"听乐鳌这么说，青泽也放了心，然后笑了笑，又看了看门外的天色，估摸着落颜快回来了，便告辞道，"那我就回去了，

有事你随时叫我即可。"

"多谢!"

青泽走了没多久,落颜就回来了,不过到了门口后却不着急进门,而是在门口探头探脑的,好像在找什么。她的心思夏秋还能不清楚,对门口的她招招手说:"别看了,他早走了,还不进来。"

听夏秋这么说,落颜才一副松了口气的样子,进了药堂。

夏秋正要去做饭,也没理她便进了后院,落颜自然也跟着她进了后院,放下书本后便去厨房帮忙。结果一进厨房,发现夏秋在里面忙着,小龙却坐在门口的小凳子上看书。看到小龙这么安分,哪有一点男孩子的调皮劲儿,落颜忍不住逗他:"小龙,叫姐姐。"

不过可惜,听了她的话,小龙只是抬了抬眼皮,便又重新将视线投回到了眼前的书上。见他不理她,落颜干脆将书从他的手中抽出来,翻到书皮上一看,竟然是《春秋》,当即只觉得一个头变成两个大。

"你说你小小年纪,看看《三字经》《百家姓》也就算了,看什么《春秋》呀,你看得懂吗?"

哪想到,小龙仍旧不理她,而是从她的手里拿回书,然后打开,继续看了起来。

被他如此无视,落颜不由得愤愤道:"你说说你,看起来有五六岁了,可是只会叫爹娘,难道让你叫声姐姐你都学不会吗?这两个字就那么难叫吗?"

就在这个时候,却听一个尖细的声音在她的头顶处响了起来。

"讨厌!讨厌!"

落颜脸色一变,立即抬头,却看到一只雪白的鹦鹉正站在窗外的树杈上,对着她不停地嚷嚷着,甚至还扑棱起了翅膀,落颜只觉得一股呛鼻的灰尘夹着白色的短羽迎面扑来,让她咳嗽了好几下。

她自然知道鹦鹉是故意的,于是再也顾不得逗小龙,而是向那只鹦鹉跑了去,边跑边喊道:"你胆子真不小,信不信我拔光你的毛……"

　　只是鹦鹉又怎么肯让她抓住，自然也满院子地飞了起来，一时间院子里乌烟瘴气，鸟声、人声、撞到东西的声音此起彼伏，很是热闹。这个时候，小龙也不看手中的《春秋》了，而是托着腮，津津有味地看起了院子里的人鸟……不对，应该说是花鸟大战，嘴角微微上扬的样子，竟同乐鳌有几分相似。

　　自从从玉笔锋回来，家里常常像这样硝烟弥漫的，闲了夏秋也嚷嚷两句，让他们别打搅了前面药堂里的病人，不过眼下，夏秋可顾不得管他们，她正忙着做饭呢。于是，在一片鸡飞狗跳声中，乐善堂的晚饭终于摆上了桌。

　　饭菜一上桌，这些家伙们才算安生了些，全都围着桌子坐了下来，就连那只白鹦鹉也站在架子上，被拎到了饭桌前，放在了乐鳌的身后，夏秋甚至还贴心地在鹦鹉的食盒里放了一把豆子。不过，虽然都坐好了，可乐鳌不动筷他们是不会先吃的，也还算是有些规矩。

　　看着原来坐他同陆天岐两个人还嫌空旷的桌子如今挤得满满的，乐鳌扫视了大家一眼，对陆天岐说了句："等明日，你去找个木器店的掌柜来，打张大些的八仙桌吧。"

　　陆天岐听了愣了愣，但立即应了，乐鳌这才低低地说了句："吃吧！"

　　正所谓"食不言寝不语"，这一点乐善堂做得还是很好的，无论饭前多么热闹，一旦吃起饭来，大家很少会发出多余的动静。饭吃到一半的时候，天色已经彻底黑了，夏秋正要去厨房给大家盛汤，却见乐鳌的手一顿，放下了碗，看向前面药堂的方向，然后皱了皱眉，唤了声："天岐。"

　　陆天岐也几乎是同他一起将碗放下了，然后两人站起，乐鳌在前，陆天岐在后，一起往前面的药堂走去。

　　难道是有病人了？

　　夏秋不禁看向挂在门口的界铃，却见它静悄悄的，半点响声都未发出，她正奇怪着，却听乐鳌头也不回地说道："你们先吃。"

　　他们就这么去了前面，留下一桌子大大小小忐忑不安，看了看

落颜他们，夏秋索性也放下了筷子。虽然她也很想跟过去看看，可界铃没响，说明来者不是妖，所以，她就算跟过去也没用。

果然，不一会儿乐鳖和陆天岐就回来了，两人的脸色都说不上好看，尤其是陆天岐，脸色都可以称得上发黑了。看到他们的样子，夏秋连忙问："怎么了？谁来了？"

不等乐鳖开口，陆天岐立即冷笑道："你猜是谁，是张副官。"

"张副官？"

"嗯。"这个时候乐鳖开口了，"他来找她太太。"

"丽娘姐姐？"落颜一下子站了起来，"他找丽娘姐姐，怎么找到咱们这里来了？他不是不要丽娘姐姐了吗？还娶了小老婆，来咱们这里是什么意思？"

"大概是知道我是最后一个见丽娘的人吧。"夏秋想了想道，然后她又看向乐鳖，"东家怎么说？"

"怎么说？"这个时候，陆天岐又接过话头，"幸亏表哥善后做得好，灵雾寺的和尚和水月庵的尼姑都以为胡灵儿见过你后就回水月庵的客房了，那个张副官就算怀疑，也不能怎么样。不过临走的时候，他说话阴阳怪气的，我看呀，今后我同他的交情也就断了。"

"明明就是他对不起丽娘姐姐，如今丽娘姐姐不见了，却来找我们麻烦，真不要脸！"落颜听了怒道。

扫了夏秋一眼，乐鳖沉吟了一下说："他说，他已经把如夫人送回去了。"

乐鳖这句话一出，屋子里立即沉默下来，隔了许久，夏秋才缓缓地道："那日，我见丽娘姐姐的时候，她正在同灵雾寺的法空大师说话，当时她就说了句缘起即灭，果然如此。"

"缘起……即灭？"扫了屋子里的众人一番，乐鳖若有所思。

就在这时，却见他眉毛一挑，转身又往药堂走，边走边道："今晚的客人还真不少。"

这次，门口的界铃有了些轻微晃动，声音也微不可闻，夏秋见状也立即跟了上去。

一进入药堂，夏秋便听到一个女人不屑的声音："他还真来找你了？你告诉他真相不就行了。"

看到此时站在药堂中的人，夏秋只觉得一个头变成两个大。

今晚的客人的确不少，可一个个都是不速之客，这次来的竟然是那个原田晴子，看来她这是伤好了，所以又来找她麻烦来了。

"你来做什么？"这次，不等乐鳌开口，夏秋先说话了，"我早对你说了，我不是什么妖怪，你怎么没完没了呢？"

只是这次，看了夏秋一眼，原田撇撇嘴却看向了乐鳌，对他点了点头道："我是来向乐大夫道谢的。"说着，她双手扶膝，对乐鳌深深地鞠了一躬，"谢谢您救了我！"

原田态度的大转变，让所有人都有些措手不及，陆天岐和夏秋面面相觑，一时间不知道如何接话，只有乐鳌还算平静，对原田虚扶了一下说："这是我应该做的，我只是希望日后你不要再针对我们乐善堂的人了，他们真不是你所想的那样。"

"我知道！"这个时候，原田点点头，再次瞥了夏秋一下，"她若是妖怪，绝不会那么容易就被我打晕，更不会让你救我，而且，你也不会让她留在你这里。"

原田说的这些话，前面的夏秋还好理解，可最后一句她却觉得有些怪异。紧接着，却听原田又道："那两只九尾狐狸精呢？你怎么把他们收了……"

三人俱是一愣，这才明白过来，看来这位原田小姐把乐鳌当成同道了。

就在这个时候，夏秋却觉得自己的大腿一紧，然后一个奶声奶气的声音响起："娘亲！"

她一低头，发现不知何时小龙居然跑到前面来了。只是这会儿她却顾不得纠正他的称呼，而是连忙看向原田，生怕原田会看破他的身份。

果然，看到突然从后面滚出来一个胖墩墩的小肉团子，原田的注意力立即被吸引过来了。于是她的眉头一下子皱起，可却是看向

夏秋，与此同时，以前那种怀疑的神色又露了出来。

夏秋心中正在暗呼糟糕，却见原田突然轻嘁一声："我以为夏小姐只是个学生呢，看来是我看走眼了。"接着，原田不再看他们，而是再次看向乐鳌，又彬彬有礼地说道："乐大夫，为了表示感谢，明天我在日侨会馆请您吃饭，希望您能赏光。"

"日侨会馆？"乐鳌一怔，那里可不是一般人能出入的。

"是的。"原田点点头，"过几天我就要搬到会馆去住了，毕竟，住在别人家不是很方便……"

就在这时，却见原本抱着夏秋大腿的小肉团子移动了，这次却是滚到了乐鳌的身边，然后抱住他的大腿，奶声奶气地唤了一声"爹爹"，于是几乎是在瞬间，药堂里的空气凝固了……

03

原田走了以后，忍了好久的陆天岐终于笑出了声，他看看夏秋，又看看乐鳌，最后则看了看仍旧抱着乐鳌大腿的惹祸精小龙，阴阳怪气的地道："表哥，我看这个原田晴子是看上你了，明天那个日侨会馆，你怕是不去也不行了。不过，我本以为这个女人同那个林鸿升是一对儿呢，没想到呀没想到……"

"你还真是唯恐天下不乱！"白了他一眼，乐鳌将小龙从地上抱了起来，看着他无奈地道，"小龙，我对你说过多少次了，这爹娘是不能乱叫的，以后你千万不要再这么叫了！"

小龙似懂非懂地点点头，可是又转头看着夏秋叫了一声"娘亲"，这让夏秋的脸色一下子涨得通红，当即跺了跺脚道："你这孩子……"只是，无论如何她也无法同小龙翻脸，只得咬了咬唇，一转身离开了前面的大堂，往后院去了。

这个时候，陆天岐却走到了乐鳌身边，看着他抱在怀里的小龙叹道："表哥，你可曾听他说过别的话？叫过别的人？"说到这里，陆天岐轻轻抚了抚小龙的头顶，摇头道，"真没想到，你化形慢也就算了，竟然连人言都学得这么慢，可就这样，却也能成了龙，难道你跟别的妖怪不一样，是倒着修炼的吗？"

陆天岐的手放在小龙头上，似乎让他很不舒服，于是他甩了甩脑袋，将陆天岐的手甩掉，然后一转头不再理会陆天岐，而是趴在了乐鳌的肩膀上，紧紧抱住了他的脖子。

察觉到小龙的不开心，乐鳌拍了拍他的后背，对陆天岐道："他好像不喜欢你。"

"谁稀罕他喜欢。"被一个孩子如此嫌弃，陆天岐的脸上先挂不住了，色厉内荏地说道，"反正我们天生是冤家，喜欢才不正常吧。"说着，他不屑地哼了一声，也转去后院了。

看陆天岐走了，小龙这才从乐鳌的肩膀上抬起了头，然后看着他又甜甜地唤了声"爹爹"。

这下乐鳌是真的没办法了，只得道："好了好了，我也不同你较真了，太晚了，你也该休息了，日后我再慢慢教你。"

送小龙回了房，又亲自哄他睡下，乐鳌这才离开了他的房间，刚出了门，却见夏秋正站在院子里，不停地往他这边看。

想到这几日都是她哄小龙睡觉的，乐鳌知道她这是嘴硬心软，便走到她面前，对她点点头道："他已经睡了。"

夏秋的眼神闪烁了一下，然后撇嘴道："这孩子，也不知道什么时候才懂事，刚才那个原田一定是误会了。"

乐鳌笑了笑道："她误会不误会有什么关系，咱们同她又不熟。"

夏秋听了眼睛终于弯了弯，抿着唇道："东家送她回去的时候，可曾想到今日？"

乐鳌一愣："今日怎么了？"

夏秋脸上的笑容收了收，然后垂下了眼皮说："那明日呢？"

"明日？"乐鳌皱了皱眉，正要说话，却听到界铃声响了起来，他脸色一沉，立即就往前面走去，边走边说道，"明日是十五了吧，你可是还要去寺里？"

夏秋怔了怔，然后点了点头，不过，还不等她再问，乐鳌已经

从院子里离开了。

第二天，乐善堂从开门一直忙到了中午，甚至午饭乐鳌都是在诊案前吃的。不过，即便如此，乐鳌还是准了夏秋的假，让小黄师傅送夏秋去灵雾寺的同时，把青泽接来帮忙。

虽然东家像以往一样体谅，可夏秋却高兴不起来，故而快到青泽家的时候，夏秋就借口不顺路让小黄师傅将她放了下来，自己一个人走剩下的那段路程。

青泽为了到乐善堂帮忙，特意在他府邸下面的街道里租了一间屋子，就是怕被有心人察觉了他的身份，给乐善堂徒惹麻烦。只不过，他租屋子的地方故意找得很偏僻，在巷子深处，所以即便到了巷子口，小黄师傅还是要拐好几道弯才能到他家。所以，夏秋说不顺路，小黄师傅也没多想，只以为夏秋一向体贴，是不想让他多跑冤枉路。

当然了，更重要的是小黄师傅今早已经听说，说是那个原田晴子已经解除了对夏秋的怀疑，甚至还以为乐大夫是同她一样的法师，故而他觉得原田晴子不会再对夏小姐不利，再加上接了青泽先生差不多落颜小姐也就该放学了，他必须早早过去等着，这样才能赶得及见她一面。

虽然他现在不能同她相认，她也一定认不出他来，可他能多见见她，哪怕是听听她的声音也是满足的，就感觉今天这一天没有白过。

下了小黄师傅的车，离灵雾寺还有大约一半的路程，夏秋边走边想心事，时间倒也过得快。只不过等她到了灵雾山脚下的时候，看着头顶上已经乌云散尽的天空，心中却有些担心起来。

这个月的十五比前面哪个月的十五天气都好，如今烈日当空，碧蓝的天上没有一丝白云，怕是等到了晚上的时候也应该是皓月当空，很亮很亮的吧。

虽然说对旁人来说，这或许是夜游东湖的好时机，可她却恨不得立即刮来一阵狂风，然后再下起来大风大雨才是好的。这么想着，她已经到了灵雾寺的山门前，等她跨进灵雾寺的里面，却听一个声音在寺门口响起："夏姑娘，你果然来了。"

夏秋抬头，却见这次来迎她的不是了凡，却是法空……

傍晚的时候，乐善堂才渐渐安静下来。今日，也不知道是不是知晓夏秋不在，落颜特意让人传话回来，说是跟菁菁去夜市，还让传话的人顺道接走了小龙，不回来吃饭了，所以青泽一直待到了天快黑还没有离开。

陆天岐去买吃的了，少了他的聒噪，药堂一下子安静下来，反倒让人不适应，而这个时候看到乐鳌一副百无聊赖的样子，青泽笑了笑："刚刚听天岐说，你今日有约？"

抬起眼皮看了他一眼，乐鳌却抬头看向天边的晚霞，悠悠地道："今晚的夜色应该不错，落颜那丫头怕是要很晚才回来了。"

他的话让青泽的笑容僵了僵，然后轻咳了声："她在花神谷那么久都没有朋友，这个菁菁同她倒是有缘。"

"岂止。"乐鳌对他笑了笑，"听说今天还有别校的学生一起去。"

"别校？"青泽微微一怔，"别校是哪个？"

貌似这临城只有一家女子师范。

"这你应该去问落颜。"看了他一眼，乐鳌宽慰道，"不过我觉得，能同她们一起去夜市的，也该是个女学生吧，你放心就是。"

青泽又愣了一下，然后嘴角却故意向上扬了扬："我有什么不放心的，我只是觉得，现在临城不太平，她还是早点回来得好。"

听他这么说，乐鳌笑得意味深长，却不再说话了，而是顺手从书架上抽出一本书读了起来，等着陆天岐将晚饭带回来，陆天岐只说去街角买些包子，应该很快就回来了。

不过，这一等却等到了天色黑透、圆月当空。看看屋子里的挂钟，陆天岐已经出去至少一个半小时了，这若真是去了街角，怕是三五个来回都有了。虽说他经常有不靠谱的时候，可像今天这样的事情还是头一次发生。这个时候乐鳌才发觉，一向懒散的陆天岐，今日竟是主动提出要出去买吃的，这也让他今日的举动更加奇怪。

只是，青泽的注意力此时却完全不在陆天岐身上，而是不停地看向外面越来越深的夜色，以及越来越明亮的月光。于是，乐鳌刚说要去找陆天岐，青泽却已经站了起来，自言自语说了句："已经很晚了。"说着，就往大门口走去，也不知道是要回去，还是要去找落颜回来。

只是，他刚刚走到门口，却看到正对着乐善堂门口的那棵大槐树突然对他晃了晃，然后他一怔，转头看向乐鳌，神色凝重地说道："乐大夫，夏小姐是不是去了雅济医院？"

……

刚一进医院的后院，夏秋就感觉出今晚情况很不一样，仿佛四处都涌动着一种诡异的躁动。她抬头看向空中的皓月，心中有些忐忑……今晚的夜色实在是太好了。

银色的月亮像个圆盘一样挂在空中，给这常年不见天日的后院也洒上了一片银光，甚至把那些白日里都见不了光的边边角角都笼在了其中，让那里的东西比往日更加的无所遁形。不过也正因为如此，也让这些原本肆无忌惮的东西收敛了许多，甚至藏到了更加阴暗的角落。只是这样一来，却让那些从更加阴暗的地方散发出的阴寒之气越发厚重了，显然，它们聚集在一起比它们分散开来更让这后院危机四伏。

一时间满地月光成霜，凝住了更加强大的怨念和煞气之余，也让这原本动人的月色显得肃杀起来，使普通人轻易不敢靠近。

如此强大的煞气，即便是夏秋也不禁手心出汗，明白自己前几个月的运气是有多好。不过，这也证明，好运并不会永远伴随她的，比如今日。

04

既然来了，夏秋就已经做好了充分的准备。这次，她取了比以前多一倍灯油，将娘亲以前用来装灯油的瓷瓶也灌满了。到了这里之后，她先是慢慢走到热水房窗后的位置，也就是她每次来这里的时候都会停留的地方，然后取出灯油，将它们缓缓地滴在了脚下的地面上。

两瓶灯油都滴下去之后，那股只有寺庙里才会散发出来的檀香味立即在院子里弥散开来，然后，她看向院子中心的位置，缓缓地说道："童童，我又来看你了！"

她的话音落下不久，便见院子里突然卷起了一阵风，风息尘落，一团幽幽的白光出现在院子里，飘浮在半空中，随着这团光越来越大，越来越明亮，一个穿着白色荷叶袖学生装、捧着一大捧百合花的少女出现在白光里。

少女有一双明亮的眼睛，漆黑的眸子就像是点亮夜空的宝石，她的肤色很白，就像是水晶堆成的一般，她粉色花瓣般的唇正微微翘着，猛一看，竟然同夏秋有七分相似。

她一现身，就对夏秋招了招手，"嗨"了一声，然后嘟着小嘴道："小秋，你最近到哪儿去了，我都没看到你，你这是不要我这个朋友了吗？"说到这里，她把自己怀里抱着的百合花向夏秋的方向递了递，然后语气欢快地说道，"你看，这么多百合花，是我专门为你采的，你闻闻，香不香？"

看着童童手中捧着的百合，夏秋却没有动，而是勉强笑了一下："你采的，必然是香的。"

"真的吗？你就会哄我，你连闻都没闻呢？"童童说着，立即将自己手中的花向夏秋又送了送，"你就闻一下嘛……"

晚上，一向好睡的小囡怎么也睡不着，在床上翻来覆去地打滚儿。并非她不想睡，而是她一闭上眼就会看到那道白光，更害怕自己一觉醒来，发现自己得救只是个梦，事实上她早就被大火烧死了。不过，孩子毕竟是孩子，等她在床上滚累了，也就自然而然睡着了，只是，因为白天的惊吓，她睡得并不踏实，仿佛全身都紧绷着，睡得很累。

也不知道睡了多久，小囡突然觉得脖子凉飕飕的，她还以为是

风，脖子先是缩了缩，然后又往里面滚了滚。可奇怪的是，不管她的脖子缩得多紧，又往床里面滚了多远，那股冷劲儿只增不减。慢慢地，她觉出来了，应该不是风，而是有什么冰冰凉的东西在碰她的脖子。

这样一来她哪还睡得着，立即睁开了眼，可眼前的情形却差点将她的魂儿给吓飞了。原来有一个黑影正站在她的床前，而这个黑影的手长长的，已经伸到了她的眼前，看样子竟然还想摸她的脸。

饶是小囡胆子大，可毕竟只是个五岁的女孩子，眼前发生的情况让她毛骨悚然，她想张口叫爹娘，可喉咙里就像是灌了过年用来黏灶王爷嘴巴的糖瓜，半点声音都发不出来，不但如此，那个黑影似乎已经不再局限于手，整个身体都要爬上来了。也不知道是不是错觉，小囡觉得自己看到了黑影的嘴，以及比黑夜还黑的，黑影深不见底的喉咙。

小囡觉得，自己要被这个怪东西吞下去了……

就在这个时候，她突然觉得屋子里突然亮起一团白光，然后一个声音奶声奶气地说道："不喜欢它，让它走就是了。"

让它走？让它走！

这个声音提醒了她，小囡心中默念着这几个字，也不知道从哪里来的力气，使劲挥起了双手，向那黑影推去，而在她的心中则大喊着："走开！你走开……"就在她心中大喊的时候，也不知道何时，她的喉咙一下子通畅起来，她终于能喊出了声！

几乎是在她喊出声音的同时，那个黑影就被一阵强风吹散了，而黑影散尽之后，她也终于看清了突然出现在屋子里的那团光，以及在光里的那个"人"。

黑暗中，白光忽明忽暗，像极了夏天里湖边出现的萤火虫，只不过萤火虫的光是淡黄，而它却是莹白，就像是寒冷的夜里呼出来的白气，仿佛随时都会消散一般。光里的那个"人"是个粉雕玉琢的小女孩，看起来也就是四五岁的年纪，她盘腿坐在光团里，白色的裙子遮着她的腿，正看着小囡咧着嘴笑。

小囡正要问她是谁，却见她看向窗外，用胖胖的手指指了指道："那边还有些。"

小囡沿着她手指的方向看去，却见窗子外面竟然有好几个影子在晃动，看那副样子，竟然是也想挤进屋来。

小囡吓得大叫起来，立即用手胡乱挥着，然后不停地喊着："走开，你们都给我走开……"

挥手的时候她不敢睁眼，只是不停地大叫着，也不知道过了多久，她突然听到那个女孩的声音再次响起："这就对了，以后不喜欢它们，不要让它们靠近就是！嘻嘻……"

可她虽然这么说了，小囡却仍旧不敢睁眼，而是边哭边喊着"走开"，直到房门响起，爹爹和娘亲从外面匆匆进来，娘亲将她搂在了怀里，同爹爹一起哄着她。

可她虽然闻到了娘亲的味道，听到了爹爹的声音，但就是不敢睁眼，还是不停地哭着，生怕自己一停下来就再也发不出声，一睁眼就又看到那些黑乎乎的东西。就这样，爹爹和娘亲只好把她带到了自己的房间里，然后就这么抱着她直到天亮。而等到了天亮以后，她却说起了胡话，竟然是发了热。

……

看着童童递过来的百合，夏秋歪了歪头，笑道："即便不闻，我也知道它是天底下最香的花。你还记得吗？我大病一场之后，你再来看我，就是带着一枝百合，你说你最喜欢百合，也最喜欢百合的颜色，日后也一定要在一个种满百合花的地方盖一所大房子，天天同它们做伴。"

"是呢！"童童的头也学着夏秋歪了歪，"只是，这束百合有些不同呢，你真的要好好闻闻，只闻一下，只闻一下好不好？"

05

小囡也不知道自己在床上躺了多久，不过，她一睁眼，就看到

了那个飘浮在半空中的小人儿，此时，一股淡淡的花香迎面扑来，却是小女孩手中拿着的百合。

这东西小囡以前在后院见过，都是爹娘用来炮制药材的，往往扎成一捆摊在地上，要么就是已经晾好晒干的一片片等待入药的花瓣。她还是头一次看到有人拿在手中把玩，而且，她不得不说，这花同这个小女孩实在是太配了，让她也很想将她手中的百合花拿过来闻一闻。

她正想着，小女孩已经将花递了过来，对她笑道："送你的，你闻闻看，香不香。"

小囡几乎是想都没想就把花接过来了，然后狠狠地一吸，随着香气沁入她的心脾，她只觉得自己仿佛更精神了，躺在床上看着半空中的女孩，傻傻地问："你怎么不是黑影，你怎么白天也能出来？"

小女孩翻了个白眼说："我怎么就不能白天出来了？我跟它们可不一样。"

"是吗？"小囡歪了歪头，"你是为了救我才出来的吗？你什么时候走？"

小女孩哼了一声："我也不知道怎么就到这里了，应该是你叫我出来的呢。"

"我叫你出来的？"小囡想了想，然后摇摇头，"我不记得了，不过我不想让你走。"想起那夜出现在屋子内外的黑影，若不是这个小女孩提醒了她，她怕是真要被那个怪东西吞进肚子里了，所以，她真不想让她走。小囡说着，看向小女孩，"你叫什么名字？你别走好不好？我一个人，很怕……"

看到小囡可怜兮兮的，眼泪都快从眼眶里流出来了，小女孩儿想了想，像是下定很大决心似的，对她点点头道："好吧，其实我也就只有一个人，在哪里都一样，我叫童童，你呢？就叫小囡？"

小囡破涕为笑，连忙说起了自己的大名："我娘亲说我生在夏末初秋，所以，我爹爹就给我取名夏秋。"

"小秋？嘻嘻，我记住了，以后你有事找我，就去门口那棵大桑树下面悄悄地叫我三声，我就会出来了，我有空也会找你来玩儿的。"

"好的，好的！"小囡使劲点点头，然后深深地吸了一口手中拿着的花，赞叹道，"这花，真香啊！"

……

百合花近在咫尺，可夏秋既不伸手，也不向她靠近，只是悲哀地看着她，然后叹了口气道："童童，我只是来看看你，看看你我就要走了。不过你放心，明天和后天我还会来的，我每个月都会来看你的。"

她的话让童童的脸色立即变了，她拿花的手开始微微颤抖起来，紧接着，她的嘴唇也开始颤抖起来，然后是浑身都颤抖起来。

她垂下眼皮，将百合紧紧地搂回到胸口，紧紧……紧紧地抱住，然后另一只手掩住面孔，眼泪从她的指缝里流了出来，她泣不成声地说道："小秋，你为什么这样对我？连我的花你都不肯要了，难道连你也嫌弃我吗？我……我真的就那么讨人嫌吗？"

她伤心的样子终于让夏秋微微动容，她忍不住向前跨了一步，但是却并不接触她，只是试着安慰道："童童，我怎么会嫌弃你呢？你只是病了，不过你放心，我一定会治好你的病。我告诉你，我已经快要找到办法了，我一定可以治好你，真的可以治好你！"

"治好我？你真的能治好我？"童童渐渐停止了哭泣，然后她捂着脸的手放了下来，一双被泪水洗过的几乎透明的眸子盯着夏秋看，过了好一会儿，她的眼中闪过一丝厉色，"既然能治好我，那你就赶快治啊！"说着，她便向夏秋狠狠撞了过去。

……

自从童童答应留下来之后，就在小囡家门口的大桑树下住了下来，不过，她也不是每天都有时间来找小囡玩儿。小囡问起，她对小囡说，她要修炼，尤其是每个月十五那几天，是她修炼最好的时机，因为那会儿的月亮最大、最圆，也是她汲取天地灵气最容易的时候，这几日对他们来说是非常重要的日子。

那个时候，小囡才知道，原来童童是一条白蛇妖，已经有两百年的道行了，不过最近刚刚才有了人形，甚至连尾巴都没有褪去。

她穿的小裙子遮住了她的尾巴，轻易不肯露于人前。不过，有次被小囡偶尔看到了，她却觉得非常漂亮，简直像极了爹爹给她讲的故事里的女娲娘娘，还有娘亲给她讲过的白娘娘，而且，她觉得白娘娘应该就是童童这样的，因为它们都是白蛇呀！

听小囡说自己的尾巴漂亮，童童非常开心，索性也不藏了，每次来找小囡，都摆动着尾巴凌空而来，雪白的尾巴、银色的鳞片，被阳光一照，闪耀着金色的光，实在是漂亮得让人挪不开眼。这个时候，小囡就会将窗子大开，让童童从窗户里溜进来。

这件事情小囡自然是不敢对爹娘讲的，童童也不想让她爹娘知道，所以，一旦童童进了她的房间，她就会立即将窗户关得紧紧的，两人能说上好长时间的悄悄话。而那段时间，爹娘还以为小囡大病一场后转了性子，能安安分分地留在自己房间里读书了，所以更是轻易不去打搅她，只有快吃饭的时候，才会来喊她，而这个时候童童早就从窗子溜出去了。

自从童童来了以后，虽然也时不时地有黑影来找她，可有她在身边，小囡一点儿也不怕，而且，这些东西只要小囡喊一声，或者挥挥手，便会立即跑开了，她也就更不怕了。

渐渐地，连这些黑影也越来越少了，小囡的生活似乎又回到了生病之前的样子，唯一的不同是多了一个童童。

小囡六岁的时候，爹娘想让她上私塾，那个时候，也有些富贵人家的女孩儿们上了学堂，所以爹爹也动了心。不过，他们家虽然小康，却并不富贵，爹爹便想到了一个本家叔伯开的私塾，有心送小囡去那里读书，这样一来，到了学堂里也好有个照应。

这位叔伯小囡平日里唤他七伯，也是同爹爹关系最好的叔伯之一，七伯的太太就是七婶，是一个很爱笑的婶子。每次去七伯家，七婶都会给她拿出亲手做的小点心，实在是好吃得不行。所以这日傍晚听说爹爹要带她去七伯家，小囡开心极了，心中想着七婶做的桂花糕差点流下口水。

不过，这次去七伯家，小囡却没看到七婶，只有七伯和五堂哥在，两人的脸色都不太好，五堂哥眼睛红通通的好像哭过，七伯的大褂也皱皱巴巴的，远没有以前见到他的时候挺展利落。

爹爹见状，便打发小囡去外面玩，七伯自然也让五堂哥作陪。可出了屋子，一是院子里没什么好玩儿的，甚至连他家以前在院子里养的金鱼都死光了，再就是惦念七婶的桂花糕，小囡便问堂哥七婶在不在，什么时候能回来。

哪想到小囡才问了一句，五堂哥的脸色便黑了，狠狠推了她一把，就跑到外面去了。

小囡受了委屈就回客厅找爹爹，结果一进屋，看到七婶回来了，就站在七伯的身边，她干脆哭着去找七婶，然后抓住七婶的手就告状，想让七婶管束五堂哥。只是，小囡的手刚刚碰到七婶，七婶就躲开了，她这才察觉，七婶手竟然是凉冰冰的，而且还挂着水，她抬头再看七婶，这才发现，七婶浑身都湿透了，头发竟然也是湿的，沾在惨白的脸上，甚至还向下滴着水。

小囡的委屈立即被好奇心挤走了，她歪着头看向七婶，好奇地道："七婶，你怎么浑身都湿了？外面没下雨呀！"

这个时候小囡没发现，从刚才她进门找七婶时七伯就变得很难看的脸色，在这一瞬间立即变成铁青，他一把抓住小囡的胳膊，大声且紧张地问道："囡囡，你说什么？你说你七婶浑身湿透了？她……她在这里？我……我怎么没想到呢？"

"七伯，疼！"

七伯的手劲很大，几乎要把小囡的胳膊捏断了，就在她呼痛的工夫，她再抬头，七婶已经不见了。

这个时候，爹爹已经抢先一步将小囡拽到了自己怀里，对着七伯一脸歉意道："七哥莫怪，小孩子童言无忌，我们先告辞了！"说着，也不管七伯是不是回应了，他抱起小囡就离开了。

几日后，小囡看到一队出殡的队伍从家门口经过，最前头披麻戴孝的竟然是五堂哥，她这才知道七婶出了事，不过，听围观的街坊们说，七婶是患了伤寒，可小囡的脑海里却不时地想起那日浑身湿透的七婶，这回她终于明白为什么七婶会突然消失了。

自那以后，小囡如愿上了私塾，不过并不是七伯开的那家，而是另一家，同七伯那家在小镇的两头。也是从那件事情开始，爹爹看着小囡的眼神却失了些许宠溺，反而多了些淡淡的忧愁。

直到有一日，她正在书房里边做功课边陪爹爹，娘亲却突然闯了进来。

一向温文的娘亲那次出奇地紧张，看到爹爹后，也不管房里还有没有其他人，颤着声音道："不见了！它不见了……"

而这一刻，爹爹却立即看向了小囡，那时爹爹的眼神，小囡一辈子也忘不了……

06

看着向她撞过来的童童，夏秋却仿佛傻了般一动不动。于是，眼看她要被撞到的时候，童童却仿佛被什么东西挡住了，不但立即停了下来，甚至还向后退了好几步，然后一个趔趄，摔倒在地。

看到她倒地，夏秋忍不住向她迈了一步，看起来想要去扶她，可最终她这迈出的一步还是收了回来，转而关心地问道："童童，怎么样，你没事吧？"

"呵呵，呵呵呵，你真的关心我吗？"伏在地上，童童笑出了声，而渐渐地，这笑声变成了抽泣，却是伤心至极。可即便她如此伤心，那束百合仍旧像宝贝般被她紧紧地搂在怀里，片刻不肯分离。

夏秋此时真不知道该说什么好，眼圈也有些发红了，静静地看了她一会儿后，夏秋终是只能叹口气道："童童，我该回去了，明天我还会来看你的！"说着，她就要转身离开。

"等等。"不过，她刚要走，却听童童突然又说话了。

她不知何时已经从地上站了起来，雪白的裙摆铺洒了一地，然后她缓缓地飘了起来，裙摆也随她慢慢地飞起，在空中随风舞动着，最后，她用悲伤的声音幽幽地道："让我再为你最后唱首歌吧，唱完了你再走！"说着，她的身体越升越高，被皎洁的月光一照，整个人都像是钻石镶成的一般，渐渐地，她的裙摆已经不再是裙摆，而是变成了一条长长的蛇尾，蛇尾在空中扭动着，反射出点点银光，让夏秋几乎挪不开眼。

夏秋已经很久没见过她化成原形的样子了，眼前的童童美得让她窒息，一时间夏秋还真舍不得离开了，立即站在了原地。

这个时候，童童也不再伤心难过，而是看着夏秋微微一笑，便展开歌喉吟唱起来："明月多情应笑我，笑我如今。辜负春心，独自闲行独自吟……"一边唱着，一边舞动着她巨大的蛇尾，就像是空中划过的白练，在月光下很让人眼花缭乱。

夏秋听出来了，这是纳兰公子的诗，当初她读给童童听的时候，童童还撇着嘴说太伤感，让人听了很不舒服，可没想到，她竟然还记下来了。只是，看着越来越高的月亮，夏秋却知道，她不能再心软下去了，心中也默默念了句对不起。

可即便夏秋已经下定了决心，到了此时，她还是犹豫了，毕竟，童童是她从小到大唯一的朋友，见她受苦，夏秋也不好过。

也不知道是不是有感应，只见正在唱歌的童童突然停了下来，她定定地看向夏秋道："小秋，这法子还是我教给你的，你真的忍心就这么把我一直藏下去吗？"

夏秋微微一顿，然后轻轻摇了摇头道："童童，那你还记得我是怎么学会的吗？"

……

小囡越来越大了，对家里发生的事情也越来越敏感，虽然爹爹和娘亲有意掩饰，他们在大部分时候也仍旧恩爱，可她还是时不时地能听到从他们的房间传出的低低争执声，而这争执也只可能是为

了她。于是，这也让她更喜欢待在自己的房间里，真正地喜欢起了读书。

这日，从中午的时候天色就不好，小囡从私塾回来之后，就一个人躲在屋子里练字。到了傍晚时分，雷声轰轰地响起，终于要下大雨了。

闷热的屋子随着从窗口灌进来的风，一下子变得凉爽起来，让小囡觉得格外痛快，她索性将窗子全部打开，享受着暴风雨来临前的舒爽。只是，随着空中的雷声越来越急、越来越近，小囡却觉得有些不对劲儿起来。她还从未有听过如此近的雷声，就仿佛是在她的头顶上响起一般。

就在她诧异的时候，却见白光一闪，一个身影从窗口闪进了她的屋子里，竟是童童。等她关上窗转头看向童童的时候，却吃了一惊。以往那个俏皮漂亮的小人儿此时已经完全变了模样，她浑身湿透，人也瑟瑟发抖，脸色更是像雪一样白，仿佛魂魄都被吓飞了一般。

"小囡，救救我！"她缩在墙角，蜷成一团说道。

"救你？"小囡怔了怔，立即道，"怎么救？"

"把我……把我藏起来。"童童的声音几乎是从喉咙里挤出来的，"这些雷……这些雷是冲我来的！"

"我应该做什么？"童童有难，小囡自然义不容辞。

"就像你赶走那些东西一样，心中想着把我藏起来，让所有人都看不到我就行！"

有了以前的经验，小囡很快就掌握了要领，可即便如此，她也是试了好多次才成功。而成功之后，她只觉得浑身软绵绵的，连站起来都费力了，只能瘫坐在地上大口大口地喘气。这个时候，雷声已经震得屋顶的瓦片哗哗作响了，让小囡觉得，这雷声随时都可能将房顶戳一个大洞出来。

这会儿，小囡才觉出害怕来，不知怎的，她又想到了自己差点被烧死的那日，就是不知道被雷电击中，同被火烧死，哪个更痛一些。

就在她觉得自己的耳朵都快被震聋了的时候，却突然被一个人紧紧抱在了怀中，而后她听到娘亲温柔的声音响起："小囡乖，有娘亲在！"

在娘亲软和温暖的怀里，小囡才渐渐地安下心来，那隆隆的雷声也仿佛被隔到了千里之外，她才终于不怕了。

也不知道过了多久，雷声一声弱似一声，间隔也越来越长，到了最后终于彻底消失。直到这个时候，娘亲才终于松开了她。不过，松开她之后，娘亲的眉头却皱得死紧，就在娘亲刚想开口对她说些什么的时候，小囡却听到从门口的方向传来什么东西落地的声音，她同娘亲一起向门口望去，却看到了脸色铁青的爹爹。此时在爹爹的脚边，是他用来挖药的药锄，刚才那声动静就是这药锄落地的声音。

看到爹爹一副见了鬼的样子，小囡连忙向童童藏身的那个角落看去，却见童童仍旧不见踪影，这才放了心。而这个时候，她却只听到爹爹说了一个"你"字，再然后他便一转身离开了门口，不知道去什么地方了。

那一刻，小囡只觉得娘亲原本松了些的手臂再次紧了紧，然后她只听到娘亲幽幽一叹道："囡囡，有些东西需要自己承受才行，别人是替不了的。"说着，她终于松开了小囡，立即出门追爹爹去了。

而从那日起，家里的气氛似乎变得微妙起来，让小囡觉得很不舒服，不过唯一值得庆幸的是，也是从那日起，童童的尾巴便化去了，她终于有了一双笔直修长的腿。为此，小囡还特意把自己最心爱的绣花鞋送给她穿，她甚至还穿着小囡送她的鞋跳了第一支舞。小囡心中的阴影也在见到她跳舞的那一刻暂时消去了，只剩下替朋友高兴。

……

"是啊！"想起往事，童童幽幽地道，"所以我很感谢你。可是，

如今我却更恨你，你真以为，你还能关得住我吗？就凭……"

童童说着，突然在院子里盘旋了一圈儿，然后"咯咯"地笑了，随即，却见她突然向空中冲去，向着月亮的方向冲了过去。夏秋也不知道自己是不是眼花了，觉得在皎洁的月光下，童童的身周似乎出现了一层黑气。

她不知道童童为什么这样做，可心中一个声音却告诉她糟了，她忍不住大喊道："童童，你想做什么？你千万不能出去，会被人发现的！"

夏秋说着，连忙向童童冲了过去，然后想也不想就打算用自己的能力将结界加固，想将童童再次藏起来，阻止她离开。可这一次，她刚刚将结界布上，却听童童突然"咯咯"地笑着从空中向她冲了过来，然后只听她很欢快地说道："小秋，你上当了！"

她这种口气，就像她们小时玩捉迷藏的时候，她找到自己时的语气，可是，虽然此时童童语气笃定，夏秋却仍旧不知道自己究竟是哪里上了她的当。

童童从半空中向夏秋冲来，而这一次，她轻而易举就穿过了夏秋设的结界，向她撞了过来。这个时候，夏秋想要躲开已经来不及了。

眼看要同童童撞上的时候，夏秋却突然感到一股凉风穿过了她。她这才察觉出不对劲儿，连忙向左右看了看，这才发现，哪里还有童童的影子。

夏秋的脸色立即变了，而这个时候，却听到"咯咯咯"的笑声再次传了出来，循声望去，夏秋却看到一个白色的影子再次出现在了院子里。她现身后，怀中仍旧抱着那束百合花，得意却飞上了眉头："小秋，你现在要如何困住我呢？"

"你是怎么出来的？"夏秋心中略沉，如今她最担心的事情终于发生了。

"这法子是我教你的，我想出来，自然出得来。"童童得意地说道。

"不对。"夏秋眉头微皱，"一定有人帮你，是谁？"

每到月圆之夜，月亮越是明亮，夏秋的能力便会越弱，相应地，童童的能力便会加强。可即便如此，她仅剩的能力加上灵雾寺的灯油，困住童童还是没问题的。即便今日的月光出奇的好，童童的能力可以达到顶峰，但她也不可能这么容就出来。而且，看童童的样子，应该是很早就出来了，然后用自己的幻影诱使夏秋耗尽能力再次布下结界才现身。如此缜密的计划，夏秋不信是童童能想出来的，所以，她可以肯定，一定有人在后面捣鬼。

"帮我？"听到夏秋的话，童童冷笑道，"连你都背叛了我，还有谁肯帮我？啊？你觉得，还有谁肯帮我？"说着，她再次向夏秋冲了过去。

不过，即便她整个人此时都变得恶狠狠的，可她怀中抱着的那束"百合"却仍旧不肯撒手，故而姿势十分的怪异，让人想不注意都难。这时，你定睛再看，却见她怀中抱着的百合早就换了模样，而是变成了一个小小的褓褓。

一边冲着，一边柔声细语地说道："乖儿子，这是你夏姨，来……快给你夏姨打个招呼！"

此时，夏秋的能力已经用尽，同普通人没什么区别，而在她面前的，则是一个恨她入骨的妖怪，而且还是一只有着几百年道行，可以说是非常强大的妖怪。

可即便如此，夏秋边在院子里躲闪着，还边想劝童童，不停地说道："童童，我真的不是骗你的，如今的临城十分危险，你千万不能露了行迹，否则的话，一定会被人发现的，那样……就糟糕了……"

不过可惜，她的话童童根本就听不进去，她已经被禁锢了大半年，对夏秋更是恨上加恨，一心只想复仇，而且，她如今已经势在必得，今晚一定要杀了夏秋才能解气，又怎么可能隐藏自己的杀气。只是，虽然童童对夏秋恨之入骨，可也不知道是不是被愤怒冲昏了

头脑，对夏秋借着后院的障碍物一次次躲过她的攻击浑然不觉，只是一门心思地直冲过去，好几次都差点撞到了墙壁和障碍物上。就这样，夏秋竟然也趁着这几次机会挪到了后院出口的位置。

童童如今既然不听她的劝，她就只能暂时离开了，等过了今日午夜，她的能力恢复之后，她有很多办法再把她困住。

她心中默算了下时间，知道这会儿大概是七点多钟的样子，离午夜还有四个多小时。她相信，她若是能找到一个地方藏起来，还是有把握藏到能力恢复之时的。实在不行，她就藏到灵雾寺里，那个地方的话，童童想要做什么，多少也会有些顾忌。只是，夏秋的想法虽然不错，可等她到达出口，眼看就要冲出去的时候，却仿佛撞上了什么，竟被什么阴寒冰冷的东西硬生生地弹了回来。不但如此，由于她之前跑得太急，这一弹也等于是将她自己全部的力量都反弹到了她自己的身上，这让她立即摔在了地上。

摔倒在地后，夏秋却顾不得身上的疼痛，而是看着近在咫尺的出口发怔："这些东西是……"

这时，她听到童童的笑声在她身后响起："咯咯，你真以为我抓不到你吗？你关了我这么久，如今自己尝到了这种滋味，是什么感觉？怎么样，撞得头破血流的感觉不错吧，是不是很无助，是不是很绝望？"

如果没猜错，那股阴冷的气息应该是常年隐藏在这后院中的东西，眼下夏秋能力已失，虽然看不到它们，可那股阴寒的气息她却仍旧能感受得到。毕竟她是直接撞上去的，离得实在是太近了。而且，只怕不只是她，即便是个普通人，遇到这种事情，也绝不会没有察觉。

不过，童童是什么时候能够驱使这些东西的？在她的记忆里童童对这些东西也向来是敬而远之，生怕被它们破了道行，沾染了不该沾染的气息。她总不能在短短半年时间里，就学会了这些手段，而且还是在她困住她，出都出不来，这些东西也进不去的时候？

夏秋的心沉了沉，干脆也不躲闪了，甚至连站都不站起来，而

是转头看向身后的童童，定定地看着她的眼睛问道："童童，你真的
要杀了我？"

童童的嘴角此时高高扬起，就像她头一次穿夏秋送的绣花鞋的
样子，而她怀中抱着的那个褓褓此时也被她轻轻地晃着，她嘴里哼
唱着什么，仿佛在哄着褓褓里的孩子入睡。

大概是觉得夏秋已经无处可逃，童童的心思此时已经完全放在
了孩子身上，既像是在哄孩子，又像是在逗弄孩子，俨然一副新母
亲的慈爱样子。所以，隔了好一会儿，她同孩子亲近够了，这才再
次看向夏秋，微微笑了笑："小秋，你连我的儿子都不肯看一眼，还
想让我放过你吗？我儿子可是连名字都没有呢！"

没有接她的话，夏秋沉吟了一下，冷静地说道："我向你解释过
很多次了，我同他什么都没有，我只是担心你而已，才会去找他，
你怎么就不信呢……"

"啪！"

夏秋这句话还没说完，便觉得脸上火辣辣的，却是被童童重重
掴了个耳光，几乎是瞬间，她便觉得自己的半个脸都木了，眨眼间
已经高高地肿起。

这个时候，童童脸上的笑容已经无影无踪，取而代之的是一种
刻骨的恨意，她咬着牙关道："你还敢提他？若不是你，他怎么会离
开我？怎么会抛下我们母子不管？如今，他不知去了什么地方，你
却把我困在这里出不去，我找到他的希望越来越渺茫！全是因为你，
是你勾引他，他才会离开我们的，全是因为你！"说着，她巨大的蛇
尾一摆，竟是将夏秋拦腰卷起，而后，她用尾巴把夏秋举到了半空
中，仰头看着她恶狠狠地道，"我早该杀了你的！杀了你，他就不会
把你放在眼里，更不会被你骗了抛弃了我，我好悔，我好恨呀！都
怪你，全怪你！"

随着她的大吼，她的表情也扭曲起来，然后，她盯着夏秋的眼
睛，将自己的蛇尾一点一点收紧，半点都不肯放过夏秋，看着夏秋
越来越痛苦的样子，仿佛只有这样才能解恨。

很快，夏秋就觉得自己呼吸困难，腰也感觉快要被断成两截了，此时的她不要说开口，哪怕是能吸上一口气都觉得是老天的恩赐。

童童眼中这会儿哪里还有半点温情，只剩下了恨意，这让夏秋的心更像是刀剜一样的痛。

她同童童之间，怎么会变成这样了呢？

她从未想到，自己有朝一日会死在童童的手上，只怕童童也没想到会亲手杀了她吧。

渐渐地，夏秋的眼中只剩下了头顶上又大又圆的月亮。

那一片惨白惨白的光渐渐渗入了她的脑海中，以至于到了最后，她的脑中眼里也只剩下了这一大片的惨白，就像是她头一次看到童童时她身上穿着的雪白的裙子，就像是五堂哥手中打着的白色的幡，就像是娘亲和爹爹……可偏偏是这时，她却突兀地想起，她答应落颜等月亮最大最圆的时候要陪她去东湖赏月的，当时东家也在，而且他竟然也同意陪她们一起去。如今，可惜了！

缘起即灭，果然如此……

爹娘是，她同童童是，同落颜、小龙、小黄师傅、表少爷，还有他……果然都是如此。大概这世上的所有人、所有的事、所有的一切，全都是这种结局吧！但她怎么有些不甘心呢？就像娘亲最后看她的眼神，那里面也满满的都是不甘心吧！

小囡十二岁后，镇子上的私塾就不再收她了，爹爹便决定送她去另一个大些镇子上的新式学堂去读女学。那里很远，又不提供住宿，爹爹便把她托给一户好友家暂住，她一个月才会被爹爹接回家住上一日。

她记得最后一次被爹爹亲自接回家的时候，爹爹趁着娘亲回娘家的工夫，带她进入了那间放着佛龛的屋子里，然后他给了她一炷香，让她给牌位磕了三个头。等她站起来后，爹爹却告诉她一个让她怎么也接受不了的真相。爹爹说，她是这位夏朱砂姑娘的女儿，这位朱砂姑娘对他们一家有恩，所以他们才会在她离世后收养了她，只对外面说她是他们的女儿。

　　小囡自是不信的，无论爹爹怎么说她都不肯信，非要等娘亲回来问娘亲。不过可惜，那日也不知道是不是为了刻意回避小囡的问题，娘亲根本就没有回来，而第二日，小囡便又被爹爹送走了。只是，小囡本以为等她再回家的时候一定可以问清楚娘亲这件事，甚至想着等下周休假的时候再回一次家，总之一定要当着娘亲的面将这件事情问明白。不过她没想到，她被送回邻镇的第二日，娘亲半夜的时候居然来看她了，不过，娘亲当时只是对她一笑，说自己要走了，然后便在她的眼前消失了。

08

　　当时夏秋一个激灵翻身坐起，这才发觉自己竟然是做梦。她那会儿只恨自己不能像童童一样可以腾云驾雾，立即赶回家中。而那段时间，童童因为到了修炼的关键之处，已经消失好久了，她也根本就不知道童童去了什么地方。

　　到了第二日傍晚，她担心的事情终于成了现实，天刚擦黑，七伯便遣五堂哥来叫她回去，说是她家出了事，可问五堂哥发生了什么事，他却只是虎着脸，一个字都不肯说。

　　直到她连夜同他赶回家，看到自家的屋子到处都是一片惨白，她才知道发生了什么，整个人都傻了。

　　这个时候，五堂哥才冷冰冰地告诉她。她爹被人杀了，而她娘亲则失踪了，他们怀疑是她娘亲同人私奔的时候被他爹爹察觉，这才遭了毒手。而且，她爹好像是中毒而死，可仵作验了，却根本不是砒霜，也不知道是被什么东西毒死的，也查不出毒素。

　　五堂哥说的话，让小囡想起了坊间关于七婶死因的传言，更想起了那日在七伯家厅堂里的所见。看着五堂哥嘴角那丝拼命掩饰下的恶意，小囡虽然只有十二岁，且刚刚失去父母，却仍旧冷静地回道："五哥，你见过金银细软都不拿就同人私奔的吗？"五堂哥愣了愣，怎么也想不到，小囡在这种情况下还能注意到这一点。而不等

他回答却听小囡又道，"还有五哥，既然验不出毒，你怎么知道我爹爹是被毒死的？"

"可你爹面色发青……"五堂哥终于回上了话。

小囡笑道："上吊的人也是这种脸色，冻死的人也是，哪怕是刚刚淹死的人，捞上来之后，隔一段时间也会变成这种脸色！"

五堂哥一下子愣了，尤其是听到夏秋说的淹死的人也是这种脸色的时候，脸色更是隐隐发白。

而这个时候，小囡又笑着眨了眨眼，盯着他的眼睛道："五堂哥，我们家可没有自己给自己泼脏水的习惯！"

此时的五堂哥看小囡就像看鬼一样，他"你"了半天，却终究说不出一个字来，而这个时候，小囡眉头一挑，大声道："五堂哥，我不叫'你'，我叫夏秋，这名字是我爹爹起的，我娘亲说，我生在夏末秋初，正是一年中最舒服的时候，也正是她最喜欢的季节。"

五堂哥被她吓跑了，她知道他是去找人了。他找人也好，如今这情形，她一个人还真忙不过来，的确需要人帮忙。

不过，趁着家里还只有她一个人的工夫，她去了后院的屋子，来到佛龛前，却见地面上被外面的月光一照，闪耀起莹莹的绿光，就像是美丽的夜明珠碎了一地。

这个时候，她才终于哭了，她细心地将地上的粉末收起，包在了自己的手帕里，终究没把它放入爹爹的身边，而是将它埋在了后院的大槐树下。

其实她早该察觉了，只可惜娘亲从小伴她长大，娘亲的气息她早已熟悉，就算偶尔察觉，也会被自己有意无意地忽略过去。童童她都能引为好友，又何况是娘亲？

不过可惜，她不在乎，却有人在乎。

爹爹就是在那日雷声响起的时候才发现娘亲的真实身份的吧。若不是她为了救童童兴许娘亲就不会暴露自己的身份。只是，那又怎么样呢？娘亲还是娘亲呀，又同以前没什么不同，难道只因为一句人妖殊途，爹爹就不再是以前的爹爹了吗？

　　也罢，大概从他们在一起的那一刻，就已经注定了今日的悲剧了吧。毕竟这世间没几个白娘娘和许仙，而后来，白娘娘不是也被压在了雷峰塔下了吗？

　　缘起……即灭……

　　夏秋觉得自己又看到了爹爹和娘亲，他们微笑着向她走来，娘亲在向她招手，叫她囡囡，爹爹也小囡小囡地唤着她，她仿佛又回到了十二岁之前的日子，仿佛又回到了那段无忧无虑的时光。可她正想向他们跑去，却见爹爹皱了眉，娘亲的眼里也流下了泪水。再然后，她却听到娘亲对她轻轻地说道："囡囡，还不到时候，你还不能过来呢……"

　　随着娘亲的话音，地上突然出现了一道深深的裂缝，将她同爹爹和娘亲阻隔到了两边。裂缝越来越大，她根本就过不去，最后只能眼睁睁地看着他们离她越来越远，到了最后，连面目也看不清楚了，夏秋急了，忍不住大喊着："为什么？为什么？"

　　"为什么？"

　　"因为她已经入了魔！"就在这时，一个熟悉的声音响在了她的耳边。

　　"啊！"夏秋一下子睁开眼睛，却看到一脸冷意的乐鳌，她这才回过神来，一把抓住他的胳膊，着急地道："东家，您救救童童，您一定能救她的吧！"

　　看到夏秋总算是醒了，乐鳌脸上的神色才缓和了几分。不过紧接着，他的眉头再次紧紧皱起，回头看了看道："这次，你还是先顾自己吧！"

　　"东家……"

　　夏秋话没说完，乐鳌已经松开了她，然后转身看向身后说："这就是你那个朋友吗？"

　　不待夏秋回答，他又向前走了几步，站在夏秋的正前方，将她挡得严严实实，然后才看着院中的童童说道："你若杀了她，今日一定活不了！"

此时，童童已经退到了院子的一角，正对坏了自己好事的这个男人恨得咬牙切齿。

刚才她眼看就要成功了，却突然察觉有人绕到了她的背后，险些就让他偷袭成功。不得已之下，她只得暂时松了松尾巴，想要先看清楚偷袭她的人是谁再说。

可就在她放松的那一刹那，这个男人也不知道用了什么法子，竟然将夏秋救走了。而现在她才明白，这个男人就是为了夏秋而来。

就在刚刚，她已经对乐鳌做了短暂的观察，发现这个男人似乎不是普通人，可他身上的气息也不像是法师，给人的感觉很是奇怪。

这会儿，听到乐鳌的话，童童微微笑了笑道："小秋，这是你请来帮忙的朋友吗？怎么不介绍我认识下。"

夏秋微微沉吟了下说："童童，只要你能回去，我家东家一定会帮你的。"

"哦？"童童眨眨眼，"我明白了。原来这就是你说的帮我的法子呀？嘻嘻，嘻嘻嘻，不过……我倒想看看，他怎么帮我……"她说着，已经向乐鳌冲了过去，与此同时，她的尾巴也向乐鳌的脚下狠狠扫了过去，竟是想要双管齐下，同时攻击乐鳌的上下两路。

只是，乐鳌是谁，别说童童一个刚刚化形不过十年左右、道行也只有一二百年的小妖，哪怕是千年的妖怪，他都从来不放在眼里。故而，对于童童的攻击，他只是微微闪了下身，就躲开了。而且，为了防止他躲开后童童会误伤到他身后护的夏秋，乐鳌还故意放慢了速度，想要将童童引到一旁再出手。

不过，虽然他留了力，童童却不知道，一看到自己的进攻被这个男人轻而易举躲开了，当即被激起了狂性，索性也不管夏秋了，而是一心进攻乐鳌，想要先将他杀掉再说。

可这正是乐鳌想要的，这样一来，他正好可以将她远远地引开，离夏秋越远越好。

而经过短暂的交手后，乐鳌也明白童童并不是他的对手，可这也让他心中有些犹豫。固然这个被称作童童的女妖已经入了魔，可她毕竟是夏秋的朋友，在她面前，他总不好出手太重，最好是像以前一样，先将她困住，最起码调查清楚原委后再让做定夺。

只是，刚开始的时候童童虽然没有察觉，可渐渐地，她也终于发觉不对劲儿了，意识到乐鳌根本就没有用全力，根本没把她放在眼里。

这种被人轻视的感觉让她觉得自己被戏弄了，当即恼羞成怒。而后，她突然住了手，向后撤了撤，盯着乐鳌幽幽地道："你本事这么大为什么也听她的？她到底是个什么东西？为什么，为什么你们所有人都喜欢着她，爱着她，而我……而我却只有被抛弃的命运，为什么？为什么？"她说着，突然看向夏秋，眸子也在这一刹那突然发出幽幽的绿光，然后她竟然再次向夏秋恶狠狠地冲了过去。

乐鳌虽然这边同童童缠斗着，可却仍旧密切注意着夏秋那边的动静，看到童童转了目标，便也急忙跟了过去，想要再次挡住她。可也就在这个时候，却见童童突然停住，然后竟然用难以置信的速度突然转身，紧接着便向乐鳌狠狠地撞了过去。

此时乐鳌想收势换招的确是有些晚了，不过，就算他一动不动任凭童童撞过来，以童童的道行，也根本是不痛不痒，所以他索性就没躲。

可眼看童童就要撞过来的时候，乐鳌却终于发觉了不对劲儿，因为这次，童童身周的那团黑气更明显了，不但如此，她原本空着的另一只手，已经完全被黑气紧紧地包裹起来，完全看不出本来面目了。

看到她手的样子，乐鳌心中一紧，连忙向一旁躲闪，这才算是勉强躲过了童童的手。说是勉强，其实他的衣袖还是被这团黑气不小心碰到了，结果几乎是在碰到的瞬间，衣袖立即化成了碎片，然后他连忙甩了甩胳膊，碎片便变成了粉末，半点痕迹都不留了。

这一刻，乐鳌没了袖子的手臂整个暴露在月光下，被童童看了个正着，而后她愣了愣，却"咯咯"地笑了："我说你怎么这么厉害，原来也是个……"

乐鳌这会儿背对着夏秋，被亮得刺眼的月光一照，夏秋只能看到乐鳌的背影，自然也无法看清乐鳌的手臂，只是觉得东家的手臂在背光的时候，似乎比之前看起来要粗一些。不过，这点发现也被她瞬间抛到了脑后，她现在唯一想的就是让童童快些停下来。

她自然看出来东家是手下留情了的，只是，即便现在东家不像对付喜鹊那样对付童童，可难保等一会儿东家会不耐烦，到了那个时候，童童的下场怕是要比喜鹊还悲惨。她不想让自己的好友被毁掉元丹永远地关起来，也不想让自己的好友在遭受到那么大的痛苦后进一步遭到伤害，这也是她在看到东家对付喜鹊的手段后，放弃了将这件事情告诉乐鳌，让他出手帮忙的原因。要知道，童童犯的错不比喜鹊小，再加上她这会儿已经入了魔，只怕东家杀了她都有可能。可她犯的错再大，也是童童呀，是她最好的朋友没有之一。她到现在还记得，爹娘不在后，童童终于出现时的情形。

面对众多亲戚争产都没有退缩一步的夏秋，却在童童回来后一下子抱住了她的腰，把自己的委屈不甘和痛苦无声地宣泄在了她雪白的衣衫上。而那个时候，童童只是静静地站着，任凭她抱着，直到最后她的情绪宣泄完毕，她对童童说家里只剩下她们俩了的时候，童童只是"嗯"了一声，便离开了门口的大桑树，在那个家里住了下来。从此就是数年不离不弃的陪伴，甚至陪着她来到了临城，化成一条小白蛇藏在了房梁上，成了她隐形的室友，陪她度过了一个又一个难眠的长夜！

袖子被童童手上的黑气化成粉末后，乐鳌的脸色已经黑沉得仿若锅底，他盯着童童的手说："果然……说，这毒是谁给你的？"他的眼角已经闪过了一丝杀机。

"谁给我的？"以为乐鳌怕了，童童再次得意起来，"你觉得我会告诉你吗？"

童童的话让乐鳌的唇角微微扬了下："既然如此，只能打到你开口了！"

"等等！"就在这时，夏秋大声阻止道。

乐鳌的头向后侧了侧，背对着夏秋道："她刚才可是要杀了你，你还为她求情？"

事已至此，夏秋知道这件事情只怕已经不能善了，于是她咬了咬唇，向前走了几步道："东家，您能不能先听我说句话？"

沉吟了一下，乐鳌问："你想说什么？"

乐鳌同各种妖打了这么久交道，他当然知道什么妖能救，什么妖却是万万不能沾惹的。如今这个童童，显然已经入魔太深，若是留下来，不仅会害人，怕是还会害了整个临城的妖怪。所以，这次无论谁求情，他都不会心软。

在乐善堂待了这么久，夏秋又怎会不知，乐善堂不仅仅是救治妖怪的地方，更是一个维持临城妖怪和普通人平衡的地方。虽然她不知道别的城镇里是不是也有这么多妖怪，也有专门救治妖怪的药堂，可有一点她可以肯定，若是有东西破坏了临城的平衡和宁静，乐鳌就会出手将这东西拔去，不管是人还是妖，他都不会手下留情。

就像是做外科手术拔除一颗毒瘤一样，一旦迟了或是没有拔除干净，这人就会有性命之忧。临城的情形也正是如此。所以，越了解乐善堂，越了解东家，夏秋越不敢同乐鳌提起童童的事情，而且越来越不敢。

"东家……"夏秋想了下措辞，"童童她是被人欺骗抛弃，才会发狂的，您能不能……"

这次，乐鳌却没等她把话说完，打断道："那她身上的怨气和血气是怎么回事？夏秋，到了现在，你还想瞒我吗？"

"怨气和血气……"夏秋一下子答不上来了。

乐鳌又道："不然呢？若不是她杀了人，又发了狂，你会舍得将

她囚在这里？我若没猜错，应该有半年了吧！"

夏秋垂下了眼道："我就知道，什么都瞒不过东家。"

"所以，你是不是能告诉我，她究竟杀了谁？还是，等我自己查出来？"说到这里，看到夏秋还有些犹豫，乐鳌沉声又问，"你可知，她已经身中剧毒，而且，同当日青泽中的很可能是同一种毒。"

"你说什么？童童也中毒了？就是那种让青泽先生差点入魔的毒？"乐鳌的话让夏秋吃了一惊。

乐鳌点头道："不然的话，青泽怎么会这么快得到消息，我又怎么会来到这里？"

这一次，夏秋终于知道事情的严重性了，难怪这几个月她觉得童童越来越狂躁了，竟是如此。

于是她轻轻地叹了口气，先是抬头往楼顶的方向瞅了瞅，然后看向童童手中紧紧抱着的褓褓，这才道："她杀了谁？她杀的自然是那个辜负了她的人，也是她孩子的父亲！"

"你说什么？"这次，不待乐鳌回答，童童立即尖声喊道，"你说谎，我没杀他，没有！没有！你说谎，我要杀了你，杀了你！"说着，童童已经完全忘记了乐鳌的存在，恶狠狠地向夏秋扑了过去！

有乐鳌在，又怎么可能让她得逞，他立即挡住了童童，再次同她战到了一处，而到了这会儿，这场较量早已没了悬念，乐鳌几乎是不费吹灰之力就制服了童童。

这会儿，童童几乎已经完全变成一条巨蛇的样子，肩膀以下全部都是蛇身，剩下的两只手也似乎变得软绵绵的，不知何时就会化成虚无。这让她根本没法子再好好抱着自己的孩子，只能暂时将孩子放到身侧，然后用两只快要消失的手支撑起自己的身体。不过，她看向夏秋的眼神仍旧是恶狠狠的，其中的不甘和恨意，已经不能用言语能形容了。

童童的眼神让乐鳌又多了一分杀机，不过在那之前，他还是要问清楚给她下毒的那人的身份，因为他怀疑，给她下毒的那人，同给青泽下毒的是同一人，他必须将这个人找出来。于是，盯着她的眼睛，乐鳌最后问道："我再问你最后一次，你身上的毒，是谁给你下的？那人现在又在何处？"

只是这个时候，童童却已经对乐鳌的问题充耳不闻，只是盯着夏秋大声质问着："你为什么要说他被我杀了？你有何居心？"

到了这会儿，夏秋已经不知道自己心中是什么滋味了，她没有回答童童，而是看向乐鳌道："东家，您的净化之术不是可以祛除魔气吗？上次青泽先生中毒差点入魔的时候，您不是也一样救了他？难道这次不能试着救救童童？只要能治好她，您让我做什么都行？"

乐鳌犹豫了一下道："他们二人，终究还是有些不一样的，青泽自己护住了元丹，而她……"

而她，毒性早已深入骨髓丹田，无方可医了！后面的话，乐鳌终究没有说出来。

就在这时，却听到一个充满可惜的声音在夏秋的身后响起："那毒十分厉害，我千年的道行都不得不散功自保，看她的样子怕是已经魔气入心，夏大夫，不如你先随我回去，让乐大夫处理这里的事情吧！"

这个声音把夏秋吓了一跳，乐鳌也看着声音传来的方向一下子皱紧了眉。循声望去，却见一个穿着青衫的清润男子从阴影处走了出来，却是青泽。此时，他的胳膊上还架着一个男人，不过这个男人脑袋低垂，一点动静都没有，倒像是晕过去了。

看看青泽，又看了看他架着的那个男人，乐鳌脸色有些难看："他怎么也在这里？"

青泽将架着的男人靠墙放好，这才笑了笑道："这人有本事不让乐大夫察觉气息，也算是厉害。乐大夫放心，他离得远，应该不会看到什么不该看到的东西。"

"但愿如此。"乐鳌的嘴唇抿了抿，这次却注意到了那个男人身上竟然穿着西医大夫才会穿着的白色制服，哼了一声，"不过，这林少爷心机还真是不浅。"

被青泽发现后打晕的正是林鸿升，今日是月圆之夜，他又恰巧看到了夏秋来了医院后院，又怎么可能不跟过来？只是，他不敢跟得太紧，毕竟今晚月光太亮，这后院又没有能够藏身的地方，他怕自己跟得紧了会被察觉，这才远远地看着。也正因为如此，他能看到的只是夏秋一个人自言自语。而到了后来，那些他能看得到的东西就将这院子围住了，却正好遮住了他的视线，让他很难看清里面的情形。就在他正想靠近一些、想看得更清楚的时候，乐鳌却来了，然后便打散了那些东西，直冲进了院子里。

不过，那些围着院子的东西退去后，这位乐善堂的大当家却像是同什么东西打了起来，是他看不到的东西，于是，这让他又好奇、又不敢轻举妄动，只能小心翼翼地一点点往院子的方向挪。后来，直到乐鳌的袖子化成粉末那刻，他才终于靠近了一些，不过，虽然乐鳌的身体遮住了月光，但林鸿升却可以肯定，乐鳌的手臂一定有问题，绝不只是变粗那么简单。可正当他想要再靠近些、看得更清楚些的时候，却被随后赶来的青泽发现了，而且打晕了。

即便乐鳌心存疑虑，可眼下的情形，林鸿升的事情只能向后推一推，先解决童童的事情再说。只是，如今看童童的这个情形，怕是不用他出手，她自己都要把功散掉。而等再过一会儿她完全化成原形后，他肯定就什么都问不出来了。

但眼下这个童童疯疯癫癫的，也不像是能问出东西的样子，在夏秋的面前，他又不能使出太激烈的手段，这让他实在是有些为难。

青泽本在一旁藏着，之所以现身，正是看出了乐鳌的为难，这才想着让夏秋先跟他离开，可显然，让夏秋回去只怕不是一件容易的事情。于是他犹豫了一下，向童童走了过去。

来到童童身边后，青泽一弯腰，却是小心翼翼地将她身旁的襁褓抱了起来，只是，待他看到襁褓里的"婴儿"时，却一下子愣住了。

看到自己的"孩子"被一个陌生人抱了起来，被愤怒冲昏头脑的童童这才回了几分神，她艰难地抬着上身，然后把自己的手伸向青泽，有些惊慌地喊道："儿子，快把我的儿子还给我！"

此时的青泽满脸疑惑，他回头看了身后不远处的夏秋一眼，这才低下头看向童童说："你说，这是你的孩子？"

"对，快把我的儿子还给我，快还给我！"童童艰难的挥舞着自己的胳膊，想要要回自己的襁褓。

青泽犹豫了一下，还是问道："好，我可以把孩子还给你，不过，你能不能告诉我们，究竟是谁在你身上下了毒？"

这会儿，童童的注意力全在襁褓上面，好像根本就没听到青泽的话，而青泽正要再问，却听夏秋在他的身后唤他："青泽先生，把孩子给我，让我试试吧！"

童童身上的衰败之气越来越重了，这同半年前只是发狂的她完全不同，夏秋只恨自己没有早发现这一点。而东家既然说童童被人下了毒，而且还是同青泽先生一样的毒，这让她很容易就能够想明白发生了什么。定是有人趁着她不在的这段时间对童童做了手脚。而东家之前就说过了，青泽先生若不是提早将自己的元神同本体割裂开来，怕是早晚也是入魔发狂的下场。她知道，自己现在做什么都晚了，唯一能够做到的，就是揪出那个下毒的人，不能让那人再去害人。

看到是她，青泽犹豫了一下，还是将襁褓交到了夏秋手上，然后幽幽一叹："你的心情我很理解，若是我，只怕做得也不会比你更好！"

"谢谢您。"夏秋对他点点头，然后抱着孩子蹲下了身，先是看了襁褓里的"孩子"一眼，然后对童童笑道，"孩子很像你小时候呢。"

10

她的话让童童一愣，但马上她却瞪圆了眼睛说："你骗人，他是个男孩，怎么可能同我一样？"

夏秋又笑了笑："怎么会，都说生子肖母嘛！男孩子自然会更像母亲一些了。"

"真的吗？"童童一愣，然后竟然像小时候那样撇了撇嘴，"你向来最会说话，我才不信。"说着说着，童童的双手已经完全消失了，她整个人都匍匐在地上，只剩一颗美丽的头还拼命地扬着，似乎想要看清楚夏秋怀中抱着的孩子，"小秋，你把孩子抱低些，我快看不到了，快呀！"

也不知道是不是快要化成原形的缘故，童童的声音也变得越来越细，越来越小，就像是小孩子的声音，就像是夏秋第一次看到她在自己房间里的时候，听到的糯糯的声音。

强忍住即将夺眶而出的泪水，夏秋点点头，尽量将怀中的襁褓放低些，但是她却也只是做做姿态，根本没想着让童童看到怀中"孩子"的脸，因为襁褓中的婴儿早就化成了一具枯骨。其实，在童童诞下孩子的那刻，孩子就已经没有了声息，早就夭折了。也正因为如此，童童才会受了很大的刺激。只是，那个时候夏秋却不知，这只是个开始。就在她替童童去质问那人的时候，质问他为何在童童怀孕后就不再出现的时候，那个花花公子竟然对她动手动脚起来，还说了些侮辱童童的话。结果，谁都没想到，童童就在一旁，不但伤心欲绝，而且对夏秋产生了很大的误会。而后来的事情，夏秋根本不敢回想。童童出现质问，却不小心让那人看到了怀中抱着的孩子的尸体，以及尸体上尚未化出双腿的蛇尾。那人见了立即吓得魂飞魄散，大喊着"妖怪"就要去叫人，真心是半分情谊都不念，而再然后，就是童童想要阻拦，将那人从楼顶上推了下去，最后，她便彻底疯了，差点让整个医院为她陪葬。

也正是因为如此，她才不得不将童童困住，可这也让童童更恨她。而且，自从童童发狂后，心中只记得夏秋对不起她，只记得夏秋"勾引"了她儿子的父亲，以至于每见夏秋一次，都要比之前更疯狂。

后来，由于那个花花公子出了事，医院便怀疑到了她的头上，但是却因为没有证据，明的来不了，只好来暗的，好几次夏秋下夜班回来，都能看到自己的宿舍里有别人翻动过的痕迹。所以，为了安全起见，她只得离开了医院，宁愿付一大笔违约金，也不敢再留下来。而事实上，这座雅济医院也再没什么让她眷恋的了。

边把手中的襁褓慢慢向童童靠近，夏秋边不动声色地问道："童童，这孩子看起来脸色不太好，你在这医院里，认不认识什么医术高明的医生，我好带孩子去看看。"说着，她瞅向了一旁的乐鳌，却见后者对她微微点了点头，看来，他同她应该想到一起去了。

东家早就说过，青泽先生当初中毒的时候，应该是有人给他一点点地下毒，让毒素慢慢地渗入他的身体里，让他根本无法及时察觉。所以夏秋猜，既然这毒都是同一种，想必下毒的方法也是一样的。否则的话，若是直接下了猛药，一定很快就会露馅，她也不会时隔半年才察觉。因此，她猜测，这个下毒的人，应该就是这家医院里的人，不然也不会这么容易出入医院。

在医院一待半年，除了得了重病的病人，就是这里的医生护士了，而若是病入膏肓的病人，又怎么可能下得了床，到得了后院？所以，这个下毒的人，只可能是这里的职员。再加上青泽的府邸就在对面的山上，离这里不远，他也同样中了毒，所以，那人只怕现在还在医院里。

这会儿，童童的注意力全部被夏秋怀中的襁褓吸引过去了，一心只想快点看到孩子，再加上随着她的功力渐渐散去，她的心智也越来越像小孩子，所以，听到夏秋的话后，她想也不想地道："有啊，这一阵子那人也经常来看我呢，还夸我的儿子长得漂亮。小秋呀，你说，该给我的儿子取什么名字好呢？"

夏秋心中苦涩，却强笑道："是什么样的人呀？男人还是女人，老人还是年轻人，医生还是护士？你能不能说清楚点，不然我可不好找到他。"

"是个女人……"说到这里，童童回忆了一下，然后突然使劲地摇了摇头，"我不记得了，小秋，我竟然不记得了呢，怎么办？"夏秋的脸上闪过一丝失望，但是能知道是个女人，也算是有些收获。这个时候，童童的脖子也变得软绵绵的，头已经彻底抬不起来了，

可她还是挣扎着想要再看眼自己的孩子，不停地乞求着："小秋，快些，求求你快些，我快看不到了。"

她的话语中带着哭音，夏秋只觉得自己的心被剜了似的疼，她求助似的看向一旁的青泽，却见他也是轻轻一叹，然后他用手在襁褓上轻轻一拂，这才道："就让她看看吧！"

看到襁褓中被青泽先生幻化出来的婴儿脸，夏秋脸上一喜，这才急忙将孩子放低，凑到了童童眼前，然后哽咽地说道："你看，是不是很像你？"

这个时候，童童终于看到"孩子"了，已经变得模糊的五官竟然也挤出了一个笑容，嘴角向两腮大大地咧开。可这会儿童童已经发不出声来，只是"唔唔"地对夏秋点了点头，而再张口，她的嘴里已经吐出了血红的信子了。于是，夏秋的眼泪终于落了下来，就在这个时候，却听乐鳌突然说了句"小心"，便立即冲向了夏秋，把她一把拉了回来。被他一推，夏秋抱着的襁褓却不小心脱了手，而几乎是在同时，她突然听到几声震耳欲聋的枪声响起，然后只听到"噗噗"几声，却是打在了她刚刚松手的襁褓上。于是随着一阵黑烟腾起，不但青泽的法术被破掉了，就连襁褓里的婴儿枯骨也随着这黑烟消失得无影无踪了。

"啊——"

夏秋惊呼一声，便听到一声撕心裂肺的嘶吼从童童的嘴中发出，于是，已经完全变成一条大蛇的她突然高高扬起身子，足足有整座楼那么高，再然后，便见她张开自己的大嘴，吐着猩红的信子，喷着黑气向她扑了过来。

这个时候，夏秋又想到了自己头一次看到的那个想要吞下自己的黑影，那种从内而外发出来的恐惧几乎要将她整个人都吞噬下去，只不过，这次想要吞下她的是那个帮过她无数次、陪着她一天天长大、她曾经认为一辈子也不会分开的童童！

"傻了吗？"就在这个时候，她听到一个嗔怒的声音响在耳边，再然后她便被一个人大力地拉到了怀中，她的鼻子狠狠地撞在了他的胸口上，一时的酸痛让她又想掉泪了。

紧接着，她却觉得自己似乎飞了出去，然后则是听到了什么人叫嚷的声音，像是发生了什么不得了的事情。

终于，等一切都平静下来的时候，乐鳌松开了她，这个时候，她已经在后院看不到童童了，哪里都找不到。而陆天岐却不知什么时候出现在了院子里。

此时的陆天岐脸色铁青，他先是狠狠瞪了夏秋一眼，然后看向乐鳌说："怎么样，你没事吧？"

乐鳌对他笑了笑，然后摇了摇头说："你刚才用的是……"只是，话说到这里，他却没能再说下去，身体突然向一旁倒去，夏秋吓了一跳，想要扶住他，结果却被他带着也一起向旁边倒去，而在他们倒地的那一刹那，她却听乐鳌最后说道："送我回去……不用担心。"

……

林鸿升醒来的时候是在自己的家里，那个时候，他却完全想不起自己是怎么回来的了，问下人他们也完全不清楚，只知道一大早洒扫屋子的时候，便已经见他躺在床上睡着了。他现在唯一记得的就是自己在夏秋来了之后随她去了医院后院，再然后，就是一只手臂若隐若现，虽然他记不得这只手臂是谁的，但是他却可以肯定，那手臂一定不是普通人的手臂，更不是女人的手臂。

难道这是夏秋要见的那个东西的手臂吗？只可惜，这次林鸿升绞尽脑汁也想不出来昨晚发生了什么。

而这个时候，见他醒了，已经有下人来报，说是原田小姐收拾东西离开了，回了日侨会馆。这让他原本就想得发疼的脑壳更像是要炸开一般。于是他干脆什么也不想了，立即穿好衣服直奔日侨会馆，去找原田，想要把她找回来。

结果可想而知，虽然他见到了原田，可原田却根本不想回去，甚至连理由都懒得说。而且，看样子她正要出门，甚至身上还穿了一件比较正式的深绿色绣着樱花的和服，看起来像是要去见什么人。

林鸿升不知道她要去见谁，也知道她若不想说，他再怎么问也没用，想了想后，便捡她最关心的事情说道："你不是怀疑那个夏秋吗？我昨日……"

只是还不等他说完，原田便打断他的话道："林生，关于这件事情，我觉得你说得对，我现在正要去乐善堂，我觉得，我们两家倒是可以合作，你若是有时间，不如也一起去吧！"

"什么？"林鸿升愣了愣，实在想不通，自己不过离家一个月，怎么这个原田对乐善堂竟然有了如此大的改观，他明明听下人们说，原田是在十多天前身体才恢复得差不多的。

这时，他突然想到下人们提到的另一件事，说是就在几天前，这位原田小姐突然游兴大发，去了灵雾寺，后来是被乐善堂的当家送回林家的，而且回来的时候，脸色似乎很不好看。

夏秋——乐鳌——乐善堂……

林鸿升突然觉得这里面一定有什么联系，而这个时候，他突然想到了残存在自己记忆中的那只怪异的手臂，于是他一下子拉住原田的胳膊，快速说道："不行，这个乐善堂有古怪，你不能去！"

一把甩开他的手，原田冷笑道："林生，当初是你让我不要怀疑那个夏秋的，怎么今天我想同乐善堂合作，反对的也是你？我不同你说了，今天我一定要把乐大当家请到会馆来。"

"今天把他请来？"林鸿升皱了皱眉，"你以前也请过？什么时候？"

"就在昨晚，不过他爽约了，我觉得他一定有什么误会，所以今天我一定要把他请来。"原田坚定地说着，头上金色的绸缎发夹在她微微的点头下颤了几颤。

林鸿升记得，这发夹还是她在家里收到的成人礼，价值不菲，她平时很少戴出来。刚得到礼物的时候，她曾经拿着发夹在他眼前拼命地晃，还说这是太阳的颜色，正是他们家族所侍奉的天神的颜色。而今日，这发夹在太阳的映照下果然散发着璀璨耀眼的光，甚至让他的眼睛也微微刺痛起来。

这让他想也不想再次挡住了她的路说："不行，你绝不能去！昨晚……昨晚也许就是他……"

"你是什么意思？"原田的脸色终于沉了下来，"林生，我怎么觉得你回国以后，越来越喜欢同我作对了呢？我记得以前你不是这个样子。你让开，不然我要叫人了，难道你忘了这是哪里？这里可不是你们林家。"

她的话音刚落，似乎察觉到他们起了争执，有几个站在会馆大厅中间的侍从向他们看了过来，那副虎视眈眈的样子，就像是随时都要冲过来一样。

林鸿升心中一寒，不敢再有更大的动作，正要向她说起昨晚的怪事，却见原田再次冷笑道："再说了，我已经成人了，连我父亲都不再管我，也不用你多事。"说着，她绕开林鸿升，径自往会馆门口快步走去，然后上了一辆刚好停在会馆门口的黄包车，就往乐善堂的方向去了。

林鸿升本想跟上去，可想了想却改变了主意，跳上车往灵雾山的方向去了。

显然原田是从灵雾寺回来之后才对乐善堂改变了看法，他总要弄清楚在灵雾寺发生了什么事情才行。而且，那个夏秋每次回雅济医院前都会去趟灵雾寺，也许能从灵雾寺里的僧人那里打听到什么事情也不一定。

本来林鸿升是没有把目光放在灵雾寺上的，只是觉得雅济医院可疑，可眼下看来，这个夏秋曾经到过的每一个地方都很可疑了！

汽车就是快，林鸿升边想事情边开车，不过是片刻便到了灵雾山脚下，然后他立即停好车上了山，刚进门就看到一个小僧人向他迎来："施主，您是来参加今天的法会的吗？还有一会儿才开始，您不如到后面稍等片刻。"

出来迎他的正是了凡，作为知事僧，眼力尤其重要，所以，一看到林鸿升进了寺院的山门，他便立即迎了过去。

即便上山的时候察觉出今日的香客有些多，可今天正好是旧历十六，林鸿升也只以为是上香的人多些罢了，根本没想到今日会是灵雾寺的法会，当即有些犹豫，但他还是在想了想道："我想见方丈，不知道他可有时间？"

"方丈？"了凡一愣，当即施礼道，"法空方丈他现在正在准备法会，施主想要同他论法，不如等到法会结束后，若那个时候方丈有时间，可以同施主一见。不过，法会之后，方丈有几个重要的施主要见，怕是……"说到这里，了凡的脸上露出一丝难色，个中意思显而易见——不是所有想要见方丈的人都能见的。

虽然早知道会是这个结果，但林鸿升今日又不是为了论法而来，于是又犹豫了一下道："这位小师父，其实我来只是想来打听一些事情，就在几日前，有一位东洋小姐来了你们灵雾寺，她是不是在山上出了什么事？怎么会被乐善堂的乐大当家给送回去了？"

听到他不但指名道姓，而且还提到了东洋人，而这个被指名道姓的人还是临城很有名的乐善堂的东家，了凡就算是知道什么，也不敢说了，只得一脸尴尬地道："这位施主，您看，今日是我们灵雾寺的法会，您若是有别的事情，不如过了法会再来，至于您说的事情，小僧真的不清楚，您倒不如找他们亲自问个清楚。"

了凡的意思已经很明白了，可林鸿升还是不死心，他先是向左右看了一番，发现就算香客很多，可这大门口的知事僧也就那么几个，当即他又问："那小师父可认得一个叫夏秋的女香客？她应该每个月都会来你们寺里上香的。"

了凡当然认识夏秋，而且每次夏秋上山都是他接待的，但这个时候，他已经对林鸿升起了疑，又怎么肯随意泄露夏秋的消息，当即他又笑了笑道："每个月来我们寺里上香的施主那么多，小僧又怎么可能每个都认得，而且，既然是女香客，怕是水月庵那边会接待得更多些，施主倒是可以去那里问问。"说到这里，他的视线却从林鸿升身上挪开了，然后眼睛一亮，向他身后迎了去，随即高颂一声佛号，"刘施主，您来了，快里面请吧……"

190

　　结果可想而知，即便林鸿升绕了好大一圈儿，去了后面的水月庵，可仍旧是无功而返，那里的女尼根本就没见过夏秋。

　　垂头丧气地下山后，他在车里愣了片刻，终于还是驾车往乐善堂的方向驶去，说到底，他还是不放心晴子。他决定将昨晚发生在自己身上的事情对她说出来，连带着这一个月他在雅济医院的所见所闻也一起告诉她。

　　他同晴子几乎是从小一起长大，知道她十分多疑，但是，若她一旦钻了牛角尖，那种执念也是非常可怕的。所以他才没有在第一时间对她说出昨晚的事情，是怕她冲动之下会做出什么他无法控制的事情。可没想到，他这次竟然完全低估了晴子对乐鳌的信任，难道只因为乐鳌送她回家，她就再也不怀疑乐鳌了吗？还是说乐鳌帮了她很大的忙，让她根本无法怀疑乐鳌。只是，一直以来都在帮着她的，她最信任的人不应该是他林鸿升吗？怎么短短几日，她就变了。若是如此，他们之前十几年的情谊又算什么？他现在真想的很知道，到底乐鳌为原田晴子做过什么！越想这些，林鸿升脸色越难看，但是也更觉得乐善堂不简单了。

　　眼看就要进入城门，就在这时他却看到了一个熟悉的身影正站在城门口往外张望，于是，他急忙将车停在了那人身边，从车里探出头来问："怎么了？"

　　在城门口等他的人却是家里的林主管，看到林鸿升终于从城外回来了，他急忙道："少爷，不好了，鹿场出事了。"

　　"什么？！"林鸿升倒吸一口冷气。

　　鹿场是他们林家起家所在，更是他们家的根基，鹿场出了事，一定是大事，那是要动摇他们种德堂根基的，而林主管亲自在城门口等，甚至连等他回去都等不及，想必事情一定是十万火急的。于是他立即道："上车，边走边说。"

　　林主管应了一声，立即跳上车，而紧接着，林鸿升调转车头，立即往灵雾山的方向驶去……

　　此时，盛装打扮前往乐善堂的原田晴子也自然是无功而返，她

在乐善堂待了一上午，却只被告知乐善堂的东家昨晚出急诊去了，到现在也没回来。而她表示想要再等一会儿，乐善堂也没有任何刁难，反而给她准备了零食茶水，那个夏秋还好几次替她添了水，换了点心，甚至午饭时间到了，还邀请她到后面一起吃，让她完全没了脾气。都到了人家吃饭的点儿了，原田也实在是不好意思再待下去了，只说等乐鳌回来再来，这才离开了乐善堂。可出了乐善堂的大门后，她却觉得有一股郁气不上不下的。

12

原田晴子很清楚，那个乐鳌根本是在躲着她。什么出了急诊，什么回不来，根本都是乐善堂的人在敷衍她，他根本就是不想见她。而且，他还让那个夏秋来招呼她，这是想要告诉她什么吗？

她边走边想，也不知道走了多久，原田终于觉得自己的脚有些酸痛，这才想起，自己今日是穿了木屐出来的，的确不利于长时间步行。正好此时有一辆黄包车从她的身边驶过，她便招了招手，打算乘黄包车回会馆。只是，看到她招手，那辆黄包车的车夫只是瞥了她一眼，便低下了头，然后从她身边匆匆驶过了。

原田眉头皱了皱，正好此时又有一辆黄包车向她所在的方向驶了过来，她便又招了招手。可这次，那辆黄包车不过是顿了顿，便一拐弯儿，拐到旁边的小路上去了。直到连着拦了四五辆黄包车后，原田晴子这才察觉出不对劲儿来，也才刚刚意识到路人们瞧她的眼神似乎同以前有些不同。

难道是因为她今天穿了和服的缘故？

只是，早上她也是穿着这身衣服叫的车，这才不过半天时间，怎么好像整个临城里都弥漫起一股让她不舒服的气息？

到底是怎么回事？

原田晴子前脚刚离开，夏秋后脚就冲进了后院的密室，此时，陆天岐已经先她一步进了密室里了。除了他们，密室里还有青泽和小龙，看到他们两个几乎是同时出现，青泽点点头说："她走了？"

"可算走了。"陆天岐说着，立即看向青泽背后的那张冰床，皱眉道，"他的情况如何？"

青泽摇了摇头说："还是老样子，但是也没有恶化，我在他体内察觉到一股气，同他上次替我医治的时候相似，应该是在自疗吧。"

"那又如何？"陆天岐转头狠狠看了夏秋一眼，"这毒要是这么好解又怎么会让你散功自保？能医不自医，他要是把功散了，又如何自疗。"

夏秋垂了眸，默默走到冰床前面说："青泽先生您先去前面吧，要是那个原田晴子回来，一定会起疑的，我和小龙留在这里就是。"

不等青泽回答，却听陆天岐抢先道："怎么，难道你以为你学到的那点皮毛就能帮他？"

夏秋的心思恰恰被陆天岐说中了，她脚步停了停说："上次我就是这么帮东家替青泽先生解毒的！而且，东家最后说，最后说……"

"呵！"不等她说完，陆天岐嗤笑一声，"你也就这点本事，还是麻烦精一个，也不知道他怎么就看上你了。"说着，他转头就往外走。

"你做什么去？"见他要走，夏秋和青泽一起问道。

"做什么？"陆天岐顿了顿，"当然是去找解药了，这毒，我还不信就解不了了！"说着，他身体晃了晃就在门口消失了。

见他走了，青泽看了眼冰床上双目紧闭的乐鳌，叹了口气道："我在这里也帮不上忙，还是去前面吧。不过，一会儿落颜回来，你还打算瞒着她？"

昨晚他们回来之后，落颜早就睡下了，只有小龙听到他们的动静从屋子里跑了出来，陪着他们一起将乐鳌安置在了密室的冰床上。早上的时候，落颜连早饭都没吃，打了声招呼就走了，好像有什么急事，他们也根本没机会同她说。

夏秋摇摇头说："没想瞒她，不过如今看来，她不知道还是有好处的，最起码今天原田来的时候她不在，不然以她的性子，真不知道会不会被原田察觉。不过，今天她放学回来，就算咱们不说她也

会知道的，毕竟这乐善堂就这么几个人。"

"说的是。"青泽点点头，然后又看了乐鳌一眼，"那我就先到前面去了，你……好好陪着他吧！"

说完，青泽也走了，密室里只剩下了夏秋、小龙和乐鳌三个人。

从乐鳌被送到冰床上那刻起，小龙就趴在床边看着他，一动不动的，谁也叫不走，谁也拉不走，刚刚夏秋他们说话的时候，他也像是没听到般，只是眼巴巴地看着乐鳌。

这会儿屋子里只剩下了他们三人，看到他这副样子，夏秋鼻子一酸，低低地唤了声："小龙。"

这一刻，小龙才像是听到一般，转头看了看夏秋，然后叫了一声"娘亲"，随即又看向一动不动的乐鳌，又轻轻唤了一声"爹爹"。

这让夏秋更难受了，她也走到病床边，半跪在床前，一手揽住小龙，将他搂到胸前，然后看着乐鳌哑声道："你放心，你爹爹他一定会醒的，他那么厉害，一定会没事的！"

小龙点点头，叫了声"爹爹"，然后又看着夏秋叫了声"娘亲"，眼中则充满了期待。

看着小龙渴盼的眼神，夏秋犹豫了一下说："不管怎样，我总要试试，最起码在表少爷找到解药之前，我不能干等着什么都不做。"

她的话让小龙眼睛一亮，也跟着使劲点了点头，然后他立即站起，身子一晃，化作了一条青色的小蛇，在乐鳌身体的上空盘旋起来，接着夏秋只见他嘴巴一张，一颗金色的珠子突然从他的口中吐了出来。类似的珠子，夏秋曾见胡二叔吐出过一回，还以为小龙也把自己的元丹吐出来了，当即吓了一跳。

她正想阻止，可再仔细一看，却发现这珠子似乎同胡二叔那颗有些不同，因为这"珠子"竟然不是正圆的，而是椭圆形的。就在她疑惑的时候，却见这颗珠子绕着乐鳌转了一圈儿，仿佛撒下了什么金色的粉末，眨眼间乐鳌便被这金色的粉末全部笼罩起来了。过了一会儿，这粉末慢慢从半空中落下，附在乐鳌的身上，就像是给他镀了一层金，而这层金色很快就渗入乐鳌的身体中消失不见，就像是被他吸收了一般。

夏秋怔了怔，立即明白过来，当即欣喜地说道："原来是蛇胆……不对，应该说是龙胆了，我记得东家说过，这东西能解百毒。小龙，你真是个好孩子。"

只是，夏秋高兴了没多久，却见原本乐鳌好了一下的脸色突然间又变得灰暗起来，而这个时候，小龙吐出的那颗金色的珠子也一下子暗淡起来，随后一闪，便从空中消失，应该是重新回到小龙的身体里了。做完这一切后，小龙在空中划过一道青光，再次回到夏秋的身边，不过之后却盘在她的脚边不动了，看起来似乎十分疲惫。

夏秋想了想便明白了，想必是小龙修为尚浅，故而他的龙胆效果也有限。可看着蜷在一旁的小龙，夏秋却一下子又有了斗志。

别看她年龄不大，可经历的事情却不比别人少，之前那么多事情她都闯过来了，怎么可以在这件事情上颓废下去？童童已经不在了，她不能再让东家有事！于是她擦了擦眼角的泪，看着乐鳌道："东家，无论如何我都不会让你有事，你也不能有事。我……我还有话要对你说呢……"说着，她仔细回想起之前乐鳌教给她的导引之术，想着上次帮助青泽先生驱毒的时候自己配合乐鳌的情形，慢慢沉下心来，然后让自己体内那股与众不同的气息快速聚集起来……

傍晚的时候，青泽来找她，说是陆天岐还没有回来，落颜也没有回来。他还说今日外面乱哄哄的，也不知道是不是发生了什么事，想出去找找他们。他真正要找谁，夏秋心中自然清楚，而且也同他一样担心。可她刚要答应下来，却听到门口的界铃突然响了，青泽只得先出去查看。

可等他再回来的时候，脸上却全是古怪，他站在门口对夏秋道："夏大夫，有人找你。"

"找我？"夏秋一愣，"谁？"

难不成那个原田晴子又来了？

只是，听了他的问题，青泽的脸色更古怪了，摇了摇头道："他是谁你出去看看就知道了，就在大厅里。"

青泽欲言又止的样子，让夏秋更加奇怪，只得叮嘱一旁的小龙道："看好你爹爹，我马上回来。"

小龙点头，此时他已经恢复了人形，听到夏秋的叮嘱，立即笔直地站在乐鳌的床头，脸上一副严阵以待的样子，那副认真的样子再配上他圆圆的小脸，即便夏秋此时还为乐鳌担心着，也忍不住笑了笑。

青泽也笑了，点头道："你放心，有我在这里陪着他呢。"

到了前厅，还没进门夏秋就听到几句声音尖细的"阿弥陀佛"，怔了怔才意识到是那只大鹦鹉的声音，等她匆匆进门，果然看到一个穿着袈裟的僧人正站在大厅里，看到她进来，他转过身对她一笑："夏施主，有礼了。"

"法空大师！"夏秋愣了愣，连忙走到他面前，"您怎么来了？"

"老僧是担心施主，不过眼下看来，老僧的担心果然应验了。"

夏秋的眸子垂了下来，然后轻轻"嗯"了一声："我应该听您的才对。"

"她呢？"看到她的样子，法空方丈眉头微微蹙了下。

夏秋摇头道："被表少爷刺中，烟消云散了。"

法空又向周围扫视了一番，继续问："乐大当家呢？"

夏秋沉默了一下说："在后面，他中了她的毒，表少爷已经去为他找解药了。"只是，这解药从发现青泽中毒那刻，他们就已经开始找了，可不但找了好久都没找到，甚至连是什么毒都不知道，眼下又怎么可能在短短时间内找到呢？

"哦？陆天岐知道解药在什么地方？"法空眉头又是一蹙。

夏秋立即听出了他话中的意思，马上抬头看向他问："大师是什么意思？"

法空方丈不答，只是摇摇头说："夏施主，我劝你一句，早些离开这里吧，这乐善堂不是普通人该待的地方。"

不是普通人待的地方？

可她算是普通人吗？

夏秋的眉头越皱越紧，有些东西在她的脑子里乱成一团，而她却根本理不出头绪……

第十二章 复仇

01

舒晴是一周前从上海赶来临城的，她来之前，上海的学生、工人和商人们已经罢课、罢工、罢市好几天了。

临城这里由于在前段时间发生了地震，所以直到现在学联才派她来这里组织学生活动。但是，时间虽短，却颇有成效，今日他们就在富华大道上组织了学生的游行，同时，工人和商人们也被组织起来大规模响应，共同抗议国格被列强欺侮。不过，虽然游行规模很大，却也遭到了弹压，甚至还抽调了军队出来，阻止他们进一步靠近市政厅所在的街道，尽量将他们阻止在几条街外。

其实，这也显示了他们的色厉内荏，很多地方都罢工罢课好久了，一个小小的临城，螳臂又安能挡车？可即便心中发虚，这些脑满肠肥的官员们也深知"杀鸡儆猴"的道理，所以，眼看着学生们情绪越来越激动，从四面八方涌来的人群也越来越多，便立即命令警察们抓了几个冲在最前面的学生，先关起来再说。而舒晴就恰好是

那几个被抓起来的学生中的一个。

舒晴是这次游行的组织者之一，不过，即便她被抓起来关进了牢房，她也不担心外面的游行会因此偃旗息鼓，因为，越是这样，越能激发同学们的义愤。再说了，临城的组织者又不只她一人，而今日，不仅仅是临城，其他大些的城镇都在同一时间举行了游行。大势所趋，仅仅几个跳梁小丑又焉能挡住这股汹涌的洪流。她现在唯一要做的，就是要照顾好同她一起被抓进来的同学们，不能让他们被威吓住，即便是在大牢里，也要开展积极的对抗。

他们被抓起来的一共有二十多个同学，男生多些，应该有十几个，女生不过六个，现在他们按性别分别关押，男生那边也有学联的人在里面，而女生这边，自然就要靠她了。

刚被抓进来的时候，有两个女生似乎被吓到了，但是好在有她在，一番安抚后，总算是平静下来。不过，她们是中午被抓进来的，被抓进来以后，就再也没有警察出现过，一副对他们不闻不问的样子。而此时借着头顶上那个小小的窗户向外面看去，天色已经完全黑了，却仍旧没人出现，自然，从中午到现在也没人给他们送过吃的。

虽然几个女孩子谁也不说话，但是却可以感觉出，她们此时应该是又开始紧张了。

舒晴知道，这一定是那些当官的授意的，为的就是磨掉他们的锐气，她决不能让那些人得逞。虽然她知道外面也一定在积极地为解救他们进行谈判，可她在里面也不能静等着什么都不做，也必须想办法。她正想着主意，却闻到一股清甜的花香味在牢房里突兀地弥散开来，她转头，却看到那个从被抓进来就一个人静静坐在牢房角落里的女生拿出了一个用精致的帕子包成的小包。

看到大家都向她看过去，女生不好意思地一笑，慢慢打开手帕，又往其他几人女生中间凑了凑，小声道："大家都饿了吧，我这正好带着些点心，不如大家先吃了垫一下。"

这股诱人的甜香味同充满霉味的牢房产生了鲜明的对比，不等这个女生走近，其余几个女生便立即向她靠拢过去，舒晴也向她走去。待舒晴走到她面前，那股甜香味更加浓郁，却是她已经打开了帕子，于是六个棋子大小、上面点着不同颜色圆点的酥饼出现在帕子里。

女生数了数，笑道："正好六个，咱们一人一个。红色的是玫瑰馅儿的，绿色的是豆沙的，黄色的是红糖的，嗯，有褶子的是百果馅儿的，还有带黑芝麻的是白糖的，外表是白芝麻的里边也是黑芝麻馅儿的，你们都喜欢吃什么味道的，自己挑吧……"

听着这个女孩儿用欢快的语调一一列举出这些酥饼的各种味道，舒晴知道自己这次彻底看走眼了。

这个女孩儿本来是除了她刚刚安慰的那两个女孩儿外，她最担心的一个。因为虽然这个女孩进来后并没有显示出什么沮丧的情绪，只是默默坐在一旁不说话，可她看起来却是她们几个中最小的一个，舒晴生怕她会被吓得突然大哭起来，那样的话，一定会大大影响士气，不是什么好事。不过显然，舒晴的判断完全错了，看着女生轻松的笑脸，舒晴使劲想着她的名字，可就是想不起来。但是这也不能怪舒晴，实在是舒晴来临城的时间不长，可见过的人却不少，想要一一记住她们的名字并不容易。

舒晴只是依稀记得，这个看起来只有十二三岁的女生，经常跟着一个个子高些的女生来一起来，不过这次却只有她被抓了进来。

正想着，却觉得眼前一晃，却是女孩已经将酥饼送到了舒晴的面前，笑眯眯地道："舒晴同学，就剩两个了，你是要玫瑰馅儿的，还是要芝麻馅儿的？"

听到这个女孩儿准确地喊出了她的名字，舒晴脸上一红，点点头道："我都行，还是芝麻的吧。"

"好！"女孩儿说着，拿走了点着红点的酥饼，然后将点着白芝麻的酥饼连同手帕一起递到了舒晴手里，紧接着她小口却快速地将酥饼吃了下去，幽幽一叹："这个点儿，姐姐应该做好饭等我回去了，她答应我今晚给我包小馄饨的。"

将酥饼托在手中并没有立即吃下去，舒晴总算找到了打开话题的切入点，看着她笑了笑说："这是你姐姐做的吗？真不错。"

女孩儿笑道："当然了，我姐姐最会做点心了，都是她亲手做的呢。"说到这里，她又叹了口气，"不过，我今晚要是不回去，她一定会担心的。"

她此话一出，突然一阵低低的啜泣声传来，舒晴脸色一变，连忙循声望去，却见之前那两个女生中的一个，在吃过酥饼后抽泣起来。舒晴立即想去安抚，却不想那个拿出酥饼的女孩儿先她一步开了口："姐姐你别哭了，咱们不会有事的。对了，我这里还有两包山楂果，你要不要吃？"

"山……山楂果？"这几个字让哭泣的女学生立即停了下来，看向她的眼神充满了好奇，"你……你怎么会带这种东西？你……你……你是怎么带进来的？"

虽然她们被关进牢房的时候警察并没有搜她们的身，可是随身物品还是被收走了，而且，谁出来游行会带点心零食呀。

女孩儿听了眼珠一转，笑嘻嘻地拍了拍自己的腰道："这你就别管了，反正我是带进来了。这山楂果很好吃，酸酸甜甜的，外面还滚着一层冰糖，天热了也不会化，你尝尝看呀。"

接着，她捻出一个塞到抽泣的女孩儿口中，女孩儿咀嚼了下，竟然点点头说："是不错，竟然还去了核！"

"我就说吧。"女孩说着，大大咧咧地向周围招呼道，"都来尝尝吧，我带了两包，足够咱们吃了。"

这一次，连舒晴都忍不住第一时间凑了过去。

山楂果入口，果然酸甜爽口，而且的确去了核，果肉甚至还很有弹性，就像是刚从树上摘下的一样。不但如此，轻轻一咬，外面滚着的冰糖马上碎裂开来，传来"咔咔"的糖壳碎裂的声音，再加上冰糖清爽的甜味，实在是过瘾。

舒晴只记得自己初春去开会的时候，吃过的糖葫芦才是这个味道，刚好，那时天气还冷，这不她上个月再去，便见不到了，据说是天热以后，糖葫芦就做不好了。而此时，已经是六月中旬，旧历连端午都过了，在这南方的小城里还能吃到这种东西，实在是让她觉得有些神奇。

"这个……也是你姐姐做的？"舒晴不记得曾经在这边看到有店铺卖这种东西，"你是女子师范的学生吧！"

"是呀，我听你的演讲听了好几次呢。"女孩一笑，"舒同学猜得没错，这个也是我姐姐做的，别人想吃都吃不到。这山楂果，即便有权有势也没福气吃呢。"

说话的工夫，两包山楂果都见了底，不过，此时牢房里的气氛已经比刚才的愁云惨雾好多了，女孩子们有了零食吃，心情好了自然也活跃起来。虽然一人一个酥饼加几个山楂果对几乎一天没吃饭的他们来说有些少，但也比什么都没有好多了。

02

舒晴也是女孩子，自然也很快同其他人打成一片。

这次的游行虽然她是组织者之一，可以前她高高在上，一出现就被很多人围着，所以，即便同她一起被关进牢房的女孩子们是因为她的演讲才参加了这次的游行，可同她却几乎没说过话。这次有了同她近距离接触聊天的机会，这才发现，舒晴不但学识渊博，说话也很风趣，就像是邻家大姐姐一般。

随着气氛越来越轻松，牢房里甚至还传来了低低的笑声，大家各自介绍了自己，讲了自己的见闻和故事，就像是平日同闺蜜们在一起秉烛夜谈一样。不过，话一说得多了，就会感到口渴，即便刚才吃了山楂果，可毕竟解渴的效果有限，而直到现在，还是没有一个警察或者狱卒什么的来看他们，显然是打定主意要让他们尝尝苦头了。

虽然舒晴已经做好了吃苦的准备，可饥渴的滋味毕竟不好受，她知道还是应该想办法叫人过来，毕竟，眼下的形势明眼人都能看

清楚，就算不清楚的，她也能让他清楚，舒晴相信只要有人来，她就一定能说服他给他们送吃的来。

她正想着怎样才能将看守牢房的警察引来，却见对面那个女子师范的小姑娘不好意思地一笑，只见她在腰里抚了一下，于是，像是变戏法般的，又有一个大包在她的手中出现了。而在众人惊愕的眼神中，小姑娘打开了包裹，却看到包裹里面有六个婴儿拳头大小的"苹果"，然后她嘟了嘟嘴，不好意思地笑道："那个，这果子有些小，有人叫它沙果，大家不如先吃了解解渴吧！"

这一次，牢房里在沉默了一下后，离她最近的一个女生一下子将手凑到了她的腰间，然后一脸震惊地道："天！你这么小的身板，是怎么藏下了这么多东西的！你……你家里不会是变戏法的吧？"

见她的手凑过来，小女孩急忙躲，一躲就躲到了舒晴的身后去了，然后踮着脚尖扶着舒晴的肩膀笑道："怎么，你是不是不想吃，不想吃的话，你那份我就替你吃了，这沙果其实很好吃呢，而且我都洗干净了，皮都不用削。"

"谁说我不想吃，我是想看看你还带了什么好吃的没拿出来。你别躲，你别躲呀！"女孩说着，已经扑了过去。

此时不但是这个女生，舒晴也有些凌乱。看这个女孩个子最小，人也很瘦，她怎么可能随身带这么多东西？而且，之前的酥饼也就算了，本来就不大，可这次的沙果每个都有婴儿拳头大小呢。而且，酥饼也好、沙果也好，都是正好六个，同这牢房里的人数一模一样。难不成，这个女孩子算好了她们六个人会被关在一起，而且还没饭吃，这才带了大堆的零食和水果，就等着饥寒交迫的时候吃？

这怎么可能？

于是，舒晴干笑了两声急忙躲到一旁说："行了，你们别闹了。不过，我也很好奇呢，你究竟是怎么把这么多吃的带进来的？"

她一闪开，小女孩没了遮挡，一下子暴露在其他几个女孩的面前，于是另外几个女孩，除了舒晴，一个个全都像是"饿虎扑食"般嘻嘻哈哈地扑了过去，拉胳膊的拉胳膊，抱腰的抱腰，抓痒的抓痒，很快就把小女孩制服了，而后，带领头的那个女孩在她的腰里一摸，脸色却变了变，震惊的神色跃然脸上说："你……你……竟然还有！"

这个时候，小女孩总算是求了饶，无可奈何地道："行啦行啦，快放了我吧，我拿出来还不行吗？"

难道她还真的有东西没有拿出来？

这一下，连舒晴都震惊了。

于是，在几个女孩放开了小女孩儿后，只见她当着众人的面，小手从裙子的一侧斜插下去，在里面使劲地掏呀掏，到了最后，终于又掏出了一包用牛皮纸包着的东西来。这个时候女孩们才发现，在这个小女孩的裙子侧面，竟然开了一个深深的斜兜，那牛皮纸的包，就是从这斜兜里拿出来的。显然，其余那些东西，也是从这兜里拿出来的，只不过校服的裙子裙摆很宽，又是深色的，一般不会引起周围人注意而已。不过，每个女孩都有一两身校服，她们当然知道，学校发的裙子是不会缝出兜子来的，所以，这只可能是这个小女孩儿自己改的。

"你这裙子，不会也是你姐姐帮你改的吧！"想到这一点，舒晴终于服气了。

"嘿嘿，我姐姐知道我爱吃零食，这才帮我加了这两个兜子，没想到，还真派上了大用场。"小女孩儿眼珠一转，狡黠地说道。

就在几位女孩子震惊于她神奇的裙子之余，却见她已经打开了从自己兜子里掏出来的那个牛皮纸包，一脸委屈地说道："你们看，可不是我故意要藏起来的，这只是一包葵花籽，咱们现在正口渴着，吃它只会越来越渴的，我也是为了大家好。"

闻着从纸包里传来的香气，领头那个女孩儿一脸的不信："我才不信，你这葵花籽，怎么会有梅子的味道？"

"这你就不知道了吧。"小女孩儿得意地说道，"我姐姐用梅子给

我炒的，当然会有梅子的味道了。"

她的话引来女孩们一脸的艳羡："你姐姐真好，等咱们出去后，我一定也认你姐姐做姐姐，让她也给我改裙子，让她也给我做山楂果，让她也给我炒葵花籽。"

没想到，这句酸溜溜的话引来了小女孩儿很大方地回应："好呀，欢迎呀，我姐姐也一定会喜欢你们的。我刚才不是说了吗，我家就在乐善堂，很好找的，等咱们都出去了，你们都去我家，我让姐姐给咱们做好吃的，给咱们接风洗尘。"

"乐颜，你真的有一个好姐姐呢！"这个时候，舒晴也忍不住羡慕地说道，"我要是也有这么一个好姐姐就好了。"

酥饼和沙果只有六个，应该只是巧合吧！

山楂和葵花籽不是一个两包一个一包吗？

多亏了这个叫乐颜的小姑娘，不然的话，今晚就算能熬过去，怕是也不会这么轻松呢。看着牢房里那些女孩子脸上的笑容，舒晴如是想。

不过，听到乐颜说出去之后如何如何，一个女孩儿却立即垮了脸，总算是想起了他们此时的处境，摇头道："咱们……咱们真的能出去吗？你现在身上就剩这包葵花籽了，若是明天他们还不给咱们吃的……"

"不会的！"舒晴正要说些什么鼓励她，却听乐颜脆生生地说道，那种肯定的样子，让舒晴也一下子忘了自己该说什么，只是看着一脸自信的乐颜。

然后只见乐颜微微笑了笑道："菁菁没事儿，咱们也肯定没事儿！"

"菁菁？菁菁是谁？"舒晴好奇地问道，"就是经常跟你在一起的那个女生吗？"

乐颜点点头，然后又是一笑："反正咱们是绝不会有事的！"

就算菁菁请不来救兵，还有她呢，要想将她们弄出去简直太容易了，大不了最后让乐大夫抹去这几个女孩的记忆就是了。不过刚才也真是好险，要不是她的裙子上突然出现了两个大兜，差点就露馅了。

不过……

她不由得看向从窗户里透出来的点点树影，暗暗撇了撇嘴。看来，家里已经知道她出事了呢。只不过，为何来的不是乐大夫，也不是那个讨厌的陆天岐，来的却是他呢？

第二日一大早，面对已经在市政厅外聚集了一夜的学生们，以及上层人士的施压，政府终于妥协了，决定释放昨日被关入牢房里的学生。而出来的时候，男生们一个个面色苍白，神情凛然，女生们却满脸的笑容，那副自信的样子，立即引来了守候在外面的学生们的阵阵欢呼，自此"六巾帼"的传说便在临城一带流传了很久很久。

而被捕的学生们刚刚被迎回队伍里，市政府便接到了加急电报，说是几位大员因为这次的学潮以及罢工、罢市活动引咎辞职，代理政府也表示，绝不会在不平等的条约上签字。至此，全国范围内的学生请愿活动大获成功。

在市政府接到消息的同时，学生们也听到了这个好消息，人群中立即传来一阵欢呼，乐颜也欢呼起来，而且比谁都大声。

就在这个时候，她却听到身后一个声音响起："快跟我回去。"

随着这个声音，她的胳膊被人一把抓住，她正要挣脱，一转头看到来人却立即放弃了这个念头，就这么任由他将她拉出了学生的队伍。

到了人少的地方，她才甩开他的胳膊，皱着眉道："不用你拉，我一会儿自己回去。"

"不行，现在就得走，你可知道……"

来找她的人正是青泽，此时，青泽的脸色前所未有的难看，落颜虽然心虚，但还是硬着头皮道："都已经没事了，我要同大家庆祝完了再回去。"

青泽正要对她说乐善堂出了事，这时，却见一个人突然冲了过

来，一把将落颜拉到了身后，看着青泽一脸警惕地说道："你是谁，想做什么？"然后她又微微侧了侧头："别怕，有我在。"

03

冲过来的人正是舒晴，虽然被欢呼的人群冲散，但她一直就在离落颜不远的地方，自然也看到了一个身子高挑的青年将落颜硬拉走了，她生怕落颜会出事，便急忙跟了过来。结果一来就看到落颜甩开青泽的手，她还以为自己猜对了，这个青年要对这位可爱的小妹妹不利，所以便在第一时间冲了过来。

舒晴的突然出现，也出乎落颜的意料，更让此时的场面有些尴尬，而听到她的话，落颜知道她误会了，连忙道："舒同学，你误会了，他……他是我……我的……"

"我"了半天，落颜突然不知道该如何向她介绍青泽才好。

正在这个时候，却见又有几个原本在游行队伍里的男生也围了过来。他们有的觉得落颜眼熟，有的则是随着舒晴一起过来的。毕竟，舒晴大家都认识，乐颜又因为年纪小，样貌出众很容易让人注意。所以，竟然一下子有四五个男生围了过来。此时，他们正处在兴奋中，整个状态也是亢奋的，所以，见有人突然带走他们的女英雄，便显得有些虎视眈眈，大有舒晴或者落颜一声令下，他们就一起扑上去的样子。

而这个时候，却见青泽眉头皱了皱，扫了一眼周围的人，低低地说了句："不好意思，我是她的未婚夫，家里出了事，需要她立即回家。"

啊，未婚夫！

就在众人呆愣的时候，青泽已经带着落颜扬长而去……

落颜同青泽回乐善堂的时候，夏秋正好刚从密室里出来，她想透口气，因为乐鳌仍旧还没有醒，也没有任何要醒来的迹象，这一夜她无数次尝试着要将自己体内的气息注入东家的身体里，可好几次都是刚刚找到破绽，就被乐鳌体内的一股气一下子弹了出来，而要想再进去，则更难了。看来表少爷说得对，医者不自医，东家这毒，怕是真有些麻烦了。

不过，看到落颜回来，夏秋还是稍稍松了口气。昨晚青泽出门找落颜，到了半夜才回来，结果却给她带来了落颜被抓的消息，虽然青泽又让她不用担心，说落颜应付得来，她也知道落颜的本事，知道区区一个牢房根本就关不住她，可那里毕竟是牢房呀，她又怎么可能不担心。

因此，看到落颜急匆匆地冲向后院，她第一时间便迎了上去，然后忍不住在她的后背上轻拍一下，嗔道："你这孩子，怎么这么让人不省心呢，哪怕你提前告诉我一声也好呀！下次可不许了！"

虽然被夏秋拍了一下，可落颜却觉得心里暖暖的，但是想到乐善堂发生了这么多事，自己不但没帮上忙，还让夏秋多担一分心，她心中还是充满了愧疚，一下子将夏秋搂住，闷闷地道："好姐姐，是我不对，我下次绝不会瞒着你们了！"

"还有下次？"夏秋瞪了瞪眼，想要再拍落颜一下，可看到她通红的小脸终究还是没忍心下手，最终叹了口气，"你呀，你还真以为你是同他们一样的人吗？你同他们，毕竟是不同的。"

落颜咬了咬唇没吱声，而是看向密室的方向问："乐大夫怎么样了，可好些了？"

夏秋先是摇了摇头，然后她看向落颜身后的青泽，低声道："青泽先生，麻烦您照顾东家一下，我要出去一趟。"

"出去？你想去哪里？"青泽皱眉道。

夏秋犹豫了一下，还是将自己的打算说了出来："我觉得，那个下毒的人一定在雅济医院。您还记得那几声枪响吧，就是从角落里响起来的，要不是这样，怕是童童她也不会……也不会……"

正是那几声枪响，不但打散了那个包着婴儿枯骨的襁褓，也同样打碎了童童仅存的人性，让她彻底发了狂。而东家曾经说过，那

毒正是可以让妖物入魔的，不然的话，童童也不会在即将被打回原形的时候突然爆发出那么大的力量，连乐鳌都没办法躲开她的攻击。不过，应该说是东家根本就没想躲，因为，童童原本的攻击对象是她，东家若是躲开了，那么，如今躺在这张冰床上的就是她了，更也许，她连躺在这里的机会都没有，而是立即随童童一起烟消云散了。

因此，不管是童童的死，还是乐鳌的重伤，都让夏秋陷入了深深的自责中。

她这一天多的工夫不停地在想，若是她能早点将这件事情告诉东家，也许童童就不会被人毒害，最多也就是被打回原形而已，若不是自己替童童向乐鳌求情，东家怕是早就将她擒住了，也不会被童童所伤。陆天岐说得对，一切都是因她而起，她果然是个麻烦精呢！如今童童死了，她怪不得任何人，而乐鳌若是因此出了什么事，她又哪有脸活在这个世上，更不要说继续留在乐善堂了。

青泽立即听出了她的意思，犹豫了一下道："那个雅济医院我也觉得有问题。不过，咱们想到的，天岐怕是也一样想到了，他说去找解药，也许就是去了那里，你去先不论能不能找到线索，怕是调查起来也没有他便利，毕竟，那里的人有很多都是认识你的。"

"我……"夏秋神色一黯，却点点头，"青泽先生说得对，是我着急了，我若去了，他们怕是更会提防，反而不好找人了。"

青泽微微颔首道："没错，我觉得，还是这里最需要你。"说着他看向密室的方向，微微有些出神，"即便他这会儿昏迷着，不过，若是有你在他身边，他也一定会有所感应的吧，让他拼命地想醒来。这一点，谁也无法替代你。"

就在这时，却听落颜突然说道："你们怎么总说雅济医院呢？夏秋姐姐，难道你忘了，青泽哥哥他可是连去我们花神谷的事情都忘记了。我们花神谷在千里之外，难道不应该是在我们花神谷就开始了吗？"

她的话让夏秋和青泽全都愣了愣，不得不承认落颜说得有理，因为，真要说开始，这件事情还就是从青泽身上开始的，只不过那人没成功。想来那人应该是也没想到青泽会宁愿散功自保，也不入魔伤人吧。

夏秋沉吟了下说："落颜，你还记不记得青泽是什么时候去的你们花神谷，又是什么时候离开的？"

落颜想了想说："我只记得是七八个月前，应该还没到腊月吧。"

"七八个月前？"夏秋的眉头越皱越紧，"那就是阳历的十一月底、十二月初？"

"是呀，应该就是那段时间！"在女子师范这段时间，对阳历落颜也有了些了解，心中默算了下，立即点点头。

"每年过年前，青泽哥哥都会去我们花神谷送年礼的，有的时候早一两个月，有的时候是在腊月。"落颜说着，不由得偷偷瞥向青泽，"但不管怎样，他只要来了，就会一直待到过完年，等给我父母兄长拜了年再离开，是不是，青泽哥哥？"

青泽听了点头说："没错，的确是这样。"

每年青泽都会去花神谷送年礼，几百年了都是如此，然后再在谷里住上一段时间，不过去年的时候，他虽然送了年礼来，却因为落颜不小心惹恼了他，只待了两日便回去了，自此再没有消息，甚至连过年的时候都没来花神谷拜年，这才让她察觉出不对，匆匆来了临城寻他，结果却没想到，竟然是出了事。

而这个时候，却见夏秋的眼神闪烁起来，低低地道："我也记得，喜鹊曾经说过，青泽从你们花神谷回来之后，就郁郁寡欢的，后来还把她给赶走了，也正因为如此，她才会寻到花神谷找你，想查明青泽赶她走的原因，对不对？这么说来，青泽失踪的时间，就应该是过了阳历元旦前后了吧，我记得，元旦之后有一天，外面下了很大很大的雪，在临城，很少下雪的，而那天，竟然下雪了……"

这么久了，她谁都没告诉，正是下着大雪的那天晚上，她离开

了雅济医院。可那一日，她却根本就没有地方去，浑浑噩噩地就上了雅济医院对面的山坡上，也就是她后来取名六角山的那座荒山，青泽的府邸所在，因为在那里，能看到雅济医院的大楼，也能看到后院的一角。

"雪？白色的……雪……"提到雪，青泽的眉头皱了起来，仿佛在苦苦思索着什么。

"青泽先生，你不用想了。"就在这时，却见夏秋轻轻一叹，"你虽然还没想起来，可我已经替你想起来了。应该就是那日，下雪的那日，你散了功随我离开了你的府邸。因为那日，我在你的树冠下面坐了整整一夜。看来……"

看来，正是因为如此，她才会"带走"青泽的元神，而那东西因为失了青泽的踪迹，却又察觉了雅济医院的不同，或者说是察觉了童童的气息，这才会潜入医院中，目标也自然从青泽身上转到了童童身上，暗中给童童下毒，让童童最终入了魔，才会有了后来发生的事情。而青泽因为离开了自己的本体，反而置之死地而后生，保住了自己的本心，等到了被他们发现的那日，最终又重新回了六角山，到最后也只是失了半年多的记忆以及几成功力罢了。

04

看着眼前的落颜，夏秋心中五味杂陈……若是她不离开雅济医院，就不会带走青泽的元神，可也不会将那下毒之人引入雅济医院，引到了童童的身边，童童大概也不会因此而死。所以，若说是用童童的性命换了青泽的性命也不为过。

"看来什么？"落颜自然不知道夏秋心中所想，看她说了一半的话就不说了，忍不住歪着头看向她。

"没什么！"夏秋回过神来，看了看她，又看了看一旁的青泽沉吟了一下，"落颜，你和青泽先生一定要好好的。"

听到夏秋突然这么说，落颜的脸色一下子涨得通红，她小心翼翼地看了青泽一眼，用细弱蚊蚋的声音道："夏秋姐姐，你说什么呀，青泽哥哥……青泽哥哥他……青泽哥哥他……只把我当妹妹的。"

虽然刚才他当着那么多人的面说是自己的未婚夫，可后来他也说了，是怕那些同学再纠缠，毕竟，乐善堂出了这么大的事，她又在牢里关了一夜，什么忙都帮不上，自然是越快脱身越好了。

只是，落颜虽然还不明白，青泽却已经有些明白了，显然，还是同他失忆的那段时间有关。而且，他也的确是想不起来自己是怎么随着夏秋离开的了。他只隐隐记得，自己似乎曾经萌生了散功的念头，再然后能想起来的就是被乐鳌所救，回到自己府邸了。

至于其他，完全是模模糊糊的，就像是无数碎片般，怎么拼都拼不到一起。他想，这应该是同自己散掉的那些功力有关。毕竟，原本完整的记忆，一下子碎裂开来，再凑到一起的时候，又哪是那么容易还回到原来位置的。再说了，他还有一部分功力没有找回来，大概这一部分就是带着他最近的这些记忆的，所以这些东西可能已经散落在了茫茫宇宙中了吧！想到这些，青泽苦笑道："夏大夫，我真的想不起来了。"

显然，他那段失去的记忆非常重要，如今就算是为了救乐鳌，他也要快些想起来才行。青泽的情形，夏秋又怎么会不清楚，更知道强求不得，但眼下，除了雅济医院，就只有青泽这一个线索了，她也是没有办法。

这时，落颜也终于明白了夏秋的意思，于是她眼珠一转说："夏秋姐姐，你先别着急。虽然青泽哥哥记不起来了，可我还记得呀，我试试看，看能不能让他想起来一些。"

"你？"青泽的眉头皱成了疙瘩，"你有什么办法？"

看到他的样子，落颜双手叉腰，抬头看向他说："我有什么办法？我最起码记得你来我们花神谷的时候发生的那些事情，每一件都记得。我问你，乐大夫说，你把去年去我们花神谷送年礼的事情全都忘了，这一点，没错吧？"

青泽的脸上闪过一丝尴尬："的确是记不清楚了。"

"那之前呢，你是从哪里才开始想不起来的？"落颜又问。

这次，青泽用心想了想说："大概就是给你家准备好年礼之后吧。"

看来，真的是在她们花神谷，或者是在前往花神谷的路上出的事。落颜的心中此时有些难过，因为若真是如此，他很可能就是在他们花神谷出的事，那样的话又让她于心何安？于是，她想了想后又问道："那你也一定不记得我是如何惹恼你的了吧？"

青泽摇头，叹道："我真的什么都不记得了，而且……"

他深深地看了落颜一眼，有句话却盘旋在心中怎么也说不出口——他实在是不知道，这世上还有什么事能让他生她的气，而且还是拂袖而去。

"因为……我扯破了你一本书……"不等青泽开口，落颜幽幽地说道，"那本书很新，像是你新买的书，当时我想看，你却不让我看，我一着急，就把它扯破了。"

"新买的书？"青泽一脸茫然，"我买过书？"

落颜点头道："而且，你似乎很在意这本书，我把书扯破了之后，你就立即夺了过去，也马上变了脸，而第二天，你就不告而别了。"

"只因为……一本书？"青泽的脸上满是不疑惑。

"嗯。"落颜点头，"你以前从不看这种书的。因为我看上面的字很小，不像是用毛笔写的，也不像是你最爱看的那些古籍，而且字是横着排的，应该是印出来的。所以我才会好奇，想看看是什么书竟然这么吸引你，结果却看到上面有好多我看不懂的符号。现在想想，应该……应该是方程式吧！"

那个时候落颜不懂，只觉得是奇怪的符号，如今在女学读了一阵子书，国内外的书籍接触了很多，而且，她们的课本也全是印出来的小字，有的甚至还是直接翻译的国外的课本。而关于自然科学，虽然在女学接触得不多，但还是学了些的，因此，后来她才知道，青泽看的那本书上的符号，应该是方程式一类的东西。就是不知道是数学方程式还是化学，抑或是其他科学的方程式。

"方程式？"这个名词却让青泽一头雾水，"那是什么东西？"

看他是真的不记得了，落颜耐心地解释道："是一种可以让两种不同的原料经过一些手段合成或者分解成新的东西的记录方式，是洋人最习惯用的东西，他们的好多药丸就是通过这种方程式经过实际的实验做出来的，对一些咱们大夫很棘手的病症有特效。"

"用来做药的？"青泽皱了皱眉，"可我怎么觉得像是炼丹？"

"也可以这么理解，咱们老祖宗的炼丹术同这个还真的挺像的。"听到青泽这么说，落颜突然觉得自己的老祖宗真的挺伟大的。

她的话让青泽又想了想说："你这么说，我明白了。看来，那书上一定有什么有用的东西，而且还是从海外传进来的，很重要的内容。"

"一定！"落颜点头，"我把你的书撕了，你的脸色一下子就变了，然后就把书像宝贝似的收了起来，还把我赶走了，第二天连声招呼都没打就离开了。我想，既然那书那么宝贝，就算破了你也应该好好收着呢吧，难道你没在你的书架上见过它？"

青泽的脸色一下子凝重起来，他摇了摇头说："没有，我的书房里根本就没有这样一本书。正如你所说，我只有古籍孤本，像你说的这种书，我的书架上若是有，我一定不会没注意到。"

他的书房都是他自己清扫，而且也是清扫最仔细的一处，根本舍不得用法术，生怕万一一个不注意，会伤了他好不容易找到的孤本古籍，所以，他也可以肯定，他的书房中绝不会有这本书。

"没有？"落颜皱紧了眉，"会不会是你当宝贝收起来，结果忘记收到什么地方了？"说着，她立即拉住青泽的手，拽着他往外跑，边跑边说道，"不行，我要找过才行，你随我一起去找找看。"

就算青泽不记得了，她却是清清楚楚记得那本书，而且也怨念好久了，毕竟，若不是因为这本书，青泽也不会拂袖而去，更不会在归来后说出退婚的话来。所以，她都快恨死那本书了。

看着青泽就这么被落颜拉走了，夏秋也皱紧了眉。难道，这整件事情的发生真的同青泽那本印着方程式的书有关？这方程式她之前在医专的时候也学过一些，但却想不出来青泽为什么会把这种书当作宝贝，还差点因此同落颜翻脸。而且，这书青泽又是怎么得的，从谁那里得的？或者说，是谁给他的？！

……

落颜同青泽这一去到了天色擦黑还没有回来，夏秋只得前面后面来回跑。好在今日来乐善堂的人不多，只有六七个，也是来拿药的居多，有两个看病的，也都是小毛病，一个伤风，另一个则是小孩子胳膊脱了臼，夏秋很容易就帮他们治好了。

说起来，今日还多亏了老武，夏秋在后面的时候只有老武在前面待着，一有人来药堂，老武便会大声叫，小龙耳朵灵，马上就会听到，她也得以在第一时刻从后院赶到前院，不至于将乐善堂的大门给关了。

看着天色渐黑，可落颜和青泽先生还是丝毫没有要回来的迹象，夏秋便决定先将乐善堂的大门给关了。虽然她不知道这样有没有用，那些晚上来看病的病人会不会看到大门关上就离开，可她总要试试。她的确不知道如何真正关上乐善堂的大门，也并未问过乐鳌。她只知道，只要界铃一响，乐鳌无论在做什么，无论是什么时间，都会第一时间赶到前面。也直到这个时候她才发现，乐鳌好像从未有真正休息的时候。

"娘亲！"看到夏秋坐在一旁出神，小龙靠了过来。

夏秋回过神来，看着他笑道："我没事。只是如今已经快两日两夜了，东家还没有醒，我有些担心罢了。不过我也信东家，他说他没事就一定没事。"

05

　　小龙点点头，然后身子一动，却是又想化成小蛇为乐鳌解毒，却被夏秋一下子拦住了。

　　只见夏秋摇摇头说："昨天你就试过了，结果整整一晚上都没有恢复人形，东家也没醒，所以，我觉得应该不会再有什么作用，咱们再等等看，等青泽他们和表少爷回来再说，他们毕竟有千年的道行，应该比咱们更知道该怎么做。"

　　小龙点点头，然后默默坐到了夏秋的身旁，陪着她一起等。不过，没一会儿工夫小龙就打起了瞌睡，然后东倒西歪了一会儿，就靠在夏秋怀里睡着了。

　　夏秋知道，小龙这几日定是累极，虽然他已经修成了人形，可毕竟道行还低，不然也不会只化成小孩子的样子。而且，从乐鳌回来那刻，他就陪着他们一起在等了，她累了的时候尚且趴在桌子上睡一会儿，可每次她醒来，这孩子都瞪着乌黑溜圆的眼睛醒着，让她也一下子没了睡意。

　　不过眼下，这是真的累了吧！

　　为了让小龙睡得更舒服一点，夏秋索性将他抱到了旁边的一张木榻上，还给他盖上了一条薄毯。大概是因为恢复人形没多久的关系，小龙的身上非常凉，每次碰到他冰凉的小手，夏秋都会觉得心疼，反正，从头到尾她都没把他当作妖看过，只是把他当个小孩子。而小孩子就是小孩子，一旦睡着了就很难被惊醒，夏秋将小龙送到木榻上后，他都毫无所觉，不过是翻了个身，便继续沉沉睡去。

　　刚刚把小龙安顿好，夏秋就想出去找些吃的，现在她虽然没有时间做饭了，但是昨晚趁着青泽回来的工夫，却蒸了些虾饺，主要是怕落颜回来以后饿肚子。而如今，虽然落颜没顾上吃，可于她来说倒是方便很多。

　　虽然她现在真的是什么都吃不下，可她也要逼着自己吃，否则的话，又有谁来照顾乐鳌和小龙呢？即便青泽他们可能一会儿就回

来了，可她还是想由自己亲自照顾最踏实。吃了四五个虾饺，夏秋就再也吃不下了，便烧了些开水，打算一会儿替东家清理下头面。不仅如此，虽然东家只在床上躺了两天，可他的下巴上也已经有了隐隐的青色，夏秋也想帮他清理下。

她以前在雅济医院实习的时候，也是这样照顾昏迷不醒的病人的，所以也算熟练。其实，她本来想为东家清理下身体的，可惜青泽先生不在，这人若是身体清爽了，想必也会醒来得更快吧。只可惜，青泽先生同落颜去找线索了。

热水一会儿就烧好了，夏秋正要拎去密室里，就在这个时候，只听到一阵"丁零零"清脆的声音响起，竟是界铃响了。

果然，这乐善堂的大门，只凭她是关不了的。

夏秋连忙放下水壶，向前面快步走去。就算关不了门，可她也治不好那些特殊病人的病呀，只能当面对人家说声抱歉了。

进了前面的大厅，果然已经有一个身材高挑、宛如竹竿的人背对着她站在了客厅中，听到后面有了动静，来人立即回头，夏秋这才看到，此人脸色发黑，嘴唇也没有半点血色，整个人也瘦骨嶙峋的，看样子还真是病得不轻。不过，观察这个病人之余，夏秋却看向了一旁的白色鹦鹉，却见鹦鹉今晚竟然异常安静，这次不但一动不动，甚至连一点声响都没有发出，实在是太奇怪了。要知道，上次法空大师来的时候，鹦鹉也是聒噪的很呢，还"阿弥陀佛"地喊了半天，让她十分的不好意思。而这次，鹦鹉竟然像哑了般，实在是让她想不注意都难。

就在这个时候，却听来人开口道："我、要、见、乐、大、夫……"

此人几乎是一个字一个字说出这句话来的，而且声音低沉嘶哑，就像是从胸口憋出来的声音一般，夏秋听在耳中，只觉得身上毛毛的，十分不舒服。

夏秋正想对他说乐大夫不在，让他改日再来，可还不等她开口，却听来人再一次重复道："我、要、见、乐、大、夫……"

这一次，他说这些话的时候，更显得声音呆板机械，这让夏秋觉得更不舒服了，而且，这次她注意到，此人的嘴唇竟然没动。

按照以往的经验，一般来乐善堂看病的"病人"，见到夏秋不是远远地躲开，就是一副很亲近的样子，比如陆天岐，再比如小龙和落颜，最起码第一次见的时候，都不会是太自在，比如老黄第一次送她回家的时候，一路上话很少，看起来似乎很紧张。

而这个病人，只是机械地说着这几个字，对夏秋既不亲近也不厌恶，倒让夏秋觉得有些奇怪了。不过，她现在没时间考虑太多，再说了，晚上的病人来找乐鳌本来就无可厚非，而且，若是无所求，谁会没事儿跑到乐善堂来？她从小到大，见过的怪人还少吗？

于是夏秋立即笑了笑："对不起，我们东家出门了，您不如过几日再来吧。"

只是，夏秋说了这句话后，却见来人继续机械地说道："我、要、见、乐、大、夫……"

而这一次，他说了这句话后，脚却向前迈了一步，看那副样子，似乎要自己去后面找人。

夏秋眉头皱了下——难道这个病人是来乐善堂找碴的？

想到这里，夏秋立即暗暗施展自己的能力向来人的身上探了过去，想要试试此人的深浅。而她一旦有了这个念头，体内的那股气便自动向来人靠拢过去。

到了此刻，来人却似乎刚刚才把夏秋放在眼里，只见他眼珠僵硬地转了转，立即转头看向夏秋，而这个时候，也不知道是不是心理作用，夏秋觉得自己听到了"咯吱咯吱"什么东西摩擦的声音。

夏秋向后退了一步，看着来人一脸担心地道："阁下这么急，是不是病情很严重？等不得了？"

来人脚步顿了顿，似乎迟疑了一下，这才点了点头。

夏秋想了下说："这样吧，我们东家虽然不在，可我们表少爷在，对于医术他也略知一二，我去帮你叫他来可好？"说着，夏秋转身，就想回后院。

　　来人顿了下，下一秒却马上反应过来，立即向夏秋冲了过来，紧接着，他原本藏在衣袖里的手也伸了出来。一露出手来，他便立即向夏秋的后心抓去，五根手指更是尖利得像钩子一般，这若是被他打中，定会被穿个透心凉。

　　眼看夏秋就要被他打中了，却见这个时候，夏秋身子微微一顿，然后半蹲了下，便向柜台的角落扑去，惊险地躲开了他的攻击，随即，却听她大喊一声："滚开！"

　　夏秋已经探明了此人身上诡异的气息，同以前那些想要靠近她的东西没什么两样，所以也很有把握对付他。

　　果然，就在夏秋喊出这两个字的同时，只见一股黑气从那人的身上散开，再然后，便见那人突然剧烈地颤抖起来，而之后，夏秋眼睁睁地看着那人穿着的衣服，乃至身上、脸上的皮肤全都化成了点点碎片，燃着绿色的火焰，消失得无影无踪了。只是本以为等这些碎片燃尽之后自己会松一口气，可接下来发生的事情，却让夏秋觉得毛骨悚然。

　　因为，随着火焰散尽，此人并没有像以前那些东西那样立即消失，化于无形，而是仍旧能在黑气中看到影子，依然稳稳地站着。而且，这影子不但能站立着，竟然还可以继续向前走，就这样，这影子就这么一步步地从那一团黑烟中走了出来。于是，片刻后，一副骨架穿过黑气，出现在夏秋的面前。

　　随着这骨架离夏秋越来越近，她发现这具骨架的颜色白色中还带着隐隐的黄色，就像是刚从土里爬出来一样。骨架每走一步，都发出"吱嘎"的摩擦声，那是骨头同骨头之间的摩擦声，而钩子般的手中，却握着一把锈迹斑斑的匕首。

　　这种东西，无形的夏秋见过，可有形的、能动的这还是头一次见，即便她也在医专上过几节解剖学的课，可也不过是看看图片罢了，临城这种小地方，哪个学校敢弄副骨架在课堂里摆着？倒是听说雅济医院里有类似的模型，但是，在医院里实习这么久，夏秋也一次都没见到过。所以，即便她胆子不小，却难免愣了几秒。

　　而就在她愣神的工夫，却见这具诡异的骨架已经越过她直接往后院去了，此时夏秋意识到，这东西根本就是冲着乐鳌来的，于是她急忙跟了过去，想要阻拦。

　　可看着这东西虽然步子迈得缓慢，但移动的速度却出奇快，她才刚冲到门边，这东西竟然已经进了后院了，然后"咔吧咔吧"地扭着僵硬的脖子，转动着硕大的脑袋，仿佛在找着什么。

　　此时夏秋心中无比庆幸，庆幸东家是被藏在了密室里，而不是在房间。如今也好，还可以拖延些时间，她相信青泽先生他们很快就会回来了，到了那时，就不用担心这个怪物了。可她的庆幸也只持续了短短一分钟，因为，这怪物在院子里看了一圈后，就几乎是毫不迟疑地立即向院子中心的一棵梧桐树走了去。

　　夏秋的心一下子提到嗓子眼儿，这东西，是怎么知道密室所在的？！

<h2 style="text-align:center">06</h2>

　　事实证明，这东西的确不是误打误撞，更不是巧合。到了梧桐树前面后，这东西立即换了方向，往梧桐树的后面走去。

　　树的后面是一面墙，从外面看是紧挨着厨房的，一般人自然也只以为这棵树不过是靠着厨房生长而已，却怎么也不会想到，梧桐树同墙壁之间那不过半人宽的距离才是真正的关窍所在。就在墙壁和梧桐树之间，有通往密室的门，这密室原本是个地窖，一开始本是用来储存杂物的，即便是不做手脚，也轻易不会被人察觉。但是被乐鳌和陆天岐用障眼法遮住后，一般人想要看到这扇门，就更不容易了，需要念诵特别的咒语才行，而且，这咒语离得远了还不起作用。

　　难不成是这东西感受到了法术的气息，才会一下子找到这里的？可乐鳌和陆天岐有本事让原田晴子都无法发现乐善堂一众人等的身份，区区一个密室入口，又怎么会被如此一个人不人鬼不鬼的

东西察觉呢？

　　夏秋刚才喊的那声"滚开"，正是因为感觉出了这东西非人的气息才会喊出来的，而事实证明，她那一声大喊也的确把附在这东西身上的秽物给驱散了。但接下来的事情她却不明白了，因为她刚才又想用自己能力赶走这东西的时候，却察觉这东西身上竟然半点妖邪之气都没有，让她根本就无从入手。

　　乐善堂的人都知道，夏秋的能力只对妖鬼管用，对一般的人或者法师是不会起作用的，所以她才会在原田晴子针对她的时候无可奈何，眼睁睁地看着胡二叔夫妇被原田擒住，以至于最后被打回原形。这期间，只有原田在施放出式神的时候，她才终于有了些用武之地。

　　而说起这法师的式神，按乐鳌的说法，其实也是妖的一种，或者是妖的元神，只不过他们同法师签订了契约，被法师所用，进而换来法师的庇护和不杀。因此，若是这些东西出现，夏秋根本就不怕。但眼下这个东西，夏秋实在是不知道是什么，这东西不是血肉之躯，却能快速移动，明明是个死物，身上却没有妖邪之气，一时间，她根本就不知道该拿这东西怎么办。

　　夏秋的诧异只是片刻，而这个时候，这具骷髅已经快速挪到了梧桐树同厨房之间的空隙处，紧接着，却见一只拿着匕首的"手"突然抬了起来，然后只见匕首轻轻地在树和墙壁之间拨了一下，密室的入口就慢慢地显露出来，竟然是把障眼法给破了！

　　障眼法一旦被破，梧桐树同厨房间可就不仅仅是半人的距离了，地窖近一人高、两人宽的大门显露了出来。

　　由于密室十分隐蔽，夏秋根本就没想到会有外人发现它，所以刚才出来的时候她甚至连门都没关，更不要说锁上了。所以，几乎是在障眼法被破掉的那一刹那，便见这具骷髅突然低了低硕大的脑袋，就这么钻进了地窖里。那副灵活的样子，哪里像是一具冷冰冰的骨架。

　　进了地窖下几级台阶就能看到乐鳌躺着的那张冰床，根本连半点缓冲的地方都没有。这下夏秋急了，连忙用最快的速度冲了过去。不过，她刚刚钻进地窖，便听到一阵东西倒地的声音，还传来了打斗声，等她下到了台阶底部，冲进了内室中后，却看到一条巨大的青蟒正围着那具骷髅转着圈，竟是小龙，显然是这东西把小龙惊醒了。刚才，夏秋都差点把小龙忘了，此时，看他同那具骷髅缠斗起来，夏秋连忙冲到了冰床前，挡在了乐鳌的前面，严阵以待。

这具骷髅太诡异了，就算有小龙在，她也不能彻底放心。所以，她一边看着他们打斗，一边仔细地观察起来，想要找到这具骷髅的破绽。

此时的小龙，虽然由于位置的缘故，身体没有在玉笔峰的时候巨大，但是也有三四米长了，所以，被小龙卷在其中，那具骷髅根本没有半点机会跑出来。只是，小龙身上青金色的亮光不停闪烁，可里面的那具骷髅，竟然也能散发出一阵阵黄色的光，就像他身上骨头的颜色一样。

可渐渐地，夏秋却发现，这具骷髅似乎不仅仅是散发出黄色的光这么简单，确切地说，在小龙密不透风的包围下，骷髅身上的骨头仿佛越来越亮，虽然夏秋不想相信，但是却不得不承认，这具骷髅居然也能散发出金色的光。

以前乐鳌没事的时候同她说过，道行越是高深的妖物，身上的灵光也就越明亮，而那些污秽之物正相反，身上的妖光往往黑灰晦暗，入了魔更是如此。刚才她大喊"滚开"的时候，可以肯定，骷髅身上附着的一定是污秽之物，所以她一喊，那些东西就自己散掉了。

难不成，这具骷髅已经修炼有成了？

可这又怎么可能！

就在这时，她的脑中突然灵光一闪，向左右看了看后大声喊道："你是什么人？你到底想做什么？"

既然污秽之物能附着在死物身上，那么仙气、灵气应该也能吧，若是那些灵气的话，夏秋自然是没办法了！

只是，她的喊声却并没有引来回应，而小龙同那具骷髅间的较

量也似乎接近了尾声。在小龙猛烈的进攻夹缠下，随着几声"咔吧咔吧"的脆响，那具骷髅的臂骨和腿骨竟然齐刷刷断了，紧接着断掉的是肋骨和脊椎……

然后只听"哗啦啦"一声响，所有断骨几乎是在瞬间就坍塌在了地上，散了一地，就连那只握着匕首的手，也落在了离夏秋不远的地方。不过，虽然骨头都断了，可手指却仍旧完好，而在骷髅已经断了的手上，也仍旧紧紧握着那只锈迹斑斑的匕首。

看到刚才自己完全无可奈何的怪物被打散在地，夏秋却仍旧心有余悸。她想了想，捡起一块落在自己附近的肩胛骨碎片，凑在眼前翻来覆去地看，而这个时候，小龙已经重新化为人形，然后冲过来抱着夏秋的腰，担心地唤了句"娘亲"。

只是这个时候，夏秋却没顾上理他，她看着肩胛骨碎片的眼睛则越睁越大。紧接着，只听她突然喊了声"糟糕"，然后便见她一转身，整个人都扑在了乐鳌的身上，用自己的身体将他身上的各处要害都护了个严严实实。

被她大力一甩，小龙也在猝不及防下摔倒在地，眼睛也同样瞪得溜圆，一眨不眨地看着夏秋。

就在这个时候，却见一道金光闪过，直奔夏秋而去，而且是直射向夏秋的后心，也就是原本乐鳌胸口的方向。不过，在眼看就要射中夏秋的时候，那道金光却似乎顿了顿，然后一拐，却是擦着夏秋的肩膀刺入了乐鳌的肩头。

这个时候小龙才发现，那道刺中乐鳌的金光竟然是原本在那骷髅手中紧紧握着的匕首，那把不起眼的、生锈的匕首。

此时，那具骷髅已经断掉的部分仍旧挂在匕首的手柄上，而小龙眼前再一闪，却见原本插在乐鳌肩膀上的匕首突然消失得无影无踪，然后是一阵轻轻地碎裂声，挂在匕首上的断肢也随着匕首的消失落了下去，散落在冰床上，指节也一截截地碎开了。

"爹爹，娘亲！"小龙惊慌地大叫着。他正要冲过去，却突然觉得自己的脖领子一紧，似乎被什么人给拎了起来，他想转头，可此人抓的位置极准，让他根本连动也动不了。而且，渐渐地，也不知道这人使了什么手段，不但他的脖子转不了，甚至连他的身体四肢也使不上力气了，整个人都似乎瘫软了。

就在此时，小龙却听到一个女人的声音响了起来："呵呵，我倒是不知道，乐大当家何时有了一个龙崽子，甚至连媳妇都娶了，怎么也没人喊我喝一杯喜酒呢？小姑娘，灵雾寺一别，我们又见面了！"

话音刚落，却见夏秋捂着肩膀从冰床上滚落下来，但她仍旧挡在乐鳌面前，冷静地看着来人道："是你？就是你在医院里下的毒，让童童入魔，也是你给青泽下的毒吧，如今，你还想杀东家，你……你究竟是谁？东家跟你到底有什么仇，你为何要害了一个又一个？"

"呵，小丫头片子，你还不算傻，我倒想知道，你是怎么猜出来的？"来人说着，放下了自己黑斗篷上的兜帽，于是，一个看起来面容精致的四十多岁的女人出现在夏秋的面前。显然，她就是那日在灵雾山中差点杀了夏秋的黑袍人。

夏秋眼睛眯了眯，看了眼被她擒住的小龙，缓缓地道："告诉你可以，但你必须先把他放了。"

女人笑了笑说："我若是不放呢？"

夏秋也跟着笑了一下："那你就算杀了我们，我也不会告诉你我是怎么猜到的，死也不会！"

07

"呵呵，你认真的样子还真是有趣。"女人掩口笑了几下，"我也不逗你了，这个龙崽子我可没兴趣，就依你吧！"

说着，便见她的手突然抖了抖，嘴中也不知道念了句什么，只见小龙眼皮一翻，竟是被她抖回了真身，成了一条胳膊粗细的小青蛇，然后便一动不动了。

"你做了什么?!"夏秋大惊。

"放心好了,我说放过他就会放过他。"女人不紧不慢地道,然后又瞅了眼手中的小青蛇,随手向夏秋掷了去。

夏秋急忙伸手将小龙接住,可无论她怎么唤,小龙都没动静,到了最后,见小龙终于吐了吐信子,她这才稍稍放了心,抬头看着对面的女人道:"若是小龙有个什么,我一定不会放过你!"

女人耸耸肩道:"你想怎么不放过我呀?你的本事对我根本一点儿用都没有。"

夏秋脸色有些发烧,但还是硬着头皮说道:"你可以试试看。"

女人撇撇嘴,露出一副不屑的样子,这才说道:"这个龙崽子还是有些麻烦的,我好不容易抓住七寸,能把这龙崽子活着还给你就不错了,你还想怎样?别忘了你答应我的,你若是出尔反尔,这龙崽子怕是很快就要被我做成蛇羹了……不对,应该说是龙羹……呵呵呵……"似乎觉得自己的想法很有趣,女人忍不住轻笑起来。

夏秋此时恨死了这个女人,可眼下自己根本就不是这个女人的对手,正如她刚刚所说,若是惹恼了她,她一定会立即杀了他们的,而她若是杀了他们,乐鳌也一定会死。谁都可以看出,刚刚那东西就是冲着昏迷不醒的乐鳌来的。

尽管心中不甘,恨不得立即就为童童报仇,可夏秋却知道,在绝对的实力面前,自己想什么都没用,唯一能做的就是拖延时间!于是夏秋压下心中的怒火,将小龙小心翼翼地放回到冰床上乐鳌的身边,然后看着女人道:"你想知道为什么,其实很简单。"夏秋低下头,用脚尖踢了踢碎了一地的骷髅骨头,又继续慢慢地道,"这东西,是你从雅济医院偷出来的吧,这……根本就是石膏做的!"

女人也看了看地上碎了一地的"骨头",然后笑嘻嘻地点头:"没错,的确是我从医院的标本室里借出来的,只是,单凭这个,你就能肯定我是杀了那个白蛇妖的人吗?"

夏秋摇了摇头说:"我们早就怀疑雅济医院有问题了,要不是因为那里的人都认识我,我已经去那里调查去了。我刚刚离开雅济医院，你就混进那里了吧，而且还发现了童童，并给她下了毒，就是为了让她入魔对不对？而就在几天前，你发现童童还未彻底入魔就要被东家给收了，这才会开枪打向她的孩子，方才能如愿以偿。你……你怎么可以这样对待童童呢？她……她到底怎么得罪你了？"

女人略略想了一下，又笑了："所以，你一看到这个石膏模型，便立即猜到我又来了，这才会立即护住乐家小子，你这是想为他死吗？真看不出，你对他倒是用情挺深的！"

女人的话让夏秋一下子抬起头来，眼睛一眨不眨地看着她，忍着火气道："怎么，我不护着东家，难道眼睁睁看着他被你杀了吗？就像你杀了童童的孩子那样？我想，童童说的那个夸她孩子漂亮的人也是你吧。你……你怎么就那么狠的心呢！童童……童童她何曾得罪过你！"

这个时候，女人终于收回了脸上的笑容，冷道："她该死！她杀了人，身上怨气冲天，若不是你将她藏了起来，她早就被其他法师发现了。你真以为她会变好？呵呵，我不得不说你实在是太天真了！一只虎只要吃过人，日后就会顿顿吃人，根本就不会再吃别的东西了。妖也一样，一旦杀了人，感受到自己那种凌驾于世间万物的力量，就再也忘不了了，哪怕是毁了她的元丹，她也会将这种感觉牢牢地印在记忆深处，日后再次修炼有成，也仍旧会杀人，直至最后入魔！我让她提早入魔，不过是物尽其用罢了！"

"你根本是在为自己脱罪！"夏秋怒道，"若是真如你所说，那青泽先生又是怎么回事？你又为何想要让他入魔？那丽娘姐姐呢？你又为何让她用记忆跟你交换性命？他们可都是好人，可却都被你害了，一个散功自保，另一个被打回原形，难道这也是你在帮他们吗？"

听到夏秋这么说，女人又笑了："小丫头，这世上并不是所有的事情都是眼见为实的，虽然我不知道你的能力是从哪来的，又是谁传授给你的，但是，你却让我想到了一位故人。可那位故人却着实是嫉妖如仇，哪里像你这样，整日里同这些妖怪们混在一起，还替

他们出起头来，甚至今日还差点为他们而死。你同她没关系还好，你若同她真有些关系，我怕她是要死不瞑目了！"

"谁，你说的是谁！"夏秋脸色一变，然后略一沉吟，突然道，"可是朱砂？！"

她这句话倒是让女人又吃惊了一回，然后点了点头道："看来你还真同她有些关系，嘻嘻，看来改日我要找她去念叨念叨了！"

"她……她还活着？！"夏秋只觉得自己的心跳越来越快，同时一脸期待地看向这个女人。

可这个时候，却见女人对着她又摇了摇头道："对咱们这些人来说，是生是死很重要吗？"

咱们？谁同你是咱们！

夏秋心中这么想着，但是脸上的神色却故意软了下，幽幽地道："这么说，还真是故人了？"

听到她这么说，女人突然笑了："故人？呵呵呵，丫头，我就喜欢你这点，知道审时度势，不过可惜，我同那个朱砂有过节，所以，你以为一句故人，就能让我放过你吗？"她的话让夏秋的脸色微微一变，而这个时候，却见女人狡黠地眨了眨眼，又摇了摇头说，"丫头，你还真是好骗。"

说到这里，她又看了躺在冰床上的乐鳌一眼，眼神中露出了一种不知道是厌恶还是冷酷，总之是一种非常复杂的神色，然后她才慢吞吞地道："你真以为临城乐善堂的当家是那么容易死的？呵呵，老天不让他死，谁也杀不了他！"说到这里，她一转身竟然向外面走了去，边走边说道，"不过，看在朱砂的面子上，我劝你一会儿还是先躲一躲比较好，否则的话，只怕你连自己怎么死的都不知道，难道那个白蛇妖还没给你教训吗？"

"童童？童童怎么了？你是什么意思？"听出她话中有话，夏秋急忙问道，"你到底是谁？"

此时，这个女人已经走向了门口，看样子竟是真的要离开了。

难道这个女人真的没想杀乐鳌？只是，她既然不想杀他，又为何控制那具骷髅标本闯进乐善堂，还刺伤了乐鳌？

夏秋正百思不得其解，却听已经走到门口的女人突然低低地说了句："丫头，你知道为什么那个白蛇妖会诞下死胎吗？"

夏秋一愣。

女人又道，"那你可知，为何妖同人在一起，很多人终其一生都无法有自己的血脉？"

这句话让夏秋一个激灵。

"丫头，你可知，这三界中，除了人、神、妖、鬼、仙、魔之外还有一种东西……叫修罗，那……可是一种可悲的东西……"女人最后道。

说这最后一句话的时候，女人已经彻底消失在了地窖的门口。

修罗？修罗！

夏秋突然觉得脊背有些发寒，这个女人前两句话说的正是童童和她的父母，而这最后一句话说的又是谁呢？

夏秋一时间觉得自己的心跳得飞快，她似乎想到了些什么，最终却又不敢往更深的地方想，可是又不由自主地不停地想……她突然觉得，自己似乎是故意在让自己混乱，故意让自己理不出头绪，只因为，她不想理出头绪来，永远也不想……

不知过了多久，她突然听到地窖门口传来一阵急促的脚步声，她神情一凛，以为那个女人又回来了，于是立即收回自己已经飘了很远的思绪，眼睛一眨不眨地看向门口。只是，她紧绷的神经在看到门口的来人后，再次松懈下来，因为来人竟是青泽，而他后面的则是一脸紧张的落颜，他们两人果然及时赶回来了。

落颜的肩膀上还站着那只白色的大鹦鹉，此刻，在看到夏秋后，鹦鹉才大声地喊道："吓死了，吓死了！她来了，她来了！"

他们进了地窖以后，落颜立即就冲到了夏秋身边，更是拉住她上上下下地看了个遍，当她看到夏秋肩膀上的伤口时，着急地道："夏秋姐姐，你……你受伤了！都怪我，都怪我拉青泽哥哥离开，都怪我！"

原来，密室门口的梧桐树在察觉不对劲儿后，第一时间传达给了青泽，他们也是立即就赶了过来。可到了乐善堂门口后，他们却根本进不去，任凭青泽想尽了办法也进不去。直到刚刚，这结界突然消失了，他们才冲了进来。

08

一进入大堂，青泽他们就察觉了老武的异样，好像是被什么法术给困住了，动不了，也发不了声，只是像木头一样在架子上站着。不过，虽然看着吓人，可这法术并不复杂，不要说青泽，就连落颜都能轻易解开这法术，于是，青泽留下落颜帮老武，自己则立即冲到了后院，冲进了地窖里，这才发现，地窖的障眼法果然让人给破了！

看到夏秋肩膀上的伤口，青泽也皱了皱眉，然后看了夏秋身后仍旧一动不动的乐鳌一眼道："他呢？不会是……"

夏秋对他摇了摇头说："她应该没想杀他。"

"她？谁？"青泽说着，已经走到了冰床前面，仔细检查了下乐鳌的伤口，这才松了口气，"只是些皮外伤。"然后他又看了看从他肩膀上洒落到冰床上的血迹，皱了皱眉，"不过，流了很多血。"

"很多血？"夏秋一怔，连忙上前查探，果然发现从乐鳌肩膀的伤口上流出来的血，已经把冰床浸红了一大片，夏秋脸色微微变了变。

刚才那把匕首消失后，她第一时间就查看了东家的伤口，的确如青泽所说，虽然匕首插在了乐鳌的肩膀上，可他的伤口并不是很深，怎么可能短短一会儿工夫就流出这么多血来呢？难不成是那把匕首有问题？那个女人同她说话，只是为了拖延时间，是为了让她无法及时发现东家伤口的异样？要是这么说的话，那她说不想让乐鳌死也是假的了？

夏秋觉得自己真是蠢，蠢透了！若是东家因此有个什么三长两短，她根本就无法原谅自己。

夏秋的心中悔恨和绝望交织着，但她还是强迫自己冷静下来，这么多年来，她已经养成了一种习惯，就是越紧急她就越要让自己冷静，她再次仔细想了一遍那个女人所说的话，所做的事情，然后，她慢慢坐在了冰床上，看着乐鳌的脸，头也不回地问青泽："青泽先生，东家他现在很危险吗？可是……没救了？"最后三个字，几乎是她从牙缝里挤出来的，轻得就像是羽毛一样。

青泽心细，立即察觉出夏秋的异样，知道她会错意了，连忙道："夏大夫放心，若是普通人，自然很危险，不过乐大夫的话，一定会没事的。"

青泽这番话说出来后，明显感觉夏秋的肩膀一松，然后她沉默了十几秒，才低低地道："那就好。谢谢你，青泽先生。"而不知什么时候，夏秋已经紧紧握住乐鳌的手，甚至连她手背上的青色血管都鼓了起来，就像是用尽了全力。

这个时候，就连神经一向大条的落颜都察觉了夏秋的情绪不对，连忙走上前去扶住她的肩，而等落颜看到她的脸时，却立即吃惊地道："夏秋姐姐，你怎么了？你……你哭了？"

夏秋连忙用另一只手擦掉脸上的泪水，否定道："我没事儿，我只是听说东家没事儿高兴的。"说到这里，她连忙转开话题，转头看向青泽："对了，青泽先生，你说的普通人是什么意思？"

听她这么问，却换做青泽愣了愣，他刚刚来乐善堂做坐堂医不久，并不知道夏秋不清楚乐鳌的真正身份，如今听夏秋这么问，立即察觉了不对劲儿之处，而等他又看到了落颜对他不停地眨眼后，更是肯定了自己心中的猜测。于是他有心回避这个问题，可夏秋现在正盯着他看，若是刻意不回答，似乎也不行。

就在青泽犹豫着要如何同夏秋解释的时候，却见眼前绿光一闪，小龙出现在大家的眼前。他一出现，就连忙扑到了夏秋的怀里，叫了声"娘亲"，然后又看着乐鳌叫了声"爹爹"，最后才一脸警觉地看向周围，似乎找寻着什么，而在此时，却听他突然说道："坏人！"

这还是小龙除了叫"爹爹""娘亲"之外能叫出声的第三个词呢，饶是夏秋刚刚为乐鳌揪心了许久，此时还是一脸惊喜地说道："小龙，你终于能说三个词了，你爹爹醒来，一定会很开心的！"

这会儿，她已经将要问青泽的话忘到了脑后，她现在只知道，那个女人没骗她，乐鳌没事，小龙没事，大家都没事！

小龙的打岔，让青泽也松了口气，最起码他不用现在就回答夏秋的问题了，他不禁又看向站在夏秋身旁的落颜，却见她正对他轻轻点着头。

见小龙还在找坏人，想到刚刚他差点就死在那个女人手中，夏秋还是有些心有余悸，于是连忙将小龙搂在怀里，低声道："小龙不要找了，她已经走了，真的走了！"

"坏人……坏人……"虽然听懂了夏秋的话，可小龙还是在不停地念着这两个字，显然已经恨极了那人。

就在这时，夏秋却觉得自己原本握着乐鳌的那只手一紧，却是被一只大手给反握住了，她心中一动，立即看向乐鳌，惊喜地道："东家，您醒了……"

可她这句话还没说完，却看到了一双冷冰冰的眸子，让她把下面的话硬生生吞了回去。

这双眸子是乐鳌的眸子没错，可是，却让她感到从未有过的陌生。要知道，她所认识的乐鳌是一个话虽不多，却能让人如沐春风的男子，他的眼睛也盛满温度。可这对眸子，却冷得像冰，利得像刀子，让她忍不住打了个寒颤。而这个时候，随着她的手被握得越来越紧，夏秋也终于将自己的视线从他的脸上移到了他握着她的手上，而等她看清乐鳌的手后，却倒吸一口冷气。因为她所看到的，哪里是人的手臂，而是一只布满了鳞片的兽臂，而握着她手的自然也不是人类的手，而是一只指甲尖利的兽爪。

"东家！"夏秋大喊一声，想把自己的手抽回来，可被铁钳一样的兽爪紧紧箍着，她根本就抽不出来。

这个时候，落颜和青泽也发现了不对劲儿，落颜离得最近，想要去把夏秋拉过来，可刚刚伸了伸手，却感到一股大力甩向了她，她根本连抵挡的机会都没有，整个人就向后摔去。

青泽本来是冲向夏秋的，可看到落颜就这么被扔了出来，只得临时改变了方向，用最快速度冲到了落颜身后，将她接在了怀里，可饶是落颜身材瘦小，但被她的去势一撞，青泽只觉得自己胸口的肋骨都快被撞断了，气息也一下子被搅乱了，好半天都缓不过来，由此可见刚刚乐鳌那一甩的威力。

而等青泽终于将自己的气息稳定下来，想要再去帮夏秋的时候，却被眼前的一幕震惊了。只见乐鳌不知何时已经从冰床上坐起，他的兽臂此时正卡着夏秋的脖子将她高高地举起，而他的眼中此时充满了陌生和冷漠，这哪里还是乐善堂那个妙手仁心的乐大夫，根本就成了另一个人！

青泽惊慌失措地大喊道："乐大夫，你疯了吗？！"说着，他半点也不敢耽搁地向乐鳌冲了过去。

不过，此时有人比他离得更近，速度也更快，就是一直待在夏秋身边的小龙。看到情形不对劲儿，小龙大喊了声"爹爹"，便化作一条青色的大蟒，紧紧缠住了乐鳌卡着夏秋脖子的妖臂。与此同时，小龙的身上还散发出青绿色的光，应该是在施展法术，想要让乐鳌松手。

其实，此时若是旁人，小龙会在第一时间缠住他的脖子，毕竟不管是人是妖，脖颈之处向来是身体上最脆弱的地方，小龙若是先发制人缠住此处，就算不想置人于死地，也会让对方立即脱力，四肢酸软。只是，乐鳌是小龙的"爹爹"呀，小龙从未想过攻击自己的"爹爹"，因此只是缠住了他，想让他醒过来，让他放开"娘亲"。

小龙果然如愿以偿，因为在缠住乐鳌妖臂的同时，乐鳌的手果然松开了，但是紧接着，却见他的嘴角向上扬了扬，竟是笑了笑。而下一刻，他那只人类的手竟突然伸向了小龙，伸向了小龙的七寸之处。

小龙的速度快，乐鳌的速度更快，等青泽冲到离他们五步远的地方时，乐鳌已经握住小龙的蛇身了，青泽大惊，再次大声喊道："乐大夫，那是小龙……"

此时的乐鳌，青泽真的不知道他会做出什么事情来！

而就在这时，却突然听到夏秋大喊了一声："不行！"

于是几乎是在同时，青泽只感到浑身无力，四肢都软绵绵的，体内的灵力也仿佛一下子被抽空了般。

而且显然，不仅仅是他，对面的乐鳌也在同时皱了皱眉，原本已经抓住小龙的手松了松，而小龙也在眨眼间从一条胳膊粗细的青蛇变成了一条拇指粗细的小青蛇，从乐鳌的手中落在了地上。

但这还没完，就在这时，青泽只觉得眼前一花，却见一个身影快速地冲过去，捡起了地上的小蛇，然后后退了三四步，大声喊道："隐！"

于是青泽眼睁睁地，看到乐鳌在他们眼前消失了。

09

直到这个时候，夏秋才抱着小龙瘫倒在地上，但是眼泪也在瞬间流了下来。隔了好一会儿，待青泽觉得自己体内消失的灵力又渐渐恢复了的时候，却见夏秋转头看向他，低低地道："青泽先生，这是……这是怎么回事？东家……东家他怎么会突然变成妖呢？难道……难道是那把消失的匕首？是那东西让东家变成了妖？"

听到她的话，青泽声音艰涩："夏大夫，这妖哪是一天就能变成的……"

青泽的话让夏秋一下子沉默了，然后紧紧地搂着小龙，整个人似乎都失了神。

只是，在回应夏秋之余，青泽也从夏秋的话中意识到了整件事情的不对劲儿之处，不禁皱着眉问："不过，你说的消失的匕首是怎么回事？夏大夫，夏大夫……"

一连唤了好几声，夏秋才似乎回过神来，对他摇了摇头说："那把匕首，看起来锈迹斑斑，毫不起眼，可是一刺入东家的肩膀，见了血，便立即消失不见了，我……我也不知道是怎么回事……"

"消失的匕首！锈迹斑斑！"青泽的脸色一下子凝重起来。

而这个时候，却听夏秋用低低的声音问："青泽先生，你的意思是，东家他一直都是……一直都是……妖……"

夏秋的声音，听起来波澜不惊，可掩盖在平静下面的不安，青泽又怎么会听不出来？但对她的问题，青泽却只能点头。

于是夏秋又看向一旁的落颜，缓缓地问："你也早就知道了？"

落颜一时间不知道该说什么好，也只能点点头说："对不起，夏秋姐姐，我……我早就想告诉你的，可是，乐大夫不说，我也不知道该怎么对你说。"

"不怪你！"夏秋摇了摇头，"我应该早就发现的，可我……可我从未想到……"

"没想到什么？"就在这时，却听一个声音在地窖门口响起，众人循声望去，却见是陆天岐，他竟然在这个时候赶回来了。

走近地窖，他先是向周围看了看，发现屋子里一片狼藉，一看就是曾经打斗过，然后他又看向空空如也的冰床，脸色立即沉了下来说："表哥呢？你们把表哥弄哪儿去了？"

"表哥？"这个时候，落颜正是一肚的火气没处发泄，想到陆天岐一去杳无音信，如今姗姗来迟，还一副咄咄逼人的样子，更是气不打一处来，冷笑道，"我们可是都差点死在你那个好表哥手里呢，你难道不应该先问问我们的情况如何吗？"

"什么，表哥醒了？"陆天岐脸色一变，人也有些失神，"我还是来晚一步！"

青泽立即抓住了他话中的意思，眉毛微挑道："这么说，你早就知道乐大夫醒来后会发狂？"

刚才听到夏秋提起那把生锈的匕首，他还以为乐鳌是因为中了匕首上的毒而发狂的，可此时听到陆天岐这么说，他才明白，为何向来同乐鳌形影不离的陆天岐会如此着急的离开，要为乐鳌找解药，原来是为了不让他们看到这一幕。

陆天岐脸色微沉，没有立即回答青泽的问题，而是继续看向周围，找着乐鳌的踪影，同时低低地道："我表哥呢？你们到底把他怎么了？"

"我们能把他怎样？要不是夏秋姐姐用她的能力将你表哥变没了，我们都得死，你没看到乐大夫刚才的样子，实在是吓死人了……"

不等落颜说完，陆天岐瞪了一旁的夏秋一眼道："又是你……你竟能把他给弄没了？你还真是厉害！"

他的话并没有让夏秋抬起原本低垂的眸，但她还是淡淡地道："你放心，东家就在这里，只不过咱们看不到他罢了，但是他暂时也出不来，等过了子时，如果……如果他没事了的话，我……我会……"

此时，没人能看到乐鳌在她所布的结界里的样子，就连她也不行，但是，既然结界是她设的，她自然也能感受到里面灵气剧烈的波动，她无法想象，若是等过了子时，东家还是无法恢复正常的话，难道她要将他一直这么困下去吗？就像童童一样？！只是，童童烟消云散时，那种撕心裂肺的痛，她真的不想再承受一次了，不想！

"不用等到子时。"不等她说完，陆天岐便冷冷地道，"再过半个小时，他就会恢复正常了"。

这个时候，夏秋终于抬起头来问："这么说，东家这不是第一次了？"

看到众人都看向他，陆天岐抿了抿唇道："这又怎么了？表哥做的事情，是一般人能做的吗？若是普通人，只怕早就死过几百回了。只不过每次他遇险，都会昏迷一阵子，醒来的时候就会变成这样。

毕竟，他体内的妖魂，比他自己的魂力要强大得多，因此，清醒的时候也自然是妖魂先醒了。不过这次……"陆天岐说到一半就不说了，却神色复杂地看向夏秋。

虽然他口口声声要乐鳌赶夏秋走，可到了最后，为了让乐鳌能继续瞒下去，他还是选择了去帮乐鳌找解药。只要他找到了解药，提前帮乐鳌解了毒，就不必等乐鳌体内的妖魂解毒了，自然也不会让妖神在乐鳌的魂力不足以压制妖神魂力的时候醒来。陪乐鳌这么久，虽然乐鳌不说，可他却知道乐鳌一定是想这么做。不过可惜，还是晚了一步，让这个丫头终于知道了乐鳌的身份。可这不正是他所期待的吗？也许，知道了乐鳌的身份，这丫头也就会知难而退了吧！

这会儿，夏秋终于明白了陆天岐的意思，用自己理解能力范围的话，艰难地道："你的意思是，东家本来是人，可他也是妖，因为他的体内有妖魂？那妖魂……那妖魂……"

"嗯，那妖魂就附着在他那只妖臂上。"事已至此，陆天岐索性什么也不瞒她了，"乐家的人每隔若干年都会找这样一个孩子，让他继承妖臂，继承乐善堂，而从继承了妖臂的那天开始，这个孩子也就从人变成了妖。算起来，也该有上千年了吧！"说到这里，他向落颜和青泽扫了一眼，"这一点，有些道行的妖都知道，你们说，是吧？"

青泽和落颜自然知道，这让落颜的心中又有了大大的愧疚，她正想再向夏秋解释些什么，却见夏秋已经从地上站了起来，然后紧紧地抱住小龙道："里面……里面的动静已经没了，我想……我想东家已经醒了吧。我先带小龙回去，看看小龙伤势如何，然后等过了子时，我再来解除封禁。又或者，你们谁现在比东家道行高的，也可以帮他，我……我先回去了！"

说到这里，她立即匆匆地往地窖的出口走去、可走到一半，却听陆天岐在她身后叹道："同他体内那个不知道存在了多少年的妖魂比起来，我们有哪个能比他的道行高，怕是连全盛时的崔嵬来了也

不行，这也就是他的妖力还未完全觉醒，否则的话，就凭你这点本事，又怎么能困得住他？"不过，说到这里，他又顿了顿，"可今天他恢复得也太早了些，我回来有十分钟了吗……"

只是后面陆天岐说的话夏秋并没有听到，此时，她已经出了地窖的大门，来到了外面，进入了院子里。抬头看了看漫天的星斗，她发现就连明亮的月光也无法遮挡它们不停闪烁的眼睛，以至于这些星光刺得她眸子发痛、发辣，想不流泪都不行。

温热的泪水落在了怀中小龙冰凉的身体上，一下子变得凉冰冰的，不一会儿，这冰凉的泪水便流到了她的手背上，渗入了她手背的肌肤里，让她全身都冷得发颤。

抚着小龙，夏秋喃喃地道："小龙，你爹爹他……果然是妖呢，你是不是应该很高兴？"顿了顿，她又接着说道，"她果然没骗我，一个字都没骗我。怪不得她说让我躲一躲……呵呵……"说着，夏秋的身影渐渐消失在昏暗的院子里，消失在月色星光之中……

那日晚上，刚过了子时，夏秋就解除了大隐术，但她也立即回了房，只说小龙到现在还没有恢复人形，需要照顾。

这晚，青泽也在乐善堂留了宿，虽然他不说什么，可陆天岐和乐鳌都看得出他是在担心落颜。果然，次日一早，青泽告辞的时候，说是昨日那本被撕掉的书没有找到，今日还要让落颜帮着继续找下去，反正学校这几天因为学潮的缘故都在停课，索性就让落颜帮他找到了再回来。那书就是落颜心里的一根刺，所以，一提到这个，落颜想都不想就答应了，而且，走的时候，还把老武带走了，说是老武鼻子灵，让老武也帮着一起找。都知道狗鼻子灵，却从未听说过鹦鹉的鼻子灵的，别说陆天岐了，连乐鳌都觉得好笑，但还是让老武跟着去了。

至于夏秋，仍旧是一早起来给大家做早餐，但小龙在半夜恢复了人形后就一直没有醒，因此，做好饭后，她便急匆匆地回后面照顾小龙去了，不要说同乐鳌说话，就连眼睛都没向他瞥一下，请假都是对着陆天岐说的。

10

终于，乐善堂的前厅里又剩下了乐鳌和陆天岐两个人，这让陆天岐很不习惯，他们好像已经很久没有这样两人在药堂里待着了。

这段时间，夏秋一直在前面帮忙，很多时候都是三个人一起，要么就是他同夏秋，或者乐鳌同夏秋，总之就是，如今突然少了一个人在前面，陆天岐反而觉得别扭了。

今天一大早天气就不太好，空中淅淅沥沥地飘着雨丝，半上午的时候，随着一声闷雷，瓢泼大雨下了起来，这下子，连病人都变少了。看着门外哗哗下着的大雨，陆天岐出了大半天的神，也不知道在想什么，而随着一声前所未有的闷雷突然在空中炸开，才似乎将他一下子惊醒了，这才看着乐鳌问道："怎么样，你想好怎么同她说了吗？"

他的话问出来好久，才听乐鳌慢吞吞地答道："说什么？"

"说什么？"陆天岐一下子从柜台后面绕了出来，走到他面前，"就是……就是你是妖的事情呀！"

"有什么可说的？"这次，乐鳌倒回答得很快，然后他放下手中的书本，双手交叉想了一会儿，突然看向陆天岐，"相对于这个，我倒是有一件事情更想知道。"

"什么事？"陆天岐一愣，眼神也快速地闪烁起来。

乐鳌抿了抿唇，顿了一下道："其实，你早见过她了吧，甚至还帮过她的忙。"

"谁？"陆天岐的眼神闪烁得更厉害了。

乐鳌的嘴角向上扬了扬说："还有谁，当然是红姨了！那把刺中童童的匕首，就是她给你的吧。还有，你拿回来的解药也是她给你的，给青泽下毒的也是她，差点杀了崔嵬的也是她吧！天岐，我是最信任你的，可你……究竟瞒了我多少事？难道说你也要帮着她向我们乐家讨债吗？难道，我父亲的一条命，还不够赔她儿子的命

吗？天岐，你瞒着我做了这么多的事，还差点害死黑石先生，你还要继续助纣为虐，帮着她害人吗？还是说，我父亲的死，也是……"

"不是！"听到乐鳌提起他的父亲，陆天岐立即大声说道，"不管你信不信，我从没有做过对不起你父亲的事情，更没有对不起你，只是，她的做法的确有些太激烈了，我之前……我之前也没想到……"

陆天岐这么说，就等于是承认了，而他刚说到这里，却听后面的小门外传来一阵"哗啦啦"摔碎什么东西的声音，这让乐鳌同陆天岐的脸色全都一变。只怪外面的雨声太大了，他们谁都没有听到门外的脚步声，这个时间，应该是夏秋来给他们送饭来了吧！

几乎是瞬间，乐鳌便越过陆天岐闪到了小门的前面，就在这时，夏秋从门外冲了进来，却不想刚好被乐鳌挡在了身后。

"东家你让开，我要问问表少爷，为什么帮着那个女人害童童，我要问问他！"被乐鳌挡在身后，夏秋却仍想冲出来。

而这个时候，却见陆天岐的脸上露出一丝古怪的表情，他歪着头看了看了乐鳌说："表哥，你这么挡在她面前，是怕我会伤了她吗？你觉得我会伤了她？"

沉吟了一下，乐鳌低声道："我知道，你不会。"

"可你的行动已经证明了啊！"陆天岐大声喊道，同时他的眼睛瞪得圆圆的，"我明白了，什么没什么可说的，你是怕我知道你很在乎她，怕我会拿她要挟你，所以故意那么说的对不对？你从刚才就一直在套我的话，提防着我对不对？"

"没有。"乐鳌继续道。

"没有？你的行动就是最好的证明。"陆天岐冷笑，"亏我叫了你这么多年的表哥，呵呵！"

这个时候，乐鳌身后的夏秋已经被气得浑身发抖了，她攥紧了拳，低声道："东家，你让开，你快些让开！"

随着她的话音，乐鳌只感到一股巨大的气从她的身后涌了过来，向陆天岐涌了过去，他知道糟了，看来夏秋在盛怒之下已经打算动用自己的能力了。

乐鳌离得近，自然是第一个感受到的，可乐善堂的前厅就这么大，陆天岐感受到的时间也不晚，于是他脸色一变，狠狠地瞪了眼乐鳌身后的夏秋，就这么悄无声息地在前厅消失了踪影，夏秋终究还是晚了一步。

见他就这么跑了，夏秋怔了怔后，在乐鳌的背后低低地说了句："东家，这乐善堂，我果然不该来的，果然不该！"

她的话说完，乐鳌只听到身后的小门传来一声重重的关门声，然后夏秋的脚步声便消失在了巨大的雨声中……

小门关上了好一会儿，乐鳌才一个人坐到了陆天岐最喜欢坐的那张高凳上，看着柜台上的算盘发呆。

有一件事情，他谁也没告诉，就是在那妖魂清醒的时候，他也一起醒了，不过可惜，他却只能被挤在角落里静静地看着，完全无能为力，眼睁睁地看着那东西用自己的身体打伤了小龙，还差点杀了夏秋。虽然最终他还是用比以往短一倍的时间夺回了自己的身体，可是，十五分钟的时间，夏秋和小龙都足够死上很多次了，更不要说一旁帮忙的青泽和落颜，还有老武……

就在他出神的时候，却见乐善堂的大门一响，有人从外面快速走了进来，他抬头，眉头却皱得更紧？因为，来人竟然是那个原田晴子。

这一次，原田晴子没穿和服，而是穿了一身裁剪得体的裤装，身上还背了一个很时髦的斜挎皮包。

看到乐鳌就在柜台后面，她的眼睛一下子亮了。不过马上，她的眉头却再次蹙了起来，然后几步走到乐鳌面前，语速极快地说道："乐大夫，你回来真是太好了，听说你们乐善堂还兼兽医对吗？"

乐善堂兼兽医是临城医药行里人尽皆知的事情，为此还被不少同行的药堂嘲笑，所以原田晴子这么问必有缘故，所以，乐鳌自然点了点头说："没错！"

"太好了！"原田晴子眼睛更亮了，"林生家的鹿场生了瘟疫，他已经不知道怎么办了，你快随我去看看吧！"

"林家鹿场出了瘟疫？"乐鳌一怔，不禁看向门外仍旧在下的大雨。

以为他是嫌雨天不方便，原田连忙道："我今天开了会馆的车出来，下雨也是不怕的，救鹿如救火，你现在就跟我去吧！"

林家的鹿场就在灵雾山的后山，离神鹿一族很近，这倒让乐鳌有些担心了，于是他犹豫了一下，又看了眼身后紧紧关上的小门，快速地说道："好，我这就跟你去。不过我家现在没人，我得先给他们留个条子，告诉他们我去了什么地方。"

"好，那你快写！"原田理解地道。

片刻后，乐鳌随着原田上了停在外面的汽车，立即往灵雾山的方向去了，不一会儿就消失在茫茫雨雾中……

第十三章 红光

01

乐鳌随原田晴子来到林家的鹿场时,雨已经停了,甚至还出了太阳。可林鸿升看到原田竟然将乐鳌找了来,他的脸色立刻多云转阴,阴沉得几乎能滴下水来。

看到他的样子,乐鳌笑着看向身旁的原田说:"林少爷似乎不知道我要来呢。"

原田其实是昨天去林家打探有关学潮消息的时候才知道林家鹿场出了事,林鸿升已经好几天没回家了。本来她昨晚回去后,是打算再通过会馆的人打探一下消息,判断下利弊,可却突然想起乐善堂还兼做兽医,一下子意识到这是一个接近乐善堂、接近乐鳌的好机会,所以才决定第二日一大早就来找乐鳌上山,帮林家医治瘟疫。不过可惜,早上的这场雨却打乱了她的计划,她本想等雨停了再去找乐鳌,却没想到雨竟然越下越大了,这才不得不冒着雨去乐善堂请人。但幸好乐鳌回来了,而雨竟然也在他们赶到林家鹿场时停了,

让她分外觉得这是个好兆头。

听到乐鳌的话，原田的脸上露出一副不高兴的样子，看着林鸿升道："林生，我是担心你才会请乐大夫冒雨过来的，你这是什么意思，难道是不欢迎我来吗？那我走好了。"

林鸿升哪里是不欢迎原田晴子来，根本就是不欢迎乐鳌来，但此时听到原田把自己同乐鳌捆在了一起，虽然不高兴，但还是强挤出一个笑容，对她道："当然不是，只是这几天我都忙坏了，一直在担心鹿场的事。怠慢之处，还望乐大当家海涵。"

他说后面这句话时，是对着乐鳌说的，乐鳌自然也不同他计较，笑了笑说："林少爷放心，既然我来了，必定会全力以赴，这同谁请我来的没关系，毕竟医者仁心，我们乐善堂既然还兼治兽科，便一定不会辱没了我们乐善堂的名头。"

"乐大当家的医术，我自然是信得过的，那就随我来吧！"看到乐鳌一副笑吟吟的样子，林鸿升的脑海中却总是闪现出那夜唯一留在自己记忆中的妖臂，不由自主地就把妖臂同乐鳌联系到了一起去，眼神自然也有意无意地往他的手臂看去。

林鸿升的眼神偷偷摸摸，乐鳌却落落大方，干脆也低头看向自己的手臂，然后好奇地问道："林少爷，怎么了？"

"没有，没有！"林鸿升急忙回过神来，然后转身，眼神再也不敢在乐鳌的手臂上流连了，而是带着乐鳌和原田出了客厅，穿过院子，再向右一拐，往山坡上的鹿场走去。

林家用来接待客人的别院离鹿场不远，几乎就是同鹿场挨着的，乐鳌他们走了大概五分钟，就到了一处平坦宽阔的围栏前。围栏的旁边，有一个用茅草做顶的棚子，棚子很宽很大，大概有五个客厅那么大。在林鸿升的带领下，他们首先来到了这里。

一进门，一股刺鼻的骚味掺杂着药草的酸味便直扑入鼻中，让原田频频皱眉，以至于站在门口，根本就不想往里走。看到她这副嫌弃的样子，林鸿升体贴地道："里面空气不好，反正你也不懂，就在外面等着吧。"

这一次，原田难得听了林鸿升的话，对他点点头说："好，我到外面看看。"

原田离开后，林鸿升的脸色自然也没有刚才好看了，他一边继续在前面带路，一边道："其实，我们林家有自己的兽医，本不用乐大当家跑这一趟的。"

乐鳌笑了笑说："毕竟是原田小姐的一番心意。"

乐鳌的话让林鸿升转过了头，却是一脸的狐疑，仿佛有些摸不清乐鳌话中的意思了。在林鸿升看来，能被原田请来，又是来帮他家的鹿诊治，这位乐大当家应该得意才对，这么谦虚，反而让他有些不适应。但是，他也不得不承认，这几天他累坏了，脾气也不好，若不是原田，而是别人将乐鳌请来的话，他怕是都要骂人了。结果现在乐鳌不卑不亢的样子，反而让他清醒了些，想起了"风度"两个字，当即整肃了下心情，对乐鳌挤出了一个笑容说："的确，我同晴子一起长大，虽然她有时候爱发脾气，可心中还是向着我的，多谢乐大当家。"

"这是自然。"乐鳌的嘴角也向上扬了扬，"在这临城，谁不知道原田小姐是你们林家的座上宾呢？"

林鸿升笑了笑，终于不再说话了，而是继续领着乐鳌往前走，等走到棚子尽头的时候，却见有一块巨大的麻布将顶头的棚子隔出了一个小间。林鸿升立即走了进去，乐鳌也尾随其后进入了里面，结果进去一看，却看到几只鹿的尸体排成一排被放在地上，而在另一边，有几只鹿在呼哧呼哧地喘着气，眼看就要活不成了。

在那几只尚未死亡的鹿的旁边，一名白发苍苍穿着蓝色罩衣的老者正蹲在旁边愁眉苦脸，就连有人进来了都不知道，还是林鸿升轻咳了一声，他才回过神来，转头一看是东家，便连忙站起，对林鸿升拱了拱手道："少爷来了！"

"嗯，老吴，怎么样了，你的药可有了效果？"林鸿升说着，向他走了过去，眼睛则看着地上奄奄一息的鹿，在心中暗暗叹了口气。

"少爷，这瘟疫实在是起的蹊跷，我在林家这么多年，还是头一

次遇到这种情况，好像一点征兆都没有，就有鹿病死了。"老吴听到林鸿升的话，摇头叹道。

而这个时候，他才刚刚注意到跟在林鸿升身后的乐鳌，于是在愣了一下之后，他的眼睛却立即亮了起来，几步走到乐鳌面前，惊喜地道："少爷，您竟然把乐大大夫给请来了，这可是太好了，实在是太好了！"

即便时时刻刻告诫自己要有风度，可此时听到老吴激动的声音，林鸿升心中还是别扭了一下，于是他只是"唔"了一声，并没有立即回答老吴的话，而是走到了那头快要死掉的鹿的旁边，低头看了看，自言自语道："难道，到现在都还没有诊断出瘟疫的种类和由来吗？总不可能是一下子冒出来的吧！"

这个时候，却见乐鳌对到了眼前的老吴拱了拱手道："原来您就是林家鹿场的兽医吴老呀，久仰久仰，我早就听过您的名字了。"

听到乐鳌这么夸赞自己，老吴老脸一红，摇头叹道："乐大夫谬赞了，论这兽医一道，在临城哪一个比得上你们乐善堂，想当初令尊还在世的时候，机缘巧合下，我曾经向令尊请教，他可教会我不少东西，到现在我都受益匪浅，只可惜……"说到这里，老吴没有再说下去。

乐鳌眼神微闪，但他立即不动声色地将话题重新引到了这次的瘟疫上，问老吴道："您刚刚说，这瘟疫是突然发起来的？"

"对！"听到乐鳌提到了这次的鹿瘟，老吴连忙道，"说个不恰当的比喻，就是这次瘟疫仿佛从天而降。以往的瘟疫，再怎样也会有些征兆，而老夫这么多年来，几乎每隔几日就抽查鹿场中鹿的情况，从未懈怠。就在有鹿死亡的前一天，我才刚刚检查过，可没想到……可没想到第二天就有三头鹿死了，那些鹿死了之后，鹿目圆睁，眼中也布满血丝，样子十分凄惨，而且每一只死掉的鹿症状都是一模一样。"

乐鳌听了皱了皱眉说："那之前的那些鹿的尸体呢？"

"已经都烧掉了。"老吴答道，"不过今日大雨，眼前这些尸体无法烧掉，只能先搬到棚子里，也省得它们的尸体被雨水冲刷后，再祸害山下的其他牲畜。等一会儿地面上再干燥些，这些尸体也要被立即烧掉了。"

"嗯。"乐鳌想了想，立即返回到那几具鹿的尸体旁边，仔细查看了下它们的死状，果然如同老吴所说，一个个双目圆睁，眼珠子也被血丝布满，几乎看不到眼白了。而如今在棚子里的这些尸体，因为多放了一段时间，所以，眼底的血丝已经发黑，更是让人觉得可怖。

这种死状，乐鳌也是头一次见，而且，从未见过因鹿瘟而死的鹿是这种样子的。就在他思索的时候，林鸿升再次来到他身边，低低地问道："乐大当家，如何，你可看出了什么？"

林鸿升此时心中是矛盾的，既期望乐鳌能看出问题，又有些担心乐鳌会看出问题。期望乐鳌看出问题是因为连在他家做了几十年的老吴都没法子诊治的瘟疫，想必一定是极难治的，若乐鳌再没有办法，他总不能眼睁睁地看着自家的鹿一头头死掉吧。

至于他为什么又担心乐鳌会看出问题，那就是因为私心了。

想他临城最大的药堂种德堂，竟然还要请乐善堂的大夫来给自家的鹿诊病，即便只是鹿，可这若是传出去，怕是也要被临城医药行各位当家的笑掉大牙了。更重要的是，在原田面前，他们种德堂肯定要被乐善堂给比下去了，这是他最不能忍的。只不过，如今事态紧急，他还是暂时将私心抛到了一旁，毕竟同祖祖辈辈留下的家业比起来，私心又算得了什么！

02

这边林鸿升心情复杂，那边乐鳌却没有立即给他准确的答复，而是想了想道："这次这病真的是突然发起来的，没有任何征兆？"

老吴听了立即点头说："这点我可以肯定。"

"嗯。"乐鳌回了一声，却立即往外面走去。

看到他仍旧是一副沉思的样子，林鸿升眉毛挑了下说："不会是乐大当家也不知道是什么病吧？"

乐鳌看了他一眼，笑道："肯定是瘟疫，不过，这种瘟疫，应该已经消失很久了，书上称'一黑倒'，发病极快，基本上是倒下了就起不来了。只不过，这种瘟疫是发生在人身上的，却从未听说过发生在牲畜身上。而上次有记载的'一黑倒'，应该是在四五百年前了，应该是在塞外的一个小部落里发生的，不过后来，却没有记载这病是如何治好的，只说是那个发病的部落消失了。"

"你的意思是，这部落里的人都死光了？"林鸿升脸色陡变，"还是说，是有人将这个部落的人都杀了，这才遏制住了瘟疫的蔓延？"

毕竟，部落里有了瘟疫，第一时间自然是要逃走了，这也是瘟疫会蔓延的原因。可后来既没有蔓延，这个部落也消失了，由不得林鸿升不往最残酷的方面想。

看到林鸿升的样子，乐鳌沉吟了下道："我现在只是猜测，毕竟这种瘟疫这么多年来并没有在牲畜中发生的先例，至于再早些的，我就不太清楚了。具体的，还要我看过其他的鹿才能确定，不如林少爷先带我去鹿场里看看吧，看看有没有其他的线索。"

这一次，林鸿升不敢再胡思乱想了，连忙引着乐鳌穿过棚子后面的一扇小门，往鹿场的里面走去，进了鹿场，乐鳌向左右看了看，却转头对林鸿升道："林少爷，我建议你还是快把那些鹿的尸体处理掉吧，实在不行，先在上面撒上些石灰，毕竟这病曾经是人得过的，万一从这鹿的身上再传到了人的身上，怕是整个临城都要遭殃了。至于这里，你只要告诉我水源在何处就行，毕竟，瘟疫的传播，同水脱不了关系。"

"好的！"林鸿升连忙指着鹿场西北方，靠近山体的方向说道："水就是从山上流下来的溪水，我们围着鹿场修了一圈水渠，还有一个积水潭，我家鹿场建了百年，全靠这条活水。"

"嗯，这鹿场的位置的确是得天独厚。"乐鳌点头，"那我就先去那里看看，林少爷赶快去处理尸体的事情吧。"

"好，一会儿有发现的话，乐大当家让他来告知我一声就是。"林鸿升说着，点了旁边的一个跟班，让他带乐鳌去查看小溪的情况。

林鸿升走后，那个小跟班就领着乐鳌往西北方向走，这一路上果然看到了不少大大小小的鹿出现在草丛灌木中，不过，一看到有人过来了，它们便灵活地藏到了两旁灌木丛的后面。

林家虽然在鹿场里种了树，可只有鹿场周围的两三排，远不能同山上的密林相比。当然了，若是真的种了那么多的树，林家人想要用鹿入药的时候，抓起来可就难多了，毕竟，他们养鹿可不是为了做好事，那是要拿来做药材卖钱的。

鹿场很大，走了好一会儿，乐鳌才走到了那条小溪的跟前，却见林家人在这里挖了一个小小的水潭，又从水潭中分了几条水渠出去，几乎围着鹿场绕了一圈儿，果然心思够巧。

围着水潭绕了一圈，乐鳌对旁边的跟班道："你沿着水渠下去找一找，看看有没有什么不干净的东西在里面。"

跟班愣道："吴老已经让我们都找过了。"

乐鳌笑了笑说："若是有东西在水渠下面，经过这几日的浸泡，想必也应该浮起来了吧！"

小跟班一听，恍然大悟，连忙道："我这就去找，要不要再多找几个人？"

毕竟这鹿场很大，水渠也很长。

"暂时先不必，你就先走一圈看看吧。若是有发现，咱们再说。"

"好的，乐大当家！"小跟班点着头，立即转头去查看水渠的情况去了。

等他走远了，乐鳌脸上的笑容才微微收了收，然后眼睛一眨不眨地盯着水潭的水面看着。只见不一会儿工夫，水潭的潭面上就突然漾起了淡淡的波纹，而随着潭面上的波纹越来越大，整个水潭里的水就像是沸腾了一般翻滚起来。片刻后，水潭中的水便随着这翻腾卷起了一个漩涡。

随着漩涡越来越大、越来越宽，到了最后，整个水潭的水都被

这漩涡卷了起来，甚至这漩涡还高出了水潭的潭面。于是，几乎是刹那间，整个水潭都空了，潭底的情形一览无遗。

据乐鳌所知，林家的鹿场已经建了快要百年，这水潭也应该至少建了大几十年了，所以，放眼望去，水潭里满是淤泥和水草，潭壁上还长满了青苔，而在那一片黑乎乎的淤泥里，乐鳌却一眼看到了一点红色。他连忙一伸手，将那红色的东西从水潭中吸了过来，拿在手中一看，竟是一块红色的布条。他用手抻了抻，发现布条还很有韧性，不像是在水潭里泡了很久的样子，倒像是刚刚落在里面不久，他将布条凑到鼻前闻了闻，一股酸臭味立即刺入了他的鼻中，让他狠狠皱了皱眉。他正要再仔细观察一番时，脸色却微微一沉，然后一挥手，被卷起来的潭水便立即"哗啦"一声全都落回到了水潭中，甚至还有很多水溅到了岸上。不过，潭水刚刚归位，乐鳌却听到一个吃惊的声音在身后响起。

"乐大夫，你也察觉这水潭有问题了？"

乐鳌转头，却见是原田晴子寻了过来，而在她的身旁，飞着四五只纸人，也就是原田家的式神。于是乐鳌笑了笑道："原田小姐，我只是来看看水源有没有问题。"

"看看？"原田眼珠一转，嘻嘻笑道，"看来你也发觉了，这鹿场的瘟疫，根本就不是飞来横祸，是有东西作祟，对吧？怎么，到现在你还不承认自己是法师吗？"

乐鳌笑了笑未置可否，而这个时候，原田一眼就看到了乐鳌手中拿着的红色布条，眼睛立即一亮，几步走上前去。只是，她刚伸出了手，却见乐鳌向后退了一步，低声道："这个……你不能碰。"

"为什么？"原田的眼中闪过一丝诧异，"这是什么东西？"她正说着，奇怪的事情发生了，原本围在她身边的那些纸人，突然"吱吱"叫着向后退去，一下子退出了好几米远。

原田转头，先是愣了愣，然后一瞪眼，嘴里不知道嘟囔了句什么，大概是要叫它们重新回来吧。于是，其中的几只接受了她的指令，果然又向她飞了过来，不过可惜，这些纸人只向她飞了一半的距离，就又重新返了回去，根本就不敢靠近原田。看到它们战战兢兢的样子，原田只觉得心中恼火，然后用手一挥，哼道："既然如此，那还留你们做什么！"

于是，只见一道红光闪过，却是原田用指甲划破了自己的手指，将自己的血甩向它们，再然后，就是一阵"吱吱吱"的惨叫，那几个纸人的身上燃起了红色的火焰，眨眼间就灰飞烟灭了。

虽然这些纸人帮着原田做了不少坏事，可毕竟也是妖灵，有一些只怕也非自愿，而是同原田家签了血契才不得不受她驱策，因此，看到它们就这么被弃若敝屣，魂飞魄散，乐鳌的脸上闪过一丝冷意。而这个时候，原田已经重新回头看向乐鳌，撇着嘴道："这些东西果然信不得。"

乐鳌的嘴角向两旁扯了扯，然后转回身，重新看向眼前的水潭，犹豫了一下后，背对着原田晴子道："原田小姐，你是怎么找到这里来的？"

"我带了式盘，是它指引我来的。"原田说着，从随身的挎包里拿出了她从不离身的式盘，乐鳌扫了眼，却见她的式盘是黑色的，只有两只手掌大小，一只手完全可以托起来，式盘的两边由于经常抚摸已经发亮了，一看就年代久远。

乐鳌笑了笑说："这东西看起来有些年头了。"

"那是当然。"原田得意洋洋地说道，"应该有一千多年了吧，据说是从大唐得来的。我的祖先曾经去过大唐，后来随着鉴真大法师一起回的国。"

"鉴真师父？"乐鳌又笑了一下，"我记得曾从古籍上看到过，好像他除了佛法高深外，还精通医术，带去了不少医书药谱。"

"那是当然。"原田的脸上闪过一丝得意。

不过紧接着，却听乐鳌话锋一转："至于这式盘嘛……"

"式盘怎么了？"

看到原田疑惑的眼光，乐鳌顿了顿，又扫了眼那式盘上刻着的天罡北斗道："看样子你这副是六壬式盘，东汉的时候就该有了。此

盘颜色发黑发乌，而式盘的用料多为枣木，我猜，你这个应该是传说中的雷劈枣木所制，不要说在一千年前，哪怕是再早上千年，都是难得一见的宝物，想必赠你祖先这式盘的人同你家关系匪浅。不过，虽然这式盘不错，只是……"说到这里，乐鳌露出一副欲言又止的样子。

03

"只是什么？"听到乐鳌夸自家的宝贝，原田本来是很开心的，但此时听到他转了话锋，于是立即问道，"难道这式盘还有什么不足？"

"不是。"乐鳌摇了摇头，"你手中的式盘已经算得上是式盘中的极品了，即便是在我们这里，都很少能找到同它媲美的宝物。"乐鳌的话让原田更得意了，可她还没来得及谦虚，却听乐鳌又接着道，"其实自从唐以来，中原的六壬一脉已经很少用到式盘了。唐以后讲究的是'袖里乾坤'，故而渐渐地也就没什么人来做这东西了，即便做出来，材料也很少刻意去寻，所以，原田小姐一定要好好保管它，这只怕已经是孤品了。"

乐鳌的话说到这里，原田脸色一变，立即意识到，他这么说似乎是暗讽他们家的法术已经过时了，这式盘再厉害，又哪里比得上随手拈来的"袖里乾坤"？这"袖里乾坤"她不是没听过，但是随着他们的家族渐渐衰落，能让巫女一职沿袭下去已经不易，哪里还有精力更上一层楼。一时间，看着手中乌黑发亮的式盘，原田只觉得脸上隐隐发热。

这个时候，见她不发声了，却听乐鳌道："至于你说你祖先是得了这式盘后随鉴真师父一起回的国，其一，鉴真师父乃是佛家弟子，六壬一脉擅长茅山术，同道家关系匪浅，再加上袁天罡盛于武周之前，鉴真东渡则是在开元年间，而且直到第七次才得以成功，那个时候已经是天宝年间了，这中间可是有百年的间隔，我想，你家祖先可能记错了得它的时间。"

　　原田向来争强好胜，虽然自己的家族日渐式微，可毕竟是曾经侍奉过天照大神的家族，她也以此为傲，对家中的传说典故更是深信不疑。如今一连被乐鳌点出好几处矛盾之处，再加上她从小就上的是西洋学堂，对于这个庞大却贫弱的国家越发不屑一顾，又怎么可能去更深的了解这个国家。因此，对于乐鳌的话，她一个字都无法反驳。可她最终还是傲气地将式盘狠狠塞进自己的挎包之后，她又看着乐鳌笑了下说："乐大夫，毕竟已经过了千年，你怎么知道你所看的书是真的，不是演绎出来的？我的家族可是侍奉天照大神的，家谱里记载的又怎么会有错？"

　　听她这么说，乐鳌笑了笑："原田小姐说得对。"说完，他一转身，沿着两旁的水渠往回走，低着头仿佛在找着什么，不再理会原田了。

　　见乐鳌不理他了，原田皱了皱眉，但她很快又跟上了他，也像他一样往水渠里看，结果却看不出任何端倪。有心将式盘拿出来搜寻，可一想到刚才乐鳌没用式盘也比她早一步找到了那处水池，心中就像是打了个结，又不想将它拿出来了。于是她干脆问道："乐大夫，你还没告诉我，那块布条是做什么用的，难道就是它引起了鹿瘟？"

　　乐鳌看着她似笑非笑地说："不过是块布条罢了，哪里有那么厉害。"

　　原田正要再问，却见沿着水渠从远方跑来一人，正是刚才乐鳌打发出去的跟班。来到乐鳌面前后，跟班立即气喘吁吁地说道："乐大夫，找到了。"

　　"哦，是什么？"乐鳌眉毛一挑。

　　"您跟我来。"小跟班说着，立即沿着水渠往来路跑，乐鳌同原田晴子则立即跟了上去。

　　大概沿着水渠走了几十米远的距离，小跟班停住了，然后远远地指着岸边一个黑乎乎的东西道："乐大夫，您看，就是那只死鼠，刚才一阵怪风刮过，它果然就从水底飘上来了。而且您看，这鼠身

上还缠着绳子，像是挂着什么东西，我猜应该是石头，不然您看它的样子，都已经涨得像鼓了，结果这会儿才浮起来，定是有人故意将它沉下去的。"

在离那死鼠几步远的地方，乐鳌停了下来，然后他问那个小跟班道："你可碰过它？"

小跟班连忙摇头说："我是用树枝将它捞起来的，然后就不敢动了，就去找您了。"

"很好。"乐鳌赞许地点点头，"现在，你继续去找类似的东西，不过，还是不要告诉任何人，这里我来负责就是，还有，你若是找到了别的，也要像这次一样，只给我一个人看，千万不要再惊动其他人了。"

"连我家少爷也不说？"小跟班面露难色。

乐鳌又笑道："你没看到原田小姐在这里吗？你放心好了，若是你家少爷问起，让他来找我就是，你什么都不要说，更不要当着其他人的面说，明白了吗？"

"是！"小跟班听了，瞥了旁边面色不善的原田一眼，想到自家少爷同这个女人的传闻，立即使劲点了点头。

小跟班走后，原田立即迫不及待地问道："难道真有人在鹿场里散播病毒？林家这是得罪人了？"

乐鳌笑了笑说："林家家大业大，更是临城医药行的翘楚，难免有人眼红，正所谓君子无罪，怀璧其罪呀。"

原田非常赞同乐鳌的话，又低头看向那只死鼠，皱着眉道："你打算怎么处理这东西？"

"源头找到，就好说了。"乐鳌沉吟了下，"不过，既然这瘟疫发起来了，就没那么容易消失，而且这瘟疫可能会传染给人，原田小姐还是躲一躲得好，我得将它带到一个无人的地方再处置。"

"你要一个人处置它？"原田眼神微闪。

"劳烦原田小姐同林少爷去说一声吧，也让他赶快处理好那些鹿的尸体，我先把这东西处理了，才好诊治那些生病的鹿。"

　　原田想了想，笑道："好，我就听乐大夫的。"她说着，立即转身往刚才的草棚去了，这次竟然都没有提出一点儿异议。

　　她走了以后，乐鳌的脸色才彻底沉了下来，他盯着那死鼠看了好一会儿，冷笑道："这种老怪物都被找来了，看来是有人唯恐天下不乱呀！"说着，乐鳌用手一拂，那只死鼠便突然漂浮在了半空中，随后他向左右看了看，最终将视线定格在了林家鹿场正中的位置，他在心中暗暗推算了一番后，这才向那里走去。而那只漂浮在半空中的死鼠，也随他一起向那里飘了过去。

　　一会儿的工夫，乐鳌就到了目的地，他先是看了看空中太阳的位置，然后便从四周找了些大小不一的石块来，将其摆成了几个圆环。这些圆环一个套一个，整齐且规律地排列着，而那只死鼠早已被乐鳌放在了圆环的中间。

　　乐鳌所选的地方十分空旷，周围最近的树也要有百米之远，只要太阳一升起来，这里就会被阳光照射到，乃是这鹿场中阳气最重所在。此时虽然已经是下午，且刚刚下过大雨，鹿场的大部分地面还是潮湿的，可独独这里，已经完全干透了，就可见此地阳气的旺盛。

　　阵法摆好后，乐鳌口中念念有词，两只手也做起了手诀，于是，就在他口诀加手诀的催动下，阵法中间的死鼠再次飘了起来。而随着乐鳌的口诀念得越来越急，手诀也做得越来越快，这只死鼠的身上突然散发出诡异的黑气。不一会儿工夫，黑气越来越浓，范围也越来越大，最终将这只死鼠完全包裹其中，而等这死鼠彻底消失在黑气中不见了的时候，若是有人仔细听的话，就会察觉，一阵阵刺耳的尖叫声从这黑气中传了出来，让人头皮发麻。不过，这里没有别人，只有乐鳌一个，对于这诡异的声音他却仿佛完全没听到一般，反而口中的咒语念得更快了，手诀更是快得让人眼花缭乱。

　　终于，随着这团黑气再次变大，那一阵阵让人身上发寒的尖叫声渐渐消失了，周围一下子安静下来，这会儿，那团黑气已经扩大到了半人大小。此时，透过黑气，有一点点红光透了出来，就这样，不一会儿工夫，黑气变成了暗红色的光团，"吱吱"的尖叫声也在沉

默了片刻后，变成了更加让人毛骨悚然的声音——什么人"咯咯"的笑声。

随着红光越来越盛，里面也果然渐渐显露出一个人影，只不过，眼看这个人影就要现身的时候，突然这团红光闪了一下，然后便以迅雷不及掩耳的速度向乐鳌冲了过去，眨眼间就冲到了乐鳌的面前。

眼看人影就要撞到乐鳌的胸口了，仍旧没有任何要停下来的意思，那副气势汹汹的样子，一看就是不怀好意。

见人影就这么撞了过来，也不知道是乐鳌没反应过来还是根本不在意，他完全没有要躲闪的意思。于是，就在这东西即将撞上他的那一刹那，乐鳌的身形晃了晃，然后竟悄无声息的没了踪影。

那红光似乎停了停，但是马上却听乐鳌的声音竟在红光的背后响起："你以为这样就能杀了我吗……"

他话音未落，却见这团红光又是一闪，再次向他撞了过去，而这次，这红光几乎是在瞬间就到了乐鳌的面前，然后再次狠狠一扑，速度竟比上次还快了数倍。

04

不过可惜，无论这东西速度多快，这东西的冲撞仍旧落了空，乐鳌就在他将被撞上的那一刹那，再次消失了踪影。

而这一次，几乎是在同时，只听两个一模一样的声音在红光身后异口同声地说道："你还是乖乖随我离开这里吧，否则的话，这八卦两仪阵一旦发动起来，不管你来历如何，都只有烟消云散一条路。"

正说着，却见那道红光再次向乐鳌冲了过去，不过这次，虽然乐鳌依旧没有躲，可这道光不等到他面前，就突然偏离了方向，向一旁歪了过去，就像是要摔倒般一下子没了方向，最终只得绕着圈地往回冲。

经过这几次，这东西应该是知道了这阵法的厉害，回去之后，不再冲向乐鳌，而是转身往没有乐鳌的那个方向跑，看样子是想逃。可此时再想逃已经晚了，因为无论这东西冲向哪个方向，那个方向就会出现乐鳌的身影，每一次都将逃跑的路挡得密不透风，让这东西根本就无路可逃。

于是，在逃了多次都没能成功的情况下，这团红光不得不重新回到阵法中间的位置。"咯咯"的笑声，也变成了"呜呜"的哭声，那种充满委屈的声音，直射人的心魂，让人很容易就心软下去。

乐鳌皱了皱眉，急忙默念了一番清心咒，这才算是没有被声音迷惑，随即他冷哼道："你倒哭起来了，难道你比那些让你害死的生灵还要委屈吗？你若不是有个好父亲，又纵着你，你早就不知道轮回多少次了，又岂会让你害死那么多的人！"

乐鳌此话一出，阵法里的哭声立即消失了，但不过是静了须臾，便听到一阵刺耳的嘶吼声从这团红光中传出，然后这团红光一下子扩大了数倍，黑气也再次在红光的周围弥散开来。而后，黑气卷着红光打着旋儿地在八卦两仪阵中快速旋转起来，渐渐充斥了整个法阵。只不过，任凭这东西体积变得再大，旋转的速度再快，都无法冲破阵法的边界。

这个时候，乐鳌也从刚才的一个、两个变成整整七个人影，围着阵法站了一圈儿。他们像杀神一样守在阵法周围，每一个乐鳌的嘴唇都在快速地动着，都在念着法决，手也不停地翻飞着，像闪电一般的拈着手诀，而且频率动作更是一模一样。

就这样，随着时间越来越久，那团红光的速度渐渐慢了下来，想必是已经快要力竭。与之相反的是，阵法边界散发的金光却越来越亮，眼看就要比天上的太阳光还要灿烂夺目了。不一会儿，这些金色的光越发刺眼，就像是利箭一般，射向阵法里的东西，大有刺穿那团红光，让里面的那东西现身的征兆。

感觉火候差不多了，乐鳌正要收阵，将这东西擒住，可偏偏在这个时候，却听一旁传来原田晴子惊讶的声音："乐大夫，这是什么东西？"

　　乐鳌心中一沉，手中正在结印的手指也微微停顿了一下，可也就是这一下，他却知道糟糕了。于是，就在下一刻，那道被红光包裹着的东西果然向他的真身冲了过来，乐鳌犹豫了一下，只得在心中暗暗叹了口气，然后身子一侧，往旁边闪了闪，躲开了攻击。

　　他这一躲，却见原本耀眼的金光，在猛地亮了一下后突然黯淡下来，而后随着一连串"噗噗"的声音响起，却是他原本用来设置阵法的石块一个个全都化成了粉末，阵法自然也破了。

　　阵法一破，那道红光不敢再耽搁，立即破空而去，然后便钻入山上的密林中消失得无影无踪了……

　　夏秋在雨停之后再次来到前厅时，才知道乐鳌是去林家鹿场了，而这个时候，刚好消失了好几日的小黄师傅回来了，她便让小黄师傅立即带着她和小龙前往林家鹿场。不过，到了离林家鹿场还有一段路的时候，夏秋却让小黄师傅停了车，并让他把车开到一旁等候，自己则带着小龙打算走过去。

　　听到她的建议，当时小黄师傅就劝她，说刚下过雨山路不好走，最好还是让他送他们上去，但却被她断然拒绝了。因为当时夏秋还没想好，到底要不要进入鹿场找乐鳌。毕竟，她刚刚同乐鳌大吵一架，更是伤心他瞒了她那么多事情，已经不知道过了今日该如何留在乐善堂，如何同他相处了，甚至已经萌生了一走了之的念头。可一发现乐鳌一个人跟原田去了林家的鹿场，她的心中却十分不安，所以，她几乎是想也没想就让小黄师傅载上她追了过来。

　　直到上了车、出了城门之后，她才意识到，当时他离开的时候，明明知道她就在后面，可却也只留了条子，而不是叫上她一起，是不是也不想见她呢？这个想法让她更加犹豫起来，所以才决定到了山脚后走上去。

　　因为，去林家鹿场的山路只有一条，若是小黄师傅开车上去，目标就太大了，一定会立即惊动林家的人，到时候她想反悔都不行。只是，步行了一段路后，她却真的后悔了，因为正如小黄师傅所说，雨后的山路果然十分泥泞，几乎可以称得上是举步维艰，好几次她都差点滑到。要不是有小龙暗中帮衬着，她一定早就滚了满身的泥了，而不是像现在这样，只是脏了鞋子。

可心中虽然后悔，但如今鞋已经脏了，她也不好意思再回去重新坐车，只得硬着头皮继续往前走，心中则暗自庆幸林家鹿场是在山坡上，连半山腰都没有到。所以，她虽然走得辛苦些，可走了没一会儿，她已经能看到庄子的屋角了。不过，她的心刚刚才松了下，却听到身后传来一阵车子的轰鸣声，起初，她还以为是小黄师傅不放心，开车跟上来了，连忙回头看去。可随着车子的轰鸣声越来越近，她还听到了别的声音，好像是什么人的脚步声。

夏秋再仔细听，发现这脚步声非常的繁杂纷乱，应该不是一个人，而是有很多人，于是在犹豫了一下后，她立即躲到了旁边的树丛里。

刚藏好没一会儿，她便看到果然有车开上了山，不过却开得很慢，自然也不是乐善堂的车。在车的后面，则有一队人小跑着跟着，等他们走近后，夏秋终于看清楚了，跟在车后的，竟然是一支军队……

05

看着那道红光消失的地方出了会儿神，乐鳌转头看向原田晴子，嘴角向上扯了扯说："原田小姐，我不是说我来处置吗？"

原田怔了怔，但马上说道："我只是过来看看能不能帮上忙，而且，如今看来，你果真是法师。"

"是又如何，不是又如何？"斜了她一眼，乐鳌抿了抿唇，"你确实帮了忙，不过却是帮了那东西的忙。"

"那东西？是什么东西？"原田急忙问道。

乐鳌这会儿不想理她，而是转身往出口的方向走去，今日让这东西跑了，日后想要抓住就更难了，他看来要想别的办法了。而且，很明显这次他已经激怒了这东西，搞不好这东西会做出更疯狂的事

情，他必须快点想好对策才是。

乐鳌边想边走，根本就没有注意到旁边的原田在说什么、做什么，直到他感到自己的胳膊被人狠狠一拉，让他不得不停住了脚，这才转头看向原田，却见她一脸愤怒地道："乐大夫，你是什么意思？我不过是喊了一声，就把那东西给吓走了？这也怪不得我吧。你没拦住他，只能说明你能力不行，你若是一开始就让我同你一起，那东西肯定已经被抓住了。"

乐鳌心中连连冷笑，不动声色地甩开原田拉着他胳膊的手，彬彬有礼地道："原田小姐说得对。"说完，他便拂了拂衣袖，继续往草棚的方向去了。

这一拂，让原田晴子感到深深的屈辱，她咬着牙看着前面的乐鳌，幽幽地道："难道我帮不了你，那个夏秋就能帮你吗？"

乐鳌走得很快，原田根本就追不上他，再加上他有意同原田保持距离，不一会儿就甩开她老远，只是，眼看他就要到草棚的时候，却见之前跟着他的那个小跟班竟然从棚子里急匆匆地走了出来，看到乐鳌，小跟班眼睛一亮，立即走到他的面前说："乐大夫，我正要去找您呢。"

看到小跟班这么着急，乐鳌皱了皱眉说："怎么了？可是又有鹿发病了？"

"不是。"小跟班说着，立即压低了声音，"有客人来了，我家少爷让您赶快到前面的别院去。"

"客人？让我去？"乐鳌怔了怔。

"总之，您跟我去了就知道了。"小跟班说着，连忙拉着乐鳌往鹿场外面走去。

来到林家鹿场的前厅，看到厅中稳稳当当坐着的那人，乐鳌眼神微闪，然后笑着对那人拱了拱手道："张大人，您怎么来了？"

原来，来林家鹿场的竟然是张子文，只不过，同前几次见他的时候穿着便服不同，这次这个张副官竟然穿着一身军装，而且脸上的表情也没有前几次温和，而是一脸的严肃。

听到乐鳌向他打招呼，张子文挤出了一个笑容说："没想到乐大当家也在这里，看来，这次林家鹿场情况不妙呀！"

听出他话中有话，乐鳌立即看向一旁的林鸿升，却见他眉头紧皱，对乐鳌摇了摇头，然后只见他对张副官赔笑道："张大人，如今我们鹿场只是草料出了问题，我已经让他们换了草料了，很快就没事了，也不知道您是从哪里得来的消息，怎么会认为我们林家的鹿场闹起了瘟疫呢？"

听到林鸿升的解释，张副官对他笑了笑说："林少爷，我从哪里知道的先不谈，只是，我刚刚上来的时候，可是亲眼看到你在后院的空地上烧毁那些鹿的尸体，有的尸体上还撒了石灰。如果不是你家鹿场闹了瘟疫，只是吃坏了肚子，你又怎么舍得将这些鹿烧个一干二净！我虽然对医术研究不多，却也知道鹿的全身都是宝，别的不说，单是那鹿角，都是能炼鹿角胶的，你们林家舍得就这么将它毁了？"

说到这里，张副官从太师椅上站了起来，踱到了林鸿升的面前，低低地道："林少爷，我知道这鹿场是你们林家的基业，可是，你这鹿场紧邻临城，里面可是有一城的老百姓呀，万一你家的瘟疫传到了人的身上，全城可就都遭了殃。我们旅长最在乎的就是老百姓的安危了，所以才会派我来山上劝一劝林少爷。虽然从东洋回来的时候，我家大小姐颇受你们的照顾，可同所有临城老百姓比起来，我家旅长也只能说声对不起了。而且，林少爷也知道的，最近新政府正是混乱的时候，临城的那些官儿们这会儿只想着自保，什么事儿都不敢管。现在，临城的一切都压在我家旅长的肩头，他也是没有办法啊！"

"这个……这个我自然知道。"林鸿升的额头上已经开始冒汗了，张副官的言下之意他怎么能听不出来呢，自然是要他将这鹿瘟控制在他们林家的鹿场里了，这让他立即想到了那个消失的部落。

那个部落是自己死光了还是被杀光了他不知道，不过有一点他明白，若是这鹿场完了，他们林家也就完了，百年的基业便会真的

毁于一旦！

就在这个时候，却听乐鳌突然开口道："张大人，刚刚林少爷说得没错，这次鹿场的怪病我已经找到了根源，很快就能治好。虽然您和旅长说的办法可以一劳永逸，但这样一来，不但咱们临城的医药行会受到震荡，怕是连临城的百姓也会人心惶惶，反而更不利于稳定此时的局面吧。"

无论是张副官还是林鸿升，都没有想到此时乐鳌竟然会替林家说话。按说林家若是倒了，他们乐善堂也会是受益人之一，他这么说这么做，实在是太出乎平常人的意料了。

到底还是张副官应变能力强悍，在怔了怔后，只见他微微一笑："乐大夫，这么说在你眼里，这些鹿的性命，比临城里百姓的性命还要重要了？"

乐鳌拱了拱手道："当然不是，我只是觉得既然已经找到了医治的法子，没必要将这些鹿全都杀了。"

"找到了医治的法子？"张副官眯了眯眼，"这么说，已经有鹿被你治好了？"

乐鳌摇了摇头说："现在还没有，但是再过几日，我自然就能将它们治好。"

"再过几日？"张副官突然提高了声音，"若是这几日瘟疫蔓延到山下的牲畜，甚至蔓延到临城的百姓身上呢？乐鳌！在你的眼里，人命就那么不值钱吗？"张副官说这些话的时候，眼睛不知为何一下子变得通红，看来是真动了怒，声音自然也放到了最大。

林鸿升一看不好，连忙劝道："张大人息怒，我们家鹿患的真的不是瘟疫，更谈不上蔓延一说，乐大夫是临城里最有名的兽医，他说能治好，就一定能治好，又怎么会不在乎人命呢？"

"可我得到的线报就是瘟疫。"说着，张子文又转头看着乐鳌厉声道，"乐大夫，你怎么说？这是瘟疫，还是普通的病症？"

乐鳌犹豫了一下，实话实说道："的确是瘟疫，而且还是很厉害的瘟疫。"

"乐大夫！"林鸿升的脸色也为之一变。

扫了他一眼，乐鳌继续心平气和地道："张大人，给我三日时间，若是到时候这瘟疫消失不了，抑或是瘟疫蔓延到了临城城内，乐某一定承担责任。"

"承担责任？"张副官又是阵冷笑，"你承担的了吗？你一条命，难道能抵得过临城那么多百姓的性命？"

"我只希望张大人能相信我一次。"乐鳌坚定地道。并非他不把人命看在眼里，事实恰恰相反，他正是为了临城的百姓才会阻止张副官杀鹿——如今的情形，让他不得不这样做。现在，那东西已经逃了，而且肯定恨极了他，若是这鹿场里的鹿全都被杀了，那东西的怨气没地方发泄，定然会去临城找他，那个时候，才是临城的灾难。而若是这鹿死不了，那东西再恨也会先把气出在这些鹿的上面，眼下看来，那东西已经将这鹿场看作囊中之物，哪怕他们什么都不做，那东西怕是不折腾死这整个鹿场的鹿都是不会罢休的。也就是说，有鹿在，就是临城百姓的盾牌，总会护上临城里的百姓和大小妖怪几日，可若是这道屏障没了，那遭殃的只可能是临城的百姓了。只是，这些话他根本就无法告诉他们，倘若刚才他将那东西收了，如今他根本就不会出来冒这个头，林家的生死同他又有什么相干。

想到这里，乐鳌又冷冷地看了一旁的原田一眼，嘴角向下撇了撇。

不过，看到乐鳌看向她，原田还以为他是要她支持他，于是想了想后立即道："若是张大人觉得不踏实，我可以用日侨会馆作担保，您就让乐大夫治上三天吧！"

"用日侨会馆作担保？"张副官闻言深深地看了乐鳌一眼，意味深长地一笑，"没想到，乐善堂同日侨会馆还有这层交情，以前，是我看走眼了。"紧接着，不等乐鳌开口解释，他又是一笑，"既然有日侨会馆作担保，那么我就等乐大夫三日，希望乐大夫不要让我、不要让旅长、不要让整个临城的百姓们失望啊。"说完，他又深深地看了乐鳌一眼，微微一笑，就这么一言不发地离开了。

张副官刚走，却见林鸿升连忙问乐鳌："乐大夫，你真有把握治好这瘟疫？"

乐鳌未置可否，而是挑了下眉道："不然如何，难道林少爷想让张大人立即将你这鹿场的鹿全都杀个干净？"

林鸿升脸色一变："可是，三日后，若是……"

林鸿升刚说到这里，却见林主管急匆匆地从门外走了进来，对林鸿升道："少爷，咱们鹿场……咱们鹿场被张大人的兵包围了，到底怎么回事？"

林主管今天本来是被林鸿升遣回临城去照看种德堂的生意的，毕竟林鸿升在山上顾不上，临城那边总要有人看着才行。结果林主管刚才进来的时候，发现鹿场被张子文带来的兵围了个水泄不通，立即被吓了一跳。而他刚刚进来，就看到几个在鹿场里做工的当地人被挡了回去，却是他们林家的鹿场已经只许进不许出了。

听了林主管的话，林鸿升也吓了一跳，但还是故作镇定地说道："张大人已经走了，那些兵一会儿也就该被他带走了吧。"

"那可不见得。"这个时候，乐鳌接话道。

林鸿升的脸色一下子变得难看无比，看着乐鳌道："他刚刚不是答应给咱们三天的时间吗？"

乐鳌摇了摇头，缓缓地道："他只说这三天中不杀鹿，可没说同意咱们下山。不过，他说得没错，这鹿瘟若是真的传到了临城的百姓身上，那咱们可就都是临城的罪人了。"

林鸿升张了张嘴，终究没再说什么，也无话可说。今日若不是乐鳌和原田在，只怕他家的鹿场就肯定不保了。而且，眼下的情形，分明是乐鳌将责任揽了一大半在自己的身上，这若是别人这么做，他一定会感激不尽的，只是，为什么偏偏是乐鳌。想着想着，他不由得再次向乐鳌看了去，然后又看了看原田，最后他的眼神还是不由自主地在乐鳌的胳膊上扫了一下，这才匆匆收回。

随即他想了想说："乐大夫，你真有办法治好这场鹿瘟？"

看了看他，乐鳌沉吟了一下说："我既然这么说了，那就一定是有办法。不过，我有一个条件。"

"条件？"林鸿升一愣，"什么条件？"

乐鳌看了看他，最终将视线落在了一旁的原田身上说："我的条件很简单。今天晚上，我就会为这些病鹿针疗，由于这期间我必须连续不断地为它们施针，所以，诊室里一定要保持绝对的安静，绝不能受到任何人的打扰，否则的话，只怕这些鹿就真的没救了。"

"你一个人？连续不断的施针？"林鸿升眉头微微皱了皱，"就是说，谁也不能进去？"

"正是如此。"乐鳌点点头。

乐鳌知道自己这次有些冒险，若是有陆天岐在，他大可以让陆天岐在外面守着，可如今，只有他一个人，还是在林家的鹿场里，周围的这些人对他还没什么善意……可时间紧迫，他必须快些控制住这里的局面才行，现在的情况也由不得他多想了。

06

果然，听了他的话，不但是林鸿升，就连原田的眼中都满是怀疑，她不禁又想到了刚才在鹿场中发生的那一幕，乐鳌当时也是这样要求她的，说要一个人解决问题，而眼下又是这样，就像是他有很多不可告人的秘密似的。可是，她连他是法师的秘密都知道了，他还有什么需要瞒着她的呢？想到这点，原田心中很不舒服。

于是她也问道："那要多久？一个小时？两个小时？还是一整夜？"

乐鳌心中默算了下，缓缓地道："算上今晚，至少要两晚。"

"什么？！这么久！"原田同林鸿升面面相觑。

"而且，若是中间被人打断，重头来过是小，只怕是要前功尽弃了。"乐鳌的嘴角翘了一下，然后看向林鸿升，"到了那个时候，就算张大人舍不得，我也会要求他尽快将这鹿场中的鹿处置掉，毕竟人命还是最重要的。"

"真的要那么久？"虽然怀疑，可林鸿升此时却已经没了办法，试探地说道，"可如果又有鹿病了怎么办？你说不让人打搅你，可它们病了，总要送进去给你诊治吧。"

乐鳌点点头说："其实，有可能还会更久，不过我三日后一定会出来，至于你说的问题……"乐鳌说着，从随身的药箱里拿出了一个小瓶，递给林鸿升道，"林少爷，你将这药粉掺在鹿场的草料里，最起码能保证三日内不会发病，而到了那个时候，我将这些病鹿治好了，先解了燃眉之急，再一一诊治它们。"

接过药瓶，林鸿升在手里掂了掂问："这是什么药？"

乐鳌微微一笑："总之不是给人吃的药。"

每个药堂都有几个属于自己的秘方，林鸿升一听就明白了，也不再多问，而是将它迅速地收好。

而这个时候，却听原田突然道："三天都不出来，难道你连饭都不吃了吗？"

她这番话一出，乐鳌一时间不知道该怎么回答，而林鸿升的脸则沉了沉，宽慰原田道："乐大夫这么说，自然有他这么说的道理，我给他带些耐存的点心进去，先挨过这几天再说，等乐大夫出来之后，我一定好好谢谢乐大夫。"

"那倒不必。"乐鳌微微一笑，"医药这一行，免不了哪家什么时候就需要帮忙，上次，我不是也去你们种德堂讨苏合香丸去了吗？"

听他提起苏合香丸，林鸿升的耳根隐隐发热，开始有些怀疑起自己之前的判断来了，总而言之，若是这次乐鳌帮他们林家救了鹿场，他怕是很难再怀疑乐鳌、针对乐鳌了，不然的话，岂不是被人戳着脊梁骨骂忘恩负义？

安排好这一切后，乐鳌他们便往草棚的方向走去，走到门口的时候，正好老吴从里面出来，但仍旧是愁眉不展的，因为又有几头鹿死掉了，如今，只有三头鹿还活着，但是也已经奄奄一息，甚至连水都喂不下了。

见了老吴，乐鳌心中一动，立即将刚刚对林鸿升他们说的话又说了一遍，听得老吴连连点头，甚至拍着胸脯打包票道："乐大夫放心，我一定会陪着东家在外面一步不离地守着，绝不让不相干的人打扰你。"

乐鳌笑了笑，然后对他说了声"谢谢"，便回头再次叮嘱林鸿升他们道："各位一定要记住我说的话。"说完，他头也不回地进了草棚，然后将草棚的大门紧紧关上，便再也没了声息。

看着眼前的门被乐鳌关上，原田和林鸿升的心中都有一种异样的感觉，但是又说不清是什么感觉，而这个时候，却见老吴从旁边搬来一张小木凳，坐在了棚子门口，然后一脸坚定地说道："只要乐大夫不出来，谁也别想从这扇门里进去。"

看到老吴那副坚定的样子，原田和林鸿升的心中更加怪异了，而直到这个时候他们才发现，仿佛他们守门的决心，还不及老吴的一半……

进了草棚的大门，乐鳌沿着长长的过道走到了最里面的隔间处，撩开麻布帘子后，果然看到三头鹿奄奄一息地倒卧在地上。乐鳌的眉头微微一皱，然后用手轻轻一拂，立即施展了净化之术。

这瘟疫看起来凶险，但他的净化之术连三朱丸的毒都能解，又何况其他，只不过这瘟疫同其他的病症不同，即便现在解了，可不找到源头，不抓住那个制造瘟疫的罪魁祸首，终究还是没用。虽然他已经暂时将那东西打跑了，这也是他敢向张子文立下三日之约的原因，可那东西一天抓不到，他一天都不能安心。向来只有千日抓贼，哪有千日防贼的道理，那东西之前差点被擒，一定会更加的多疑小心，再想骗那东西出来只怕已经不容易了，现如今，只能换个思路，就是再想个办法，让那东西做不了孽、施不了法。而要做到这一点，只凭他一个人的力量就不行了，他必须找到能克制住那东西的法宝才行。而在这里、在这灵雾山中，还真有一样东西……

不知什么时候，草棚里只余下了几头鹿，乐鳌已经从草棚里消失了。不过，同之前的奄奄一息相比，这一次，这几头鹿却似乎睡着了，而且看起来睡得极为平静香甜。安静的草棚里，甚至可以听

到它们平稳规律的呼吸声。

　　夏秋赶到林家鹿场外面的时候，天色已经擦黑了，那支军队也早就到了，正在门口围着。

　　稳妥起见，夏秋立即躲到了一旁的树丛里暗暗观察，结果却亲眼看到在她后面上山的林主管费了半天劲儿才被大兵们准许进入庄子，至于从鹿场里面出来的伙计们，甚至是赶着驴车的车把式，全都被轰了回去，竟然是只准进不准出了。

　　看到这一切后，现在即便让夏秋进，她也不敢贸然进了，虽然她很担心里面的乐鳖，但是也要想清楚才行。多年来她已经养成了一个习惯，越是紧急的时候，就越要想清楚，谋定而后动。而没一会儿，她便看到张副官开着车出了庄子。不过，张副官只带了几个卫兵下了山，剩下的那些大兵们还在门口守着，半点要离开的意思都没有。

　　这时，看着门口守卫的士兵，夏秋思考了几分钟，然后对化作小青蛇缠在她胳膊上的小龙道："你能让咱们神不知鬼不觉地进里面去吗？"

　　袖子里传来几声"嗞嗞"的吐信子的声音，是小龙肯定的答复，夏秋正想说好，却不想一阵小孩子"呜呜"的哭声从一旁传了过来，夏秋循声望去，却见林子深处似乎透出些亮光，哭声就是从那亮光处传来的。

　　看了看前面被大兵们围得严严实实的鹿场大门，夏秋又向哭声传来的方向看了下，她决定暂时改变了主意，便循着哭声往那亮着光的地方走去。结果没走几步，便看到一个穿着灰色的单衣单裤、梳着两个抓髻的小女孩坐在地上伤心地哭着。而在小女孩的身边，放着一只红色的灯笼，刚才夏秋看到的灯光，就是从这只灯笼发出来的。

　　夏秋本想上前将她扶起来，可看到她身边放着的灯笼后，脚步却一下子顿住了，然后夏秋在离她几步远的地方笑着问："小妹妹，你怎么了？可是迷路了？"

只是，听到夏秋的话，这个小女孩却突然抬起了头，盯着夏秋不高兴地说道："我不是女孩儿，我是男孩儿。"

他这一开口，虽然充满了浓浓的童音，但是夏秋还是听了出来，这个孩子的确是男孩儿。只不过，现在已经很少有小男孩梳这种发式了，而且，即便是在前几十年，也很少有孩子能留这种发式。除非是从小就入了道观修道的道童。他这种发式，只有更早之前的孩子才会留的吧。

但是，虽然这个孩子的发型有些怪，可夏秋还是向他道了歉，随即指着他身边的红灯笼，试探地问道："小弟弟，你那个灯笼怪好看的，我可不可以看一看呀？"

只是，夏秋不说这些话还好，听到她这么说，这个小男孩儿反而一下子将灯笼紧紧地搂在了怀里，然后一脸警惕地说道："你想干什么？"

看到他这么护着这只灯笼，夏秋干笑了两声说："我只是看着好看，想仔细看看。"

"不行。"听到夏秋竟敢惦记他的灯笼，小男孩儿连哭都忘了，倔强地说道，"这是我爹亲手给我做的，谁也不许碰。"

看到他这么紧张这个灯笼，夏秋连忙了摆手道："好吧，不碰就不碰，那你是不是能告诉我，你为什么在这里，又为什么哭呢？你家大人呢？"

夏秋这番话，似乎又让小男孩儿想到了伤心处，只见他嘴巴一撇，继续大哭起来，边哭着，他边泣不成声地道："我爹爹……我爹爹让我在这儿等他，可现在都天黑了，他都不回来，我……我……我害怕……哇……"

07

"你爹爹让你在这里等他？"夏秋向周围扫了一圈儿，皱了皱眉，"你没记错？"

"怎么会记错，他就进了前面那个庄子里了，以前他都带我进去玩儿的，这次却说什么都不让我进去，让我在外面等，可……可他怎么到现在还不出来呀，呜呜呜！"

"你爹爹进了前面那个庄子？"想到了刚才自己在门口看到的那些被挡回去的人，夏秋又问，"你爹爹进那个庄子做什么？"

"我爹爹是给他们送草料的，我家都给他们送了好多年了。"小男孩儿哭得上气不接下气，"我家有辆驴车。"

"原来如此。"夏秋想了想，安慰道，"我正要去庄子里，不过好像庄子里发生了些事情，现在只能进不能出，你爹爹怕是一时半会出不来了，你家在哪里，远不远，不如我送你回家吧。"

哪想到小男孩儿摇了摇头说："我家就在前面不远处的山坳里，我家只剩我和爹爹了，他不出来，我就在这里等，他总会出来的，要是等他出来的时候发现我不见了，一定会着急的。"说着，小男孩儿打了一个大大的喷嚏，想来是被林子里的凉风激到了。

见他这么懂事，夏秋很是心疼，于是想了想，哄道："你看这样好不好，你家不是不远吗？我先送你回去，反正一会儿我还要去庄子办事，就顺道告诉你爹爹一声，好让他放心。不然的话，你若是万一生了病，你爹爹不是更担心了？"

夏秋这番话，倒像是说到小男孩儿心里去了，他歪着头想了想说："你说的好像有些道理，我要是生了病，不但爹爹着急，还要花钱买药喝，又苦又浪费。"

听到他这么说，夏秋"扑哧"一下笑了："没错，你说得很对，天都快黑了，所以，你是不是可以前面带路了呢？送你回去以后，我还要去庄子里办事呢。"

听到夏秋这么说，小男孩儿才不好意思地从地上站了起来，腼腆地道："那就谢谢姐姐了，我叫小义。"

"我叫夏秋。"夏秋说着，向前走了几步，就要伸手捡起地上的灯笼，可她的手还没有碰到灯笼，却被小义率先抢到了怀里，然后他拎起灯笼，对夏秋不好意思地道："虽然不远，可路却不太好走，还是我在前面带路吧。"他说着话，人已经蹦蹦跳跳地出了树林，来到了大路上，然后向左右看了看，他指着对面一条穿过林子的小路道，"走路的话，这条路最近，咱们从这里走吧，姐姐。"

夏秋眼睛眯了一下，然后笑道："好，就听你的。"只是，她正要跟上，却不想盘在她胳膊上的小龙突然"咝咝"地叫了两声，仿佛在提醒她什么。她轻轻抚了抚袖口，低声道，"我知道你担心什么，不过，那孩子手里提的灯笼有些怪，又是一个人在密林里，说不定真的同林家鹿场的事情有关呢。现在东家在里面，怕是一时半会儿出不来了，咱们不如跟过去看看。"

听她这么说，小龙才安静下来，而这个时候，那个小男孩儿已经到了大路的对面，他一回头，发现夏秋没有跟上来，再次对她招手道："夏秋姐姐，你快来呀，再晚的话，等天黑透了，林子里的路就更不好走了。"

"好！"夏秋笑着应了声，也连忙穿过大路，跟了上去……

神鹿一族乃是在上古时就已经存在的一个部落，那个时候，混沌初开，众神还未神隐，神兽、妖兽更是在人间横行无忌，百姓们叫苦不迭。因此"屠龙术"便大行其道，出现了很多为了保卫自己的部落，专门修习此术的勇士。不过，所谓"屠龙术"，并不只是为了屠"龙"，而只是代指，代指那些祸害百姓的妖兽怪物们。而在这些怪物中，力量最大的当属妖神，那是可以同天神们一较高下的凶神。所以，那个时候，一些性格暴戾的妖族，便全都归在了妖神麾下，妄想冲破九重天，将那些高高在上的天神拽下来，自己也去当一回世间万物的主宰。

就这样，妖神带领众妖同天神们展开了大战，一时间生灵涂炭、遍地焦土。虽然天神们最终得到了胜利，将妖神封印起来，可却也损耗巨大，其中，天帝的小女儿，也在这次大战中殒命，让天帝痛不欲生。

自此，天帝带领众神归隐，再也不肯踏足这片伤心之地。而在那之后，才有了三皇五帝，才有了后来各朝各代的延续。

不过，在妖神带领众妖攻打九重天的时候，一向温顺善良的神鹿一族却明智地选择明哲保身，在族长的带领下，整个部落藏入灵雾山中归隐，这才没有像其他妖族那样，在后来妖神失败后，被打得七零八落，甚至整个灭了族，连只小兽都没有留下。而在众神归隐后，自然也更没有天神来找神鹿一族的麻烦，鹿族因此也得以繁衍生息到现在。

当然了，神鹿一族之所以能在灵雾山中藏了这么多年，并不只是因为他们的聚居之处特别隐蔽，最重要的倚仗是他们布在神鹿一族周围的太极迷踪阵。

这太极迷踪阵，同当日乐鳌布在胡二叔夫妇居住的古墓外的阵法雷同，但是，却比那个阵法强大得多。因为，这是近万年来，神鹿一族的族长们用自己的灵力一层层加固过的阵法。而且，每一任族长飞升之时，就会将自己的原身埋于阵法之下，用自己原始之力，继续保护自己的族人们。所以，到了这阵法的外面，若是没有神鹿一族的族人带领着，哪怕是妖神亲临，都不可能毫发无损地穿过这个阵法，更不要说那些在山中迷路的普通人了，很容易就会被困死在阵法里。

当然了，对于这些人，若是无意间闯入阵法的，他们还是会出手救治，不过，在来人的伤养好之后，他们就会抹掉来人的记忆，再把他送回灵雾山中，就好比百年前林家的那个青年。

不过可惜，那个青年在得到救治后，非但没有感谢神鹿一族，反而借着神鹿一族的善良和对他的信任，盗走了供奉在鹿神庙中的圣物，也就是带领神鹿一族归隐的那位族长留下来的铁木鱼。不但如此，在神鹿一族察觉后，想要向他追讨回来的时候，那个姓林的小人，还寻了一位厉害的法师，甚至还给族长设下圈套，将族长重创。不得已之下，神鹿一族只得暂时放弃了对圣物的追寻，退回到了阵法里。

当时，那位法师已经追到了阵法外面，可面对千变万化的太极迷踪阵，最终也只能放弃。但是那位法师临走时却在阵外放出话来，

270

说是神鹿一族的人再敢害人，就算舍掉一身的修为，也要破了这阵法，将神鹿一族赶尽杀绝。

这个时候，神鹿一族才知道，这位法师也是受了那个狡诈小人的蒙蔽，可那会儿再解释，他们只怕会越描越黑，只得暂时放弃追回圣物，让它暂时遗失在外，只等有了恰当的机会再将它寻回。

就在几个月前，神鹿一族的鹿一终于在乐善堂的帮助下将圣物寻回，也就是乐鳌同夏秋帮助过的鹿兄，于是，他也就成了神鹿一族下一任族长的继承人。

而这一任的族长鹿零先生，经过百年的修炼，终于恢复了被那位法师毁伤的元气，不日即将飞升了。只是，一日没有飞升，老族长就还是鹿零，乐鳌要做的事情就非得鹿零点头才行。

鹿兄是个老实人，眼见着乐鳌已经在大厅里待了快一整夜了，他真恨不得立即去敲族长的门，让他别再睡了，赶快出来做正事，也省得让乐鳌大晚上的干等。不过，每次他这个念头一冒出来，乐鳌便笑着阻止了他，只说自己的事情不急，等老族长睡饱了再说都来得及，而鹿兄，也只需要陪他品茶就行了。

鹿一给乐鳌泡的是他们神鹿一族自己种的六月雪，今年的新茶，乐鳌喝得津津有味，还说自己离开的时候让鹿一送他些，鹿一一边心不在焉地应承着，一边频频看向窗外的天色，只盼着太阳快点升起来，等天亮了，他们的老族长只怕就没有理由不出来见客了吧。

故而，当太阳刚刚升起，天也不过蒙蒙亮的时候，鹿一再次从座位上站了起来，不好意思地道："我们族长应该也快醒了，我这就去叫他出来。"

这次，乐鳌却没有阻止他，但眼神却看向了客厅门口的方向，然后微微一笑说："族长大人，我还以为你不等正午的时候，不会出来见我呢。"

鹿一一愣，也连忙看向门口，果然看到自家族长已经站在那里了。

看着乐鳌似笑非笑的样子，鹿零族长沉了沉脸，哼了一声："小子，你死心吧，我是不会借给你的。"

"借？借什么？"

虽然陪了乐鳌一晚上，但是鹿一根本就不知道乐鳌是做什么来的，只知道他是来找族长帮忙的。

08

自从这一任乐善堂的当家人上任后，同他们神鹿一族的关系一直不错，更是短不了来找他们帮忙。比如前一阵子乐善堂送到鹿神庙的那只喜鹊，还有那只鹦鹉，以及托他们炼的法器，等等。可哪次乐鳌来找他们帮忙，他们族长从没有让他等过这么久。时间不对不是理由，再不对的时间，这位乐大当家也来过，甚至在他刚刚接任乐善堂当家、整个人还稚气未脱的时候，直接闯进族长浴室的事情都做过。跟那些比起来，这回不过是半夜赶来求助，又有什么大不了的。所以，听到自家族长的质问，鹿一有些发蒙。

乐鳌早就料到鹿零族长会拒绝，所以，他也不恼，而是继续笑道："我以为鹿前辈一直都是助人为乐的呢。"

"臭小子，这些年来，我做的助人为乐，不对，是助你为乐的事情还少吗？你这么说，还有没有良心？"

"那是自然，鹿前辈从来都是悲天悯人的。"乐鳌缓缓地道。

"别给我戴高帽。这次的事情绝对不行！"看到乐鳌的样子，鹿族长的头瞥向一边，黑着脸道。

"我还没开口呢。"乐鳌叹了口气。

还是鹿一心最软，虽然不知道族长的反应为何如此反常，但还是小声劝道："零叔，乐大夫不过是借样东西，您就别让他等了。他大半夜就赶来了，想必这件事情一定很急，如今又等了一夜，您不如就帮帮他吧！"

听到鹿一也这么说，鹿零瞪着他道："傻小子，你知道他要借什么吗？你这脾气，我怎么敢把鹿族交给你，只怕别人把咱们都卖了，你还帮着人家数钱呢！"

"零叔，不管借什么，乐当家的人品我还是信得过的。"鹿一拍着胸脯道。

鹿族长正想骂醒他，却不想一旁的乐鳌已经率先开口道："鹿兄，实不相瞒，我这次想借的正是咱们神鹿一族的圣器，也就是几个月前，你刚刚找回来的那只铁木鱼。"

"什么？！"听到铁木鱼几个字，鹿兄一下子愣住了。

这个时候，鹿族长又狠狠瞪了他一眼道："傻孩子，这下你知道我为什么到现在才见他了吧。要是你，你肯不肯将刚寻回来的圣物让他再带出鹿神庙去？"

鹿兄张了张嘴，终于什么话也没说，因为，他根本不知道自己该说什么。

而这个时候，却见乐鳌收起了脸上的笑容，深深叹了口气道："鹿前辈，不管怎样，那也是你们鹿族的子孙，您真的不救？"

鹿族长脸色一变道："它们被养在鹿场里，早晚都是要被人杀掉入药的。而且，虽然它们的确是鹿，可它们一个个神智未开，跟我们连祖先都算不上是同一个，至于说它们是我们鹿族的子孙，更是无稽之谈。"

"那临城里的人呢？"盯着他，乐鳌又道，"临城里的普通人你也不管了？如今，这瘟疫若是不能及时被控制住，很有可能会传入临城，到了那个时候，临城就会成为一座死城，鹿前辈真的要见死不救？"

"我们是神鹿一族，所以……"

这句话鹿族长刚说了一半，却被乐鳌打断了，他冷冷地笑了一下说："鹿前辈，您是不是说你们更不是人类，所以人类的死活同你们也没有关系。若您真的这么想，那么乐某这次就当没来，日后，我也不会来打扰鹿前辈和您的族人了。"乐鳌说着，对鹿族长拱了拱手，却是要告辞。

只是，他刚刚走到大厅的门边，却听鹿族长突然大喝一声："慢！"

乐鳌立即回头，却见鹿族长绷着脸道："你以为以退为进有用？你这个臭小子花招太多了，我不会上你的当的。"

听了他的话，乐鳌却摇了摇头说："鹿前辈，实不相瞒，这次的鹿瘟绝不简单，您百年前就可以飞升了，能力也早就近乎神，想必也应该察觉了吧。这次的瘟疫，都是因为一个老怪物来到了临城才造成的，而这怪物的身份，我想，我不说您也应该想到了。"说到这里，乐鳌顿了顿，扫了眼鹿零的表情，果然看到他神色凝重，这才继续说道，"鹿前辈，想当初，您的祖先带着族人归隐，不就是不想看到神州大地生灵涂炭吗？您真忍心看着临城在您眼皮底下变成一座死城？"接着，他又对鹿族长拱了拱手，"鹿前辈，那些鹿还等着我回去救治，乐某先告辞了。"

乐鳌说完，转头就走，这次却再也没有停留，很快就踏出了客厅，到了院子里，然后他就往出口的方向走去，根本半分迟疑都没有。

大概就这样走了五分钟的样子，他突然听到身后传来鹿一的声音，这才顿了顿脚步，转头看向他说："鹿兄，你来得正好，正好送我出去。不然的话，我还得找别的神鹿族人送我。"

"乐大夫，你怎么走这么快，难道圣物你真的不要了吗？"几步跑到乐鳌身边，鹿兄急道。

乐鳌笑了笑说："不好强人所难。"

"你这脾气啊……同小的时候一样！"鹿兄摇了摇头，然后微笑了下，"快回去吧，你刚走零叔就改变主意了，让我来叫你回去呢。"

"鹿前辈真的同意借我铁木鱼一用了？"乐鳌故意吃惊地说道。

"总之，你先同我回去，他既然让你回去，那就一定是想通了吧！"

听鹿一这么说，乐鳌犹豫了一下点点头说："好，那我就随你再回去一次。"

随着小义走了大概一刻钟的工夫，夏秋除了感到自己是在走下坡路外，就是道路越来越崎岖、越来越难走了，而这个时候，天色也完全黑了。虽然前面的小义拎着灯笼，可似乎这灯笼并没有起什么作用，幽幽的红光只能照亮脚下一小块地方，夏秋即便紧紧跟在他的后面，也越发看不清脚下的路了。

她不得不暂时停了下来，对前面的小义说道："小义，你家快到了吗？你不是说就在附近吗？"

她停了下来，小义也不往前走了，而是也停了下来，转头看着她，一脸抱歉地说道："对不起，夏秋姐姐，小路就是这样的，我爹送草料去庄子里的时候虽然走的是大路，可那路要绕好远，咱们走一个时辰都走不到，这条小路虽然难走些，可两刻钟的时间肯定到，你看，前面亮光的地方就是这林子的尽头了，出了林子就到了大路，就好走了。"

"一个时辰？两刻钟？"听到这个孩子对时间的说法，夏秋笑了笑，"你说的是两个小时，半个小时吧。"

小义一愣，脸颊立即涨得通红，点点头说："对不起姐姐，我都习惯了。"

"没关系，我小时候也这么说呢，之后才改的口。"夏秋眨了下眼。

小义又笑了笑，然后继续在前面带路，结果又在林子里磕磕绊绊了大概五分钟的样子后，果然就走出了树林，到了一条宽阔的石板路上。夏秋这才松了口气，最起码这里道路平坦，她再也不用担心她的脚受罪了，至于鞋子，她已经懒得管它了，上山的时候，它们就已经脏得不能要了，怕是回去了连刷都刷不出来了。

大概沿着道路又走了五分钟，小义立即指着前方不远处的一座亮着灯的屋子道："那里就是我家了。咦，怎么灯亮了？难道……难道我爹爹比咱们先到家了？"说着，他也顾不上招呼夏秋，而是迫不及待地向那屋子跑了过去，红色的灯笼在他的手里一晃一晃的。

夏秋不过是愣了一下，小义的身形便消失在了夜色中，若不是

那盏醒目的红灯，夏秋怕是连他的背影都看不到了。

"小义！"

唤了一声，发现小义根本就没有停下来的意思，那盏红灯反而闪得越来越快，也离她越来越远，夏秋只得立即追了上去，就连她胳膊上缠着的小龙突然开始的躁动都顾不上了。不过，等夏秋追上了那盏红色的灯笼，也就是追上了小义后，却看到小义正站在前面对她微笑，竟然是在等她，不过，等她看到小义所在的位置时，脸色却立即变了。她只顾着追那盏红色的灯笼，却没有发现，原本的屋子早就不见了踪影，在她面前的是一个山洞的洞口。

发觉不妙，夏秋正想离开，却听山洞中传出一个熟悉的声音："丫头，你是不是以为这孩子身上没妖气，所以就放了心？"

听到这个声音，夏秋的脚步一下子顿住了，然后她的手悄悄地一甩，将小龙从自己的袖子里甩了出去，先是低低地说了句"去找乐鳌"，然后才大声道："所以，你就让他引我来？你知道，我会在意他手里拎着的灯笼？害怕他出事？"

山洞里传来一声轻笑："傻孩子，这次你是真的错了，那灯笼从这孩子一出生就有了，同他更是形影不离，这一路上，你可曾看到他离开这灯笼一步，它已经可以说是他身体的一部分了。"

09

这个时候，夏秋才恍然大悟，明白自己这次是托大了，不过好在，她已经把小龙放了，希望小龙机灵些，赶快离开。

可她刚想到这里，却听里面又传来一声轻笑："放心，那个龙崽子我是真的没兴趣，我只是想见你罢了，快进来吧，咱们娘俩好好唠唠。"

随着这句话说完，却见站在山洞门口的小义立即向旁边挪了挪，然后对着夏秋一笑："夏秋姐姐，你还是快进去吧！"

看了小义一眼，夏秋沉吟了下说："我进去可以，不过，你能不能告诉我你是谁，来这里又是做什么的？"

小义撇撇嘴道："我是来玩儿的，里面的那个老女人将我吵醒了，说是这里比较好玩儿，我就来了。"

"好玩儿？只是如此？"

"不然又如何？"小义咧嘴一笑，然后突然出手，狠狠一推夏秋，将她推进了山洞里，然后站在洞口得意洋洋地道："老太婆，这人我帮你带到了，以后咱俩就两清了，你可别再管我做什么了啊！"

山洞里面静了一下，然后便听到一个慢悠悠的声音道："怎么，下午的教训还不够吗？不过，你随便吧，而且，我会一直在这里等你的，我相信，过不了几天，你还是会来找我的。"

"哼，才不会！"小义说着，便拎着灯笼打算原路返回，只是走了没几步，却突然一顿，低头看了看。当他看到地上那条绿色的小青蛇后，邪恶地一笑，立即弯腰将小蛇拎了起来，轻飘飘地道："刚才就是你在她袖子里动来动去的吧。"

见自己被发现了，小龙干脆也不躲了，挑衅地向他吐了吐信子，发出了"丝丝"的声音。

"嘻嘻，有趣。"小义露出一副感兴趣的样子，一把将小龙塞到了怀里，然后自言自语地道，"都说蛇鼠一窝，不如下次我就用你吧，你应该比那个好用吧，而且也更好看些。"说到这里，他又顿了顿，"不过，怕是要过几日了，还别说，那个男人还真不太好对付！"一边说着，他一边提着灯笼蹦蹦跳跳地离开了……

听到山洞外小义走远了，红姨看着夏秋一笑："没想到我们这么快就见面了，你还活着，不错！"

想到昨天晚上她临走的时候说的那番话，夏秋盯着她问道："你真是红姨？你是来找乐家复仇的？陆天岐……陆天岐杀了童童，也是你的授意对不对？他到底有什么把柄落在你手里，竟能让他背叛乐鳌？"

对夏秋的问题，红姨只是淡淡一笑："你一下子问了这么多，我到底该先回答你哪一个呢？"

听到她果然承认了自己的身份，夏秋干脆席地而坐，慢慢地说道："一个个回答吧，不如，你先告诉我，乐家是怎么害死了你的孩子的。"

"连这件事情他都告诉你了？"这倒让红姨有些吃惊了，但马上她又笑道，"是呀，他们乐家是害死了我的儿子，所以你告诉我，难道我不该向他们复仇吗？为了那个白蛇妖，你不是也差点同陆天岐翻脸吗？"

"连这个你都知道了？"夏秋吃了一惊，但马上反应过来，"陆天岐今天来找过你，对不对？"

红姨未置可否，只是笑了一下："我想知道，自然就能知道。"

夏秋想了想说："那么，乐鳌说你杀了他父亲，也是真的喽？"

"他是这么说的？"红姨眉毛挑了挑，"呵呵，其实他也没说错。"

看到红姨的眼中闪过一丝异色，夏秋心中一动："难道还有什么隐情不成？"

"丫头，你这么多问题，既然时间还早，不如我给你讲个故事吧！"看着夏秋，红姨笑着道。

"故事？"

"当然只是故事。"

红姨说着，眼睛却看向了洞口外面黑黢黢的夜，出神地说道："很多年前，有一个家中世代修习茅山术的女孩出门历练，却爱上了一个青年，可不久之后，她却发现，这个青年的家族并不简单，甚至，两家的祖先还有世仇。可那个时候，这个女孩却义无反顾地嫁给了心上人，却没有想到，这只是她噩梦的开始……"

第十四章　离别

01

为了保证草棚门口随时有人盯着，林鸿升他们分为三拨，轮流去休息。本来一开始只想自己和老吴两个人轮流照看的，但原田不同意，坚持要求也守在外面，无奈之下，他只得叫来林主管，在原田值守的时候在一旁帮衬着，说是让他等着差遣，其实是怕原田会做出什么冲动的事情来。这也不能怪他多想，也不是他不相信原田，实在是这林家鹿场至关重要，如今又是紧急时刻，他不能有半分大意，更不能冒半分险。

就这样，每人三个小时，一直等到了天亮，而乐鳌也果然没从里面出来，林主管甚至把耳朵贴在草棚的墙壁上仔细听了好几次，希望能听到里面的动静，可每次都让他失望了，因为他什么都听不到。而最后一次，他被前来换班的老吴撞了个正着，老吴立即把他拉到一旁狠狠呵斥了一回，让他心中更不满了，却也不敢再多说什么，于是，在陪着原田回前面别院的路上，他忍不住发起了牢骚。

"原田小姐，不是我不想听乐大夫的，实在是这乐大夫也太小心

了些，竟然一个人都不让进，难不成他还怕别人偷学去了他家的秘方不成？"

"乐大夫只是不想让人打扰。"原田也很好奇，但还是替乐鳌解释道。

"就算跟进个人去，也不算是打扰吧。"林主管撇撇嘴，"我听说大夫开刀的时候，一开几个小时，就这样旁边还需要助手给他擦汗递东西呢，乐大夫一个人给那几头鹿针疗，只怕不比开刀简单，他一个人真能行？"

林主管说的这点，原田倒是非常清楚，外科大夫有时候的确是要给病人开刀的，而且也的确要耗费不少精力，时间更是会耗费很多。所以，对于乐鳌这次的做法，原田其实早就有了自己的判断，就是他一定是有什么秘密需要隐藏起来，不想让别人知道。

可这个秘密究竟是什么呢？

乐鳌越是神秘，原田就越发好奇了。

而这个时候，却听林主管继续道："我看，就是他们乐善堂小气，生怕我们种德堂知道了他们的秘方。只是，我们种德堂是医人的，又不是医牲畜的，就算知道了又如何，难道还会同他们乐善堂抢临城第一兽医的名头吗？"

他说到这里，却见一直沉默的原田终于接了话，看着他道："你们历来对祖传秘方是不是护得很严？"

"那当然了，祖宗留下来的东西，怎么能随便交给别人？"说到这里，林主管似乎觉得好像同自己刚才说的话有些冲突，便立即将意思又强拉了回来，"可要防，那也是防同行。再说了，他们乐家的秘方只怕不只这一张，万一因此耽误了最佳的治疗时机，那岂不是糟糕。"

他这句话让原田一下子停了下来，仔细看了他好一会儿，直瞅的他头皮发麻，心里发虚。

不过，就在这个时候，却见从前面跑来一个跟班，老远就对原田喊道："原田小姐，张大人又来了，少爷让您赶快去呢！"

"又来了？"原田皱了皱眉。想到昨天乐鳌说的那些话，她便明白了。只要不杀鹿，这位张大人就算是住在这庄子上也不算违了三日之约，她有些不耐烦——看来这里的人非常喜欢玩儿文字游戏呢。不过，虽然心中不悦，但她既然以日侨会馆的名义作了担保，那这件事情自然就要管到底，于是，她用母语抱怨了下，便急匆匆地往前面去了……

进了大厅，张副官正坐在太师椅上喝茶，林鸿升则在一旁陪着，气氛说不上轻松，却也谈不上是紧张。看到原田进了屋，张副官一笑，放下手中的茶杯，缓缓地道："原田小姐对林家可真是尽心竭力呀。"

原田抬了抬下巴道："您放心，乐大夫已经治了一夜，想必不用三日，这场疫情就能被消灭了。"

"乐大夫的本事我还是有所耳闻的。"张子文说着，突然话锋一转，"不过，我记得以前原田小姐同乐善堂的关系没这么好吧，好像有一次，你闯进了乐善堂，乐善堂里的那位夏大夫还把街上的巡警给叫来了，对不对？"

原田皱了皱眉说："是有这么一回事，不过已经发生很久了，怎么了？"

张子文又看了旁边的林鸿升一眼，笑了笑说："没什么，只是突然想起来罢了，我也是这几天才刚刚接手警察局的一些杂务。"

林鸿升听了先是愣了一下，然后对张副官拱手道："这么说，张大人日后是要从政了？"

张子文笑着摇了摇："只不过最近城里正乱着，没人主事罢了，旅长便让我暂时接手市政厅的一些事务，尤其是治安方面的，毕竟，如今那些市政厅的官员们，有些不顶事儿。"

"那我更要恭喜张大人了……不对，应该说是张局长。"林鸿升拍马屁道。

张子文又笑了笑，算是对林鸿升的回应，但是马上，他又看向原田道："我听菁菁小姐说，你对她说过，你们原田家是巫女世家，

以前还是侍奉皇族的？"

张子文的打探让原田的脸上闪过一丝不悦，说道："我家是侍奉天照大神的。张长官，您问这些做什么？"

张子文眯了眯眼："我只是好奇罢了，因为听说巫女身上都会有一些异于常人的能力，不知道原田小姐能不能让我开开眼界。"

张子文这一番话说出来，不但原田的脸色变了，就连林鸿升的脸色也变了，因为他深知原田晴子的脾气，生怕她一怒之下再把张副官给得罪了，于是不等原田开口，他便连忙道："张局长，巫女只是一个称号而已，您可别听别人胡说。"

原田的脸色此时果然变得铁青："张长官，我若真会异能，对这临城里的很多人来说，都是一件大好事呢！"

02

这"很多人"里，自然也包括他张子文张副官。

这下，原田有些明白这位张副官为什么会突然这么针对林家鹿场了，而且还一点情面都不讲，原来竟是因为那件事。他既然连她同乐善堂起争执的事情都查得出来，就更不要说几日前乐鳌送她回林家的事情了，而且，只怕他随便一查，便可以得知，他那位狐妖妻子的失踪时间同他们去灵雾山的时间基本上相同，自然也会很容易联想到她同乐鳌的身上。

可那又如何？

原田心中连连冷笑，一只狐妖罢了，要不是自己此次来还有更重要的事，不想惹太多麻烦，她倒真想将那个丽娘的真实身份告诉这位张副官，想必到了那时，这位张副官脸上的表情一定很好看。

灵雾山的事情，林鸿升根本就不知情，这会儿听到原田的语气里充满了火药味，而张副官的脸色也一下子变了，他完全弄不明白是怎么回事，只能在一旁赔着小心地和稀泥，干巴巴地笑道："晴子，你什么时候也会开玩笑了，呵呵，呵呵呵。"

林鸿升在这边假惺惺地笑，可除了他，在场的其他两人谁也笑不出来，原田实在是待不下去了，撇了撇嘴道："我昨天晚上几乎没合眼，我先去休息了。"说着，她一转身，便招呼也不打一声地离开了客厅，往林鸿升特意给她准备的房间去了。

林鸿升就这么被晾在了一旁，假笑自然也僵在了脸上，而张副官此时斜了他一眼，不紧不慢地道："林少爷，别怪我没提醒你，以前也就算了，这一阵子，连街上的车夫都不敢载东洋人了，你这鹿场竟然还让他们给你作保，你可要好好掂量下。"

"车夫都不敢载了？"林鸿升一怔。

临城的学潮他虽然也听林管家从城里回来的时候说过，可这一阵子他脑子里只有鹿场的事，哪里知道竟然到了这么严重的地步。

其实，从刚刚张副官说他接管了警察局的时候，林鸿升心中就已经泛起了嘀咕，打算等一会儿找林主管过来好好询问下。毕竟，军队上的人接管了警察局，那就等于是军管了，若不是形势危急到了一定程度，市政厅的那些老滑头们，又怎么敢让护卫自己的警察局被军队给接手呢？而如今听张副官这么一说，林鸿升终于有些明白了。

于是在短暂的呆愣后，他连忙对张副官拱了拱手道："多谢张局长，我一定会小心的。"

"你知道就好。"张子文笑了笑，"不过三天的期限一过，你这鹿场的瘟疫若是没有消除，只怕到时候你就不会像现在这样感谢我了，我只是希望林少爷知道，我只是公事公办，以后你不要记仇就好。"

"哪里哪里！"林鸿升连忙道，"张局长和旅长也是为了临城，真要是到了那时……"想到这里，林鸿升咬了咬牙，"真要到了那时，乐大夫还是无法控制疫情的话，我们林家……我们林家……"

只是，不等林鸿升说完，却见张副官的唇角向上扬了扬："我也希望这疫情快点控制住，毕竟，不仅仅是日侨会馆，乐大夫也算是给你们林家作了担保的，所以，你们林家若是出了什么事，乐善堂只怕也……"

张副官的话说到这里，便没有继续说下去了，而是立即站起身，对林鸿升拱了拱手道："我就是来看看疫情控制得如何了，既然还是老样子，我就先告辞了。不过林少爷，我劝你一句，还是早做打算吧，毕竟，这瘟疫不同其他病症，可是拖不得的……"

张副官走了好久，林鸿升才稍稍回味过来，他看着门口张副官离开的方向，不知怎的竟打了个寒颤。然后他静了静心，立即往后面走去，他刚出门，却从旁边闪出一个人来，将他吓了一跳。定睛一看，却是原田，她果然没有回房间休息。

原田此时也看着门口的方向，眉头蹙了蹙后看向林鸿升说："林生，刚刚那个张长官是什么意思？"

林鸿升使劲挤出一个笑容道："还不是希望咱们快点把疫情控制住。"

听到他的回答，原田似乎陷入了沉思。看到原田的样子，林鸿升连忙道："刚才没顾上问你，怎么样，乐大夫出来了吗？"

原田回过神来，摇头道："没有。"

到了这会儿，林鸿升哪里还有心情睡觉休息，挥了挥手说："我再去看看。"

说着，他便往鹿场的方向走去，而原田想了想，也跟在他后面走了过去。

到了草棚门口，就见老吴在门口稳稳当当地坐着，看到林鸿升同原田来了，这才站了起来说："少爷，原田小姐，你们怎么不去休息？"

林鸿升摇了摇头说："早上的时候，张大人又来了，刚刚才走。怎么样，里面还是没有动静吗？"

吴老点头道："不过我相信，乐大夫一定能控制住这场瘟疫。"

"一定？"就在这个时候，林主管开口了，"可即便如此，里面也不该一点动静都没有吧。"

原田和林鸿升没回房休息，林主管自然也不敢一个人独自去休息，也跟了过来。

老吴看着林主管绷起了脸说:"难道乐大夫救不了,你就能救了?"

乐鳌叮嘱他们的时候,林主管并不在,他是后来被林鸿升叫来陪原田的,所以,林主管并不知道当初乐鳌是如何一遍又一遍强调后才进的棚子。再加上因为夏秋的事情,还有之前林老爷子的事情,林主管的心中总有个心结在那里解不开,总觉得乐善堂同这件事情有关系,所以对于乐鳌的话,并不是非常信服。

此时看到老吴给他摆起了脸色,林主管心里更不痛快了,冷冷地哼道:"我刚才仔细听了好久,都没有听到里面有任何动静,死寂死寂的,若不是你说乐大夫就在里面,我根本就不会相信里面有人。"说着,他又撇了撇嘴,"说实在的,我要不是知道咱们这棚子既没有大些的窗户,又没有通往外面的后门,我还以为乐大夫早就走了呢。可既然里面有人,这棚子又不怎么隔音,你说怎么就连声音都听不到呢?"

"大概,这就是这法子的特点吧!"林鸿升眼神微闪,"所以乐大夫才让咱们在外面等着,不可进去打搅他。"

听了他的话,林主管叹了口气说:"少爷,不要怪小的小人之心,您想想,若是咱们的鹿场三天后平息不了疫情,就只有听张副官的,将鹿全杀了。可这个乐大当家治病也就罢了,却非要三天后才出来,到了那个时候,万一他失败了,咱们到时哪怕是想找别人帮忙,都没有机会了,岂不是真的到了叫天天不应叫地地不灵的地步。"说到这里,他一脸真诚地看向林鸿升,"少爷,我从小就生在鹿场,我家从我太爷爷的时候起就是林家的家生子,如今,承蒙老爷子开恩,我才一步步坐到主管的位置,这林家就像我的家似的,我怎么会做对林家不利的事情呢?这件事情,我不是说乐大夫本事不行,我只是觉得,咱们不该在一棵树上吊死,应该再想想别的法子,搞不好,还能找到更好的法子呢……您说是不是,少爷?"

别的法子?

林鸿升心中暗暗恼火——若非他找不到别的法子,又怎么会听

乐鳌的，其实，在所有人中，他是最不想欠乐鳌人情的一个。

"而且少爷，您再想想，这乐家同咱们林家的交情向来平平，怎么这次咱们林家到了生死攸关的时候，乐家反而这么热心？还有上次老太爷的事情，乐大当家也在场。现在我只有一个疑问，为什么这几个月来，每到咱们林家出事的时候，乐大夫总能及时赶到？一次可以说是巧合，可次数多了，再说巧合岂不是太牵强了？"

03

不得不说，虽然林主管有一部分是出于私心，可他的话还是有一定道理的，尤其是林鸿升，原本因为乐鳌保下鹿场而动摇了他对乐鳌的怀疑，在这一刻又重新翻涌上来。

不过，他却没有忘记原田在旁边，更没有忘记这次是原田把乐鳌给请来的，所以，听到林主管这么说，他第一时刻便绷了脸，叱道："不要牵强附会，这次，若不是乐大夫帮咱们求情，只怕张副官昨天就把咱们鹿场的鹿杀了，咱们怎么可以怀疑他呢？只是……"说到这里，他犹豫了一下，看向原田，"只是，乐大夫之前也说了，这瘟疫极可能传染给人，他这么久都没有出来，还是跟几头生病的鹿在一起，晴子，你说，他会不会……"

他后面的话即便不说出来，晴子也猜到了，而且，这也是她最担心的。即便是法师，但也是人，所以，普通人能染上的瘟疫，法师也不例外。乐鳌进去里面这么久，都无声无息地，用林主管的话说，就是"死寂死寂"的。

听到他们的话，一旁的老吴先是一怔，然后连忙摆手道："少东家，千万不可呀，乐大夫既然说了他不出来就不让咱们进去，那就一定有他的道理。再说了，乐大夫说了，最多三天，可现在还不到中午，才过了一个晚上，哪怕……哪怕咱们等到明天早上再进去察看也行呀。"

老吴的话，让林鸿升和原田又有了些动摇，因为他说得没错，这才一个晚上他们就等不及了，的确是有些说不过去。

可就在这时，却听林主管冷笑着又开口了："老吴，你究竟是谁家雇来的？怎么开口闭口全是乐大夫乐大夫的，难道你忘了自己也是个大夫吗？这些鹿你没看好出了这么大的事儿也就算了，如今反而将林家的基业全都放在一个外人的身上，你把林家当什么？把少爷当什么？你以为少爷同你一样老糊涂了吗？"

"你……你……"老吴年岁大了，被林主管这番话顶得好一阵子接不上话来，就连指着林主管的手指也微微颤抖起来。

林主管冷笑着挡开老吴指着他的手指，继续说道："还有，你昨天说什么你同乐善堂的老当家认识，这一点我们怎么从来没听你说过？你是不是还有什么别的事情瞒着东家？"

这个老吴仗着自己是老爷子亲自请来的老人，好几次都倚老卖老，不把他放在眼里，他早就看不过去了，这次倒好，竟让他知道老吴以前竟然同乐家的老当家还有过接触，他又怎么会不好好利用？

"你……你是说，我是……我是乐善堂的人？"

这下，老吴总算是回过味儿来，只觉得头晕眼花，然后"扑通"一下坐在了门口的凳子上，隔了好一会儿，才颓唐地说道："少爷，连您也是这么想的吗？"

林鸿升此时也不知道该怎么说，但是，正如林主管所说，他也是头一次听说老吴同乐善堂的老当家认识，这件事情多多少少让他心里有些别扭。但是，老吴来林家之后的功劳他也是完全明白的，对于林主管暗示老吴是乐善堂派来的奸细，他也是不信的，于是只得道："吴老，我自然不会怀疑您，不过那个乐善堂，的确是有些奇怪，有些事情，我总要问清楚才好。您同乐家的老当家究竟是怎么认识的，什么时候认识的？"

林鸿升的话让老吴一下子抬起头来，他看了林鸿升好一会儿，最后突然叹了一口气道："少爷既然想知道，我就告诉您，我来林家做兽医已经四十多年了，可我是在三十年前才认识了乐善堂的老

当家，那还是我随着老爷子去运鹿苗的时候无意间遇到的。那个时候，乐老当家也正好去那边，不过回来的时候遇到了我们，便搭咱们林家的车一起回来，说是他妻子快要分娩了，赶着回去。只不过，在半路的时候，咱们家的鹿苗突然就变得无精打采的，那个时候我还年轻，根本就不知道是什么病症，还是乐老当家出手，帮了咱们林家的忙。那一次，老爷子也是千恩万谢呢。怎么，难道老爷子没对您说过？呵呵，也对，这种事情，老爷子又怎么可能对家里人说呢……呵呵呵……"

他越说，林鸿升越觉得脸上发热，等他说完，林鸿升正想说些什么安抚一下，却不想老吴一下子从座位上站了起来，摇着头道："少东家，这次的确是老夫的错，让鹿场在老夫眼皮底下就遭了这么大的害，其实您不说，我也是打算等这件事情一过，就请辞的。毕竟人老了，眼神腿脚不灵便了，精力也跟不上了，也就不在林家尸位素餐了。而如今，既然乐大夫有了法子，我就更不用留下来了。老夫就此别过，多谢老太爷和少爷一直以来的照顾！"

说着，老吴一步步地向林鸿升他们走了过去，整个人一下子就像是苍老了十岁，不过，路过林鸿升身边的时候，他语重心长地说道："少爷，最后老夫再劝您一句，这临城的医药行都是一体，向来是斗而不破，正所谓医者仁心，凡是从医之人，若是没有这点心胸，早晚是要出事的，言尽于此，少爷，您保重吧！"说完这些，他不再回头，就这么步履蹒跚地向庄子外面走去。

老吴的话让林鸿升的脸上一阵红一阵白的，他有心阻止老吴，但是挽留的话却无论如何都说不出口，他高高在上惯了，明知自己这次错了，可若是现下当众服软，实在是有失他林家少爷的威严。不过，他此时已经有了别的对策，反正现在庄子被包围着，吴老根本出不去，等这件事情了结了，他再私下里挽留也不迟。

可旁边的林主管见他不出声，还以为他被老吴的话激怒了，冷哼道："眼看治不好了就这么一走了之，哼，难道真以为林家鹿场没了他就不行了吗？老狐狸……"

林鸿升脸色一变，正要呵斥他，却听一个淡淡的声音在他身后响了起来："吴老，您若是现在就这么走了，一会儿又有谁能帮我？"

这个声音让所有人都震惊地回过头去，老吴也在同时停住了脚步，他回头一看，却见乐鳌已经开了草棚的门，正站在门口对他笑。此时乐鳌的脸上有些疲惫，但整个人看起来还算轻松。

这让老吴不由自主地往回走，还没到乐鳌面前，他就兴奋地说道："乐大夫，您这么快就出来了？"

"不快不行呀！"乐鳌笑着，扫了草棚外其他几个人一眼，缓缓地道，"我要是再不出来，只怕有人就要把这棚子烧了。"

林鸿升脸色一红，但马上不动声色地说道："乐大夫，你误会了。"说到这里，他顿了顿，瞄了身旁的林主管一眼，厉声喝道："还不给我滚下去！"

林主管怎么也没想到乐鳌这么快就出来了，他不是说三天吗？如今才不过一夜的工夫，他就出来了，他若是……

"没听到吗？还不快滚！"林鸿升见林主管在一旁发呆，再次呵斥道，"等下了山，我再好好处置你！"

林主管脸色一白，立即诚惶诚恐地道："少爷息怒，是小的错了，不该怀疑乐大夫……"

"滚！"

这会儿，老吴已经来到了乐鳌面前，至于林主管什么的，他根本就没在意，紧接着他往草棚里看了看，小心翼翼地问道："乐大夫，那几头鹿……"

"它们已经没事了，全都睡着了。"乐鳌笑道，"您可以进去看看……"

老吴早就迫不及待了，不等乐鳌说完，就冲进了棚子里，不一会儿，他又兴奋地从棚子里走了出来，满面红光地说道："果然……果然都没事了，全都睡着了，哈哈哈！"

听到老吴这么说，林鸿升也松了口气，他正要上前向乐鳌道谢，却不想有个小跟班此时从鹿场里面向他急匆匆地跑来，心急火燎地

大声喊道:"少爷……少爷不好了,又有鹿病倒了,乐大夫给的药根本就没用。"

林鸿升原本缓和了些的脸色转眼又变了,他再次看向乐鳌,尽量用平稳的声音问道:"乐大夫,这到底是怎么回事?您昨晚给我那些药的时候,不是说过,可以保证鹿场的鹿暂时不发病的吗?"

瞥了他一眼,乐鳌的嘴角向上翘了下,然后轻飘飘地道:"嗯,我是骗你的。"

"……"天知道,林鸿升此时撕了乐鳌的心都有。

林鸿升的脸色一下子变得铁青,他先是瞪了老吴一眼,却见老吴也是一脸的震惊,就听他惊疑地问道:"可是乐大夫,刚刚里面的三头鹿,不是已经没事了吗?"

老吴的这句话,总算是让林鸿升恢复了些理智,他强吞一口气,尽量镇静地问道:"乐大夫,我就想听你一句话。我们林家鹿场的瘟疫,你到底能不能治好?"

04

乐鳌瞥了他一眼,不紧不慢地道:"里面的三头鹿,我治了一整晚才将它们治好,林少爷以为呢?"

"你的意思是……"林鸿升有些明白了。

乐鳌微微一笑:"我若不这么做,林少爷只怕一晚的时间都不会给我,你说是不是,林少爷?"

林鸿升语塞,乐鳌说得没错,他从始至终就没有相信过乐鳌,没有相信他会救他们林家的鹿场。可事实不也是如此吗?就算乐鳌治好了里面的三头鹿,但也用了十几个小时,而他们鹿场的鹿岂止三只,而是有五百多只,就算只有十分之一的鹿染了瘟疫,三天也完全治不完呀。

强忍住心中的怒气,林鸿升继续道:"乐大夫,我若是把我们林家的学徒伙计全找来,您能不能在最短时间内教会他们治疗方法?"

听了他的话，乐鳌又笑了："除非，林少爷找的这些人，有吴老三成的本事，否则的话，就算我们乐家不在乎秘术外传，别说三天，哪怕是三年，他们都做不到。"

乐鳌的话让林鸿升沉默了好一会儿，等他抬起头来，脸色已经挂满了霜，然后僵硬地道："即便如此，还是要感谢乐大夫走了这一遭，我还有事，就不送乐大夫了。"说完，林鸿升转身就要离开。

只是，在场的几人中，除了他，谁都没有动，原田反而向乐鳌靠近了一步，低低地问道："乐大夫，你还是别卖关子了，林生他已经快急疯了。"

斜了前面的林鸿升一眼，乐鳌又看了眼一旁满是期待的老吴，他正要开口，却见从门口的方向又跑来一个跟班。

看到又有人像是来报信的样子，林鸿升的脸色更阴沉了，不等来人到他面前，便厉声问道："可是又有鹿病倒了？"

小跟班先是一愣，但还算是机灵，马上便回过神来，看着林鸿升身后的乐鳌道："少爷，有人在庄子外面找乐大夫，他说他是来帮忙的。"

"来找乐大夫，来帮忙的？"林鸿升愣了愣，"可曾报上名字？"

"他说他姓陆。"小跟班说着，又看向乐鳌。

"嗯，是我让他来的。"

说这句话的时候，乐鳌已经收了脸上的不屑与戏谑，然后不等林鸿升开口，他看向一旁的老吴道："吴老，您这里草药都是齐全的吧。"

吴老一怔，但马上点点头说："乐大夫放心，庄子里就有兽药房。"

"很好。"乐鳌再次点头，然后略微思考了一会儿后，低声且快速地说道，"吴老，您记好了，桃仁十六，藏红花十，川朴二，甘草四，连翘六，柴胡四，葛根四……以此为比，兽药房的药有多少用多少，然后用大锅煮沸，现在就去。"

心中默默记下乐鳌念出来的方子，老吴犹豫了一下说："乐大夫，

您这是解毒汤？可我之前用过，好像……"

乐鳌笑道："没错，正是解毒汤，不过，我这副却同你的用法不一样，更关键的是，来的那位仁兄带来了最重要的药引子，您只管去做就是。"

老吴听了眼睛一亮，当即点头道："老夫这就去。"

说完，他也不再废话，小跑着就向兽药房方向走去，但他走了没几步却被乐鳌又一次叫住了，就听乐鳌又补充道："去鹿场的水潭边架锅熬药，还有，不要用水渠里的水，用庄子里的井水。"

虽然不明白乐鳌为什么这么做，但老吴还是点了点头。

老吴走了以后，乐鳌又转头看向原田说："原田小姐，有件事情怕是只有你才能去做。"

"什么事？"

乐鳌微笑了下说："我听说你们日侨会馆里有自己的大夫，应该也有玻璃针管和皮管子吧。"

"你要给那些鹿灌药？"原田想了想道。

乐鳌点了点头说："这治鹿与治人不同，还是要备一些以备不时之需。"

"好。"原田立即应道，"会馆的只怕不够用，我可以去附近的医院找找看。"她若没记错，最近的那个就应该是雅济医院。

乐鳌的本意只是支开她，见她竟这么热心，便立即点了点头道："如今能出这间庄子只怕也只有原田小姐了。"

不过，临走前，原因像是想到什么似的突然问乐鳌道："乐大夫，你那张字条是留给他的？"

"原田小姐既然说了是鹿瘟，我自然要防患于未然，这才留了字条让人把他叫了来。"乐鳌面不改色地道。

原田道："乐大夫果然有先见之明。"说完这些，原田不疑有他，立即向后院走了去，她的车停在那里，自然从那里走最方便。

见原田离开了，乐鳌这才往庄子的前门走去。

林鸿升刚刚都已经下了逐客令，可此时看到乐鳌的样子，心中又多了一丝丝的期待，于是他立即收回脸上的不快，几步跟上乐鳌，低声问道："乐大夫，你真有办法救我们鹿场？"

乐鳌"嗯"了一声，但马上又道："林少爷，吴老在你家做了四十年了吧。"

不知道乐鳌为什么突然提到老吴，但还不等林鸿升回过神来，他已经走出去老远了。

到了门口，果然有人被张子文的兵拦在外面，看到乐鳌他们出来，便对他们晃了晃手中的盒子说："表弟，你要的东西我带来了。"

"表哥辛苦了。"看着鹿一那张黑红的脸，乐鳌笑了笑。

这是鹿零族长肯借神器的唯一条件，就是神器必须一直由鹿一拿着，就连乐鳌也不能碰，而使用的办法，也只有鹿一一个人知道。因此，乐鳌虽然同鹿一是一起赶回来的，但是却让他扮作自己的表哥送东西上山，反正大家都知道陆天岐是他的表弟，那么，他再多一个姓陆的表哥也没什么大不了的。而他，则负责唬住林家的人，支走原田，然后再把鹿一带进庄子里。虽然他有九成的把握让原田无法识别鹿一的身份，可有这么个人在身边，有些事情终究是不太方便。哪怕他昨日几句话就让原田对自家的式盘有了心结，可她终究是走得远远的最让人放心。想必到了现在，这个林鸿升已经不敢再怀疑他了吧，这也正是他想要的。

经过了好一番求情，守门的士兵终于同意让鹿一进庄子了，而乐鳌他们也不敢耽搁，进了庄子后便直奔鹿场的水潭而去。还离得老远，几人就闻到一股淡淡的药香随风飘来，而等他们赶到水潭边的时候，老吴已经领着伙计早就把铁锅架了起来，火也早升起来了，只不过水多锅大，这会儿药汤还只是温的，热气都看不到，火苗也不是很旺盛。

看到乐鳌他们来了，老吴连忙迎了过去，有些犹豫地说道："乐大夫，咱们这庄子里没有那么大的砂锅，这是最大的锅了，还是铁锅，对药性怕是会有些影响。"

乐鳌点点头道:"这也是没办法的事情,应该不会有太大影响,等一会儿药汤沸腾了,我就让我表哥将药引子投进去。"

老吴早就看到了乐鳌身边的鹿一,知道乐鳌说的表哥就是他。而此时老吴自己也对乐鳌口中的药引子好奇无比,便眼睛一眨不眨地盯着鹿一手中的盒子问道:"不知道是什么药引子,乐大夫可否告诉老夫?"

乐鳌瞥了鹿一一眼,信口胡诌道:"不过是一株千年雪莲,但这东西在入药前不能见光,见了光就会化掉,药性也会消失得无影无踪。"

听到千年雪莲几个字,鹿一狠狠瞪了乐鳌一眼,然后开始在脑海中想象千年雪莲究竟是什么样子,自己要如何做,才会让在场的这两位普通人以为那"千年雪莲"投入锅中就会化掉了。

"千年雪莲?"而老吴听了却一脸的震惊,盯着鹿一激动地道,"这千年雪莲我只在原书上读到过,甚至连图都没有,一会儿……一会儿可否让老夫开开眼界?"

乐鳌笑道:"吴老,这东西必须开盒后立即投入药汤中才能起效,您要是真想看,一会儿我表哥开盒的时候您可千万不要眨眼。"

"好,好!"老吴听了,立即使劲揉了揉自己的眼睛,然后一伸手,竟从裤兜里拿出了一个镜盒出来,然后打开镜盒,从里面拿出了一副珐琅框的眼镜,小心翼翼地架在了自己的鼻梁上。

"天山雪莲"什么的连老吴都没见过,就更不要说林鸿升了,而且,单从老吴的叙述中,他就知道此物价值不菲,当即犹豫了一下道:"乐大夫,真是天山雪莲?"

这个时候,乐鳌眯了下眼说:"林少爷,这天山雪莲价值不菲,你若是同意,我可就用了。"言下之意自然是这东西不能白用,更不是免费的。

可他这么一说,林鸿升反而觉得心中踏实了些,当即说道:"乐大夫放心,这次你帮了我们林家大忙,我必不会让乐善堂吃亏就是。"

294

"有林少爷这句话，乐某也就放心了。"乐鳌笑了笑。

君子坦荡荡，小人长戚戚！

这世上总有这么一种人，对于别人的帮助从来只有警戒之心，其实这也正影射了他的内心，因为他们自己不值得相信，所以他们也不敢去相信别人。

05

解毒汤不一会儿就熬好了，汤药刚刚沸腾起来，乐鳌就喊了声"是时候了"，鹿一便火速打开盒子，将里面的东西倒了进去。

本来有了乐鳌之前的提醒，老吴和林鸿升，乃至周围那些来帮着生火熬药的伙计们都是瞪大了眼睛盯着看的，可偏偏在这个时候，不知道从哪里刮来了一阵怪风，迷了众人的眼，所以，待他们再睁开眼的时候，盒子里的东西早就没入了沸腾的药汤里消失不见了，他们也仅仅只看到了个影子。

虽然这风吹得有些怪，可药已融化，再说什么都没用了。这个时候，却听乐鳌快速地吩咐道："快，马上把药汤倒进水潭里。"

众人应了一声，立即用毡布垫着，合力将滚烫的药汤倒入了水潭中。

药汤一入水潭，水潭的表面只不过冒了下白烟，解毒汤便彻底同水潭里的水混在了一起，顺着从水潭引出来的水渠流走了，一点痕迹不留。这让林鸿升有些担心这药汤的效果，毕竟，相对于偌大的水潭来说，这一锅药汤实在是太少了些。

不过马上，却听乐鳌又吩咐道："药渣留着，一会儿掺进鹿场的草料里。对了，不要全用上，每次都留下三分之一，然后继续填进去药材煎熬，一直到太阳落山之后，再把剩下的药渣全都倒进水潭里。"

听到乐鳌这么说，林鸿升才算稍稍放了心，急忙又问道："乐大夫，这样能行吗？"

乐鳌斜了他一眼，撇了下嘴说："当然不行。"

林鸿升原本缓和了些的脸色又变了。

"我还要去山上一趟，找到溪水的源头才行，我怀疑有不干净的东西在山上。"

林鸿升一愣："难道不是那只死鼠？"

乐鳌笑道："林少爷，你觉得区区一只死鼠，而且都已经被捞上来了，会有这么大的威力？刚刚不是又病了几只鹿吗？再说了，你这水渠是通往山下的，山下沿岸的牲畜都没事，怎么就偏偏你家的鹿场出了事？这不觉得很奇怪吗？"

这一点林鸿升不是没想过，只不过他根本就顾不上那么多，如今被乐鳌再次提起，他这才感到了事情的严重性。

"所以，我觉得还是应该上山看一看。"

"可如今，鹿场被张大人的兵包围了……"

林鸿升还没说完，乐鳌又笑了笑："林家的鹿场建了这么多年，难道只有大门能出入吗？"

事实证明，乐鳌的推测是正确的，林鸿升果然给他指了一条小路。于是，乐鳌立即带着鹿一上了山。

乐鳌同鹿一上山的时候，已经是午后了，他们刚刚离开，却又有人在门口求见，仍旧是找乐鳌。以为又是乐鳌找来帮忙的，林鸿升连忙到门外去迎，可这次，他见到的却是熟人。

"林少爷，我家东家在这里吧，昨天傍晚夏小姐一个人上山找他，到现在还没有回来，我想来看看是怎么回事。"

"小黄师傅？"乐家的司机林鸿升怎么会不认识，可此时听到他的话，林鸿升却愣了一下，"夏小姐昨天就来了？我怎么没见到她？"

天色将明，红姨也停止了讲述，夏秋正听得用心，可等了好一会儿都没有听到红姨继续说下去，只是看着洞口出神，忍不住问道："后来呢，他们成亲以后呢？"

在她的催问生中红姨回过神来，笑道："没了。"

"没了？"夏秋皱了皱眉，"只有这些？"

"是呀，很多故事不都是这样，有情人终成眷属后就结束了。"红姨的嘴角向上扬了扬，眼中闪过蔑意。

夏秋仔细看了她一会儿，然后站起身来道："既然如此，我就告辞了。"说着，她转身就往山洞外面走去。

见她就这么走了，红姨看着她的背影冷冷地说："就这么走了？"

"虽然我不知道你为什么绊住我，可我知道，我已经没必要继续留在这里了。"夏秋头也不回地道。

此时，她已经走到了洞口，洞外的景色也尽收眼底。现在天已大亮，洞口的外面都是些乱石草木，周围还有山围着，果然是一个山坳。既然如此，她猜这里离大路一定不远，只要出了山洞，她一定能再次找到回去的路。

夏秋的话让红姨微微一怔，但很快就听她幽幽地道："既如此，又为何不早些离开？"

夏秋转头看向她，犹豫了一下说："不管别人怎么说，不管你自己怎么说，我都觉得你并不想害东家，而且也不恨他。所以，我觉得应该听听你的话。而且那个陆天岐，我怎么也不相信他会背叛东家，他肯帮你，也许知道一些连东家都不知道的事情。不过……"

"不过什么？"

"不过，你若不想说，我也没办法。"

红姨故事里的那个女孩，肯定是她自己，可这一整晚只说了她同她丈夫成亲前的事情，对他们成亲之后的事情绝口不提，更不要说她同乐家反目的原因了，显然，她是想隐瞒什么。可红姨既然信不过她，竟然还同她说了一整晚的话，那就只说明一个问题，红姨必须说些什么让她留在这里，她现在反而有些担心东家了。

"你错了。"这个时候，却见红姨又笑了，"我不是不想杀他，而是杀不了他，不过很快，我就能杀他了，比如，过了今天。"

"你什么意思？"夏秋顿了顿，回头看了她一眼，可马上一股危机感油然而生，她下意识地立即向山洞外面冲去。

不过可惜，等她到了洞口，却似乎撞上了什么东西，被挡了回

来，她心中大惊，知道这是有人布下了结界。

以往，只有她给别人布界，却从没有像这样被人拦过，可她正要冲破洞口的屏障时，却听红姨在她身后幽幽地道："我劝你还是省省吧，你的本事只对妖有用，若是朱砂的话，兴许还能同我斗上一斗……"

夏秋听到这些的时候已经晚了，她只觉得自己释放出去的气几乎在瞬间又反弹了回来，全部作用在了自己的身上，再然后，她眼前一黑，就什么都不知道了……

沿着溪流一直向上，乐鳖和鹿一终于找到了溪流的发源处，是一个开在峭壁上的山洞。山洞很高，山壁也很陡峭，由于溪水的冲刷，山壁上的石头不但十分光滑，上面还长了一层厚厚的青苔。总之，就是普通人想要爬上山壁进入山洞，除非是从山顶上绑着绳子滑下来，否则的话，想要从下面爬上去，那根本就是不可能的。

当然了，这里说的是普通人绝不是乐鳖他们，只见乐鳖同鹿一轻轻一跃，便跳上了山壁，来到了洞口，而从下面看起来小小窄窄的山洞，等他们走进去之后却发现十分宽大幽深。山洞的中间有一条湍急的河流，正是小溪的源头。鹿一又看了看脚下的河流，又看向前面看不到尽头的山洞，低声问道："就在这里？"

乐鳖点头道："那东西只能在这里做手脚，因为那东西可以顺着溪流而下，不过，昨日因为受了重创，那东西怕是在养精蓄锐，咱们必须趁这个机会将那东西拿下。"

"好。"鹿一说着，再次将手中的盒子打开，从里面取出了铁木鱼，看着乐鳖道："我们神鹿一族，每过五百年就会出现一次灾厄，今年正好五百年，所以我才会非要今年将它找回来，而眼下看来，这灾厄应该就是这个吧，毕竟，那种老怪物可不是轻易就能现世的。"

"若是如此最好，我也就不欠老族长的人情了。"乐鳖笑道。

"呵，这么多年来，你以为你们乐家和我们神鹿一族还算得清楚吗？有那时间，你还不如多想想自己的事情，你明年，就三十岁了吧!"

乐鳌眼睛一闪,撇嘴道:"不用你提醒!好了,可以开始了吗?"说着,他不知从什么地方将那块红色的布条拿了出来,然后双手合十,将它夹在掌心,口中则念念有词。没一会儿工夫,只见有一股黑烟从他紧紧夹着布条的指缝中飘散出来,几乎是瞬间,一股让人作呕的臭气便在山洞中弥散开来。而这个时候,却见鹿一盘腿坐在了地上,将铁木鱼放在了两腿之间开始轻轻地敲击起来,山洞中立即响起一阵悦耳的金石之声。

这声音就像是一股清流般在整个山洞中弥漫开来,乃至于洞中的那股令人作呕的臭气也在这声音的引导下不再在山洞中横冲直撞,而是随着这声音聚在了一处,最后化作一条黑色镶金的线,像条金色的小蛇一样,往山洞深处游走而去,不一会儿,就化作一个金色的亮点,然后闪了闪便不见了。

虽然这道金线消失了,可鹿一仍旧不紧不慢地敲动着铁木鱼,节奏音调没有半分紊乱,就像是在催动着什么,而乐鳌则一眨不眨地看着山洞的深处,仿佛在等待着什么。突然,只听鹿一敲击铁木鱼的频率突然快了起来,声调也越来越大,而伴随着铁木鱼的声音,似乎有什么声音从山洞的深处传了出来。而随着木鱼声越来越急,那声音也越来越大,就像是什么野兽的嘶吼声,而且离他们也越来越近。

06

终于,那点金光再次出现,只是,不仅仅是金光,紧随其后的还有一团火红的光,也不知道是金光将红光引了来,还是红光对金光紧追不舍现了身。随着金光和红光越来越近,乐鳌也看得越来越清楚,原来,这两道光根本就不是一前一后过来的,而是同时到达了眼前。此时,金色的光紧紧缠在一只红色的灯笼上,而在两道光的后面,那个近似于野兽嘶吼的声音也越来越清楚,不过,却根本

没有野兽，而是一个小男孩儿在愤怒地大叫。

之所以刚才会听错，是因为这洞太深，他们离得又远，这才会因为掺杂了洞中的风声和回音让人听到那种恐怖的声音。而此时小男孩到了近前，乐鳌听到的却是一个清脆的声音："快把灯笼还给我！"

看到终于将他再次引了出来，乐鳌微微一笑说："我们又见面了！"

"又是你！"小义此时眼睛通红，"你为什么总是找我的麻烦！"

"不是我找你麻烦，是你就不该出现。"乐鳌道，"你父亲怜你刚出生就夭折，这才会为你聚魂，让你得以重生，可你倒好，却成了散播瘟疫的疫鬼，反而夺去了无数人的性命。如今山河破碎，外寇辱国，你在这个时候又出来兴风作浪，到底谁才是麻烦！"

小义脸色苍白，看了看乐鳌，又看了看那只被金光紧紧捆缚住的红灯笼，愤怒地说道："我愿意做什么就做什么，我父亲怜我？呵呵，他倒不如早点让我去死，我也省得变成这种浑身充满疫疠毒气的怪物。他为我聚魂，可我却不能见光，只能傍晚之后出来，这同阴界的那些厉鬼又有什么区别！我同他哭闹，他却给了我一身鼠皮，让我同鼠族为伍，那些东西肮脏发臭不说，即便白天出来，却也是要被人赶来赶去。我的母亲厌我，不肯见我，我的兄弟姐妹们也离我远远的，我偶尔有机会靠近他们，能得到的也只有嫌弃的白眼。你说我父亲对我好，呵呵呵，你倒说说看，他除了让我苟且地活着，又给了我什么好，我倒宁愿一死了之，早早投胎，早早转世轮回，你以为谁都稀罕颛顼帝之子的名头？他除了让我更痛苦，他又做了什么，还能做什么！"

小义的声音越来越大，情绪也越来越激动，但乐鳌的脸上仍旧是一片平静，等小义把话说完，他这才缓缓地开口道："所以呢？所以你父亲让你生，你就让人去死？"

"嘿嘿嘿！"小义咧嘴一笑，"是呀，难道你不觉得我做了一件大好事吗？让他们早早投胎，搞不好这辈子死在了路边，下一辈子就成了将军呢。我觉得他们应该感谢我。"

"好。"乐鳌眼睛眯了眯，"那我现在就如你所愿！"说着，只见他身形一闪，已经到了小义的面前，然后他用手一挥，原本缠着那灯笼的金光一下子松开了，而后紧紧地缠到了小义身上，让小义再也动弹不得。而那只红灯笼，则立即掉在了地上，但是却没有灭，而是静静地歪在地上，散发着孤零零的光。

这个时候，乐鳌从怀中拿出了一颗金色的珠子，然后用手一捻，珠子立即裂成了两个半圆，却是空心的。然后只见他口中念念有词，而眨眼间，小义整个人都被金光笼住了。

小义大惊，万万没想到乐鳌出手竟然这么快，让他连反应都来不及，他只来得及惊呼一声"你真要杀了我"，而下一刻，却见他的身形一闪，竟立即在山洞中消失了，而紧接着，却是乐鳌手中的那颗金珠突然闪了下，眨眼间又重新合成了一个。

看到乐鳌如此利落地将这只疫鬼收了，鹿一这才停止了敲击铁木鱼，然后轻轻舒了口气道："你这是又要往鹿神庙里送了？"

"不行？"乐鳌一直紧绷着的肩膀终于松了下来，对鹿一扯了个笑容。

看来那日的八卦两仪阵对这个疫鬼伤害不小，他也没想到这么容易就把疫鬼给收了，他以为还要再费些功夫呢。

"我说不行有用吗？"

鹿一也一脸轻松地从地上站了起来，然后从乐鳌的手中接过金珠，同铁木鱼一起放到了盒子里，认命地道："只希望有一天，他们能想通就好。"

乐鳌正要开口，却突然觉得眼前绿光一闪，他急忙低下头，脸色却一下子变了，紧接着，只见他弯下了腰，从地上捡起了什么东西。

看到他神色有异，鹿一凑过去看向他手里托着东西，却一脸的疑惑："蛇？"

可这个时候，当他再看向乐鳌的时候，却见乐鳌的脸色苍白得

出奇，他一愣，问道："怎么了？"

"小龙……糟了，出事了！"乐鳖说着，已经向山洞外面冲去。

鹿一不认识小龙，自然也不知道小龙同夏秋向来形影不离，只是看到乐鳖的样子，他立即猜到一定是出了大事。可他正要跟在身后乐鳖出去，眼睛一瞥，却看到了歪在一边的那只红灯笼，不禁大喊了声："这灯笼怎么办？"

此时，乐鳖已经从洞口一跃而下，鹿一的话只得到了他远远地回复："烧了！"

鹿一皱了皱眉，又看了眼地上的灯笼，然后用手一捻，一簇火焰便出现在他的指尖，然后他又一甩，火苗立即落在了灯笼上，红色的灯笼眨眼就被蓝色的火焰包围了。只是，乐鳖走得急，鹿一不知道发生了什么，自然也心急，所以，没等看着灯笼完全烧完，他就尾随乐鳖冲出了山洞，随乐鳖一起往山下的鹿场冲去。

可是，他们两个刚刚离开山洞，围着灯笼的火便自己灭掉了，灯笼也完好无损，而不一会儿，一只苍白的小手将灯笼从地上捡了起来，只不过这次，灯笼的光却比刚刚稍显暗淡，而那只手的主人，喘息声也越发急促。然后这个身影一闪，竟也尾随乐鳖和鹿一冲出了山洞。不过他并不是往鹿场的方向冲去，而是冲向了另一个方向……

乐鳖回到鹿场里的时候，天色已经快黑了，鹿场的伙计们仍旧按照乐鳖的方法，反反复复地熬着解毒汤，一次又一次地将汤药倒进水潭里。只是，当乐鳖冲进前面的客厅，想要向林鸿升告辞的时候，看到眼前的那几个人，他的脸色却变得说不出的古怪。

原来，张副官又来了，只不过，这次他不是一个人，他的身边竟站着微微笑着的夏秋，看到乐鳖来了，她对他点点头，礼貌地唤了声"东家"，而在夏秋的旁边，还站着另一个人，正是上山来打听夏秋情况的小黄师父。而这个时候，小黄师傅看看乐鳖，又看了看站在张副官身边的夏秋，一副欲言又止的样子，应该是有话要对乐鳖说。

乐鳌眼神微闪，向夏秋走了去，边走边问道："你怎么来了？什么时候来的？"

夏秋刚要回答，却被张副官笑着打断了："我在路边看到晕倒的夏小姐，她说她昨晚就上山了，可不知为什么今天下午却出现在路边，我问她发生了什么，她也不知道，便只好将她带上山，结果刚到门口，就看到你们家的司机心急火燎地站在外面，应该也是想找夏小姐。"

夏秋笑了一下，点点头说："正是这样。"

夏秋的笑容让乐鳌觉得很怪异，但此时是在林家，他也不好再问什么，只得停下来道："这件事情我会调查清楚的，但不管怎样，我都要好好谢谢张副官，多亏你发现了她。"

说完，乐鳌对夏秋摆了摆手说："过来。"

可他的话却只是让夏秋对他笑了笑，却并没有移动脚步，然后，她竟然将眼皮垂了下来，不再看乐鳌。这让乐鳌微微一怔，但随即他又释然了，以为夏秋还在为陆天岐的事情生气，所以才不想理他。

"举手之劳罢了。"看到夏秋和乐鳌的样子，张副官又笑了下，然后却扫向乐鳌身边的鹿一，关心地问，"林少爷说，你们上山寻溪水的源头去了，可看到了什么？"

关于这点，乐鳌早就想好了，不紧不慢地道："我刚来的时候，问过吴老了，他说前一阵子鹿场丢过几头鹿，我这次果然在山上看到了它们，不过它们都已经死了，正好倒在溪水里，这才会生了瘟疫，染了山下的鹿场，我们已经清理过了，应该没问题了。"

听到乐鳌的话，林鸿升这才露出一副恍然大悟的样子："原来如此，我就说嘛，为什么只有我们林家鹿场的鹿生了病，山下的牲畜没问题，原来是那几头死鹿害的，所以才只会让鹿染病，真是多谢乐大夫了！"

"无妨。"乐鳌笑了笑，又看了夏秋一眼，这才对林鸿升道，"这鹿场应该没什么问题了，我们也该回去了，如今天岐出了门，药堂连个看门的人都没有，我实在是有些放心不下。"

听乐鳌说现在就想走，第一个不愿意的自然是林鸿升。

如今这位乐大当家不过是在鹿场里倒了几锅药，什么效果还没有显现出来，就连他说上山处理那些死鹿也只是他的一面之词，究竟如何，谁也不知道。所以，林鸿升还是想让他再多留一段时间，哪怕只有一夜的时间也好。

因此，乐鳌此话一出，林鸿升立即道："乐大当家，你就算现在回去，天也早黑了，晚上药堂又不开门，不如今晚就在别院住下，明天一早趁着天亮回去才好。"

乐鳌早猜到林鸿升不会轻易放他离开，于是笑道："林少爷说得固然没错，可昨夜我以为他们两人还在药堂，这才放心地留了下来，可现在才知道，他们昨天就离开药堂了，如今已经过去了一天的时间，万一有人找我出诊，可就糟了。"

林鸿升干笑了下说："大半夜的，谁会……"

可他的话还没说完，乐鳌却冷冷地道："林少爷，你放心好了，你家的鹿场已经没问题了，现在天已经快黑了，药也不用再熬了，你不必再留我在山上。我若是想留，就不会走，比如昨天。"

林鸿升只觉得脸上一热，话都说到这个份上，他还真说不出来阻拦的话了，可私心作祟，他却并不想让乐鳌这么离开，正犹豫着，却听张副官突然道："乐大当家说得没错，这两日乐大当家也辛苦了，不如就由我护送你们回去吧。对了，还有这位陆表哥，应该不在临城吧，要不要我派车送你回去？"他说着，悄悄地给了林鸿升一个眼色。

林鸿升微微一怔，但立即会意，急忙点点头说："没错，天色太晚，有张副官送乐大夫回去，我也放心些，这些日子，的确是辛苦乐大当家了，这件事情解决后，我一定登门道谢。"

若不是为了临城的百姓，若不是不想让那疫鬼继续作祟，乐鳌又怎么会管林家鹿场的事情，至于他们说要送鹿一那更不可能，于是他微微一笑道："我的车足够坐下了，就不劳张副官了。"说着，他走到张副官身边的夏秋的面前，一把抓住她的手腕，低低地又道："走吧，咱们该回去了。"

夏秋对他微笑地点点头，说了个"好"字，就要跟他离开，小黄同鹿一见状也一起向客厅门口的方向走去，自然是听乐鳌的吩咐，打算就这么离开了，而且，他们的位置比乐鳌他们靠外，反而走在了乐鳌他们的前面。

这个时候，张副官虽然看着乐鳌拉着夏秋的胳膊有些出神，却没有出言阻止，看样子是就想这么放乐鳌离去。这可让林鸿升大急，连忙紧赶几步，想要追上乐鳌将他们拦下来。

可他刚冲到一半，他的胳膊却突然被旁边的人一拉，而后只听那人低声地说道："林少爷，你继承的不仅仅是这个鹿场吧，难道你忘了《列宗传》里所记载的，难道你不想试试？"

"《列宗传》？"林鸿升倒吸一口冷气，"你怎么知道……"

这会儿，乐鳌他们已经走到了门口，鹿一和黄苍甚至已经跨出了客厅的大门，可就在这个时候，却见鹿一的身子一僵，突然用嘶哑的声音说道："表弟，我就不去你家了，我先走一步了。"说着，鹿一突然一闪，竟然在眨眼间冲出了别院，然后身影晃了晃就不见了。

这个时候，乐鳌也察觉了不妙，他急忙看向身旁的夏秋，却见后者瞪圆了眼睛看向门口的方向，根本就没有看他的意思，他眉头皱了皱眉，正要开口，却不想有人从身后向他们撞了过来，一下子撞开了乐鳌拉着夏秋的手，从他们两人中间冲向了门外。

冲出去的却是林鸿升，而张副官也紧随其后冲了过来，站在乐鳌同夏秋的中间看着前面的林鸿升道："林少爷这是怎么了？"

看着林鸿升的背影，乐鳌的眼神一凉，斜了旁边的张副官一眼："张副官同林少爷几乎是同时冲过来的，难道您不知道吗？"

张子文看着乐鳌微微一笑："乐大当家觉得，我应该知道吗？"

就在这个时候，却听已经冲出别院大门的林鸿升突然指着鹿场

的方向大声喊道："在那里，在那里，他跑到那里了，我家的铁木鱼，那盒子里一定是我家的铁木鱼！"

此时，乐鳌也已经到了门边，沉着脸向林鸿升指着的方向看去，却见有一头高大的梅花鹿正往鹿场的方向跑去，不是鹿兄是谁。而在他的口中，衔着的正是刚刚拿在他手中的那个盒子，也就是那个装着铁木鱼的盒子。不过，鹿兄跑得飞快，他到门口的时候，鹿兄已经跑进了鹿场，等张副官也冲出来的时候，鹿兄早就只剩下了一个影子，而且很快就消失在鹿场的树林里不见了。

于是乐鳌眼神微闪，淡淡地道："我只看到了一头鹿，并没有看到什么盒子。林少爷，在你家鹿场看到鹿，应该不是什么值得大惊小怪的事吧！"

听到乐鳌的话，林鸿升眼睛通红地回过头来，盯着乐鳌看了好一会儿，咬着牙道："乐大夫，你眼睛瞎了吗……"不过马上，他却一脸古怪地看着乐鳌幽幽地道，"对了，你说他是你表哥，那你一定知道他的身份吧，而且更知道他根本就不是人……"说到这里，他顿了顿，似乎明白了什么似的冷笑，"又或者，连你都不是人……"

他怎么就忘了那只时不时浮现在他脑海中的妖臂呢？

听到他的话，乐鳌皱了皱眉，随即也回以一个冷笑："林少爷，这就是你说的感谢吗？你们林家的感谢，真是让我长见识了！"

张副官自从出了门，就一直看着鹿场的方向，此时听到两人起了争执，他略一沉吟，低低地道："林少爷，你刚刚到底做了什么，为什么一口咬定那头鹿就是那位陆表哥呢？这又怎么可能，这世上怎么会有这么荒诞的事情？你是不是眼花了？而且说真的，我也没看到那头鹿的口中衔着东西。"

"张大人，你……"听到张子文这么说，林鸿升似乎很吃惊的样子，但是马上他就像是想到了什么似的突然兴奋地说道，"没错，我念了咒语，他就变回了原形，我若是把他找到再继续念咒语就一定能将他抓住，对了对了，这就对了，我一定能找回我家的传家宝！多谢张大人提醒！"说着，他不再理会乐鳌，而是立即向鹿场的方向冲了过去。

听到他的话，乐鳌瞬间明白发生了什么，他忍不住再次看向夏秋，上次他什么都没说，她就帮了忙，可这次，她是怎么了？难道是她没有认出鹿一来？还是仍旧在生乐善堂的气？

不过此时，却见张副官突然向他靠近了一步，有意无意间遮住了夏秋，然后笑着问道："乐大夫，林少爷的情况看起来有些奇怪，你要不要去看看他？"

乐鳌心中沉了沉，盯着张子文说："的确应该去看看。"

说着他头也不回地对小黄道："你也不用去追表哥送他了，在这里陪着夏秋，我去去就来。"说完，他也紧随林鸿升之后，向鹿场的方向跑了去。

"送表哥？"张副官愣了愣，看向小黄，"你家东家说的是什么意思？"

小黄抬头瞥了他一眼，不紧不慢地道："刚才表少爷的话张大人也应该听到了，他已经回家了，而且是在大家眼皮底下冲出了大门，本来东家是打算让我送他的，但是眼下看来怕是不行了，我得在这里陪着夏小姐。"说到这里，他眉头皱了皱，看向站在张副官身旁一脸淡然的夏秋道，"夏小姐的脸色不太好，等一会儿东家回来我们得赶紧回去。"

张副官听了，露出狡黠的一笑："是吗？我怎么觉得你们东家是关心则乱呢？而且，说实在的，我虽然没看到那头梅花鹿嘴里衔着什么宝贝，但是好像也没看到你家那位陆表哥出了院子，他要出院子，肯定会被我的士兵拦住，毕竟，我还没有宣布解除包围。"

张子文的话让小黄有些语塞，可就在小黄以为张子文会立即出门问守门士兵这件事的时候，却见他突然又看向夏秋，然后竟低低地说道："夏小姐，要不咱们也去鹿场看一看？"

听了他的话，没想到夏秋对他也是一笑："好啊。"

说完，张副官对着门口那几个守门的士兵喊了声："你们几个，好好招呼下小黄师父。"

然后，张副官在前带路，夏秋紧随其后，两人不紧不慢地也向鹿场的方向走去。

小黄见状大惊，正要追上去将夏秋拉回来，却不想几个士兵突然从门口的方向冲了进来，将他团团围住，看到他们一个个凶神恶煞的样子，手中还端着枪，虽然他对付起他们来不算太难，但他也不敢乱动。不过须臾后，他眼珠子微微一转，或许，他倒是可以趁这个机会做些什么……

08

林鸿升一路走，嘴中一路念着什么，整个人就像是疯了一般，乐鳌紧随其后，心情也越来越沉，虽然他不知道林鸿升怎么就突然想到了铁木鱼，但是却可以肯定，一定同张子文有关。看来这个张副官此次来林家鹿场根本不是来杀鹿的，更不是来阻止瘟疫蔓延的，而是另有所图，只可惜乐鳌之前一心只想着救人，完全没有理会他，倒让他有机会钻了空子。

更可恶的是，张副官一直紧紧跟在夏秋的身边，而夏秋这次竟然没有动用她的能力阻止铁木鱼的力量，这才是让乐鳌最担心的。不过眼下，他唯一能做的就是及时阻止林鸿升找到鹿一并保护铁木鱼，否则的话，他就太对不起神鹿一族，对不起鹿零族长了。

但是，也不知道是不是铁木鱼在林家待久了也有了感应，林鸿升边念诵着咒语，竟然也渐渐接近了鹿一，眼看林鸿升就要到达鹿一藏身的那处灌木丛的旁边了，林鸿升念诵咒语的声音甚至已经开始发颤，乐鳌知道自己再也没有选择，就要出手打晕林鸿升。即便乐鳌知道自己这样做后患无穷，哪怕及时消除了林鸿升这次的记忆，就像上次在雅济医院的时候一样。可这次毕竟不同，上次只有林鸿升一个人，他说出来的话未必有人会信，可这次若是他追鹿前还好端端的，追鹿之后就忘记发生了什么，而且自己还跟在身边，那岂不是此地无银三百两吗？所以，不到万不得已，乐鳌实在是不想走这一步。

　　就在这个时候，眼看林鸿升就要到达鹿一身边，却见他脚步一顿，突然头也不回地说道："乐大夫，上次在雅济医院，你是不是让我忘了什么东西？不过这次，除非你杀了我，否则的话，我什么都不会忘。"

　　说到这里，他突然向鹿一的方向扑了过去，乐鳌心中叹了口气，知道自己已经别无选择。

　　可正当他想要出手的时候，突然感到一股气从他身后汹涌地扑了过来，这似曾相识的感觉，让他手下一顿，立即终止了心中的打算，而也几乎是在同时，却听林鸿升愤怒地喊道："怎么会，那畜生不见了，不见了！"说着，林鸿升从灌木丛中冲了出来，然后一把揪住乐鳌的脖领子，脸色通红地道，"乐鳌，你究竟搞得什么鬼？它怎么不见了，我家的铁木鱼，怎么不见了？！"

　　这个时候，乐鳌的唇角向上翘了翘："什么不见了？林少爷，你是不是最近太累了，我建议你还是好好休息一下吧。那里，从一开始就什么都没有呀！"

　　"不会的，不可能，我都感觉到了，怎么可能会一下子就没了气息，乐鳌，你究竟是谁，你……你快把我家的铁木鱼还回来！"说着，他挥起拳头就向乐鳌的脸上打去。

　　就算不用法术，乐鳌又怎么会被林鸿升打中，他不过是微微向旁边一闪，林鸿升的拳头就落了空，然后他肩膀一抖，林鸿升抓着他衣襟的手也被他震开了。然后他后退几步，整了整领口冷道："林少爷，你疯了不成？"

　　"是你，一定是你！"说着，林鸿升再一次扑了上去。不过这次，他却被一个人拦住了，他转头，愣了愣道："张大人？"

　　这会儿张副官已经沉了脸，抓住林鸿升的胳膊道："林少爷，你这是做什么？"

　　"张大人，他把……他把那个畜生藏起来了。"林鸿升大声吼道。

　　张子文看向乐鳌，乐鳌笑着耸耸肩说："张大人，我想我该回去

了，林少爷这里就劳烦您了。"说着，他的视线落在夏秋的身上，低低地道："我们走吧。"

夏秋自然是同张副官一起来的，这会儿正站在乐鳌和张副官的中间，脸上的笑容也仍旧如刚才那样，淡然而灿烂。虽然刚刚发生的事情让乐鳌放了些心，可看到夏秋的样子，他的心却再次提了起来，实在是今日的夏秋太不寻常了，让他忍不住往最坏的可能去想。所以，如今鹿一既然已经"不见了"，他现在最重要的事情就带夏秋回家，就是弄清楚她同小黄分开的这一晚上，到底发生了什么，到底同谁在一起！

而此时的夏秋，只是任他牵起手，然后笑着回了句："好！"

可偏偏这个"好"字，反而让他更焦灼了，让他现在恨不得立即就带着她飞回乐善堂。但是，越是焦急的时候，却越是有不速之客出现。

夏秋刚刚点头同意，却听一个声音冷冰冰地响了起来："这是怎么回事？你们在这里做什么？"

说话的人正是刚刚从山下赶回来的原田晴子，此时，她的眼睛正一眨不眨地看着乐鳌以及他紧紧握着夏秋的手，但是须臾之后，却见她突然一笑，向乐鳌走来，道："乐大夫，我听说鹿瘟已经被控制住了，那我从医院带回来的针管和胶皮管子是不是就没用了？"

走近乐鳌后，她一把拉住夏秋的手，将她拉到自己的身边，皮笑肉不笑地道："夏小姐，你是什么时候来的，今晚还走不走？"

对她的问题，夏秋仍旧是报以温柔的笑容，然后不紧不慢地说了句："我们马上就走了。"

"不能走！"而在这时，却见一个人冲了过来，然后兴奋地一把抓住原田的胳膊，大声道，"晴子，那个怪物出现了，我家的传家宝就在那畜生身上，你回来得正好，快点帮我把那怪物揪出来，这件事情，也只有你能办到了！"

"怪物？揪出来？"原田的脸上露出迷惑，"我离开的这半天，这鹿场到底发生了什么？我刚刚不是听人说，鹿瘟已经被控制住了吗？"

"鹿瘟，鹿瘟？"林鸿升喃喃地嘟囔了两句，突然露出一副恍然的样子，然后他看向乐鳌，愤怒地道，"我明白了，这鹿瘟也是你在搞鬼，对不对？你是为了……你是为了……对，你是为了让我承你的情，让我不再怀疑你是怪物，乐鳌，你好狡诈！"

听到林鸿升越说越离谱，乐鳌皱了皱眉道："林少爷，我看你是中邪了吧。"说着，他看向原田，然后故意指了指自己的脑袋，嘴角翘了下："原田小姐，我觉得有机会你还是带着林少爷去医院看看吧，我觉得他应该是病了。"说完，他拉起夏秋转头就往鹿场外面走去。

林鸿升从一回来就心心念念想要找回自家被盗的传家宝，而且一直以来都把目光锁定在了乐鳌的身上，而如今，好容易找到了宝贝的踪迹，结果却就这么没了，他已经快气疯了，看到乐鳌要走，更是怒不可遏，当即喊一声"别走"，就要冲过去将乐鳌拉住。

不过这次，他仍旧被张子文给拦住了，只听张子文低声道："林少爷，你冷静下，既然有原田小姐在，不如就像你说的，让原田小姐帮忙找一下吧。"说着，他也叫住了前面的乐鳌说："乐大当家，我想，你也不想就这么不明不白的离开吧，这样对你们两家好像都不太好。"

张子文貌似中肯的建议，换来乐鳌一声冷哼："张大人，是不是今天林少爷不找到他那个所谓的传家宝，我就要被他送到警察局去？你这个局长做得还真公正。"

"怎么，难道你不敢？"林鸿升恨恨地说道。

"不可理喻！"乐鳌说着，拉着夏秋继续往外走。

"等等。"这一次，却是原田拦住了他们。

乐鳌看着她再次皱了皱眉说："原田小姐，你别忘了，这次可是你请我来山上帮林家的。"

"乐大夫，对不起了。"原田对乐鳌抱歉地说道，"但张长官说得对，得罪了！"说着，她一伸手，将自己包里的式盘拿了出来。

即便林鸿升此时状似疯癫，即便她很想相信乐鳌，即便她从不认为这场鹿瘟同乐鳌有什么关系，可林鸿升既然说有怪物，而且还是这样一种她以前从未见过的状态，就已经足够她怀疑的了。而在这种状态下，不要说乐鳌，哪怕是她最亲近的人，她都不会放过任何蛛丝马迹。

见原田态度如此坚决，一旁的张子文也是一副唯恐天下不乱的样子，乐鳌知道，今天若是不让原田亲自探查一番，他们谁也走不了了，当即冷笑了一下说："好，你们在这里慢慢查，我们去客厅等总行了吧。"说完，他立即拉着夏秋头也不回地往林家别院的前厅走去。

可林鸿升却根本不想让乐鳌离开自己的视线，他正想跟过去，张子文见状，微微一笑："林少爷，我看还是我去陪陪乐大当家吧。"

林鸿升眼睛一亮，急忙点头道："这样最好不过。张大人这次多亏了您，日后我们种德堂一定会好好报答您的。"

"哪里话，这都是我应该做的。"张子文说着，已经紧随乐鳌他们而去。

去客厅的路上，乐鳌总算是有了同夏秋两人独处的机会，可因为在林家鹿场，他却不敢把意思说得太过明显，只是低低地问道："是你？"

夏秋顿了顿，转头看向他，竟一脸疑惑："什么？"

乐鳌心中一沉，正要再问，却听身后脚步声响起，却是张子文追上了他们。乐鳌立即停住，转头看向他，微笑了一下道："张大人，你究竟想做什么？"

"做什么？"张子文不紧不慢地道，"我只是怕二位无聊，想要陪陪二位罢了。"

"我要不是知道这是林家的山庄，还以为大人是这里的主人呢。"乐鳌讥讽道。

"我可不敢。"张子文笑了笑，"我不过是从陵水县来的穷小子，若是有这么大的山庄又何必冒着风险从军，又为何连自己的妻子都留不住呢？乐大夫真是高看我了！"东大夫说到这里，他似是对乐鳌，又似是对自己自言自语道："这可是个人吃人的世道，乐大夫说是不是呢？"

09

大概一个小时后，也就是八点多的时候，原田同林鸿升终于一起回来了。

看到林鸿升进门时失魂落魄的样子，乐鳌就知道，他们定是无功而返，于是立即起身，带着夏秋和小黄往门口走去，边走边说道："林少爷，我们可以走了吧。"

林鸿升抬头看了乐鳌一眼，不语，乐鳌自然也不理他，继续往门外走，路过林鸿升身边的时候，站在旁边的原田都很抱歉地说了句："对不起，乐大夫。"

"不必，当不起。"乐鳌说着，已经带着夏秋和小黄出了客厅的大门，往庄子的大门口走去。

虽然折腾大半天一无所获，可林鸿升在心中已经几乎可以肯定这次是乐鳌捣鬼了，故而盯着乐鳌背影的眼睛就像是两把钩子，恨不得在乐鳌的身上挖出一个洞来。突然，他看到了张子文布置在门口的卫兵，眼睛一亮，再次冲向了门口的方向。

听到背后有脚步声，乐鳌转头，可是林鸿升已经越过了他冲到了门口，然后抓住一个士兵大声问道："你们刚刚可看到有人出去？就是那个最后进门的陆少爷！"

鹿场的封锁应该还没有解除，如果有人从大门出去，一定会被这些士兵看到拦截的，而若没有，那就说明那个妖孽还在鹿场里，最起码可以证明乐鳌所谓的表兄不是普通人。

被林鸿升一拽，看门的士兵先火了，抬手就是给林鸿升一枪托，喝道："放手！"说着，士兵还要再打。

不过马上，就被张子文制止了，厉声道："住手，林少爷也是你

能打的？"

此时，林鸿升根本顾不上肩膀上火辣辣的疼痛，仍旧抓着士兵的手道："你快告诉我，刚才到底有没有人出去？"

士兵看了旁边的张子文一眼，这才道："的确有人出去了，不过我家副官说了，如今鹿场已经没事了，不必再限制人员出入，我们就没拦。"

林鸿升脸色一黯，但紧接着他又问道："出去的那个人长什么样子？是那个陆少爷吗？"

"不知道他姓什么，但是应该是最后一个进鹿场的那个人，身材高高大大的，脸膛发红……"

身材高高大大，脸膛发红，说的可不就是鹿一的样子，乐鳌也没想到这个士兵会说得这么详细，但是沉吟了下，他看了眼旁边的张子文，抿了抿唇。

"够了。"这一次，却是原田出言阻止了林鸿升的进一步发问，她冷冰冰地道："难道你觉得我帮你请乐大夫来是错了吗？林生，我真是瞧不起你！"说着，她又对乐鳌说了句抱歉，然后转身回了庄子，她的车子停在鹿场里，要想离开的话，只能从后门离开，而不是像乐鳌和张子文这样，将车子停在了庄子的大门口旁。

见晴子走了，林鸿升愣了愣，这才醒悟了些，转头不甘心地看了乐鳌一眼，便急急忙忙跟了上去，这才回去了。

事情到了这会儿，已经算是基本解决了，等到了大门口，小黄师傅很快就把车子开到了乐鳌的身旁，乐鳌正要带着夏秋上车，却听一旁的张子文突然道："乐大夫，关于这件事情，你没什么要向我解释的吗？"

看着他，乐鳌微微抬了抬下巴说："张大人想听什么？"

看了旁边的夏秋和车里的小黄师傅一眼，尤其是看到小黄师傅的时候，张子文的眼中闪过一道狡黠，然后他才对乐鳌道："现在已经很晚了，不如乐大夫上我的车吧，有些事情我想单独同你说。"

乐鳌看了张子文，犹豫了一下，然后一笑，点点头道："好。"说完，他又对旁边的夏秋道："你同小黄师傅在前面，下山的时候不用等我们，等到了山脚再等我就是。"

"好！"

依旧是今日夏秋最常露出来的笑容，依旧是一样的语调，可依旧也让乐鳌心中烦乱，他在想，自己是不是不该答应张子文的要求。

"乐大夫，上车吧。"此时，张子文也将车开到了乐鳌的身旁，然后从车窗里露出头来，招呼乐鳌他道，甚至还把旁边的车门替他打开了。

"张大人这是有备而来？"乐鳌说着，已经跳上了张子文的车。

他同这个张子文，早晚都有这一回。

前面小黄师傅的车子启程后，张子文这才再次发动了自己的车子，不过边扶着方向盘，他边看着乐鳌一脸抱歉地道："我刚学会开车，可能会有些慢。"

乐鳌现在可没心思同张子文谈论开车技术的问题，他的眼睛紧紧盯着前面的车子，淡淡地道："有什么话张大人还是快说吧。"

斜了乐鳌一眼，张子文重新看向前方，又沉吟了几秒钟，这才开口道："其实我是很敬重乐善堂，敬重乐大当家的。"

"不敢。"

"不过乐大当家，有一件事我却觉得应该对你说明。"

"我不就是来听张大人说话的吗？"乐鳌扯了扯嘴角。

"呵⋯⋯"张子文轻笑一声，"既然如此，我也就开诚布公了。"说到这里他顿了下才道，"我是在你同林少爷去鹿场找那头鹿之后，才吩咐士兵们解除门口的戒严的，当时，除了随我一起去找你的夏小姐，就只有小黄师傅了，可是后来，我的士兵却看到了你表哥大摇大摆地出了大门⋯⋯"

听到这里，张子文不再往下说了，乐鳌也不再接话，就这样过了大概五分钟的样子，却见乐鳌看着张子文笑道："那又怎样呢？张大人？"

"我不在乎你们都是什么东西，我只想知道丽娘的下落。"

这一次，张子文几乎是想也不想就说出了这番话，从张子文的眼中，乐鳌可以看出他是认真的，可即便如此，正如自己刚刚所言……又能怎么样呢？

乐鳌的眼神继续看向前方，却发现车子就要开到山路的拐弯处，自家的车走得快些，已经拐了过去，他只能从树林的缝隙中看到自家车的车灯，知道它还在行驶着，然后他皱了下眉说："张大人，我们都以为你已经厌弃你妻子了。"

"我没有。"张子文的这三个字，仿佛是从胸口挤出来的，语调中充满了无奈、愤懑，还有不甘，"我只是觉得我们的日子还长，我也有我的无奈……"

有家里的，更有他顶头上司的。

"张大人。"乐鳌低低地道，"上次你来乐善堂的时候，我们就已经同你说过了，这件事情只怕我们无能为力……等过了这个拐弯，你就把我放下吧，这里离山脚已经不远了，我走下去好了，反正我刚刚已经让他们在山脚等我。"

他的话音刚落，便觉得车子一偏，却是张副官握着方向盘的手颤了一下，然后等张副官再看向乐鳌的时候，眼睛中早就没有了刚刚的温情脉脉，却多了些肃杀和狠厉。于是，大概也就是过了几秒钟的样子后，车子再次恢复了平稳，张子文的语调也一下子高高地挑了起来："乐大夫真的不再好好考虑下了？"

此刻，已经到了拐角处，由于角度的缘故，乐善堂的车连车灯都看不到了，乐鳌又犹豫了下，终忍不住劝道："不过是镜花水月罢了，我劝张大人还是往前看吧。"

"好。"这个时候，张子文已经开着车子拐了弯儿，但马上他却说道，"乐大夫的确应该看看前面。"

乐鳌抬头，却见自家的车子已经停了下来，幽暗的车灯将车的影子映得朦朦胧胧的，乐鳌明明让小黄师傅到了山脚下再停车等着他，他怎么会在这里停了呢？

说话间，张子文的车子已经开到了前面车的后面，这个时候，乐鳌才发现车子的前后车门竟然全都是开着的，这让他大惊失色，不等张子文停稳便跳下了车。

等他冲到车子跟前，却看到车子里一个人都没有，小黄和夏秋全都不见了，他正要去找，却听旁边的灌木丛中传来一阵窸窸窣窣的声音，他急忙冲了过去，却见小黄从树丛中闪了出来。

看到乐鳌，小黄眼睛一亮，连忙道："东家不好了，夏小姐……夏小姐她刚刚突然让我停车，然后跳车离开了。我去追她，可一眨眼的工夫她就不见了，我怕东家担心，只得先回来报信。"

"她去了哪个方向？"乐鳌的脸色此时黑如锅底——这张布了很多天的大网，到了现在终于收口了吗？

"那边！"小黄说着，指着一个方向道。

乐鳌正要去追，却听他身后的张副官幽幽地道："乐大夫放心，为了不让林家鹿场的瘟疫蔓延，我在这一路上安排了不少士兵，不如让他们陪你一起去找吧。"

乐鳌身子一顿，头也不回地说道："张大人，这就是你的交换条件？你应该知道，夏秋是你妻子唯一的朋友。"

张子文的脸色此时阴沉得能滴出水来，他轻哼了声说："这个时候乐大夫倒是想起我妻子同夏小姐是朋友了。不过，乐大夫放心，张某还没那么无聊跟你玩儿人换人的把戏，明早天亮前，夏小姐一定会回到乐善堂。"

天亮之前？

乐鳌眼睛眯了下，突然笑道："好，那我就全权拜托张大人了，我们现在就回乐善堂，等张大人的好消息！"说着，他一转身跳上了车，对仍在路旁站着的黄苍吼道："还愣着做什么，跟我回去！"

黄苍闻言，也不再耽搁，深深地看了张子文一眼，也跳上了车，重新发动了车子，载着乐鳌往乐善堂的方向驶去。

回去的路上，乐鳌一言不发，黄苍也不敢问，车里的气氛压抑到不行，不过，等到了乐善堂门口，看到了乐善堂左右那些挎着枪守卫的士兵们，乐鳌终于开了口："等一会儿你把车停好后，立即去

找神鹿一族的鹿零族长，将这里发生的事情告诉他，明白了吗？"

黄苍此时也察觉了事情的不对劲儿，不禁问道："乐大夫，到底怎么了？那个张副官为什么要包围咱们乐善堂？夏小姐她真的是被张大人给抓了？她不会有事吧？"

乐鳌摇摇头说："他若是想抓她，就不会亲自将她送上山，但是，他知道内情是一定的。我倒也不担心他会伤害夏秋。"

"那咱们该怎么办？"黄苍又问。

没有回答他，乐鳌继续道："这些你不用管，等到了神鹿一族，就暂时留在那里，不要再回来了，明白了吗？"

正在停车的黄苍一愣，转头看向乐鳌，整个人立即呆住了……

10

这一夜，可以说是乐善堂开业以来最安静的一夜，不仅药堂里只有乐鳌一个人，就连药堂里的界铃整夜都没有响过一声。不过，这也正好可以让乐鳌能全神贯注地为昏迷的小龙诊治。一番救治下来，乐鳌可以肯定，小龙虽然没什么大事，可由于最近耗损元气太多，又被疫鬼抓住囚禁，沾染了疫疠之气，所以自己必须连续为他净化三日，才能保证他重新化成人形。而这一晚，就是第一次。

这种方法很是耗费灵气，而且时间也长，若是在平时，乐鳌只怕要挤出时间来才能为他诊治，可这次，想到外面那些或明或暗的士兵们，乐鳌拍了拍小龙的头，微微笑了下："也算你运气好吧，真希望你能开口说话，告诉我究竟发生了什么。"

此时小龙已经醒了过来，虽然不能动也不能说，但还是吐了吐信子算是回应，周围熟悉的一切也让他安心，便索性盘成一团藏在乐鳌诊案的抽屉里，老老实实地养着神，乐鳌则在诊案旁边的太师椅上懒懒散散地坐着，百无聊赖地看着书。

这若不是外面时不时传来士兵的脚步声、他们身上背着的枪托撞击声，以及时高时低的交谈声，这一夜，除了寂寞些，倒也算是一个宁静的夜晚。直到小龙突然仰起了头，用亮闪闪的眸子看向大门的方向。

药堂的大门悄无声息地打开了，一个纤细的身影出现在大门口，她向药堂里面走了几步，站住，然后看向诊案后的乐鳌扯出了一个艰难的笑容，然后她哑着声音说道："东家，我回来了。"

乐鳌眉头皱了皱，不由自主地放下书本，可嘴张了张，却不知道该说什么。

而这个时候，只听夏秋又轻轻地说了句："还有东家，对不起……"

她说的最后三个字就像是秋日里从树梢上落下来的残叶，被风一卷，便荡开了，眨眼间就消失无踪，而说完这句话之后，她的身子一歪，就向一旁悄无声息地倒去。不过，眼看她就要摔倒在地，只见药堂里人影一闪，乐鳌已经到了她的身边，将她稳稳地接住。只是此时，即便隔着衣服，乐鳌都能感受到她身上的滚烫，甚至连从她口中呼出来的气息都似是能把人烧着了一般。

乐鳌皱了皱眉，急忙将手指搭在她的手腕上，发现脉洪且弦数，乃是风寒入体、心肝火旺之征，隐隐还有寒包火之象。乐鳌不敢再耽搁，连忙抱着她往后院的房间走去。

缩在乐鳌怀里，这短短的几步路夏秋却不停地发出吟语，但声音含混不清，让乐鳌根本就听不清楚她说的是什么，于是，这也让他将她抱得更紧。

不过，就在他们即将进入夏秋房门的时候，院中飘来乐鳌幽幽的叹息："回来就好……"

也不知道是不是知道夏秋回来了，门口看守的士兵便在天亮前撤离了，可是乐鳌知道，就算这些明面上的兵士撤离了，乐善堂周围，暗中监视他们的人还大有人在。不用说，这些人都是张子文派来的，看样子，他是铁了心要找乐善堂的麻烦了。而且，就连乐鳌也不得不承认，这位张副官若是想找茬，他能做文章的地方还有很多，比如，城中今日突然冒出的那个有商人勾结日侨会馆想让临城

大乱的消息。

虽然只是小道消息，可这是晚上小黄师傅带着鹿零长老的口信回来的时候告诉乐鳌的，因为他一进城，就在城门口听到了民众们的窃窃私语。于是，他在听到这个谣言的第一时刻，想到的就是乐善堂，第二反应就是，乐善堂被泼了脏水。

看到小黄师傅竟然没有如他所说留在神鹿一族，乐鳌的脸上露出一丝不悦，看出他面色不好，小黄师傅连忙解释道："东家，是鹿零长老让我回来的。"

"鹿零长老让你回来的？"乐鳌略一沉吟，"鹿兄回去了？"

黄苍点头道："是的，我到神鹿一族的时候，神鹿的族人们说鹿零长老刚刚出去，也没人知道他去做什么了。我正着急着，鹿零长老竟然带着鹿兄回来了，虽然鹿零长老的脸色不太好看，但是看起来没有什么大事。"

"那铁木鱼呢？"乐鳌又问。

"铁木鱼也拿回去了，并没有丢失。"黄苍笑了笑。在他看来，神鹿一族没事，铁木鱼也没丢，这件事情就等于是得到了圆满的解决，他自然也不用再去神鹿一族了。

哪想到，黄苍的话却让乐鳌的眉头皱成了一个疙瘩，想了一会儿后，又问："鹿零长老只对你说了这些？"

"当然不是。"黄苍连忙道，"他说让你尽快去他那里一次，他有重要的事情要对你说。"

"什么事？"

"他没说。"黄苍摇了摇头，"他只说是重要的事，至于具体是什么，我也问过了，他却不肯说，只是说让你过去一趟。"

"我知道了。"乐鳌点了点头，但马上又看向夏秋的房间，低声道，"等她醒了，我再去。"

黄苍也顺着他的眼光看去，同时皱起了眉头道："那天夏小姐真的很怪，到底发生了什么？"

"小龙应该知道些，不过可惜，他不会说话，而且，他现在也化不了人形。"

似乎听到了乐鳌的话，小龙从乐鳌的袖口露出头来，然后吐了吐信子，算是回应，然后又再次把头缩了回去。

看到小龙又藏了起来，乐鳌的脸上难得地露出一丝笑容，他抬起头来看向黄苍道："你把我的话再带给鹿零长老，这回，你就真的不要再回来了。"

"什么？"他的这个决定让黄苍吃惊不已，"东家，林家鹿场的事情不是已经解决了吗？铁木鱼也没丢，神鹿一族也安然无恙，您为什么要让我离开？"上次走得急，他没来得及问，还以为是乐鳌怕乐善堂出事连累他，可如今看来，似乎不是这么回事。

乐鳌犹豫了下，如实对他说道："你的身份，张子文怕是已经知道了。你别忘了，那个原田晴子对你还念念不忘呢，万一被她发现了，你这次只怕就不那么容易脱身了。所以我让你暂时先待在鹿零长老那里，一是可以避一避，再就是万一出事，你还能帮忙，别的做不了，传信总能做到的。"

"张子文怎么知道我的身份的？"黄苍大吃一惊。

"你是不是扮作鹿兄的样子，大摇大摆出了林家鹿场的大门了吗？"

"没错，可我不觉得自己做得有什么不对。"想到那日林鸿升问过门口守卫的士兵后一副绝望的样子，黄苍甚至在心中的某一处还觉得十分得意。

"他是故意让你这么做的！"乐鳌摇了摇头，"你是不是在他提示之后才去冒充的鹿兄出了门？"

被乐鳌一语点破，黄苍这才恍然大悟，愤愤地道："这个张副官，真的好狡猾。"

"所以，我才让你离开！"乐鳌道，"不过你放心，不会太久的，眼下临城的形势，原田晴子只怕不太好过，等什么时候那个原田晴子走了，我会立即通知你，那个时候，即便这个张子文知道你的身份，也不会拿你怎么样，实在不行，你再换副样子就是了。"

"可是……"可是他实在是不想换样子，这就是他跟主人在一起的时候幻化出来的样子，他已经把这样子当成了自己的一部分，若是换了去，他的主人就真的认不出他来了。只是，这番话黄苍并没有说出来，而是一如既往地点点头道，"我听东家的。"

11

黄苍走后，乐鳌再次进了夏秋的房间，见她还没醒，摸了摸她的额头，发觉虽然仍旧滚烫，但皮肤上却早已没了那种外冷内热的诡异之征，而且已经出了汗，看来是那几剂药汤起了效。这让他总算放了些心，如今他要做的，就是安心治好夏秋的风寒表征。

放心之余，看到夏秋额上汗如雨下，乐鳌便去端来一盆水，用手捂了一会儿，让它变成温热，这才浸了手巾帮夏秋擦拭汗水。只可惜落颜去了青泽那里还没有回来，不然的话，由她来照顾夏秋是最方便的。但心中想着，乐鳌却根本就没有打算将那丫头叫回来。那丫头一回来必定会大惊小怪，这屋子里他肯定就待不下去了。

乐鳌很清楚，不管在林家鹿场发生了什么，如今他的身份已经被夏秋发现，又发生了童童的事情，只怕她在他这乐善堂待不了多久了。也许是明日，也许是后日，抑或是哪个凉爽的清晨，总之终归会有那么一天……如果他是青泽或者落颜，兴许会争上一争，不过可惜，他是乐鳌。

"若是我十年前遇到了你……"说到这里，乐鳌自嘲一笑，"十年前又如何？那个时候你才六七岁吧！"说着，他眼神一闪，好像看到夏秋枕下似乎露出什么东西的一角，他伸手将它拿了出来，待看清之后，却是一怔。

这是一块男人的手帕，是他的。

他愣了下，将它收回了自己的袖口里，看着夏秋由于发热而变得粉红的脸出起神来。

不知过了多久，只听一阵翅膀扇动的声音从窗外传来，乐鳌循声望去，却见一个白影从窗外飞了进来，重重地落在了桌子上，却是老武。

看到是老武，乐鳌微微扬了扬唇角道："可是你又把落颜那丫头惹恼了，让人赶了回来？"

老武傲娇地甩了甩头，不屑地喊道："臭丫头，臭丫头！"

老武声音洪亮，而且语调怪异，在宁静的房间中就这么喊了出来，实在是突兀。生怕老武的声音会影响夏秋的休息，乐鳌皱了皱眉，挥了挥手道："你去前面吧，别吵了她。"

老武听了，立即翻了个白眼，扑棱着翅膀出了窗子，往前面去了。

乐鳌松了口气，不由得又看了夏秋一眼，却见她的睫毛微微颤动了下后又重新恢复了安静，他不禁苦笑了下说："按说，我该让你早些醒的。"

说完，他出了屋门来到院子里，深深地吸了口气，这才发觉，在这个夜晚，潮湿的空气里混杂着泥土的香气，还有不大不小的风一阵儿一阵儿地吹过，应该是又快下大雨了。

不过紧接着，却见他抬头看向屋顶的位置，沉吟了一下道："既然回来了，又何必躲躲藏藏的。"

随着他的话音，一个人影从屋顶上跳了下来，站在了乐鳌对面五六步的地方，然后这人顿了一下，扬着尾音道："听说出了事，我就来看看，不过，看来都解决了，那我就不久留了。"

来人正是陆天岐，说了这番话后，他立即转身，看样子是想再次离开，不过此时，却听乐鳌突然喊了声："慢！"

陆天岐立即停了下来，转头看着乐鳌扬起了下巴说："你别留我，留我也留不住，我是一定要走的。"

乐鳌微微一笑，向陆天岐走近了几步，来到他面前看着他的眼睛道："你知道她在哪里吧？我知道这一切都是她搞的鬼，你带我去找她！"说着，他一伸手，一只手紧紧抓住了陆天岐的肩膀，而同

时，他的另一只手一挥，一道屏障将夏秋的房间护了个严严实实，却是布了结界。

看到乐鳌笃定的样子，陆天岐眼神微闪，最终还是无奈地摇了摇头说："你们乐家人，还真是一个脾气。我可以带你走一遭，不过，她还在不在那里我就不知道了。我这几天也没见她，若是找不到，你不能怪我。"

"别废话了，前面带路！"乐鳌说着，却抓着陆天岐的肩膀，往灵雾山的方向去了……

乐鳌刚走，夏秋就从床上坐了起来，她盯着窗口的方向出了一会儿神，立即下了床。借着床前那盆水的余温，她简单擦了身子，又换了一身干爽利落的衣服，立即向门口走去。此时的她热还没有退，走路还有些发飘，头也晕晕的，脚下更像是踩了棉花，但即便如此，她还是毫不停留地离开了自己的房间。

到了门口，她不过是用手一碰，乐鳌设下的结界就立即解开了，她心中暗暗自嘲——她的能力果然是只对妖力有用。不过，以前若是她还沾沾自喜的话，那么从昨日她回来之后，她就知道自己的目光是多么的短浅，因为，他们现在的对手根本就不是妖。

出了院子，被夜风一吹，夏秋不禁打了个寒颤，她急忙裹了裹身上的披肩，这是她刚才换衣服的时候特意加的，她自然知道自己这会儿受不得风，最好是在屋子里卧床休息，好好睡上几天，不过可惜，她现在没有时间，她必须趁夜离开临城，她有重要的事情要做。

到了前面的药堂，她先是在成药那里找了些易于携带的药丸，好让自己能在路上服用，然后她走到了柜台后面，从柜台底下拿出了一个包袱来。这包袱本是她几日前就收拾好的，里面放的都是她来乐善堂之前的东西，那个时候她本已经打算离开了，可临走前却看到了乐鳌的留言，这才临时改了主意，让小黄师傅带她去了林家鹿场，包袱也就随手放在了柜台下面。如今也好，她倒是不用临时收拾了。

　　拎起包袱，正要出门，却听到鸟儿怪叫的声音响起："嘎嘎，去哪里去哪里，回来回来！"

　　夏秋回头，却看到老武向她飞了来，然后扑棱着翅膀飞到了她的前面，挡住了她的去路。夏秋笑道："老武乖，快让开，我有重要的事情要去做。"

　　"不让，不让！"老武仍旧扑棱着翅膀，大声叫道，"乐鳌乐鳌，臭丫头臭丫头，来人来人！"

　　看到老武着急的样子，夏秋心中一暖，只是，她此时必须离开，不然的话，等天亮了，人多眼杂，她只怕就出不了城了。于是她把脸一虎，说道："老武让开，不然我就不客气了，你知道我的本事。"

　　老五的脖子缩了缩，可很快在半空中打了个旋儿，肥胖的身体和巨大的翅膀立即扫起了一阵风，连房梁上的灰尘都扫了下来，呛得夏秋很是咳嗽了几声："咳咳，老武，你做什么！"

　　虽然飞得笨拙，可这样一来，老武反而更靠近后面的大门，也将大门挡得更加严实，同时用更大的声音喊道："不让不让，坏人坏人！"

　　看到老武如此坚持，夏秋也没了办法，犹豫了一下后，终于道："老武，你是不是以为我要走？"

　　老武扑棱了下翅膀，"啊啊"地叫了两声："不行不行！"

　　夏秋笑了笑说："你放心，我不是要走，我只是要回家一趟，我有重要的事情要办，等我办完了，我会立即回来。"

　　"骗人，骗人！"老武才不是那么好骗的，反而又在空中打了个旋儿，离身后的大门又近了些，挡得更严实了。

　　见老武如此死心眼，夏秋摇了摇头无奈地道："好吧，我就同你说实话吧，我之前的确想要走的，可现在，我怎么可能离开东家，离开乐善堂！就在昨天，我做了一件大错事，我必须好好弥补才行，而我唯一能想到的办法，就是回家，回去找那个人，只有找到了那人，我以后才不会再成为东家的拖累，才能帮得上东家，你明白了吗？"

　　这一次，老武的头歪了歪，却没有再开口，但仍旧在半空中飞着，看来是对夏秋的话开始半信半疑了。

这让夏秋总算放心了些，然后她想了想又道："你在家也好，有些话我不知道该怎么对东家说，你就帮我转达了吧。"说到这里，她顿了顿，"林家鹿场的事情，就是红姨搞的鬼，这一点我猜东家应该已经猜到了，不过，她找来那只疫鬼的目的却不是为了传染瘟疫，更不是想要控制我抓住鹿兄，她的目标是鹿零长老。"

想到自己被红姨控制的那段时间，明明心里是清楚的，后面发生的事情她也记得清清楚楚，但她当时就是没办法按照自己的心意去做，只能听红姨的摆布。红姨让她不要出手阻止林鸿升念诵咒语，她果然没有动用自己的能力；红姨让她把鹿兄藏起来，她也只能按照红姨的吩咐去做。那个时候，她觉得自己就像个提线木偶一般，只能听从心中那个红姨的声音做事。那个时候她心中的无力感，比她父母离她而去的时候还要严重、还要绝望。她真的不想再有那种感觉了，所以她才要回去，回到那个让她具有这种能力的地方。那个红姨不是说了，若是朱砂在，兴许还能同她斗一斗，而她既然同那个朱砂有那种关系，她一定能从中找到些线索来。

"老武，你告诉东家，是红姨利用鹿兄将神鹿一族的鹿零长老骗了来，然后她给了鹿零长老一把匕首，就是那把跟杀了童童几乎一模一样的匕首，她让鹿零长老狠狠地刺了自己一刀，那把匕首就不见了……你一定要让东家小心……"

夏秋说这些的时候，只觉得眼睛发潮，那个时候，她就在旁边站着，可却只能眼睁睁地看着那个女人得逞，想到之前她甚至还因为童童的事情想要离开乐善堂，而如今，竟然发生了这样的事情，还真是讽刺。这也让她不知道该怎么对东家说，最起码在不做些什么之前，她根本不知道该如何开口。

夏秋说着，老武听着，虽然知道即便老武全都听了去，能转述给乐鳌的也只是寥寥，可夏秋知道，老武一定能听明白。

果然，听夏秋说完这些话，老武的头歪了歪，然后扑棱了下翅膀，闪到了一旁，让开了挡住的大门。

夏秋脸上一喜，急忙几步走到门前，快出门的时候，她回头看了老武一眼，说道："你让东家放心，等我回家拿了东西，立即就会赶回来，你让他千万等我回来。"说着，她一转身，出了乐善堂，往城门的方向去了。

"小心小心！"老武扑棱着翅膀在屋子里拼命地喊着……